新中国 70 年 70 部
长篇小说典藏

新中国 70 年 70 部
长篇小说典藏

东藏记

宗 璞——著

人民文学出版社

图书在版编目（CIP）数据

东藏记/宗璞著. —北京：人民文学出版社，2019
（新中国70年70部长篇小说典藏）
ISBN 978-7-02-015454-8

Ⅰ. ①东… Ⅱ. ①宗… Ⅲ. ①长篇小说—中国—当代 Ⅳ. ①I247. 5

中国版本图书馆 CIP 数据核字（2019）第 155790 号

策划编辑　杨　柳
责任编辑　刘　稚
装帧设计　刘　静
责任印制　王重艺

出版发行　人民文学出版社
社　　址　北京市朝内大街 166 号
邮政编码　100705
网　　址　http：//www. rw-cn. com

印　　刷　北京中科印刷有限公司
经　　销　全国新华书店等

字　　数　301 千字
开　　本　680 毫米×960 毫米　1/16
印　　张　25.25　插页3
印　　数　1—5000
版　　次　2001 年 4 月北京第 1 版
印　　次　2019 年 9 月第 1 次印刷

书　　号　978-7-02-015454-8
定　　价　42. 00 元

如有印装质量问题，请与本社图书销售中心调换。电话：010-65233595

出 版 说 明

为庆祝中华人民共和国成立70周年,全面展现中华民族的文化创造能力和文学发展水平,深入揭示新中国70年来的伟大历程、辉煌成就和宝贵经验,激励人们为实现"两个一百年"奋斗目标、中华民族伟大复兴的中国梦而不懈奋斗,我们策划出版了这套"新中国70年70部长篇小说典藏"丛书。为将该丛书打造成思想精深、艺术精湛、制作精良的精品丛书,我们成立了丛书评审专家委员会,成员均为密切关注和深刻了解我国长篇小说创作动态的资深评论家。委员会从历史评价、专家意见和读者喜好等方面对新中国成立70年来众多优秀长篇小说进行综合评定,从中选出70部描写我国人民生活图景、展现我国社会全方位变革、反映社会现实和人民主体地位、弘扬社会主义核心价值观和讴歌中华民族伟大复兴中国梦的精品力作。这些作品,大多为曾获中宣部"五个一工程"奖、"茅盾文学奖"等重大国家级奖项的长篇小说,政治性、思想性和艺术性高度统一,代表了中国文坛70年间长篇小说创作发展的最高成就。

我们致力于"把提高作品的精神高度、文化内涵、艺术价值作为追求"的使命任务,通过这套丛书的出版,在讲好中国故事、传播中国声音、阐释中国精神、展现中国风貌的同时,倡导精品阅读,引领和推动未来的中国文学原创出版。

"新中国70年70部长篇小说典藏"
评审专家委员会名单

评审专家委员会主任： 李敬泽

评审专家委员会委员（按姓氏笔画排序）：

丁　帆	白　烨	朱向前	吴义勤	何向阳
应　红	张　柠	张清华	陆文虎	陈思和
孟繁华	胡　平	南　帆	贺绍俊	梁鸿鹰
董保生	董俊山	谢有顺	臧永清	潘凯雄

项目统筹： 吴保平　宋　强

序曲

【风雷引】百年耻，多少和约羞成。烽火连迭，无夜无明。小命儿似飞蓬，报国心逼云行。不见那长城内外金甲逼，早听得卢沟桥上炮声隆！

【泪洒方壶】多少人血泪飞，向黄泉红雨凝。飘零！多少人离乡背井。枪口上挂头颅，刀丛里争性命。就死辞生！一腔浩气吁苍穹。说什么抛了文书，洒了香墨，别了琴馆，碎了玉筝。珠泪倾！又何叹点点流萤？

【春城会】到此暂驻文旌，痛残山剩水好叮咛。逃不完急煎煎警报红灯，嚼不烂软塌塌苦菜蔓菁，咽不下弯曲曲米虫是荤腥。却不误山茶童子面，腊梅髯翁情。一灯如豆寒窗暖，众说似潮壁报兴。见一代学人志士，青史彪名。东流水浩荡绕山去，岂止是断肠声！

【招魂云匾】纷争里渐现奇形。前线是好男儿尸骨纸样轻，后方是不义钱财积山峰；画堂里蟹螯菊朵来云外，村野间水旱饥荒抓壮丁！强敌压境失边城！五彩笔换了回日戈，壮也书生！把招魂两字写天庭。孤魂万里，怎破得瘴疠雾浓。摧心肝舍了青春景，明月芦花无影踪。莽天涯何处是归程？

【归梦残】八年寒暑，夜夜归梦难成。蓦地里

1

一声归去，心惊！怎忍见旧时园亭。把河山还我，光灿灿拖云霞，气昂昂傲日星。却不料伯劳飞燕各西东，又添了刻骨相思痛。斩不断，理不清，解不开，磨不平，恨今生！又几经水深火热，绕数番陷人深井。奈何桥上积冤孽，一件件等，一搭搭迎。

【望太平】看红日东升。实指望春暖晴空，乐融融。又怎知是真？是幻？是辱？是荣？是热？是冷？是吉？是凶？难收纵，自品评——且不说葫芦里迷踪，原都是梦里阴晴。

主要人物

孟樾(弗之)　　　　　明仑大学历史系教授

吕碧初　　　　　　　孟樾妻

峨(孟离己)　　　　　孟樾长女

嵋(孟灵己)　　　　　孟樾次女

小娃(孟合己)　　　　孟樾子

吕绛初　　　　　　　碧初二姊

澹台勉　　　　　　　绛初丈夫

玹子(澹台玹)　　　　绛初女

玮玮(澹台玮)　　　　绛初子

吕素初　　　　　　　碧初大姊

严亮祖　　　　　　　素初丈夫

荷　珠　　　　　　　亮祖妾

严颖书　　　　　　　亮祖子(与荷珠所生)

严慧书　　　　　　　亮祖女(与素初所生)

吕香阁　　　　　　　吕家远亲

卫　葑　　　　　　　孟樾外甥、明仑大学教师

凌雪妍　　　　　　　卫葑妻

李宇明　　　　　　　明仑大学教师,卫、凌好友

掌心雷(仇欣雷)　　　峨同学

麦保罗　　　　　　　美国外交官、玹子男友

殷大士　　　　　　　嵋同学、玮玮好友

米老人、米太太(宝斐)　流亡的犹太人夫妇

1

庄卣辰	明仑大学物理系教授
玳 拉	庄卣辰妻
庄无因	庄卣辰子
庄无采	庄卣辰女
萧澂(子蔚)	明仑大学生物系教授
江昉(春晔)	明仑大学中文系教授
钱明经	明仑大学中文系教师
郑惠枌	钱明经妻
郑惠杬	郑惠枌姊、萧子蔚恋人
李涟(文涟)	明仑大学历史系教师
金士珍	李涟妻
白礼文	明仑大学中文系教授
尤甲仁	明仑大学中文系教授
姚秋尔	尤甲仁妻

第　一　章

一

昆明的天,非常非常的蓝。

这是一种不可名状的蓝,只要有一小块这样的颜色,就足以令人赞叹不已了。而天空是无边无际的,好像九天之外,也是这样蓝着。蓝得丰富,蓝得慷慨,蓝得澄澈而光亮,蓝得让人每抬头看一眼,都要惊呼:哦!有这样蓝的天!

蓝天上聚散着白云,云的形状变化多端。聚得厚重时如羊脂玉,边缘似刀切斧砍般分明;散开去就轻淡如纱,显得很飘然。阳光透过云朵,衬得天空格外的蓝,阳光格外灿烂。

用一朵朵来做数量词,对昆明的云是再恰当不过了。在郊外开阔处,大朵的云,环绕天边。如一朵朵巨大的花苞,一个个欲升未升的氢气球。不久化作大片纱幔,把天和地连在一起。天空中的云变化更是奇妙。这一处如山峰,层峦叠嶂,厚薄相接处似有溪流落下,那一处如树丛,老干傍着新枝。这一朵如花盆中鲜花怒放,那一朵如小船,正待扬帆起航。它们聚散无定,以小朵姿态出现总是疏密有致,潇洒自如,以大朵姿态出现则如堆绵,如积雪,很有气势。有时云不成朵,扯薄了,撕碎了,如同一幅抽象画。有时又几乎如木如石,建造起几座七宝楼台,转眼便又坍塌了。至于如羊如狗,如衣如巾,变化多端,乃是常事。云的变化,随天地而存,苍狗之叹,也随人而在。

奇妙蓝天下面的云南高原,位于云贵高原的西部,海拔两千米左右。高原上有大大小小的坝子一千多个。这种坝子四周环山,中部低平,土层厚,水源好,适合居住。昆明坝可谓众坝之首。昆明市从元代便成为云南首府,在美丽的自然环境中,出了些文武人才。一九三八年一批俊彦之士陆续来到昆明,和云南人一起度过了一段艰难而又振奋的日子。

明仑大学在长沙和另两个著名大学一起办校,然后一起迁到昆明。没有宿舍,便盖起简易的板筑房,即用木槽填土,夯土为墙,用洋铁皮做屋顶,下雨如听琴声。这在当时,是讲究的了。缺少设备,师生们也是自己动手制造。用铁丝编养白鼠的笼子,用砖头砌流体试验的水槽。缺少图书,和本省大学商借,又有长沙运来的,也建了一个图书馆,虽说很简陋,但学子们进进出出,读书的气氛很浓。人们不知能在这里停留多久,也不知明天会发生什么事,却把每一天都过得很充实。

孟樾终于辞去了教务长一职。起初萧澂不肯受命,很费了周折,后来答应暂代,弗之才得以解脱。根据明仑教授治校的传统,教授会议选出评议会,是学校的权力机构,校长和教务、训导、秘书三长是当然成员,另有从教授中推选的评议委员一同组成。到昆明不久,弗之被选入评议会。

那次评议会后,子蔚笑道:"各种职务偏找上你,有人想干呢,偏捞不着。"

"世事往往如此——我们只是竭尽绵薄而已。"弗之说。

除了生活的种种困难,昆明人当时面临一个大问题——空袭。一九三八年九月二十八日日寇飞机首次袭击昆明,玷污了纯净的蓝天和瑰丽的白云。以后昆明人便过上了跑警报的日子。一有警报,全城的人便向郊外疏散,没有了正常生活秩序。过了几个月,人们跑警报居然跑出头绪来了,各人有自己一套应付的方法。若是几天没有警报,人们反而会觉得奇怪,有些老人还怀疑是不是警报器坏了,惦记着往城外跑。

孟家和澹台家到昆明都已三个多月了。澹台勉的电力公司设在昆明远郊小石坝。澹台勉本人在重庆还有差事,时常来往于昆渝之间。因为估计会调到重庆,便把玮玮安排在那里上中学。玮玮虽然很不愿意离开孟家一家人,也只好和嵋与小娃洒泪而别。

孟樾一家,都喜欢昆明。昆明四季如春,植物茂盛,各种花常年不断。窄窄的街道随着地势高低起伏,两旁人家小院总有一两株花木,不用主人精心照管,自己活得光彩照人。有些花劲势更足,莫名其妙地伸展上房,在那儿仰望蓝天白云,像是要和它们汇合在一起。孟家人也愿意融进这蓝天白云和花的世界里。他们住的地方颇特别,是当地一位军界人士的家祠。这祠堂有很大的花园,除正房供祀祖先外,还有几间闲房,大概原是上祭时休憩之所。孟家便在这里安身,权且给人看祠堂。花园另一头,有一个家用戏台,现在不论戏台或楼座、池座都隔成小间,学校租来给单身教员居住。

吕碧初对这环境很满意,她对孩子们说,想不到逃难逃进了花园里。花园进门处有好几株山茶,茶杯大小的花朵,红艳艳的,密密地开满一树,一点不在乎冬日来临,更不知道战争带来的苦难。屋前一片小树林,最初他们不知是什么树,便问收拾园子的申姓老人。老人耳背,问好几次都听不清,总是说:“你家说哪样吗! 哪样?”一次忽然听清了,便大声回答:“是腊梅哟,你家!”

山茶花过后,腊梅开花了,花是淡淡的黄,似有些透明,真像是蜡制品。满园幽香,沁人心脾。这正是孟灵己——嵋所向往的腊梅林,在她的想象中,腊梅花下,有爹爹拿着一本书,坐在那里。

在现实生活中,腊梅林可不是诗和梦想的世界了。林边屋前,飘着一缕缕白烟,那是碧初在用松毛生炭炉子。她已经很熟练,盘

3

好松毛,摆好炭,一根火柴便能生着。只是烟呛得难受。"绿蚁新醅酒,红泥小火炉",碧初想,也得经过点火的过程。"关上门。"她向屋子里大声说。

嵋和小娃在当中一间房里做功课。

嵋抬头说:"娘,我们不怕烟。"

碧初不耐烦,说:"瞎说! 快关上。"

嵋连忙站起身关门,娘的脾气和声音一样,都比以前大多了。她知道娘很累,总想帮忙,有时反而惹碧初生气。

碧初蹲在地上,用一把大蒲扇扇炉子。白烟一点点散去,炭渐渐红了。这时临时的帮工姚嫂挑着一担水走来,把水倒进廊檐下的水缸。

"你把青菜洗一洗,好吗?"碧初手酸腿软,拉着身旁的桌腿才站起来。

"今天不做饭了,我家里有事情。你家。"姚嫂说,一点没有商量的余地,倒是舀了一壶水放在火上。

到昆明数月,孟家已经换了好几个帮工了。有的听不懂话,拨几拨也不转一转。有的太自由,工作时间常常忽然不见踪影。这姚嫂乃是附近小杂货店老板娘的一位农家亲戚,说"家里有事情"自是天经地义。她见碧初有些措手不及,便出主意:"街上买碗米线嘛,好吃喽,又快当。"是的,街上小吃店多,也不贵。昆明人就常常以之充饥。碧初等刚来时,也经常去小店。但这毕竟是临时性的,总要自己做饭才是正常人家。

"喊妹妹去端回来也使得,你家先生不消跑了嘛。"姚嫂继续出主意,一面盖好缸盖。

"你去吧,我们有办法,明天早些来才好。"碧初微笑着说。

姚嫂转身走了,很快消失在腊梅林里。

门轻轻开了,探出两个小脑袋,轻声说:"娘,我们做完功课了。"

小娃跑出来,看见一只松鼠在梅林边,便拔腿去追。嵋过来拿起蒲扇。

"不用扇了,"碧初说,"火上来了。"她一阵头晕,歪身坐在竹椅上。

"我来做饭,我会。"嵋自告奋勇。她穿着峨的大毛衣,身子在衣服里晃动。她学姚嫂的样,两手在衣襟上擦擦。

碧初说:"往后有你做饭的时候,今天还是上街吃饭吧。"

小娃跑过来,大声叫:"上街!上街!"嵋也高兴。他们很乐意上街,街上无论什么都好玩,无论什么都好吃。

"等这壶水开了,爹爹也该回来了。"这时碧初正可以休息一下,但一眼看见地上的菜叶子,便吩咐嵋扫地。嵋拿起扫帚,小娃连忙拿起簸箕。

一阵清脆的笑声和着腊梅的香气传来。从小径上笑着跑过来的是澹台玹,臂弯里抱着几枝腊梅。她穿一件银灰起暗红花纹的半长呢外衣,里面是夹旗袍,特别是只穿了短袜套,露出一截小腿。虽比不得在北平时的打扮,也很引人注目了。她脸儿红红的,大声叫道:"三姨妈!我来了!"

澹台一家在昆明附近小石坝居住,玹子住在大姨妈严家,经常到孟家来。台儿庄战役后,严亮祖师长已升为军长,一切都是方便的。

后面慢慢走来的是孟离己——峨,一手也举着一枝腊梅,像举着一面旗。因为家里房间少,峨不愿和弟妹挤在一起,情愿住校。弗之、碧初赞成她和同学们多接触,希望她能开朗些。她穿着藏青色呢外衣,夹旗袍长袜子,布鞋,倒是包得严实。

"这里真是没有冬天,腊月天气,你们都穿的春秋衣服。"碧初说,"只是玹子,你这么着不冷吗?"

"只能说是凉快。"玹子放下花枝倒水喝。

"现在有一种流行病,名叫'摩登寒腿症'。"峨说,"嵋,快拿花瓶来!"

嵋还在往簸箕里撮菜叶,站起身看了一下,看在那几枝腊梅分上,说了一句:"就来。"弯身拿起簸箕到屋后去倒。小娃跟着她。

"我在新校舍遇见爹爹,爹爹不回来吃晚饭。他和庄伯伯要去拜访什么人。"峨说。

"正好今晚上不做饭,大家吃米线去。"碧初觉得精神好多了。起身解下围裙,一面说:"你们又掐花!这是别人的园子。"

"这么多腊梅树,掐不完的。"玹子跟着碧初进屋,说着大姨妈的家事。峨也进屋,自去找衣服带到学校去。

嵋在廊檐下拿起一个瓦罐,添了水,把腊梅一枝一枝放进去。这瓦罐虽简陋,却插过许多美丽的花。腊梅枝上的黄花,清癯幽雅,引人遐想。插好的瓦罐如一棵小树,立在木案上。

"嵋,你和小娃都洗洗手。"碧初在屋里说。

嵋拉过小娃,舀水淋在他手上。"真凉!"小娃直吸气,但一点不躲避,洗过了,站在矮凳上给嵋淋水。

玹子出来了。"擦干,快擦干!"她连笑带嚷,"生冻疮可不好受。"嵋忙用毛巾先擦干小娃的手,再擦自己的手。"好些同学生了冻疮,手脚都有。红肿一片,真难看!"玹子抬起自己的雪白的手审视着。

"你这样的手,不知能维持多少日子。"峨提着一个布包出来,还在检点包里的衣物。

"维持一辈子,你不信吗?"

峨冷笑。碧初出来锁门,大家一起穿过梅林,出了祠堂大门。

这是一条僻静的石板路。那时的昆明大大小小的街都是石板铺成。大街铺得整齐些,小街铺得随便些。祠堂街是一条中等街道,往南可达市中心繁华地区,那里饭庄酒肆齐全。往北便是城门了,街上有好几家米线小店。碧初等选择了靠一个坡口的店。坡很陡,下去不远就是翠湖。大家称这店为陡坡米线,坐在其中,往坡下望去,有一种倾斜之感。

暮色渐渐围拢来了,小店里电灯很暗。人不多,店主人见有人来,大声招呼:"你家来了,你家请里首,请里首。"说是这么说,实际上不过两三张桌子,没有里面外面可言。桌子都有一层油腻,但也不算太脏。

碧初要一碗氽肉米线,多要汤。并且吩咐每人碗里打个鸡蛋。峨要一碗豆花索粉,即粉丝。另外三个人都要卤饵块,两碗免红,即不要辣椒。"是喽!"店主人大声重复一遍,好像是在传达,随着话音,自己转到灶前操作,他是自己吩咐自己。只见他手里的小锅一起一落,火苗也随着忽高忽低。炉边案上一排作料,长柄勺伸过去飞快地一碗扎一下,搅在锅里。一锅一锅地做,费时也不长,只氽肉米线要把肉氽出味来,算是复杂工艺。

粉丝最先来,一层雪白的豆花上洒着碧绿的韭菜碎末,还衬着嫩黄的鸡蛋。峨看看碧初,听得说"来了就先吃",便不理旁人,自己先吃。

"宿舍里传着一个鬼故事,"玹子对碧初说,"我是不信的。你们,"她拉着嵋的手,让她塞住耳朵,"你们把耳朵堵上。"

"那就不用说了。"碧初说。

"其实也没什么,"玹子想说什么不能半路停止,"说的是新校舍那地方原是一片乱葬岗子——"她见嵋和小娃不但没有堵住耳朵,倒注意地在听,便缩住了,自己下台:"我就说呢,其实也没什么。"

"我怎么不知道?"峨有些好奇。

这时店主人端来四碗东西,把免红的两碗放在嵋和小娃面前。

卤饵块经各种作料煮得透亮,浓香四溢,米线显得清淡多了。

"先吃再说。"碧初招呼大家。小娃饿了,扒进一口饵块,忽然把碗一推,张了嘴喘气。

"怎么了? 怎么了?"碧初忙问。见他噎住的样子,忙命:"快吐出来!"嵋跑过去为他捶背。

"辣!"小娃噎了半天,说出一个字。

玹子用筷子敲敲碗对店主人说:"说是免红嘛,咋个又放辣子! 小娃娃家,吃不来的哟。"一口流利的云南话。

店主人赔笑道:"不有摆辣子,不有摆不有摆,莫非是勺边边碗沿沿碰着沾着。换一碗。"

"多谢了,不消得。"碧初用北方口音说云南词汇,"放点汤冲冲就行了。"于是酱红色的浓汁冲掉了。小娃咬着减色的饵块,还是觉得好吃。

"学校的饭怎么样? 还是有石子儿?"碧初问。

"不只有石子儿,有一回还吃出了玻璃碴子。"峨说,意思是我在学校比你们在家苦多了。

"倒是有不少新鲜蔬菜,可惜做得不干净。"玹子说,"我从大姨妈家带些咸菜肉丝什么的,大家抢做一团。"她看看碧初说,"他们的厨子很和气,做什么蛮方便的。"

峨已经吃完了,忽然拍拍嵋的头,说:"我晚上有一堂英文课,在新校舍。你陪我去好不好?"

嵋抬头看着姐姐,有点受宠若惊:"可以呀,我的功课做完了。"两人又询问地望着碧初。

"晚上该有人陪,你下了课回来吧?"碧初说。

"当然了,我不会让嵋一人走,放心。"

她们出得小店,见天已全黑了。玹子要送碧初回家,碧初不让,说:"我有小娃呢。你是不是往公馆去? 晚上走路小心些,明天要穿上长袜子。"

玹子、峨、嵋顺陡坡下来,青石板在刚降临的夜色中闪着微光,一边墙头探出花叶繁茂的树枝。三人都觉得这陡坡很神秘,好像要降到地底下似的。后面有几个人大步走过她们身边,其中一个人提着灯笼。光逐渐远去,使得陡坡的尽头更遥远。

到了坡脚,又走一段路便是翠湖了。两边水面,当中一道柳堤。这里是昆明人的骄傲。

玹子走另一条路。峨、嵋姊妹站定了看着她走远,才上柳堤。水面风来,两人都拉紧衣服。

"冷吗?"峨搂住妹妹。这在峨是少有的关心了。

嵋往姐姐身上靠一靠,算是回答。她忽然问:"我一直不明白,为什么我们和大姨妈家不如和二姨妈家那样好?"

峨一愣,说:"不用你操心。"自己想了一下,又说:"现在两家处境大不同了。可能是爹爹自鸣清高,不愿受人恩惠。"

嵋默然,模糊地觉得爹爹很值得敬重。

"你走得太慢!咱们跑着去吧。"峨怕迟到。

"赞成!"嵋说。两人略一蹲身,便跑起来。

她们慢慢跑,却足够使青春的血液流得更畅快。路边柳树向后退去,柳枝在黑暗中连成一片,像是一幅帐幔。湖水的光透过帐幔映上来,滋润着路、桥、亭,还有这两个快活的女孩。

"加油!加油!"她们越过几个学生,学生笑着拍手叫道。

"不理他们。"峨叮嘱。

嵋本想说谢谢,及时咽了下去,改成了"咱们快点儿",她们跑上坡,拐弯,进了称为南院的女生宿舍。

这里原是一座大庙,大院套小院,空房甚多,荒废多年,神像早不知去向。明仑迁来以后,缺少房屋,便租来稍加修葺,作为女生宿舍。

峨领嵋穿过前院。纸窗上显出一个个年轻的身影,一阵阵清脆的笑声和着琅琅读书声在院子里飘荡。她们进一个窄门,到了一个长方形的院子,两边两排房屋,各是一个大统舱,却收拾得颇为宜人,两边用花布帘子隔开,成为四人一间的小房。走进峨的那间,室内只有一个人,正伏在案上,似在抽咽。

"吴家馨! 你怎么了?"峨拍她一下,忙着自己放东西,拿书本。吴家馨不理。"我上英文课去,时间来不及了。"峨说,拉着嵋便走。

"她怎么了?"嵋关心地问。

峨说:"不知道。我什么都不知道,你是什么都要知道——快跑。"

她们出大西门,到凤翥街,这时正有晚市,街道两旁摆满菜挑子,绿莹莹的,真难让人相信是冬天。连着好几个小杂货铺都摆着一排玻璃罐子,最大的罐里装着盐酸菜,这是昆明特产,所有女孩子都爱吃。风干的大块牛肉,称为牛干巴的,搁在地下麻袋上。还有刚出锅的发面饼,也因学生们喜爱,被称为"摩登粑粑"。伙计很有滋味地吆喝着这几个字:"摩——登——粑粑——哎!"街另一头的糯米稀饭挑子也在喊:"糯——米——稀饭——"调子是"1——3——2 6̣ ——"两边似在唱和。铺子、摊子、挑子点着各色的灯,有灯笼,有电石灯,有油灯,昏黄的光把这热闹的街调和得有些朦胧虚幻。

人们熙熙攘攘,糊涂一片,像是一个记不清的梦。峨、嵋只好放慢脚步。好在街不长,一会儿便穿过,然后是一条特别黑的街道,峨邀嵋做伴,主要是因有这一段,这里让人不由得想到乱葬岗子。再横过城外的马路,就是新校舍的大门了。门里是一条直路,两旁是一排排房屋,黑暗中看不清楚,倒是觉得很整齐。路上来来往往的年轻人,大都是疾走如飞,不知忙些什么。

峨拉着嵋进了一间教室,已经有十来个学生了。这里灯光也不亮,电灯和油灯差不多。峨示意嵋坐在后面,自己和同学们坐在一起。刚坐定,教课的美国教师夏先生进来了。

夏正思是一位莎士比亚专家,对英诗研究精深,又热爱中国文化。在明仑已经十来年了。明仑南迁,许多人劝他回美国去,他不肯,坚决地随学校经长沙到昆明,也在大戏台下面分得一间斗室,安下身来。他本来只教文学课,这一班大二英文属公共外语课,因无人教,他就承担下来。每次除讲课文外,还要念一两首诗,同学们都很感兴趣。

大家都坐在有一块扶手板的木椅上,夏先生也一样。他身躯高大,一坐下去椅子吱吱作响。嵋怕他摔倒,欠起身来看。

"这是谁?"夏先生看见她了,"你可以坐到前面来。"这时应该是峨答话,但她不响。嵋不知怎样好,心里暗暗生气。好在夏先生并不追究,开始上课。

课文用油墨印在很粗糙的纸上,是培根的一篇散文《论学习》,每人一份。夏先生示意坐在前面的同学给嵋传过去,嵋站起来说谢谢。好几个人回头看她,她有些窘,很后悔陪姐姐来。姐姐总是这样不管别人的。

课堂上全用英语。《论学习》中有一名言:"天生的才智如同自然的植物,需要培养,那就是学习。"夏正思从植物这个字忽然联想到昆明的植物,说昆明的植物似乎不需要特别培育,因为自然条件如气候、水分等很合适植物的生长。一次他泡了衣服有几天没有洗,衣服上居然长出一个大蘑菇。"可见我懒而脏。"夏先生得出这个结论,大家都笑了。

嵋不知道大家笑什么,自己坐着,想法子打发时间。她看大家的头,女生大都是短发,齐到耳下,没有很短的。有几个人梳辫子,中间分缝,两条辫子垂在胸前,从后面看好像头发很少,怪可怜的。大多数男生头发乱蓬蓬,像一团野草,这团野草不管怎么压,也还是顽强地生长。少数人头发经过认真梳理，服帖而光滑。她看来看去，发现有一个人是她认得的，这人是掌心雷，顶着一片油光水滑的头发。

"原来他也到昆明了，可从来没听姐姐说起。"嵋想，"要是能从香港带冰激凌来多好。"

过了一阵，夏先生开始讲诗了。今天选的是华兹华斯的《我们是七个》。诗中描写一个孩子有六个兄弟姊妹，两个已去世，躺在教堂墓地里。但他顽固地认为"我们是七个"。嵋只懂这一句，但全诗流畅的音乐性，抑扬顿挫的节奏，使得她坐直了用心听。

"嗒——嗒嗒，嗒——嗒嗒，嗒——嗒——嗒。"夏先生打着拍子，摇头晃脑。

很久很久以后，嵋还记得在一片昏黄的灯光笼罩下那本不属于她的一课。

下课了，峨站在教室门口等嵋，掌心雷却走到嵋身边。"孟灵己！你可长高多了。还认得我吗？"

"当然认得，你又没长高。"

"我没长高，可老多了。"

他们在新校舍的正路上走，一轮大大的淡黄色的月亮从远山后升起。

"我落课太多了，得多补学分。"掌心雷似乎是没话找话，"总算注上册了。"

"我们都以为你不会来昆明。"峨应酬地说。

几个女学生从后面笑着追上来，一个叫道："姓孟的，你们走得这样慢！"另一个说："这儿还有一个姓孟的呢。"她拍拍嵋的肩。

峨不答理她们，嵋不知道该怎样表示，看着这几个人走远了。

仉欣雷指着一条岔路说："从这里过去，就是我的宿舍。那房子像一条破船。住在里面，觉得自己挺英勇。"

“英勇？要牺牲吗？”峨冷冷地说。

“不够格，不够格——其实这种生活也很有趣。我给自己的床做了一个纸墙，一捅就破。”

“我们都用帘子，布帘子。”

“我们也有用布做墙的，用纸的人多。”

走到校门口，峨让仇欣雷回去，他问可不可以送一程？峨未置可否。这时街上行人已少，三人不觉加快脚步。

走到南院门口，峨突然对嵋说：“让仇欣雷送你回去好不好？我不回去了。”

这是姐姐又一次背叛！嵋很生气，大声抗议：“你说好一起回家的，你答应娘的。”

“我去看看吴家馨。”

对了，吴家馨这时不知还哭不哭。嵋不响了，停了一下，说：“那随便。”

峨也想了一下，忽然发现该去看家馨的是仇欣雷，他是表哥。便说：“你不去看看吗？她常常哭，都成了哭星了。”

“明天再说吧，我还有功课。孟家小姐们，希望明天能见面。”仇欣雷略略弯身，转身走了。他可能怕峨又生出新主意。

姐妹二人不走翠湖了，顺文林街向前，下坡上坡，很快到了那一片腊梅林中。腊梅林里，有淡淡的幽香包围着，有弯曲的小径牵引着。

“吴姐姐为什么哭？”嵋忍不住问。

“她一个人在昆明，她想家。”停了一会儿，峨忽然说：“还因为她喜欢一个人。我还不知这人是谁。喜欢一个人是很难受的事，你说是吗？”

“怎么会呢？”嵋不懂姐姐的话，也不想研究这课题。她很快活，一跳一跳地去摸腊梅枝。她知道梅林尽处，有她们亲爱的家。

二

太阳从新校舍东面慢慢升起,红通通的朝霞又唤醒自强不息的一天。新校舍在夜晚显得模糊不清,似乎没有固定的线条,这时轮廓渐渐清晰,一排排板筑土墙、铁皮搭顶的房屋,整齐地排列着。墙脚边这样那样的植物,大都是自己长出来的,使土墙不致太褴褛。铁皮屋顶在阳光抚摸下,泥垢较少的部分便都闪闪发亮。学生们为此自豪,宣称"这是我们的'金殿'"!

金殿是昆明东郊一处铜铸的建筑物,似亭似阁,可以将阳光反射到数里之外。新校舍的光芒,岂止数里呢?

体育教师从一排排宿舍之间跑出来,身后跟着稀稀拉拉几个学生。学校希望学生早起跑步做早操,但是响应者很少。年轻人睡得晚,视早起为大苦事,一般都勉强应付几天便不再出席。

"一二三——四!"体育教师大声叫着口令,"一二三——四!"跑步的队伍齐声应和。人不多,声音倒很洪亮。

学生陆续从宿舍中出来,有的拿着面盆,在水井边洗脸,有的索性脱了上衣用冷水冲。有的拿着书本,傲然看着跑步的队伍。也有人站着两眼望天,也许是在考虑国家民族的命运,也许是在研究自己的青春年华该怎样用。

太阳在房舍间投下一段影子,教室门都开了。一会儿,图书馆门也开了。图书馆是校舍中唯一的砖木建筑。

不知什么时候,孟弗之已经在图书馆里了。他穿着一件旧蓝布衫,内罩一件绸面薄棉袍,手边放着一个蓝花小包袱。用包袱包书是他入滇以后的新习惯。他每次到新校舍来都要到图书馆看看。这图书馆和明仑的图书馆真不可同日而语。沿着露出砖缝的墙壁摆着的书架,都未上油漆,木头上的疤痕像瞪着大眼睛。书架上整齐地放着报纸杂志，有《中央日报》《云南日报》《扫荡报》《生活导报》等等，还有《今日评论》《哲学评论》《新动向》《国文月刊》《星期评论》《思想与时代》《云南大学学报》《燕京学报》等刊物。

"孟先生，这么早。"出纳台前的职员招呼。他正在擦拭没有尘埃的桌椅。比起北平来，昆明的灰尘少多了。作为图书馆主要内容的书籍，就更不成比例。出纳台里面倒也密密排着十几行书柜，有些书籍堆在墙边，是从长沙运来。运了一年多才运到，还没有打开。

弗之点头，随手拿起一份报纸。报上有一篇分析空袭的文章，说前几个月空袭虽没有重大伤亡，却给人生活带来很大不便，警报期间还发生盗窃案件。新的一年里空袭会更频繁更猛烈。这时学生渐渐多起来，出纳台前排起一个小队。学生见到弗之，有人恭敬地打招呼，有人赶快躲开，有人置之不理。弗之神情蔼然，他坐在那里，整个室内便有一种肃穆气象。

有人在门外大声议论明晚时事讨论会的题目，显然是社团积极分子。

一个说："汪精卫上个月出走越南，不知怎么想的。"

另一个说："怕日本人，卖国求荣！"

一个说他明白无误是汉奸，又一个说就是汉奸，他的说法也要搞清楚，好反驳。好几个人都说看庄先生讲什么。

弗之听了有些感慨，想起庄卣辰曾说起座谈时事的事。只知微观世界而不知宏观世界的卣辰，抗战以来，又在天津办过一段转运事务，对外界的事关心多了。

他走出门，一个学生对他笑笑说："孟先生有课？庄先生每两周给我们分析战局，很有意思。"

"好。"弗之说，"讲过几次了？"

"两次。"学生答，他忽然手指着远处大声说："预行警报！"

15

大家都朝五华山方向看去，山顶的旗杆上果然升起了一个红球。若不是它预示警报，这个红球在蓝天白云之下倒是很好看。

"今天这么早！"好几个人说。

"我去上课。"弗之向大家点点头。学校惯例是有预行警报照常上课，空袭警报的汽笛响了才各自疏散。预行警报和空袭警报的间隔有时只二十来分钟，有时要一两个小时，有时有预行而无空袭，对预行不采取措施可以不至于荒废时间。

弗之进了教室，站在教桌前，慢慢解开包袱，把中国通史的讲义拿出来。这一学期弗之开了两门课，继续讲通史，增加了断代史。

凄厉的汽笛声响了，是空袭警报。

"今天接得这么紧！"有人低声说。

汽笛声从低到高，然后从高处降低下来，好像力量不够了似的，稍停一下又从低到高。弗之抬抬手臂，表示不上课了，慢慢地放好讲义，包起蓝花布。学生们陆续向外走。最初有警报时人们很慌乱，有人真的拔脚飞奔，成为名副其实的跑警报。后来习惯了，都悠闲起来，似乎是到郊外散一次步。

一个学生走到教桌前小声嗫嚅道："三姨父。"

弗之抬头见是碧初的外甥严颖书。他中等身材，肩背宽厚，是个敦实样儿。他去年考入历史系，学业还算不错。因知道不便在广众前认亲戚，他平常上下课都不打招呼，这时的称呼也是含糊不清。

"有问题吗？"弗之亲切地问。

"这个星期天是母亲的生日。"他说的母亲指的是素初而不是他的生母荷珠。"父亲有帖子送过来，您能来吗？"

"玹子昨天说过了。"

"有车来接全家人，怕小娃他们走不动。"

"这一点路,比跑警报走得近多了,不要接,我们会来的。"弗之说着走出教室门。

"您往哪边走?"颖书似要随侍左右。

"我回家,你去后山吧,小心为好。"弗之自己仿佛不需要小心。颖书鞠躬,向后山走了。

弗之和人群的走向相逆,尽量靠边。

"弗之,你往回走?"

忽听见招呼,见庄卣辰夹在人群中匆匆走来,遂立住脚说:"你走得快,肯定不是跑警报。"

"当然不是。"卣辰穿一件深色大衣,拿着手杖,眼光还是那样天真清澈,脸上却添了许多皱纹,大概皱纹里装了不少时事报告。他指一指几排房屋后面的实验室:"老地方。"

弗之知道,每有警报,卣辰都到实验室守护,怕电器着火,怕仪器失窃。他觉得对实验室的惦记比对警报的恐惧还难受,还不如在实验室守着,炸弹来了也知道是怎么掉下来的。秦校长和朋友们几次告诫,他都当成耳旁风。卣辰也知道,有警报时,弗之的习惯是回家坐在腊梅林里。有些文章便是那时构思的。

"我还有个防空洞,紧急警报来了可以钻进去。"

"我有铁皮屋顶呀。"

两人笑笑,各奔前程。

市民们从挂红球开始,便陆续疏散,这时街上已没有多少人,空荡荡的好像是等人占领,让人看了心酸。弗之走到祠堂街,见一个少女扶持着一个老妇还夹着个大包袱,气喘吁吁走向北门。

少女埋怨说:"我说嘛,东西不消拿得!费工夫!"

"不消拿得!炸不死也饿死咯。"老妇回答。走过弗之面前,一个小包从大包袱里掉出来。是那种云南人常用的傣族刺绣包,总是装细软物件的。弗之见她们只顾快走,便拾起来追了几步递过去。老少二人各用混浊的和清明的眼睛望着他。

"好人哟,好人哟。"老妇喃喃自语,费力地走了。

弗之进了腊梅林,缓步而行,欣赏着阵阵幽香。走到门前,见门上挂着锁,知碧初等已往防空洞去了,遂也往城墙走来。

城墙的这一段很高,如同一个小悬崖。崖下原有一小洞,为狸狌出没之所。附近两家邻居和申大爷商议,邀了弗之参加,修了这个防空洞。其实上面都是浮土,很不结实,峨和玹子都说它只能防手榴弹。不过躲在其中有一种精神安慰,也就不细考究能防什么弹了。此时弗之走到近处,见杂草中城墙有好几处裂缝,心想以后还该让妻儿到郊外去,便是邻居也最好不用这个洞。

汽笛猛然尖锐地响起来,一声紧接一声,声音凄厉。紧急警报!五华山的红球取下了,怕给敌机作目标。

弗之走进洞去。他只是想和妻儿在一起。离洞口几步处有一个木栅栏,栏内黑压压地坐着许多人。逃、躲、藏,这就是我们能做的吗!

"爹爹!爹爹来了!"清脆稚嫩的声音划破了黑暗。

"莫吵嘛,莫吵。"杂货店罗老板不满地轻声说,意思是怕敌机听见。

碧初和三个孩子挤得紧紧的,给弗之腾出地方。这洞很窄,靠两边墙壁用砖搭了座位,人们便促膝挨肩而坐。弗之挤过去,挨着嵋坐下了,另一边是罗老板。

"孟先生,"罗老板还是小声说,"你家说,今天飞机可会来?"

"已经拉了紧急警报,照说敌机已经到昆明上空了。"弗之说。

众人都不说话,注意倾听飞机声音。黑黢黢的洞里声息皆无。

半晌,小娃忍不住了,小声在嵋耳边说:"讲个故事吧。"

"莫要响,莫要响!"罗老板干涉。

这时忽然一声猫叫,"喵——"声音很好听。原来昆明老鼠猖狂,猫很珍贵,老板娘把猫也装在篮子里带来。

另一家邻居的孩子学着说:"莫要响,莫要响。"

猫不愿待在篮子里,更大声叫起来。

罗老板喝道:"不听说!等着掐死你!"

就在猫叫人呼中,远处传来"轰隆轰隆"的沉重的声音,大家,连那只猫忽然都静了下来。敌机来了。

刚刚倾听了飞机的声音,现在得注意炸弹的声音了,下一秒钟这一群人不知还在不在人世。飞机响了一阵,声音渐渐远去。

"喵——"猫儿又大叫起来。众人都舒了一口气,想着今天不会扔炸弹了。

忽然飞机声又响起来,愈来愈近,似乎来到头顶上了。真像猫玩老鼠一样啊,让老鼠松一口气,再把它捺到爪子底下!猫儿配合飞机,又大声叫了,声音不那么好听了,有点像紧急警报。

另一家邻居说:"咋个整?你这只猫!"

这时峨忽然在角落里说:"让它叫。敌人又不会土遁,能在洞口守着?飞机远着呢。"

过了一阵,飞机声又愈来愈轻,终于消失了。

约过了一顿饭时刻,解除警报响了。一声声拉得很长,没有高低。

"解除了!解除了!"大家愣了几秒钟才纷纷站起。罗老板大声说着顺口溜:"预行警报穿衣戴帽,空袭警报又哭又叫,紧急警报阎王挂号,解除警报哈哈大笑。""哈哈大笑啰!哈哈大笑啰!"别人应和着向外走。

他们出了防空洞,见天空还是那样蓝,云彩还是那样飘逸,腊梅还是那样馥郁。

后来得知,敌机那天的目标不是昆明,只是路过。

这个星期天是严亮祖军长夫人吕素初四十五岁寿辰。因吕家三姊妹都在昆明,正好聚一聚。嵋和小娃很高兴,他们很久没有给带出去做客了。碧初则很发愁,因为想不出怎样安排衣服。最缺衣服的是嵋,她长得太快。大半年的时间,原来的衣服都穿不得了,天天穿着峨的一件旧外衣上学。几个刻薄同学见了她就相互拉着长声学街上的叫声:"有旧衣烂衫找来卖!"嵋不介意,回家也不说。但是碧初知道无论如何不能穿这外衣去严家做客。

没有讲究的纱衣裙了,没有赵妈赶前赶后帮着钉扣子什么的了,没有硬木流云镜台上的椭圆形大镜子了,碧初只能在心里翻来覆去想办法。自己和峨的衣服都不合用,算计了几天,忽然看中一条压脚的毯子。那上面有一点浅粉浅蓝的小花,很是娇艳。暗想:这毯子做件外衣倒不俗。可谁也没有本事把它变成外衣。

碧初对弗之抱怨自己没本事,弗之笑道:"我看那旧外衣就不错。要不然把这毯子披了去,算得上最新款式。"

碧初低头半晌说:"也许到那天就不冷了,不用穿外套——唉,这究竟是小事情。"

到了素初寿辰这天上午,天公不作美,天气阴沉。碧初已经不再想外衣的事,忽然来了一位救兵,是钱明经太太郑惠粉。她常到孟家串门。这天来时提了一包衣物,说她的姐姐惠杬托人带来两件外衣,其中一件太小,正好给嵋穿。

"你知道我们今天要到严家去?"碧初问。

"不知道。现在去吗?"

"下午去,你快坐下。今天是我大姐的生日,我正愁嵋没有合适的衣服呢。"

那外衣的花样是深蓝、品蓝、浅蓝三种颜色交错的小格子,领子上一个大白扣子。马上叫了嵋来,一穿,正合适。

"这就叫有福之人不用忙。"惠粉说,轻轻叹息。

碧初见她似有心事,因问怎么了。惠枌欲言又止。

碧初笑说:"你还有什么瞒我的? 惠杬不在昆明,有什么事说说心里轻松些。"

惠枌说:"人家看我很闲在,我可有点烦了,也许该找个事做。"

碧初高兴地说:"我看你该做事。若不是这一家子人,我也要出去做事。"

"你不同了,你的生活满满的,要溢出来了。我的日子——你们要出门,改天再说吧。"

碧初目送她穿过腊梅林,心想她该有个孩子。不过这年月,只怕难得养活。

下午天气更阴得厉害,竟飘了几片雪花,只是在半空中就化了。可以说上半截是雪,下半截是雨,到处湿漉漉的。碧初张罗三个孩子穿戴完毕,自己换上从北平带来的米色隐着暗红花的薄呢袍子。峨说怎么不戴首饰。碧初说应该戴一副红的,可是只有绿的。嵋说戴绿的才合适呢。峨瞪她一眼,意思是你懂什么。

"娘若不戴首饰,让大姨妈家的人小看了。"所谓大姨妈家的人专有所指,大家心照不宣。

峨居然会动心眼,关心和人打交道了,碧初想。遂由两个女儿侍候着,戴好那一副心爱的翡翠饰物。耳坠如两滴鲜亮的水滴,衣领的别针同样晶莹润泽,只是衬出的脸有几分憔悴。

"找鞋子! 找鞋子!"小娃大声说,"我来背着,到了再换。"大家没有抱怨天气,都兴高采烈。

"三姨妈!"门外有人叫,严颖书进来了。"我来接你们。"还是孟家人刚到时,他随素初来过一次,这时见室内还是那样简陋,不禁说:"这房子该修理了——"

峨冷冷地别转脸去。碧初怕她说出什么不好听的话,忙招呼大家上车。

汽车在石板路上慢慢开,从祠堂街到翠湖西,开了十五分钟。

严公馆在一个斜坡上,倚坡面湖,是一座不中不西、亦中亦西的建筑。大门前有两座石狮子。进去是窄窄的前院,种着各种花木。二门在正院的边上,不像北方的垂花门在中间,正对北房。三面有二层楼房,楼上楼下都有宽大的走廊。

弗之一行人下车进门,门房里出来两个护兵擎伞遮雨。只听里面一阵笑语之声,严亮祖和吕素初出现在二门,下了台阶。

严亮祖是滇军嫡系部队中一员猛将。大理人氏。那里各民族聚居,白族最多。严姓人家是彝族,原有几亩土地。亮祖父亲早亡,家道中落,全凭自己奋斗。他身材敦实,和颖书很像,豹头环眼,络腮胡子,有点猛张飞的意思。他参加过台儿庄战役,因指挥得当,作战勇猛,立有战功。后来在武汉保卫战中领一路兵马在鄂东南截击敌军,不料大有闪失。现在回昆明休整,等候安排,他自己时刻准备再赴前线。

亮祖为人甚有豪气,早年在北平和吕清非纵论天下事,颇得老人嘉许。正好吕家给素初议婚,提了几家都不中意,亮祖求婚,便答应了。曾问过素初意见,她只说凭爹娘做主。外边的人都以为在一片婚姻自由的新口号中,素初此举必因纯孝。家里人都知道她不过是懒得操心,怎样安排就怎样过罢了。

素初穿一件大红织锦缎袍子,两手各戴一只镶翠金镯子,左手加一只藕荷色玉镯,那就是翡翠中的翡玉了。她的面容平板,声音也很平板:"三妹你们有一阵没有来了。"素、碧二人挽了手进到客厅。客厅里摆着成套的硬木家具和沙发,也是中西合璧。

一座大理石屏风前站着慧书,她走上前来行过礼,便和嵋在一起说话。

"嵋都快有慧儿高了,肯长哟。"亮祖说。大家暂不落座,把孩子的高矮议论了几句。

慧书那年十四岁。那个年纪的女孩几乎无一不是好看的。只是细心人会发现她的面容于清秀之中有些平板，灵气不够。幸亏她继承了父亲的大眼睛，这双眼睛不善顾盼，却是黑得深沉柔软，望不到底。她神色端庄，似有些矜持，看上去比实际年龄大些。她应该是家里的宠儿，可是她似乎处处都很小心。这是严家的特殊情况造成的，知情人不用多研究便可得出这一结论。

这时半截子雨下得更大了。人报澹台先生、太太到，大家都出来站在廊上迎接。

"从重庆来办事，正好给大姐祝寿。"澹台勉坠马摔伤后，经过接骨，伤腿比原来短了几分，走路离不开手杖。

"看看子勤多老实，就不会说专程从重庆飞来拜寿吗！"绛初笑说。她穿一件雪青色隐花呢夹袍，套一件同样料子的马甲，这大概是重庆流行的服饰。戴着一副钻石耳环，手上戴着一只配套的钻戒。

亮祖对两位姻弟说："抗战期间，大敌当前，作为军人，我现时却在家里，实在惭愧。"

子勤、弗之都说："亮祖兄为国立功，天下皆知。部队休整，是必需的，怎说惭愧。"

大家叙礼落座，严家几个亲戚也都介绍见过。众人都觉得还少一个重要之人。

素初问严亮祖："请她出来吧。"

亮祖点点头，命颖书去请。不知情的人会以为去请的是严家老太太或长一辈什么人。一会儿，颖书陪着一位中年妇人来到厅上。

这妇人进门先走向素初，一面说"荷珠给太太拜寿"，一面放下手里的拜褥，跪下去行礼。素初像是准备好的，把身边拜褥一扔，跪下去回礼。众人都知道这是亮祖自家乡带来的妾荷珠了，又深悉这位如夫人的厉害,纷纷站起。

　　荷珠自幼为一户彝族人家收养,其实是汉人。她的穿着颇为古怪,彝不彝、汉不汉、今不今、古不古,或可说是汉彝合璧、古今兼融。上身是琵琶襟金银线小袄,一排玉石扣子,下身系着墨绿色团花长裙,耳上一副珍珠串耳坠,晃动间光芒射人。手上三个戒指,除一个赤金的以外,另有一个碧玺的,一个钻石的。如有兴趣研究,荷珠会讲解碧玺在宝石中的地位和钻石的切割镶嵌工艺。在华丽的衣饰中,衣饰主人的脸却很不分明,好像一帧画像,着色太浓,色彩洇了开来,变成模糊一片。就凭这模糊一片,主宰着严家的一切。

　　当下荷珠走到绛、碧面前,说:"二姨妈三姨妈到昆明大半年了,我没有常来走动,真是该死。"众人听她用词,都不觉一惊。"我们太太身体差,小事情都是我管。今天备的寿酒不合规矩,请多包涵。"大家不知她说的是什么规矩,也不好接言。

　　绛初说:"我们玹子在大姨妈这儿住,也承荷姨照应了。以后我们到重庆去了,玹子留下上学,更要麻烦了。"

　　荷珠说:"麻烦哪样! 有事情喊护兵嘛,不麻烦!"

　　严亮祖请大家坐。荷珠也在下首坐了,一面观察玹子的细绒长外衣,又招呼嵋到身边研究她的新外套,一面吩咐颖书什么,两眼还打量着碧初那一副翡翠饰物。一会儿,护兵送上茶来,一色的青花盖碗。

　　"照我们小地方的规矩,来至亲贵客要上三道茶。头一道是米花茶。"亮祖说话底气很足,使得献茶似更隆重。大家揭去盖子,见一层炒米漂在水面,水有些甜味。孩子们嚼那炒米,觉得很好吃。

　　"近来战事怎样? 敌军占领了武汉,下一步亮祖兄有什么估计?"弗之客气地问。

　　"敌人下一步,可能会打南昌。"亮祖沉吟道,"还会腾出兵力往北方骚扰。当然我们也不是他参谋长。敌人原想三个月结束战争,现在已经一年半了,咱们拖也要拖垮他!听说蒋委员长有讲话说,就一时的进退说,表面上我们是失败了,但是从整个长期的战局来讲,我们是成功的。"

"滇缅公路上个月建成了,以后昆明的经济地位和战略地位都更重要了。"子勤若有所思。

"你是说滇军的地位也更重要了。"弗之和子勤相处较多,也较亲密。他懂得子勤话中有话,滇军在最高统帅部看来,究竟不是嫡系。

亮祖哈哈大笑:"云南这地盘就是要有军队保护——我们总是听中央的嘛。"他忽然收住笑声,若有所思。停了一会儿,说:"我在湖北打了败仗,你们可听说?"

子勤道:"听说一些。"

亮祖道:"虽然没有完成截击的任务,我们也是拼了命了。敌人以十倍于我的兵力来攻,我们在山头上,弹尽粮绝,硬是用石块木头打退敌人七次进攻!滚木礌石嘛,你们历史学家知道的。"说着,豪爽地笑了几声。

弗之见座中人多,不好深谈,只说:"去年我们到昆明不久,正看见五十八军出征,数万人夹道欢送。有些人哭着喊中国万岁!滇军必胜!那种气势真让人觉得中国人不会败的。一两个小战役的胜败,兵家常事。"

这时护兵上来换了茶杯,这次是红色盖碗,碗中有沱茶蜜枣和姜片。孩子们喝不来,转到屏风后,见摆着一排竹筒,大小不一,颜色各异,有上了漆的,有素胎描花的。慧书介绍,这是水烟筒,抽水烟的。

玹子听见,走过去拿了一个摆弄着,笑嘻嘻地说:"听说滇军在台儿庄,英勇善战,有个特点是人人手持烟筒,日本鬼子还当是什么秘密武器呢。"

"那还不是水烟筒。"亮祖又哈哈笑,说,"那指的是大烟枪,鸦片烟!鸦片烟也是云南的特产啊。不过说人人拿着烟枪,那是开玩笑!"

这时大家都不好搭话,因为严府是用鸦片烟的。亮祖从前抽,这几年戒掉了。戒不掉的是素初,她在鸦片的作用中到达人生中最奇妙的境界,不忍放弃。荷珠只管烧烟,有时还替素初烧,自己是绝不抽的。

"若说鸦片是一种武器也可以,"停了一会儿,弗之笑道,"只是这枪口是向内的。我们真的秘密武器是中华民族不屈不挠的精神。只管向前,永不停止,御外侮,克强敌,不断奋斗,是我们的历史。《易经》上乾、坤两卦的象传,有两句话:天行健君子以自强不息;地势坤君子以厚德载物。这是对乾、坤两卦的一种解说词,也是古人的人格理想。君子要像天一样永远向前行走,像地一样承载一切、包容一切。"

大家都有些感动。亮祖说,什么时候请给军官们讲一讲。弗之说当然可以。这时护兵来献第三道茶,这是一道甜食,莲子百合汤。用的是金色小碗,放有调羹。荷珠见茶上好,起身告退,说还要去照管厨房。大家又随意说些话。绛初站起身说:"大姐,我们往你屋里看看。"

三姊妹一起往厅外走,身材都差不多。玹子和峨注意看自己的母亲,她们发现,绛、碧二人有多相像,素初和她们就有多不像。不像的主要原因还不在相貌,而是素初缺乏活力,她的举止有些像木偶随着牵线人而活动,那牵线人不知在哪里。

素初住东厢楼上,楼下住的是慧书和玹子。西厢楼下是颖书,其他房屋都归亮祖使用。荷珠另有一个小院,那是个颇为神秘的所在。

当时三姊妹到得楼上,素初拿出钥匙开门。绛初说:"自己家里还锁门!"三人进屋,首先撞入眼帘的便是矮榻上的烟灯和烟枪。

绛初不等坐定便说道:"大姐,你还不戒烟? 弗之说鸦片是杀伤自己的武器,人为什么要杀伤自己! 要杀伤敌人才对! 咱们三姐妹难得在昆明聚了大半年,现在我又要随子勤去重庆。玹子不愿意转学,只好留下住大姐这里,你多照料,我也和玹子说,多照料你。"

碧初说:"最要紧的是大姐的身体。这些年的日子也不是好过的,抽上烟不怪你。今天是你四十五岁寿辰,就下个决心戒了吧。爹这时在北平,不知做什么呢,他始终不知你这事。就当爹现在和我们在一起,咱们四个人说定了,你戒烟!"

素初低着头把两个镯子抹上来又抹下去,半晌说:"我抽得很少。"

"很少也是鸦片烟!"绛初说,"我们见一次劝一次,怎么一点儿作用也没有! 你也要替慧书想想,有什么闲言碎语,岂不影响她的将来!"

素初苦笑道:"看各人的命吧。他的家本来就古怪——我不是不想戒烟,可是戒了又有什么意思!"

绛、碧两人还从没有听素初说过这样有主张的话,两个对望了一下。忽听见一种咯咯的声音,从窗下一个小纱柜里发出来。

"好像蛤蟆叫。"绛初走过去看。

素初忙说:"莫要动,看看可以。"

碧初也好奇地凑过去。两人都吓了一跳,向后退了几步,询问地望着素初。

纱柜里蹲着一只很大的癞蛤蟆,花纹丑怪无比,瞪着眼睛在喘气。

"这是荷珠养的,她养了好些古怪东西。"素初解释。

"她养随她,为什么放你屋里!"绛初几乎叫起来。

碧初的眼圈红了,揽住素初说:"大姐,你不能凡事都听别人摆布啊。"

素初忙用两手做一个压低声音的姿势,自己小声说:"她养了好几只,谁过生日就在谁屋里放一只,过三天,是要吸什么气。亮祖颖书都一样,家里只有慧书有豁免权——亮祖做的主,他喜欢慧书。"素初脸上掠过一丝安慰,"今年还算好,有几年放的是蛇。"

绛初对碧初说:"咱们和弗之、子勤商量一下,由他们出面和亮祖谈一谈。姨太太就是姨太太,哪能这样欺负人!"

素初忙挥着两手说:"不行不行,千万不要!这么多年都过来了,我的日子我明白。"停了一下,又说:"而且亮祖也不容易。他的事我不清楚,可是觉得出来,他不容易!家里不能再乱了。"

碧初沉吟道:"外人干涉不好,以后慧书长大会起作用。最好爹爹有信来,大家一起说说爹怎样惦记大姐,吕家还是有人的。"

"爹很久没有来信了。"三个人心里想,可是都不说。自碧初离开北平,只收到过吕老人一封信,那信走了好几个月。

"路太远了。"碧初叹息,忽然想起爹说的那句话:"路远迢迢,不知哪里更近。"心里猛然咯噔一下。

一阵楼梯响,孩子们叽叽喳喳跑上来。素初取出一块花布,将那小纱柜盖了。

小娃跑在最前面,冲进房里问绛初:"二姨妈,玮玮哥什么时候到昆明来?我们都想他。"嵋笑着举起一只手,表示附议。

绛初说:"玮玮也想你们,想到昆明来上学。可是在重庆也有好中学,在家里,总方便些。"

慧书不说话,站在小纱柜前,停了一会儿,忽然大声说:"二姨妈,三姨妈,让玮玮哥来这边上学吧,和玹子姐一起。就在颖书房里隔出一间,很方便的。昆明天气多好,去年暑假我到重庆,热都热死了。小娃要打秋千,下着雨打不成,滑下来可危险——"她一口气说着,没话找话。

绛、碧两人听出来她是想掩盖纱柜里的咯咯声,便也大声找话说。

不多时,护兵在门外叫:"报告!请用饭!"除了嵋和小娃,大家都松了一口气,鱼贯出房下楼。素初和慧书留在后面锁门。

雨已经渐渐小了,天边灰暗的云后面透出一点亮光。

饭厅在客厅旁边小院里,已经摆了三桌酒席。亮祖、子勤、弗之还有严家几个亲戚都在桌边等候。三姊妹进来后,荷珠忽然出现了,帮着安席斟酒,一副女主人姿态。素初是寿星,和亮祖坐在中间,默然不语。

桌面中间一个大拼盘,有称为牛干巴的风干牛肉、宣威火腿、酱肉片、白肉片、乳扇乳饼、牛肝菌、青头菌、鸡油菌等,排出一个端正的寿字。

大家坐定,亮祖一举酒杯,说:"我们一般不过生日,一年年,赶着过生日,来不及!今年难得二妹、三妹两家人都在昆明,素初也算得整寿,是荷珠想着,操持请大家聚一聚。"

他这话不伦不类。绛初听了,马上站起来说:"大姐过生日,我们恰好赶上了,真是难得。其实大姐是我们三姊妹中最能干的,我们差远了。我和子勤祝大姐以后的日子幸福康宁。"

碧初因也站起说道:"二姐说得对,大姐的才干,我们远远不及。若论彼此关心爱护,我们三姊妹可是一样的。弗之和我祝大姐平安快乐。现在全国上下一致抗日,大姐能做点什么事才好。"

亮祖看两个小姨子捧她们的姐姐,颇觉有趣。说道:"到底是亲姊妹啊,若是这时爹也在昆明就好了。"他把爹这个称呼说得很响亮,"我说过请他老人家赏腊梅花。"

接着,玹子等都来敬酒,笑语间上了几道菜。

"这是红烧鸡枞,是我们厨师傅的拿手。"荷珠伸手指点介绍,手上的戒指亮光一闪一闪。

这时亮祖的副官进来,附在耳旁说了什么,亮祖随他出去了。走到客厅,副官递过一封信,说:"北平来的。"信封已经破损,角上有两个墨字:讣告。亮祖忙打开看:

大姑奶奶二姑奶奶三姑奶奶
严姑老爷澹台姑老爷孟姑老爷

　　吕清非先生于七月七日晨逝世,暂厝上房。莲秀侍候不周,请姑奶奶们回来责罚。

署名是赵莲秀,日期是一九三八年七月七日晚。若是等到次日写讣告,就不能写暂厝上房这句话了。

亮祖想先压住这消息,一回头,见荷珠站在身旁,便说:"明天再说吧?"

"明天都散了,不如现在一句话省事。"

"至少饭后再说。"

"你也忒婆婆妈妈了。"荷珠拿过讣告,径自走到饭桌旁交给素初。一面说:"北平来的。"

素初一见讣告两字忙站起来,两手扶桌说:"爹爹——"

绛初读过信,泪珠连串落下,口中埋怨:"也不写明原因!"

碧初觉得那张信纸有千斤重,拖着她从高山顶坠落,身子轻轻摇晃。她强自镇定,直到离开严府,一滴眼泪没有落下。

三

昆明冬日的田野,北方人很难想象。似乎是冬天遗忘了这一片土地,春夏秋都不肯让出自己的地盘,各自交错地显示着神通。绿色还是均匀地涂抹在村庄旁小河边,一点赭黄偶然地染在树梢。

便是有一点没有覆盖的土壤,也显得那样湿润,明显地在孕育着生命。

蓝得透亮的天空上,有一朵白云,淡淡的,像一片孤帆,随着孟弗之一家人默默地行走。出小东门,石板路愈来愈窄。跨过一条小河,绕过两个村庄,他们继续走着,要走得远些,更远些。

灌木丛上的露水还没有干。

峨和嵋,轮换着和弗之用扁担抬一只篮子。本来弗之要一手提,被大家否决了。篮里装着一只公鸡、一方猪肉、四个白面馒头、四个宝珠梨,还有一瓶酒及杯箸等物。他们要找一块好地方为吕老人上祭。

碧初从严府回到家便病倒了,发烧,不思饮食,躺了几天才能起床。父女们生离成为死别,本是可以料及的,不过在老人跨过生死界限的重要时刻,没有侍奉在旁,做儿女的于悲痛之外又有悔恨歉疚等复杂情绪,使得悲痛格外沉重。

"不知究竟发生了什么事。"这句话碧初向弗之说了不下几十遍,"若是病,完全可以写清楚,爹也不托个梦来。"

弗之心里有点明白。吕老人早就觉得自己活着是个累赘,是附痈赘疣,自己动手除去是很可能的。只是这话不能和碧初说。

祭礼是嵋率领姚嫂准备的。姚嫂杀鸡煮鸡,嵋煮一方猪肉,细心地拔猪毛。她要把肉皮收拾得干干净净,这是给公公的啊。

峨从学校回来,认为这简直是多余。"带点毛有什么关系,反正是扔在那儿。"

嵋抬头看看姐姐,仍只顾拔毛。碧初挣扎着蒸了白面馒头。宝珠梨是云南特产,汁水多而甜,用它做祭礼是峨的主意。

三姊妹本打算联合祭奠,因各家活动不同,乃分头行事。玹子原要参加孟家郊祭,又因父母即将离开昆明,便回小石坝去了。孟家五人在田间走着,他们走完田埂,又走了一段石板路。走过一条小岔路,见一片树丛中有一个小丘,绿色覆满。

弗之问碧初:"就在这里?"

碧初点头。大家将丘前稍做清理,摆开祭品。菜肴前放了杯箸,按人数斟了五杯酒。

小娃忽然说:"娘,我去给公公舀一碗水。"

峨、嵋随他去找水,不远处有一条小溪,潺潺地流着。小娃舀了水端回丘前,大家肃立。

碧初拿着一束香,待弗之点燃后轻轻晃动,火光画了个圆圈,随即熄灭。二人居前,三个孩子在后,行三叩首之礼。

碧初持杯在手说:"爹,你走了。我们离开家不过一个多月,你就走了。爹究竟是什么病? 出了什么事? 我们姊妹三人都不在跟前,真是不孝!"说着放下酒杯痛哭失声,匍匐在地。

峨等也都泪流满面,要上前劝慰。弗之示意不必,让她痛快哭一场,以减轻悲痛。

弗之取了一杯酒,心中默念:"舅父一生忧国忧民,一腔正气,在沦陷区,必然是过不下去的。我们不知详情,我却知道,舅父的精神,上昭日月,下育后人,永远不死!"将酒酹地,撩衣行跪拜之礼。

峨等依次敬酒、行礼,小娃还加一碗水,他一面哭,一面高声道:"还我河山,公公教我的,还我河山!"他想着公公教他刻图章,在肥皂上刻过这几个字,稚嫩的童音在绿丛中回绕,像是一个誓言。

香头上那点红逐渐矮下去,颜色渐暗,终于熄灭了。大家又站了一会儿,弗之示意收拾东西。

碧初已止了哭,低声问:"东西还拿回去?"

"拿回去吧。祭神如神在,已经用过了。"弗之说。

"不要暴殄天物。"嵋说。她相信这符合公公的想法。

　　他们收拾东西往回走，走上石板路，走下田埂，到了离城最近的村庄。蓝天上那朵白云，仍在追随着。

　　"天这么好，"碧初忽然说，"既然出来了，就多待会儿，怕有警报。"

　　"都这个时候了——"弗之一句话未完，见远处五华山顶升起三个通红的球，遂改口说："就在这儿休息一下也好。"他见碧初面色苍白，是走不动了，忙向附近小树林找了个坐处。

　　碧初靠着峨坐下，峨和小娃跑开去。"不要走远！"碧初叮嘱。

　　约有一顿饭时刻，空袭警报响了。树林里人渐渐多起来，都是从小东门出来的。还有几副吃食担子，其中一个卖豌豆粉。顾名思义，那是一种豌豆做的食物，加上各种作料，微辣微甜，孩子们很喜欢。小娃不觉多看两眼，峨忙拉他走开。他们知道日子艰难，从不提出要吃什么，穿什么。

　　"孟家二小姐和小娃在这儿。"一声招呼，是李涟一家人来躲警报了。说话的是李太太金士珍，她还是那样僵硬的瘦，倒是不显得憔悴。两个孩子之薇、之荃也望着那豌豆粉担子。峨上前说话。"都这么高了，长成大姑娘了。"士珍评论。

　　"我们和孟姐姐去玩。"之荃大声说。四个人跑到树林西边小河旁，这里离城已很近了。

　　李涟夫妇见了弗之夫妇，得知孟家是来郊祭，李涟立即向北方三鞠躬，弗之二人忙一旁还礼。

　　士珍却不行礼，大声评论说："依我看，老先生实非善终。"

　　碧初正怀疑吕老人死因，颤声问道："究竟是怎样的呢？"

　　士珍不答，似在入静。

　　"莫非被日本人——"碧初自言自语，眼泪滴滴答答落下来。

　　"不至于，哪至于呢！"弗之打岔说，"老人已仙去，不要再琢磨这事了，不然反惹不安。"

峨也说："娘瞎想什么！"

碧初道："不知婶儿怎么过活。"

"谁也管不了许多。"峨说。

李涟说起给学生发放贷金的事。学生们离乡背井，都在长身体的年纪，凑合吃饭。老滇币作废，新滇币以后也要作废，法币贬值，物价涨得快，伙食愈来愈糟。有些学生开始找事做，看来找事的会愈来愈多。

"年轻人历练历练也好。"李涟说，"最近有一个药店要找个会计，也就是记账，很好学。好几个学生争着去，叫我很难办。"

峨忽然走过来说："爹爹，我想找个事做。"

"你？"弗之微怔。峨素来不怎么关心家的，看来也知道操心了。"不要，还不至于。你才二年级。家里还过得去。"

李涟见状，说："孟离已去最合适。生物系，和药有点关系。"

"不可以。"弗之阻拦道，"好几个同学要找饭吃呢，峨不能去。"他的目光逐渐严厉起来。峨不情愿地走回母亲身边。

士珍在说话，一半对碧初一半是自言自语："云南这地方很奇怪，我常见的神祇大半都看不见了。眼前净是带色的云啊、霞啊，还有雨，成串的雨。弄得我真跟断了线的风筝一样，没着没落的。要不然，吕老太爷的事，我能不知道？"她停了一下又低声说，"这里有些女人兴养蛊。知道什么是蛊？就是有毒的蛇蝎、蜈蚣什么的。养蛊得练，练好了用手一指，就能让人中毒！"

峨好奇地问："你的教和这些有关系？"

士珍不高兴地说："瞧你这人！我们和这些邪门歪道可没关系！两码事！你别瞎搅和！"

若是平常什么人这样说话，峨定要给个脸色。因士珍不是平常人，也就不能以常理对待。峨一点不生气，也不检讨问得冒失。

树林里，几副吃食担子生意很好。人们端着碗，有的站、有的坐、有的蹲,稀里呼噜地吃着。空气中飘着食物的香气。

碧初惦记嵋和小娃,有气无力地说:"峨,你去看看嵋他们干什么呢,叫他们过来。"峨刚迈步走,碧初又说:"他们的地方要是好,就不用过来,不用凑在一起。"

士珍大声笑道:"你这是父子不同舟的意思。今天不要紧,今天飞机不会来。"

正说着,紧急警报响了,树林里忽然静下来。随着警报声,一下子地上少了好些人,不知藏到哪里去了。

"不要去了,不要走动。"碧初温和地对峨说。弗之走过来说,看见孩子们在河岸下坡处捡石子,地点很好,李涟留在那里照顾。碧初点点头。

河岸边,李涟靠着之荃坐下来。孩子们对紧急警报并不陌生,仍在捡石子。捡了堆起来,一会儿又推平。嵋不参加这游戏,只望着蓝天遐想。

没有多久,敌机来了。

十八架飞机,排成三个三角形,在蓝天上移动,似很缓慢。那朵白云还在那儿。飞机穿过了它,直向树林上空飞来。

之荃指着天空嚷嚷:"日本飞机!"

小娃拾了些石子儿要扔出去,自己说:"当机关枪。"嵋忙制止了。

这时飞机已到头顶,轰隆隆的声音震得人心发颤。除了这声音,四周是一片死寂。

"快卧倒! 快趴下!"不知是谁喊了一声。嵋本能地把小娃推倒,自己也趴下,心想有什么事就护住小娃。

天仍很蓝,白云仍很悠闲。"我们要是都死了,天和云还是这样。"嵋暗想。

一架飞机俯冲,那时的飞机扔炸弹时都俯冲,以缩短距离。在这一刹那,峨感到十分恐惧,那感觉像是有一只手把身体掏空了。她想跑去找母亲,可是动弹不了。这时蓝天里多了几个黑点儿,一个比一个高一点,向下坠落。

"炸弹!"峨猛省,正要翻身抱住小娃,轰然一声巨响,她什么也不知道了。

三个炸弹落在小河对岸,排列整齐。炸弹碎片飞起成弧形,恰好越过峨等藏身的河岸,掀起的红土落在震昏了的峨和小娃身上。之薇、之荃离得稍远,震得眼前发黑,不禁放声大哭,泪水和着红土糊在脸上,连眼睛也睁不开。李涟赶忙一手揽着一个。

忽有一架敌机俯冲,用机枪扫射地上的中国人,机枪的哒哒声十分清脆。李涟护着孩子,抬头定定地看着敌机。等敌机飞走了,过来看峨和小娃。

小娃身上土较少,先醒过来,只觉浑身无力。他见峨在不远处,大半身让土埋着,忙爬过去,一面扒土,一面叫道:"小姐姐!你醒醒!"叫了几声,峨仍不睁眼。"是不是以后只能给小姐姐上祭了啊!"小娃想,几乎心跳都停了。但是他不哭!

李涟等帮着把土扒开。一会儿,峨醒了。她先不知自己身在何处。天还是那样蓝,那朵白云还在不经意地飘着。外公,警报,飞机,炸弹在她脑中闪过,她随即意识到,自己已经死过一次了。

弗之一行人赶过来了。之薇、之荃见到士珍,都停了哭。峨和小娃依在碧初身侧,觉得十分平安。

小娃凑近碧初耳边,说:"娘,我觉得过了好些好些年了。"

"我已经死过一次了,娘。"峨在心里说。

这时士珍议论着,那边炸死好几个人,很可怕。她脸色苍白,语调紧张。

树林边传来哭声,是死者的亲人在忍受死别的痛苦了。一个人哭道:"小春啊小春,你才十二岁,你才十二岁!"小春,是最普通的女孩名字,十二岁,刚刚是嵋的年纪。这个不相识的同龄人已经消失了。

敌机又飞回来了,在空中盘旋。

美丽的蓝天,你就放纵敌人的飞机这样任意来去吗? 丰饶的原野,你就忍受敌人的炸弹把你撕破吗?

小娃挣扎着站起来,大声问:"爹爹,我们的飞机呢? 为什么不来?"

"我们的飞机? 我们积贫积弱的祖国,哪里有飞机!"弗之深深感叹。又见小娃那样小,满身红土,却站得笔直,专注地望着自己,关心着我们的空军,心里一阵酸热,温和地说:"可以说我们根本没有国防。我们的人民太贫困,政府太腐败——这些你还不懂。"

飞机转了几圈,飞走了。紧接着,小东门一带传来轰隆巨响。人们屏息凝望,见几簇火光,从地上升起,在阳光中几乎是白色的。"小东门起火! 小东门起火!"人们压低了声音说。

忽然一个人大声叫起来:"我的家! 你鬼杂种炸我的家!"他跌跌撞撞向河对岸跑,被人拽住了。

"等下嘛,等一下。"有人劝他。这里很多人都住小东门一带,又有几个往城内跑,要去救火。

李涟大声说:"防空系统有消防队,大家跑回去没有用啊!"人们不听,三三两两走了。

弗之和李涟对望一眼,都在痛恨自己的无能。

"我看见日本兵在机舱里得意地用机枪扫射,那女孩——不共戴天!"李涟恨恨地说。

"不共戴天"! 弗之在心里咀嚼这四个字,一面叹息,世界上,什么时候才能没有战争啊。

敌机没有再来,解除警报响了。留下了尸身和炸碎的肢体,留下了瓦砾和仇恨。

弗之一行人走回城内。经过小东门,见火已熄了。人们在倒塌的房屋前清理,有几个人呆呆地坐着,望着这破碎的一切。一棵树歪斜着,树上挂着什么东西,走近时才知是一条人腿。大人忙用手遮住孩子的眼睛,往路的另一边走,似乎是远几寸也好。

嵋看见了,她像被什么重重地撞击了一下,有些发晕。她尽量镇定地随着大人走,不添麻烦。心里在翻腾:可怜的人!一定是住在这里的,没有跑警报去,如今变成鬼了。鬼是什么样子?鬼去打日本人才好,日本人太凶狠了。跑警报的也死了,不知死了多少人,有几个新鬼?可千万别到我家来啊。

谁都没想到,他们已经没有家了。

进城后李涟一家往南,弗之一家往北。他们走上祠堂街,就觉得异样。邻居杂货铺关门下板,祠堂花园高墙里冒着黑烟,有些人在祠堂大门出出进进。

杂货铺罗老板从大门出来,见到弗之说:"你家去外头躲了,大命人呀。防空洞塌了,我刚刚看过。"

"伤人没有?"弗之忙问。

"不有伤人,不有。"罗老板摇手,神色于愁苦之中露出一点侥幸的安慰。"我们也出城了,走亲戚去了,神差鬼使!"他欲言又止,终于还是说了:"你家先生的住处也塌了。"

弗之一行人听得明白,没有说话,忙走进门。见几个人抬着担架过来,是另一家邻居。心下一惊,问道:"不是说没有伤人吗?"停下看时,见是看祠堂的申大爷,闭目躺着,微微喘气。

一个人说:"他是震伤,不是炸伤。"

"送医院吗?"

"试试看。"

弗之示意碧初拿些钱,碧初早拿了一百元递过来。弗之交给邻居,邻居说:"孟先生好人!快看你家房子去!"

　　孟家人走过腊梅林。林中靠防空洞那边落了一枚炸弹。炸弹坑看不见,烧焦的树林还在冒烟。黑烟下还是郁郁葱葱的梅林,迎着他们。

　　他们站在家门前时,觉得神经已经无法承受苦难的砝码了。他们的家已成为一片废墟,房前面一个炸弹坑,可以装下一辆老式小汽车,幸亏这是一枚小炸弹。瓦砾之间,还有半间屋架挺立。半截土墙上贴着嵋和小娃写的大字。那时他们正在临九成宫字帖。

　　他们怔在那里。没有哭泣,没有言语。时间仿佛停滞在炸弹坑边。

　　"坐一会儿吧。"半晌,弗之说,从碎瓦中拖出一个凳子来,让碧初坐下。

　　"毕竟我们一家人都在!"碧初苍白的脸上掠过一丝微笑。是啊! 在这战乱之中,一家人团聚在一起,可谓不幸中之大幸了。坐了一会儿,碧初发令动手收拾。我们人还在,我们还有头、还有手呢!

　　"我的书稿!"弗之猛然叫道。

　　碧初沉静而哀伤的眼光抚慰着他。"没事的,"她说,"那箱子在床底下。"他们本要带着它,因祭物已很重,便给它找了个好地方。

　　峨、嵋姊妹扑向瓦砾堆,床拉出来了,书箱完好无损。弗之打开书箱,见书稿平安,全不知已经过一番浩劫。他慨叹道:"这下子咱们全家都在一起了。"

　　他们继续刨出几件桌椅箱笼,排列在炸弹坑边。饮水器皿都已粉碎,没有水喝。这时腊梅林中走出一个人来,这人风度翩翩,神采俊逸,穿着浅驼薄毛衣,深灰西服裤,依然北平校园中模样,正是萧澂萧子蔚。

　　"我们一回来,就知道城墙防空洞塌了。好几个人跑去看,知道你们不在,也没有人受伤,才放心。"子蔚轻叹,"没想到房子震塌了。"

"日本飞机炸得真准,正好在房子前面,要是炸弹落在房子上,可就什么也没有了。"

"谁叫弗之是代表人物呢。炸弹也找有代表性的地方掉。"子蔚故作轻松,对碧初说。

碧初知他的用意,勉强一笑。峨特别感动,心想萧伯伯真是好人,总在宽慰别人。

"大戏台那边收拾了一间屋子,孟太太先过去休息吧!我们张罗搬东西。"子蔚说,"我去找个挑夫。"

说话间又来了几位先生和庶务科的人。都说现在找不着人的,还是大家动手,随即抬的抬提的提,还有人找来扁担,挑起两个箱子,往大戏台那边运送。

弗之命嵋陪母亲先去休息,嵋说:"让姐姐去吧,我帮着搬东西。"

她在倒塌的土墙边出出进进,身上原来的泥土未曾收拾,现又加了许多,红一块黄一块黑一块,颇为鲜艳。小娃则成了个小花脸,前前后后跟着她。一些小东西,其中有龟回买来的砚台,都是他们两个刨出来的。

峨提了一个网篮,陪碧初先走了。众人又刨了一阵,有些埋得深的,只好以后再说。弗之不知怎样感谢才好。

一个职员说:"用不着谢的,明天说不定炸到我头上。还得给我——"他本想说还得给我收尸呢,说了一半,咽下不说。大家都拿了些什物,往大戏台走了。

嵋和小娃走在腊梅林中,忽听见马蹄嘚嘚,愈来愈近。

"骑兵!"小娃说,"骑兵没用!"

他们站在一棵腊梅树下,望着祠堂街。一会儿,一骑云南小黑马跑过来,进了大门。一个干净的、英俊的少年骑在马背上,两眼炯炯有神,脸上则是平静的,像是刚从书房走出来。不是别人,正是庄无因。

"庄哥哥!"他们两个大声叫起来。庄无因跳下马,把马拴在腊梅树上。一手一个拉住他们俩,三人半晌说不出话。

"我们听说了,我立刻骑马来了。"无因目光流露出关切和一点凄凉,"你们害怕吗? 累吗?"两人低头不答。

"听着,"无因果断地说,"你们俩到我家去住,爸爸妈妈派我来说这事。"

"哦,不。"嵋果断地摇头,"我们要和爹爹和娘在一起。"

"庄哥哥,我们还要守着腊梅林。"小娃说。

"孟合己很有想象力。"无因轻拍小娃一下,"好,这话等会儿再说。"

三人走到大戏台,见进门处的玻璃震碎了,两扇窗掉了下来。没有大损伤。孟家栖身之处是戏台顶上的小阁楼。因楼梯过于窄陡,上下不便,没有人住。这时阁楼上很热闹,楼梯不时有人上下。

峨拿着盆巾走下来说:"从窗口看见你们了。娘说让你们先去洗脸。"她向无因点点头。

"庄哥哥骑马来的。"小娃报告。

"你能在马上看书吗?"峨问。

"不能。"无因回答,随即转脸对嵋说:"马太快,会摔下来。我骑车看书,因为自行车是百分之百听指挥。马做不到,只能百分之八十——也许更少一些。"

两个孩子在公共用水的地方洗脸,很快洗出一盆泥汤。峨吩咐再洗一遍。嵋和小娃很迟疑,他们不敢多用水。水是雇人挑的。

"你们快成夏洛克了。"无因说,"你们洗,我去挑水。"

"你知道井在哪儿?"峨冷笑。

"想找就能找着。"无因说话间已跑出几丈远。

水很凉,两个孩子不想再洗,但觉得姐姐这样来招呼真是天大的面子。既然无因肯挑水,就多用些。他们又洗一遍,水的颜色浅多了。经峨认可,一起上楼。

秦校长和夫人谢方立在房间里。谢方立较碧初大几岁,面容清秀,于慈和中有几分严峻,似是从秦巽衡那里分来的。碧初用毛巾擦着小娃的手脸,怕生冻疮。

谢方立也拉着嵋教她轻轻搓手,一面说:"你们三个孩子精神都很健康,都是经得起事的。"她本来想到的是两个孩子,及时纠正了。又叹息道:"这里和圆甑方壶的日子没法子比了。"

"他们倒是从不叫苦,知道怕苦也没有用。"碧初擦干小娃的手脸,命他走开,自和谢方立低声说话。

小娃走到弗之身边,听他们讲话。

秦校长说:"从去年九月二十八日敌机首次来炸,今天是最严重的一次。这一阵对敌机轰炸有些麻痹大意,看来还是得疏散到乡间去。前些时在城西看了几处房子,几个理科研究所设在那儿。修房搬迁仪器等事都得抓紧。卤辰他们几家家眷已在西里村住下,这样最好。文科研究所设在哪儿好?"

弗之说:"严亮祖的一个副官在东郊龙尾村有一处房,愿意借给我们,给研究所用很合适。我还没看过。"

秦巽衡大喜,说:"那好极了。我叫人和严军长联系,请他介绍去看房。除了研究所,眷属也要快些疏散。孟太太身体不好,这样跑警报是受不了的。"

"我们在龙尾村一带找房子吧?"弗之看一眼憔悴的碧初,又看一眼盛放书稿的箱子。叹道:"逃到昆明来还要藏,还要躲!曹操曾说,我辈为盛世之英杰,乱世之豪雄。我们是否盛世之英杰还不可说,可真是乱世的饭桶了。"

巽衡微笑道:"饭桶才好。饭桶里出人才!"

小娃靠在弗之身边,忽然说:"有了造飞机的人,就能有飞机了。"

巽衡膝下无子女,见小娃点漆般的眼睛,专心望着,不由得摸摸他的头,说:"多有几个小娃这样关心的人就好了。我们学校有航空系,就是培养造飞机的人才。"

弗之说:"小娃从小喜欢飞机。"

小娃沉思地说:"我可不喜欢杀人的飞机。"

"庄无因挑水来了。"峨、嵋在窗前站着,看见无因很稳地挑了一担水往公共用水处去了。

姊妹俩向碧初说怕多用水的事,谢方立笑了,说:"人都这样想就好了。"

一会儿无因上来,向大人招呼过了,走到碧初身边站立。

"在西里村住,得自己挑水吗?"谢方立问。

"有时候挑。雇了人的,可是有时候不来。"

又说了些话,秦氏夫妇告辞。

无因提出要嵋和小娃去西里村住几天,说这是爸爸妈妈和无采的意思,说了忙加上:"也是我的意思。"

碧初望着弗之,弗之望着嵋和小娃,说:"你们自己决定。"

嵋立刻说:"我们和庄哥哥说过了,我们要和爹爹和娘在一起,一刻也不离开。"她靠着碧初站着,很想抱住娘,但她已不是小姑娘了,已经快赶上娘一样高了。

"多谢你,无因。"碧初轻声说,"他们去住当然高兴,就是不愿意离开家。由他们吧。"

无因心里颇为失望,脸上却不动声色。他总觉得和嵋在一起有一种宁静的愉快。他和玮玮讨论过,找不出是什么原因使嵋能安定别人、抚慰别人。大家都不再提这事。三人说学校里的事,无因分析他们的中学小学大概要搬家,全体都得住校。

"同学们住在一起,一定好玩。"嵋和小娃意见一致。

"上课下课都在一起,一定麻烦。"这是无因的意见。

一时子蔚来招呼吃饭。单身教职员组织了伙食团,吃包饭。轮流管理,有采买、监厨等,安排周密。现由厨房给孟家人单做了饭,大家下楼去。嵋等喝了很多米汤。米汤稠而黏,汤里煮了好些大芸豆,有小娃的小手指长。

饭后,峨等三人送无因走。在祠堂大门前,无因跳上小黑马,在原地转了个圈,随即蹄声嗒嗒,向北去了。他出城再向西可以快些。在马要转弯时,无因回头一笑,他很少笑,笑起来有几分妩媚。似是说,我们不怕!我们会活得好!这一笑停留在嵋的记忆中,似是一个特写镜头,和那骑马的身影一起,永不磨灭。

暮色渐浓,从阁楼的窄窗望出去,可以看见几缕红霞。

峨说家里住不下,"又没有我的住处。"吴家馨来看望,两人一起到南院去了。

弗之把两个煤油箱叠着放,一面念念有词:"这是书桌。"又拖过一个竖着放,"这是椅子。"

嵋和小娃分别擦着煤油灯的灯罩和灯台。嵋不断向灯罩呵气,借着湿气好擦。灯罩被擦得纤尘不染,透明得几乎消失在空气中。他们为爹爹点上这盏明光锃亮的灯,这一天的惊慌、劳累、仇恨和屈辱等感觉,都减轻了。

"三个孩子里,最让人担心的是峨。"碧初靠在床上看着他们,轻叹道。

弗之有同感:"没有办法,担心也没有用。"

他们对望了一下,彼此都感到安慰。

弗之放好稿纸,端正地坐下,仿佛还在方壶的书房,背后挂着那副大对联:"无人我相,见天地心"。砚台里还有余墨,他蘸饱了笔,写下几个字:"中国自由之路"。

楼梯咯噔噔响,有人上楼来了。

楼下有人说:"严太太当心。孟太太就在楼上。"

弗之忙站起,嵋和小娃迎到门口,果见吕素初进房来。

素初先向弗之说:"亮祖到省府去了,不能来,叫我问候你们,受惊了。慧书要跟着来,怕添乱没有让她来。"然后几步走到碧初床前,两人唤了一声"大姐""三妹",都滚下泪来。弗之带两个孩子走到角落里,让她们姊妹谈话。

"大姐,"碧初说,"我们没什么事,不过我这些时身子虚弱些。今天是爹救了我们一家。若不是到郊外去给爹上祭,我们就埋在城墙底下了。"

"听亮祖说,今天投弹地点在东南郊,炸毁民房百余间,死伤上百人,是最严重的一次轰炸了。今天我们没有走,想着不会来炸,还真来了。当时慧书在家。飞机来时,荷珠不停地念咒。"素初只是叙述,没有任何褒贬的意思。两人对碧初的健康情况讨论了一番。素初说:"我们明天一早到安宁附近的宅子里去,也就是我和荷珠。别人有差事的有差事,上学的上学。"

碧初暗想,不知带不带那些毒虫。

素初又说:"三妹一家就到龙尾村住吧。虽是乡下房子,还宽敞。"

"大姐,我正要和你说,托你们和房主商量。弗之的意思,把那房子借给文科研究所,他们正需要房子。你们同意吗?"

素初沉吟道:"那你们住哪里?"

"在龙尾村找民房,离文科研究所近,也方便。"

素初从来不对任何事作评估,见碧初这样说,便道:"想来房主也不会不同意,反正房子闲着没有用。"她说着拿出一个绣花小包袱,"三妹家遇见这样的事,总得添置什么——"

碧初不等说完,坐起身伸手接住包袱,说:"弗之的脾气大姐是知道的,我们决不能收。"

素初见她态度坚决,叹息一声,不再勉强。

"倒是要托大姐办件事。"碧初从床里边拿出一条宽腰带,里面是从北平带出的全部细软,摸出一对金镯子,递给素初一只:"我人地两生,你替我卖了吧,可以贴补家用。"

素初无语,接过了放进小包袱,起身告辞。

月光如水,抚慰着这刚经过轰炸的高原城市。人们睡了。碧初斜倚枕上,累极了,却不能入睡。她望望窗外的月色,又看看弗之伏案的身影,陷入了沉思。

孟樾的那一盏灯还在亮着,继续亮着。

炸不倒的腊梅林

好一片月色！照得腊梅林亮堂堂的。弥漫在空中的焦土味和血腥味已经不大觉得了，清爽的腊梅树的气味随着月光飘散在这里，似乎这里什么也没有发生过。

我望北方，我的这扇窗是朝北的。远处天空有一丝极薄的云。爹，你是不是从那上面向下望？你究竟遇到什么事？怎么不给女儿托一个梦？

可叹人有记性，也可庆幸人有记性。若是没有记忆，人只顾眼前，大概会快活些。就连今天的轰炸也已是过去了。可我们怎能忘记！我们从北平逃到云南，走过国土的一半，还没找到一个安身之所！今天若不是给爹上祭，怕早已葬身黄土之中了。爹离开我们，只是一种方式，爹用死这一方式救了我们。我知道，这是爹要的。我不哭的，爹，有灰尘落到眼睛里了。

大姐刚刚送来钱，想要周济我们，我没有要。明天二姐也会送来的，我当然也不收。二姐不会奇怪的，倒是亮祖早就说过，三妹一家太矫情。"这帮教授读进去的书比大炮还硬！"是吗？要是这帮读书人自己能化为大炮就好了，可又没有这样的本事。

武汉已经失守，湘桂一带战争也不容乐观。真要一步步打回去驱逐敌寇，收复失地，谈何容易！抗战不是一年两年完得了的，以后的日子还要艰难，我们必须靠自己。这是爹的教训，也是中国人从古到今的祖训。永远要自强不息！其实世上无论大小事，大至治国兴邦，小至修身齐家，归根到底都得靠自己。我操持的只是一个小小的家，每个家都有自己的原则，是不容更改的。

弗之辞去教务长的职务以后，时间充裕多了。他能专心著述，是我的愿望。我自己没有职业，对社会没有贡献，弗之应该多做，把我欠的给补上。他写文章，一支笔上上下下飞快挪动，我看着都累得慌。我总说慢点好不好，何必赶得这样紧！他说简直来不及写下自己的思想，得快点啊，不知道敌人给我们留多少时间。看秦校长和萧先生的意思，迟早还要弗之分担学校的事。学校培育千万人才，是大事，他不会怕麻烦不管的，可人的精力有限。我不能分他丝毫精力。

到云南日子不长，东西消耗很快，精力也用得快。我常觉得自己气力不够，身体是大不如前了。我不知道自己能支持多久，也许有一天就随爹你老人家去了。那就得靠大姐二姐来照顾三个孩子——还有弗之谁来照顾？孩子们没有我，总还会过下去，他们终究要离开父母的。弗之没有我，可怎么活呢？我是死不得的。

可是真太累了。

爹，你不要担心。搬到乡下去，不用跑警报，可能会好一些，能多有时间料理家里这些事。只是弗之和孩子们要上课，怎样照顾他们？怕再也难找到腊梅林了。大姐和荷珠到安宁附近住，想必是天天打麻将消磨时光。其实大姐和我一样是应酬不来的，只是个戴着眼罩的小毛驴，只管向前拉磨。倒是二姐，在牌桌上一边搓牌一边比首饰，十分挥洒自如。应酬这里的官员太太们，这本来就是她的生活内容的一部分，要迁到重庆可能更适合她。

无论生活怎样艰难，都是外在的，都要靠自己去对付战胜。现在最使我担心的是峨，我不知道她会走怎样的路。

峨的古怪是亲戚们都感觉到的。论环境、教育、遗传，她和另两个孩子毫无差别。可是她就这么不一样。近来她似乎和家里好一些了，显得懂事些了。不料昨天我听到片断的话，令我猜疑不止。

昨天下午我在林边屋前拣菜,峨和吴家馨回来了,在林子里站了一会儿,轻声说话。听峨说,不要告诉我娘。不知道她们说些什么,似乎各有一个秘密。吴家馨的是关于男朋友的,峨的是关于家里的。我一方面高兴峨还没有交男朋友,那真让人担心!一方面我又不安,关于自己的家,能有秘密,多么奇怪!

人的禀性各异,不可强求。峨十二岁时,家里为小娃周岁煮红鸡蛋,峨两手拿三个有剪纸花纹的鸡蛋说好看。嵋跑上去要一个,峨无论如何不给。我说厨房里多的是,给一个吧。峨一句话不说,两手用力,把三个鸡蛋捏碎了。

那时的峨正是嵋现在的年纪。现在嵋已在扫地洗碗,操心着不要暴殄天物了。

嵋和小娃最让人担心的是长得太快,营养跟不上,会得病的。我要看住的是他们的身体。而对于峨,我要管的是她的心。可那怎么管得住!我得打起千百倍的精神领她走那些还不可知的迷魂阵,这种迷魂阵其实是在自己的心里,因外界环境的变化而更诡秘。

只怕我精神不够用。我也不愿让弗之分心。爹,你老人家要帮助我。

月色这样好,照得腊梅林枝丫分明。那些枝丫是我晾衣服的地方。我把衣服晾在树枝上,一下又一下抻平,还要不等全干,再展一遍。自从离开北平,我们从来没有熨过衣服。可是我们的衣服仍然平平整整,就在晾衣服时这一下一下的功夫。

这样的月色!把高原的残冬装点得清寒澄澈。爹,记得我在老家时学过吹箫吗?我吹的是曾祖母用的旧箫,很粗,颜色暗红,很容易吹。我拿着箫坐在园中草亭上,爹说,箫声和月色最相配,箫是联系着大自然的。王褒《洞箫赋》中有句云:"吸至精之滋熙兮,禀苍色之润坚。"这是说箫身。又形容箫声:"风鸿洞而不绝兮,优娥娥以婆娑""其巨音……若慈父之蓄子也,其妙声……若孝子之事父也。"可是现在,爹,我再没有慈父的荫庇了,要行孝也不可得了。好静啊,这腊梅林。后来弗之送过我一对玉屏箫,较细,可惜没有带出来。这箫颜色金黄,上面刻着杜牧的诗:"青山隐隐水迢迢,秋尽江南草未凋。二十四桥明月夜,玉人何处教吹箫。"爹记得吗?二十四桥明月夜!全都陷在敌人的铁蹄之下,山河残破,民不聊生,箫声呜咽,归途何处?

弗之也说箫是从大自然来的,声音和着月光最好。可是我只在方壶花园里吹过很有限的几次,以后不曾再吹。爹也不曾问过我,爹知道,我的生活里,有更丰满更美好的东西。我教过峨、嵋和小娃一首儿歌:"一根紫竹直苗苗,送与宝宝做管箫。箫儿对准口,口儿对准箫,箫中吹出新时调。"

我教育孩子们要不断吹出新时调。新时调不是趋时,而是新的自己。无论怎样的艰难,逃难、轰炸、疾病……我们都会战胜,然后脱出一个新的自己。

腊梅林是炸不倒的,我对腊梅林充满了敬意,也对我们自己满怀敬意。

我们——中国人!我们是中国人!

月近中天,弗之仍在写着。

爹,我知道,你正从云朵上望着我们——

第 二 章

一

敌机的轰炸,驱赶了许多人迁居乡下。因弗之和峨要上课,孟家迟疑着没有搬。嵋等上的昆菁学校动作较快,旧历年后不久,迁到距城二十里的铜头村。村后一座不大不小的山,山上两座齐齐整整的庙,昆菁即以之为校舍。靠山腰的一座名为永丰寺,做中学部;近山顶的一座名为涌泉寺,做小学部兼住女生。当初修庙的人大概不会想到这一用途。施主们往庙里舍钱财算是功德,其实把庙舍出来是最大的功德。

昆菁校长章咏秋是法国巴黎大学教育学博士,是一位老姑娘,献身教育事业,无暇结婚。她对学生管束很严,德、智、体三方面并重。她一直倡导寄宿,认为寄宿对中小学生的教育全面,可达到较高水准。只是昆明的家长们不习惯。大家说章校长是法国留学的博士,实行的一套却是英国式的,现在不习惯也得习惯了。她对住宿的装备也很注意,虽说战时不比平常,还是要求被褥一律用白棉布套,盥洗用具要有一定尺寸。但有一条特别声明,外省迁来的教师们生活清苦,其子女装备可以从简,不必严格按照规定。

碧初的习惯是一切按规章办事,不管特别声明,几个晚上飞针走线,为两个孩子准备好了白棉布被套和必要的衣物。他们两人需要四个盆,只有一个是新的,新盆平整光滑,碧初安排给嵋用。嵋大些,又是女孩,该用新的。

不料峨说:"这盆好看,给小娃用。"

小娃说:"当然是小姐姐用。我会弄坏的。"

"小娃这么小就住校,你用新的。"

"不嘛不嘛,我愿意你用。"

两人推让,碧初眼泪都落下来了。勉强笑说:"一个盆也这样推让。等抗战胜利了,全用新的。峨不用让了。"峨想想,接受了。

被褥用黄油布包着,捆上绳子,打成行李卷。碧初和峨打了好几次,终于束得很紧,很像样。每个行李卷上扣着盆,用绳子勒住。

严慧书乘车来接峨二人。她带一个行李袋,是从滇越路过来的外国货,另有一个包装着盆杯等物。她文静地招呼大家,不多说话。去铜头村没有交通工具,若不是自己有车,只能雇挑夫挑行李,人跟着走。素初提出来接,碧初便应允了。谁让是亲姊妹呢。

车到铜头村,不能向上开了。慧、峨等循山涧旁的小路上山。山上树木森然,涧中白石磊磊,一道清泉从山顶流下。小路砌有歪斜的石阶,每一磴都很高。司机扛着慧书的行李,一个护兵扛着一件,一手和峨抬着另一件。走了一阵,见一条岔路,引向树丛中的房屋。

"到了! 到了!"小娃叫道。

"这是永丰寺。"护兵说,"涌泉寺还在上头。"

岔路上有几个高中同学,有的提着行李,有的空手,是已经安排好了。忽然从路边树丛中冒出一个人来。

"庄哥哥!"小娃大叫。果然是无因。无因快步走来,接下峨手中的行李。

"这是我的表姐严慧书。"峨介绍。

慧书目光流动,微笑道:"庄无因我认得的,只是没有说过话。"她用普通话说,自己又加一句:"我的普通话说得不好。"

无因也认得慧书,他不接话,认真看了她几眼,然后说:"不像,不像。"

"不像什么?"嵋问。

"不像你孟灵己。"

大家笑起来。小娃心里很赞成。他认为天下最好看的人是母亲,其次就是嵋了。他很难承认有人像这两个人。

一时来到山门。门上写着"涌泉宝刹"四个大字。寺内神像都已移走,只留了前殿中的四大天王和韦驮,据说是给村民们烧香用。

"韦驮是治安警察,手中的金刚杵专打坏人。"无因说,"你看他的脸很和气。"

四大天王就不同了,身材高大,只有执琵琶的一位是白面书生的样子,其他几位面目很是狰狞。其实他们司掌风调雨顺,都是为人造福的神。

大家先送小娃到藏经阁,向舍监交代了,才向罗汉堂——女生宿舍来。无因不肯到女生宿舍,自回永丰寺去了。

女生宿舍里两排木板通铺,一边睡十个人,另一边有门,睡八个人。慧、嵋到宿舍时,床铺已大致占满,只剩下了门边的位子。护兵提着行李问:"放哪点?"

屋里许多人走来走去。一个中年妇女招呼慧书:"严小姐来了? 我们小姐早来了。"这人身份似在家庭教师和仆妇之间。

"我们小姐"者乃云南豪门之一殷姓人家之女,和慧书同班。人是小姐,却取名大士,不知何故。大士此时坐在通铺顶里边,床已经铺好。紧挨着她的床位空着。

"严慧书! 你来睡这点!"大士招呼。空床位是她占下的,免得她不喜欢的人来住。

"好呀。"慧书应着走过去,"我两个挨着。"

护兵把行李放上,帮着打开。那个中年妇女过来说:"不要你们动手,我来我来。严太太好放心哟,不派个女人招呼。"

嵋在门边的床位上安顿下来。刚解绳子,两个盆掉下来,响成一片。新盆摔出一个疤,嵋抚着它,心里很懊恼。

"嘿!哈!"大士笑了一声说,"孟灵己!一个盆就是摔破了,可值得这么表情丰富!"

嵋不解地望着大士。以前没有注意看她,原来真是个美人胚子。肌肤细腻如玉,眉眼口鼻无不恰到好处,合在一起极生动极灵秀,还显示着勃勃生机的野气。

"你是孟教授的女儿。我晓得。"大士说这话时,似乎自己已经熏染了些学问。昆明人很尊重学问。"你放着行李,阿宏会来收拾。"

"不消得。多谢多谢。"嵋的口气完全像个大人。女孩们都笑起来。

大士跳起身,在通铺上走来走去,毫无顾忌地踩着别人的被褥。大家都像没有看见似的,只管做自己的事。

"李春芳!你去打盆水来,放在廊子上。"大士发号施令,"赵玉屏!你去教室看看,里首可有人。"

她的同学听话地各自去服役。她吩咐完了轻盈地一跳,跳到靠门这边铺上,向嵋走过来。

"你,莫要踩我的床!"嵋正弯身对付床底下不平的地面,她想把盆摆平。这时猛然站直了,坚决地说:"请你莫踩我的床!"

好几个人惊异地看着她。慧书赶过来轻轻推了她一下,眼光望着大士,有些惶惑,也有些歉意。

大士先是一怔,随即一声不出,转身跳回她的根据地。

这是个奇怪的夜晚。嵋先有些害怕。舍监走后,她用被子蒙着头,很快睡着了。山上松风阵阵,摇着少年人的梦。她看见四大天王排着队从她面前走过,手里举着法物,宝剑、琵琶、伞和一条蛇。宝剑在跳动,琵琶在鸣响,雨伞一开一合,蛇在顺天王身上盘动。四天王的脸都很和善,不像泥像那样狰狞。嵋向他们提问题:"我们什么时候把日本鬼子打出去?"他们不回答,只管玩弄各种法物。

"妈妈! 妈妈!"忽然一个同学在梦中尖叫。这是那赵玉屏,她家是上海人,母亲来昆明后不服水土,不久病逝。

好几个同学醒了,也随着尖叫起来。有的叫妈妈,有的叫爸爸,也有的叫祖父祖母的,还有的喊的是打倒日本帝国主义,打回老家去,不要轰炸等等。接下来是一片哭声。

两个舍监提着马灯仓皇地跑来,连声说:"怎么了? 为哪样?"摸摸这个,照照那个,也照见她们自己一脸的惊慌。

大士在墙边,起先没有出声,后来哭起来了,马上变为嚎啕大哭,哭得泪人儿一般。

舍监心想,你有什么苦处! 一面吩咐小舍监扶她到舍监室去好生安慰。自己对女孩们大声说:"住宿有住宿的规矩,半夜里大呼小喊,是个什么样子!"

满屋哭成一片,嵋也觉得悲从中来,泪流不止。只有严慧书一人没有掉一滴眼泪。她拥被坐在床上,有些紧张地看着大家,及至舍监把大士扶走了,她下床来捅捅嵋,低声说:"你怎么会跟着哭!"就坐在嵋床边拉着嵋的手。

嵋慢慢平静下来,渐渐地这一边的人都不哭了。

大舍监说:"好姑娘哟! 头一天住在山上不习惯,过一阵就好了。"她又拉拉这个的被,摸摸那个的头,见大家不再出声,才离开宿舍。

那时人们都说是黄鼠狼成精作祟。很多年以后,嵋和慧书才知道,那是集体发作歇斯底里,少女群中最易发作。医学上有此一症。

次日上课,老师们大都讲一段迁到郊外办学的意义,要求学生更努力学习。语文老师姓晏,名不来,是明仑中文系学生,到昆明以后生活无法维持,休学一年来教书。他不修边幅,衣服像挂在身上,头发竖立寸余长。但是讲起课来神采飞扬,极有吸引力,而且经常随时随地发表演说或高歌一曲。

这时他却没有讲话,只在黑板上写了几个大字:勿忘躲藏之耻!写完了,自己愣着看了一会儿,便讲课文,那是他自己选出油印的梁启超的《少年中国说》,发黄的纸上印着这样的文字:"若我少年者前程浩浩,后顾茫茫。中国而为牛为马为奴为隶,则烹脔鞭箠之惨酷,唯我少年当之;中国如称霸宇内,主盟地球,则指挥顾盼之尊荣,唯我少年享之……故今日之责任不在他人,而全在我少年:少年智则国智,少年富则国富,少年强则国强,少年独立则国独立,少年自由则国自由,少年进步则国进步,少年胜于欧洲则国胜于欧洲,少年雄于地球则国雄于地球……美哉,我少年中国,与天不老;壮哉,我中国少年,与国无疆!"

一堂课,最顽皮的同学也肃然正坐,一动不动。

中午女生们回涌泉寺午餐。寺中大殿是饭堂,一排十几张长桌和神坛成直角,直到门边。座位按班级排定,长桌两边坐,六人一组,共用三菜一汤。一个饭钵,菜是烩青菜,炒豆腐渣,还有腌酸菜炒肉丝。腌酸菜是昆明特殊的食品,女孩特别喜欢。

嵋坐下了,发现对面一行是初三班,正对面座位上是殷大士。大士把一张细纸递给右边同学,命她擦拭碗筷,又把碗递给左边的同学,命她盛饭。一切妥当后,她拿出一个圆罐,很快地把罐中的东西拨到嵋碗里一些,又拨到自己碗里一些,便把罐藏过了。

嵋为这友好举动所感动,对大士一笑。

"炒鸡𡎷,火腿酱。"大士低声说。

嵋不解她为什么这样低声说话,自顾用这两样好菜就着饭,米也似乎好多了。

不知什么时候,章校长站在她旁边,看了一会儿,说:"孟灵己,你吃的什么?"嵋不知该怎样回答。校长温和地说:"你大概不知道,我们学校不准带私菜,所有同学都要吃一样的饭。要是准带菜,就显出差别了。明白吗?"

嵋立起,垂头说明白了。校长轻抚她的头,让她吃饭,严厉地看了大士一眼,继续巡视。

大家都松了一口气。大士的菜早埋在饭下面了,这时慢慢吃着,一面对旁边的同学说:"我料想她也不敢说菜是我的,说了试试!"

嵋不明白她说什么。因不准剩饭,勉强将碗中饭菜吃了。

后来嵋向慧书说起这事。慧书说,大士当然知道规矩,但她从不认为任何规矩可以管她。一次她上课传纸条,老师查问,一个同学说是她带头传的。她恨上了那个同学,天天冷嘲热讽,那同学一学期都没好日子过。"所以她说你不敢说菜是她给的。"

"我不是不敢,我是觉得不应该。"嵋沉思地说,"她给我菜是好意。"

"不敢和不应该是可以分清的。"慧书也沉思地说,"可是常有人分不清,那样倒简单。"

"把胆小没骨气栽给别人确实最简单。"嵋说。

两个女孩哲学家似的对望着。

过了一个多月,同学们大致习惯了山上生活。这里不怕敌机骚扰,警报声也听不见。不需要跑警报,生活规律多了。女生们每天上下山跑四趟,沿着淙淙的山溪,用手分开向路当中伸展的各种枝条,上下石阶如履平地。她们熟悉了两个庙宇的建筑,便向山下扩大生活范围。

在永丰寺到铜头村的路边,有几户人家,素来在路边卖点香烛和零食。自学校迁来,这几户人家添了好几样年轻人喜爱的食品。一样是木瓜水,那是用木瓜籽揉出黏汁,做成胶冻,吃时浇上红糖水,凉凉的,甜甜的,渗入少年们的胃里和心中。还有一种豌豆饼,是把豌豆炸过了,做成凸起的杯盖大的饼,香而且脆,很适合在强壮的牙齿下碾磨。这些食品都非常便宜,嵋在零花钱有限的范围内,有时也买一点,和小娃分享。每次给慧书,慧书总是不要的。比起同龄的女孩,她一点不馋。

一天下午,嵋因下课较早,和赵玉屏在山上闲走。这时正是春末夏初,杜鹃开遍山野,有红有白,或粉或紫,像大块花坛,把整个山坡都包起来了。茂盛的树成为绿色的天幕。老师常告诫同学们不要到草丛里,怕有蛇。可是几个月来还没有发现一条,同学们便不在意。到得杜鹃花开了,更是满山乱走,去亲近那美丽的杜鹃花。树阴间隙显出明净的蓝天,不时飘过一缕缕白云,和下面的彩色相呼应。

嵋二人循着一条杜鹃花带信步走到三家村附近。她们没有带钱,也不想买什么,只是被怒放的杜鹃引了过来。不知不觉到了一家屋后,绕过一个柴火垛,忽见眼前一片红色。花丛中一个红土矮棚,在蓝天下显得分外鲜艳。空气里有一种淡淡的奇怪的香气,院中横放着大段黑色的东西,细看是一口棺材。

"女娃娃,要哪样?"从矮棚中发出了问话。她们随即看见棚中躺着一个人,一个完全红色的人。

"不要哪样,我们走着看看。"嵋回答。

那人在一盏简陋的灯上烧着什么,把它捺进一个竹筒底端,从上面迫不及待地吸着。吸了几口才说:"买东西,去前首嘛,莫要乱走!"

　　嵋二人向后转,看见一个瘦小的女人站在柴火垛边,正望着她们。女人干瘦,似乎已经榨干了一切水分。背上还驮着一个不小的婴儿,脑袋在背篼上晃来晃去。

　　"学生,女学生! 出去莫乱讲。"她语气温和,从背篼里婴儿身子下面掏出两个豌豆饼,递过来时脸上堆着苦笑。

　　"不要,不要!"两个女孩连忙逃开,跑了几十米,听见那女人大声叫:"青环! 又死到哪点去了!"

　　两人不敢回头,快步跑上山去。跨过大片杜鹃花地,到了山涧边,才放慢脚步。嵋猛省,那红色的人是在抽鸦片烟,在杜鹃花丛中抽鸦片烟! 她告诉赵玉屏,说她见过的,大姨妈家里有。

　　"鸦片烟很害人。"赵玉屏说。想了一下,又说:"听说严慧书的母亲会放蛊,我不信!"

　　"谁说的!"嵋气愤地说,"我大姨妈人顶老实。她要是会放蛊,世界上就没有好人了。其实——"她说着,忽然想起荷珠,想象中荷珠伸手一指,飞出一道白光或黑气。她知道这不是她该评论的事,便停住不说。

　　这时山坡上走下来一个背柴的人。一般把砍柴人称作樵夫,这背柴的人却是个年轻女子,只有十六七岁,肌肤黑黄。昆明劳动妇女多是这样颜色,据说是离太阳较近的缘故。她走到一块大石头前,用随身带的木架支住柴捆,站下休息。见嵋和赵玉屏正望着她,便一笑,露出雪白的牙齿。

　　嵋直觉地感到这人便是那"青环",她也一笑,说:"背柴吗?"

　　女子道:"给学校送了四五天柴了,今天给自家背一捆。"

　　赵玉屏问她可是住在三家村,她答说她是龙尾村人,来这里姑妈家帮忙。想想又加了一句:"我姑妈死了。"

　　嵋、赵二人马上联想到那一口棺材。她们不约而同向山上走,想赶快回到学校。山涧转弯处见到晏老师临溪而立,不知在想什么。她们悄悄走过转弯处,不敢惊扰。

"孟灵己,我看见你们和背柴女子说话。"晏老师仍面向溪涧,像在自言自语,"她从这里走下去,我提醒她歇一会儿。"

"她的姑妈死了。"嵋说。

晏老师叹道:"云南的男人常常躺着,云南的女人只有死了才躺着。"嵋二人对望一眼,觉得老师真是无所不晓。随即报告了看见红土棚中的红人在躺着吸鸦片烟。

"已经明令禁烟了,抽的人总算有点顾忌。"晏老师转过身说,"也不能一概而论,说他们没出息。我们到昆明以前,滇军打过台儿庄战役,牺牲的人成千上万,他们的妻子随着自尽的也不少。现在又有二十万人上前线呢。"

两个女孩肃然望着山上的榛莽和杜鹃花,知道下面的土地是红色的。

过了些时,发生一件事,在昆菁学校引出一场不大不小的风波。

随着杜鹃花漫山遍野而来,山下庄户人家种的蚕豆熟了。三家村小铺添卖盐水煮蚕豆,一分钱一茶盅,用一张纸托着,女学生一路吃回涌泉寺。从小铺门口可以望见近山脚处的蚕豆田,绿油油一片。星期六回家时,走过这一片田,可以看见满田饱满的豆荚,似乎撑不住了,风一吹,一阵窸窣,像是悄声在说"吃我吧,吃我吧"。

晚自习课都用汽灯照明。汽灯打足了气,照得满屋亮堂堂的。一排排黑发的小头伏案做功课,虽然是破壁纸窗,却秩序井然。嵋的班主任一次曾说,咱们学校要出人才,不出近视眼。但是汽灯往往支持不到下课,不知是气不够还是油不够,到后来就渐渐暗下来,同学们便收拾书包,随意走动。嵋则常常在昏暗的灯光下看小说。虽然碧初屡次说她,并委托慧书监督,她还是没有下决心改正。

一天晚自习课又到了灯光昏暗时刻。嵋那几天正在读《红楼梦》,刚读到葬花词,这时拿出来,仍从葬花词开始读。

"孟灵己!"殷大士不知什么时候坐在嵋旁边了。昏暗掩不住她唇红齿白,两眼活泼澄澈,亮晶晶的。"孟灵己!"她说,"有件好玩的事。莫看书了。"

"说嘛。"嵋掩上书。

"下山偷蚕豆去! 在田边煮来吃。可好玩!"

"哪几个去?"

"我两个,我们班的李春芳,还有高中的人。叫上你们班的赵玉屏。"她停了一下,声明道:"严慧书不去。"

正说着,严慧书进来了。有同学议论:"怎么的,都跑我们班来了。"

慧书对嵋说:"你自己拿主意。我是不去的,我看你也莫去。"

"严慧书! 莫拆台呀!"大士低声叫起来。又对嵋说:"月亮大得很,满山亮汪汪的,青草香呀香。我跟着我爹夜里打过猎,太好玩了!"

"我们去猎植物!"嵋兴高采烈,对慧书抱歉地一笑,说:"慧姐姐,你也去吧,去一会儿就回来。"她觉得散发着香气的月夜在召唤她,她不能待在屋里。

"你要去你去。"慧书淡淡地说,转身走了。

"严慧书越来越正经了。"大士撇撇嘴,语气是友善的,"她这人,没有你天真。"

"她比我懂事多了。"嵋很快收拾好课桌。

这几天章校长到重庆去了。大舍监家中有事,不在学校。小舍监觉得半个学期过去了,女孩们对寄宿生活已经习惯,不用太费心照顾,只在临睡前查看一遍,便自回房高卧。

她到嵋等宿舍来时,见几个女孩坐在铺上,神色有些兴奋。便说:"咋个不睡吗? 快睡喽!"

"是了。"女孩们回答。只有大士倚墙坐着,一点儿不理。

小舍监特地走到她面前赔笑说:"早睡才能保证早起,上课不打瞌睡。"大士仍不理。"好了,好了,有事喊我。"小舍监搭讪着退去。

各宿舍灯都熄了。寺庙浸在如水的月光之中。殷大士为首的一行人蹑手蹑脚开了庙门。她们走过四大天王面前,觉得他们像是老朋友了,如果他们能动,一定会一道去夜游。大士还向持琵琶的一位做个鬼脸。

好一个月夜! 庙门前的空地上如同积着一洼清水,走在上面便成了凌波仙子。天空中一轮皓月。月是十分皎洁,天是十分明净,仿佛世界都无一点杂质。几棵轮廓分明的树如同嵌在玻璃中。黑压压的树林,树顶浮着一片光华,使得地和天的界限不显得突然。这是云南的月夜,昆明的月夜,这是只有高原地带才有的月夜! 这里的月亮格外大,格外明亮。孟弗之曾说,月亮两字用在昆明最合适,因为这里的月亮真亮。

嵋抬头对着明月,忽然想,照在方壶的月亮不知怎样了? 它也是这样圆吗?"孟灵己!"赵玉屏叫她快走。

女孩们轻快地跑下山,一路低声说笑,月儿随着行走。两旁的山影树影被她们一点点撇在身后。大片杜鹃花在月光下有几分朦胧,也像浸在水里,浸在不沉的水里。

嵋忽然说:"我们何必去偷蚕豆! 在这儿看月亮就很好嘛。"

"你这个人,说话不算数! 说好去偷蚕豆,你偏要看月亮!"大士不满地说。她有一种猎取的愿望,要打着什么才好。她手里若有枪,就会一枪一个打蚕豆。

穿过一个小树林，蚕豆地已经在望。小径弯了两弯，便到地头。每一棵豆梗都负载着饱满的豆荚，形成墨绿色厚重的地毯，让月光轻抚着。大家站在田埂上看了一会儿，大士首先跳进田里，敏捷地摘了几个豆荚，剥出豆仁，放在口中，嚼了两下，又吐出来。

"大小姐家家的，偷吃生蚕豆，可是饿死鬼！"高中生王钿玩笑地说。她在田埂宽处拢起些细枝，拿出一个大搪瓷缸，命李春芳去舀水。

"下来，下来！"大士向嵋和赵玉屏招手，"先来摘，我怕你们谁也没有摘过豆。"

嵋迈进豆地，觉得脚下泥土软软的，身旁的豆棵发出青草的香气。她抬头看月，向月亮抛出一个豆荚。那是一只豆荚的船，可惜永远到不了月亮。

一会儿李春芳打了水来，也来摘豆。四个人很快摘了几大捧。王钿始终在田埂上招呼着，不肯下田，只负责剥豆荚，照看煮豆。

远处一个黑影渐渐移近，女孩们有些害怕，互相靠近。

赵玉屏尖声叫了起来："狼！狼！"那东西对着火光跑过来，向王钿摇尾巴，原来是一只野狗。

"我就说呢，没听说这里有狼。"王钿舒了一口气。那狗转了一圈，见没有什么可吃的，转身向来处跑了。

"这条狗好傻。"大士说，"它一定奇怪这些人在干哪样。"

嵋想着，觉得很可笑。

赵玉屏先笑出声，大家都跟着笑成一团，清脆的笑声在洒满银光的豆田上飘荡。她们笑那狗，笑摇摆的豆梗，笑煮在缸里的豆，也笑自己夜里不睡来偷豆！笑和歇斯底里一样，是女孩间的传染病。王钿也笑，但不断地提醒："轻点，轻点嘛！"

一时间豆摘够了，也笑够了。大家坐在田埂上剥豆吃。那是涂着月色的豆，熏染着夜间植物的清新气息的豆，和着少年人的喜悦在缸里噗噜噗噜跳动的豆。

如果她们在这时结束豆宴回校，就会和大大小小的一些淘气事件那样，级任老师训几句，也就罢了。可她们还坐着东看西看。

大士忽然叫："我的纱巾掉了，豆梗上挂着，可看见？"果然不远处豆梗上飘着白色的纱巾。这种尼龙东西从尚未正式通车的滇缅公路运来，当时是大大的稀罕物件。"赵玉屏！你去拿来！"赵玉屏没有迟疑，几步跨到田里，取了纱巾。

"哎呀！"赵玉屏忽然尖叫一声，向豆荚丛中栽倒了。

"蛇！蛇！"嵋看见一点鳞光从赵玉屏身边游开去，她顾不得害怕，跳下田去扶住赵玉屏，大士等也围过来，把赵玉屏扶到田埂上。

那时女孩们都和大人一样穿旗袍，穿起来晃里晃荡，很容易查看腿上的伤。只见赵玉屏小腿上一个伤口，正在流血。王钿说要块布扎一扎才好，不知什么蛇。

大士忙拿过玉屏手中的纱巾递过去："快点扎！"王钿看着这纱巾，有些迟疑。

嵋大声说："人要紧还是纱巾要紧？"

王钿瞪她一眼，忙动手扎住伤口上部，免得毒血上行。垂下来的纱巾角很快变红了。

"快点！快点！咋个整？"女孩们慌了，商议一阵，大士和李春芳去找小舍监求救，王钿和嵋守护赵玉屏。嵋把自己蓝布旗袍下摆撕下一块，又不知伤口该不该包扎。

大士两人向山上跑了。

嵋拉着玉屏的手。玉屏说："我怕得很。"

"不怕，不怕，"嵋说，"不要紧的，不会是毒蛇。"其实嵋自己也很怕，怕赵玉屏中毒，又怕忽然再蹿出一条蛇，咬自己一口。"真的，没听说这里有毒蛇。"

王钿说："赵玉屏你能走吗？我们扶你慢慢移动才好。谁知道她们什么时候来!"

她们扶玉屏慢慢上山。到永丰寺桥边,山上下来人了。是李春芳领着小舍监,还有一个男护士、一个校工抬着简易担架。这男护士便是代理校医,虽说不是正式医生,经验倒很丰富。他提灯看过伤口、血色,宣布不是毒蛇所咬,大家都透一口气。

"殷大士呢?"嵋问。殷大士应该在这儿陪着!

"我让她睡去了。"小舍监说,"她也帮不上忙。"

大家回到学校,把赵玉屏送到卫生室,一切收拾好了,代理校医说最好有人陪着,还要招呼服药。王钿已先撤退了。舍监看看嵋,又看看李春芳。两人都愿意陪,小舍监说那好那好。

嵋忽然大声说:"该叫殷大士来陪,是帮她取纱巾才碰上蛇。"见舍监不理会,便不再说话,自己拔脚跑回宿舍。

宿舍里大多数人都在梦乡,有些人被惊醒了,大睁着眼睛。大士已经躺下了,慧书却坐着,大概预料到事情没完。

嵋快步走到大士的铺位前,很坚决地说:"殷大士! 你起来!"

大士想问问情况,见她气势汹汹,便不肯问,反而说:"我起不起来,你管得着!"

"我管得着! 你起来! 去招呼赵玉屏! 人家帮你取纱巾,挨蛇咬了,你倒没事人似的! 你起来!"

大士冷笑道:"你是老师? 是校长? 是主席还是委员长? 你凶哪样? 你凶! 你凶! 喊人来赶你走!"

她的声音很大,许多人都醒了。

慧书跳下床来,紧张地拉着嵋连说:"不可以,不可以!"

嵋又吵了几句,小舍监进来了,立刻命慧书劝嵋到门外,自己去安慰大士。

"不公平! 不公平!"嵋觉得十分委屈,眼泪滴滴答答流在衣襟上。

"莫要不懂事。"慧书说,"惹她发脾气何苦来!我们还要上学,好好上学才对。我就说你莫要去偷豆嘛。"见嵋不语,又说:"公平不是人人讲得的。妈妈有一次说,公平是专给读书人讲的。"

嵋觉得表姐很怯懦,不再说话。哭了一小会儿,忽然站起,抹抹眼泪,往卫生室跑去。慧书摇摇头,自回宿舍去了。

嵋到卫生室,见赵玉屏安稳睡着,李春芳伏在椅背上也睡着了。月光从窗中流进,满地银白。嵋坐在小凳上,想着"公平是专给读书人讲的"这句话。世上许多事自己确实还不懂。她也管不了许多了,伏在床边睡着了。

不知过了多久,嵋忽然醒了。她站起来去看桌上的钟,好给赵玉屏服药。她看见椅上换了一个人,不是李春芳。是谁?是殷大士。

大士定睛看着嵋,嵋也看着大士。

这时赵玉屏醒了,低声说:"孟灵己,我好多了。"

"殷大士也在这儿。"嵋说。

次日,殷大士闯祸的消息传遍全校,被蛇咬伤的人到底是谁倒似乎不大重要。

下午上自习时,训导主任把殷等五人召到办公室,训导了一番,责成她们还豆钱。最后说:"女娃娃咋个会尾起男学生的样!下次再犯,要严办!校长早有话了。"说着看了大士一眼。

大士上小学时,曾经挨过打,章校长亲自动手,打了十记手心。事后校长到殷府说明情况,是大士打破同学的头,又不听教诲,才用体罚。家长倒是明白,不但不怪罪,还感谢再三,说章校长这样的人太少了。

大士当然记得这事,嘟囔了一句"乌鸦叫喽",意思是校长是乌鸦。众人只当没听见。

傍晚时分,庄无因上山来看望。嵋正在庙门前池旁小溪里洗东西,小娃在旁边看。两人抬头忽见无因站在山崖边树丛前,很是高兴。

"嘿! 等一下,就洗完了。"嵋说。她在学校里称无因为庄哥哥,被同学讥笑,说什么哥哥妹妹的,难听死了。于是只有小娃一人照原样叫了。

"庄哥哥!"他大声叫着跑过去,和无因站在一起。

"听说我们的事了? 大概不是全部。"嵋问。

"只知道偷豆的夜间行动。前后必定有些因果。"

嵋一面漂洗东西,一面讲述夜间的事,讲得很详细。无因和小娃认真听着,不时惊叹。

讲完了,无因说:"全部过程都像是孟灵己所作所为。"

嵋道:"我还以为你会说不像我做的事呢。"

"为什么不像? 当然像! 你素来有点侠气的。"

嵋觉得好笑,却没有笑出声来。一时洗完了,三人并排坐在山崖边石头上,看太阳落山。

太阳在蓝天和绿树之间缓缓下沉。近旁的云朵散开来,成为一片绚烂的彩霞,似乎把世上的颜色都集在这儿了。天空还是十分明亮澄净,东边几朵白云随意飘着,一朵状如大狗,另一朵像是长鼻子老人,都在向太阳告别。

太阳落下去了。天空骤然一暗,朦胧暮色拥上来。云、树的神气都变了,变得安静而遥远。

"北平的太阳这时不知落了没有。"无因若有所思。

"昨天夜里月亮好极了,我也想到北平的月亮是不是也这样圆。"嵋说。

"据说昆明的月亮格外大,格外亮,圆的时间格外长,因为空气稀薄的缘故。"

"我记得北平的月亮，也亮，也大。"小娃也若有所思，"月亮照着——"

"萤火虫！"三个人一齐说出这三个字。那亮晶晶的，在溪水上闪烁的萤火虫，在梦里飞翔的萤火虫。

"我家的门是棕色的，你家的门是红色的。我有时梦见回去了，可是两家的门都打不开。"嵋说。

"都是日本鬼子闹的。"无因说。

"小日本儿，喝凉水儿，砸了缸，亏了本儿，压断你的小狗腿儿。"小娃大声念诵儿歌。这首儿歌是用普通话说的，他们好久不说了。

"在城里住时玮玮哥常带我们做打日本的游戏。"嵋说。

"你们香粟斜街的大门上有一副对联，我记得。"无因道。

"我也记得。"嵋说，"我们喊一二三，一齐说，看谁记得清。"

"守独务同，别微见显；辞高居下，知易就难。"两人一齐大声说。小娃拍手大笑。

"孟合己，考考你。"无因对小娃说，"我家小红门上有什么对联，记得吗？"

小娃闭目想了一会儿，嵋忍住笑捅捅他，说，"别想了，开玩笑呢。小红门上根本就没有字。"

"双亲大人倒是想用一副对联，还没来得及。好了，说正经的。今天级任老师找我谈话——"

这时严慧书和几个同学从庙门出来，看见他们，便走过来坐在嵋身旁。无因乃不说。

大家随意说了几句闲话。慧书对无因说："好几个人问我，哪个是庄无因？说是你用英文和英文老师说话，代数老师有不会的题还问你呢。"

"代数老师不会做题？没有的事。我们有时讨论讨论，都是老师教我的。"

"庄哥哥就是了得嘛!"小娃素来崇拜无因,这时高兴地说。两个女孩更露出钦佩的神色。

"好了,好了。受不了啦!"无因皱眉。

"哦! 下午殷大士家来人送东西,妈妈给我带了点心,吉庆祥的点心。我去拿来。"慧书跳起身,拉拉身上鹅黄色短袖薄毛衣,轻盈地跑进庙里去了。

"今天级任老师告诉我,让我暑假考大学,不用上高三了。"

"你要上大学了?"嵋觉得上大学很遥远。

"是啊。人都要长大,连小娃也要长大。"

他们默然坐着。几只小鸟飞到近处树上,啾啾叫着,似乎在彼此打招呼:天晚了,该回家了。

"我走了。"无因站起来。

"还有点心呢,"嵋说,"慧姐姐好意去拿。"

无因摇摇手,大踏步向山下走去,很快消失在树丛间。

圆而大的月亮升起了。

二

空袭依然威胁着昆明。

跑警报已经成为昆明人生活的一项重要内容,像吃饭睡觉一样占一定的时间。有一阵空袭格外频繁,人们早早起身,烧好一天饭食,不等放警报便出城去,到黄昏才回家。有一阵空袭稍稀,人们醒来后最先想到的还是今天会不会有警报。如果有几天没有,人们会在菜市上说点废话:

"日本鬼子轰炸没有后劲,飞机给打下来了。"

"几架?"

"十多架。"

"我听说二十多架!"

说完这些无可追究的话,哈哈一笑走散。

日本空军大概在养精蓄锐。让昆明人享受了几天平安之后,就在嵋等偷豆后约一周,又一次大举轰炸了昆明。

随着警报声响,明仑大学的师生都向郊外走去。他们都可谓训练有素了,不少人提着马扎,到城外好继续上课。一个小山头两边的坡上,很快成为两个课堂,一边是历史系孟樾讲授宋史,一边是数学系梁明时讲授数论。孟樾讲过了宋朝积贫积弱的原因,讲过了诸多仁人志士的正气。现在讲到学术思想的发展,讲到周濂溪的《太极图说》。他的历史课是很注重思想史的。梁明时讲到第一位对数论做出巨大贡献的欧洲人费马。数论是费马的业余爱好,他的创见大都写在给友人的信中。

梁明时自己也是一位奇人,他从一个小地方中学毕业,便在中学教数学。几年后顺利地考入美国普林斯顿大学数学研究所,得了学位回国。他在数论方面有卓越成就。他的信念是:"哪里有数,哪里就有美。"他因患过小儿麻痹症,左手举不起来,右手书写却很流利。架在土坯上的小黑板上布满各种数字和符号。

"现在说到无限下推法——费马在给友人的信中提到这一个定理:形如 $4n+1$ 的一个质数可能而且只能以一种方式表达为两个平方数之和——"这些玄妙的话传入历史系学生的耳鼓。

数学系学生则听见:"太极图说'唯人也得其秀而最灵。形既生矣,神发知矣,五性感动而善恶分,万事出矣——'"两位先生有力的声音碰撞着,大家听得都笑起来。

紧急警报响了,讲课依然进行,没有人移动。传来了飞机的隆隆声,仍然没有人移动。空中出现了轰炸机,队列整齐,黑压压的,向头顶飞来,愈来愈强的马达声淹没了讲课的声音。两位先生同时停止了,示意学生隐蔽。

"升空了,我们的飞机升空了!"学生们兴奋地大喊。只见我们的飞机只有两架,勇敢地升空迎战。下面高射炮也开始射击,但究竟火力太小,敌机仍然从容地飞,开始按着次序俯冲投弹了。一声声爆炸,震得地面都在跳动。

"新校舍起火了!"好几个学生同时叫。果然新校舍上空浓烟滚滚,是中了炸弹。

"卣辰! 卣辰在实验室!"弗之猛然想到,心里一惊,恨不得走过去看个明白。

"不知新校舍的人都跑出来没有。"梁明时喃喃自语。他们没有办法,他们只能等着。

庄卣辰本来已经接受劝说,不守实验室,参加跑警报。近来因为学校购买了两件珍贵仪器——光谱仪和墙式电流器,他总觉得走开不放心。几次空袭都没有飞机来,他认为跑出去实在浪费时间,不如留下看书思考问题,倒是清静,守实验室只算附带的事。

他坐在实验桌前,读一本新到的物理杂志,那是一九三八年春剑桥大学出版的。仪器大都收在实验柜中,光谱仪和电流器靠墙放着。本来电流器应该放在墙上,因为怕弄坏,每次课后都拆装,放在特制的柜子里。光谱仪的核心是光栅,它有一本书的一半大小,能把光线的本来面目光谱显示出来。卣辰不止一次对学生说:"穷物之理不容易,得积累多少人的智慧,我们才能做个明白人。"这些仪器就是具体的积累。光栅体积不大,本可以拆下带走。但卣辰觉得带出去不安全,还有别的仪器呢,总之是不如守着。

四周很静。他解开长衫领扣,读得专心,没有听见远处的隆隆声。及至飞机轰鸣直逼头顶,他才猛然意识到敌机来了。

窗外红光一闪,巨大的爆炸声震得他跳起来。眼看着一排排校舍倒塌下来,洋铁皮屋顶落下时发出金属的声音。"这样近!"他想,下意识地取出光栅掩在衣襟中,又把值夜的棉被盖住电流器,才走到门外。敌机飞得很低,似乎对准了他,机舱中的人清晰可见,而且咧着嘴在笑!又是一声天塌地陷般的巨响,他什么也不知道了。

庄卣辰醒来时,发现自己好好地站着。他倒不了,因为半截身子埋在土中。他仍紧紧抱着光栅,光栅完好无损。这时还没有放解除警报,人们纷纷回到新校舍来救护。人们跑过来时,见庄先生如一尊泥像,立在废墟上,眼泪将脸上泥土冲开两条小沟。庄先生在哭!人们最初以为他是吓的,很快明白了他哭是因为高兴,为光栅的平安而高兴。"光——光——"他喃喃地发出声音,却说不出一个句子。他下半身被泥土紧紧箍住,身上像有千斤重。泥土经过压力粘在一起,很难铲动。人们怕伤着他,只能铲、手并用,慢慢挖。

弗之和梁明时大步走过来。弗之在卣辰耳边叫了一声,卣辰睁眼一笑,把手中的光栅交给弗之。

"好了,好了。"他喃喃地说。

"江昉中弹了!江昉先生中弹了!"

有人从大门那边喊着跑过来。弗之忙将光栅递给明时,拔腿向大门跑去。明时举着匣子说:"与之共存亡!"

大门附近人不多。江昉靠墙半躺着,闭目无语,满脸血污,长衫上也是血迹斑斑。

弗之赶了几步:"春晔,春晔!伤在哪里?"

江昉不答,头上仍在冒血,沿着脸颊流下来。

"快送医院!"弗之大声说,立即命一个学生往校长办事处要那辆唯一的车,一面拿出大手帕笨手笨脚地包扎。过了一会儿,血又渗出来,江昉仍未醒来。

"不能耽误!"弗之说。

周围几个年轻人抢过来背起,一面问:"孟先生,送哪里?"

最近的诊所在正义路,大家往城中跑去。还未到大西门,江昉醒了。

"怎么回事?谁背着我?"

"你醒了!"弗之高兴极了,脚步更快。

学生们说:"江先生,你受伤了,送你去医院。"

江昉看见弗之跟着跑,说:"是孟弗之!你们快放我下来。我不会死,我是炸弹炸得死的吗?我不会死的!"

弗之听他声音有力,便示意把他放下,一面大口喘气。江昉从血污中眯缝着眼看,说:"你倒不必跟着跑。"

这时学校的车已到,两个学生扶江昉上车,陪往医院。弗之又往新校舍来。

卤辰身上的泥土已清理得差不多了,他站立不住,两手扶着一把椅子。秦校长正站在旁边说:"坐下来好了,坐下来好了。"

话未说完,卤辰扑通一声栽倒,几个人上前扶住,随即半扶半抱,把脚挖了出来。长衫下摆埋在土中拉不出来,便剪断了。

担架早准备好,卤辰躺上去时,喃喃道:"我——我——"他想说自己没有受伤,但还是说不出话。

明时抱着光栅对他说:"你看,这就是我们的高明了,我们教数学的,不需要这些劳什子。"忙又加了一句,"你放心,我已经说了,与之共存亡!"

人们在低声议论,说房顶塌下来时庄先生幸好在门外,又幸亏倒在身上的是土墙。几个人抬走了庄卤辰。

弗之对秦巽衡说了江昉的情况,估计是皮肉受伤。巽衡点头。一面指示庶务主任开图书馆的门,匀一间阅览室放仪器。梁明时郑重地将光栅放了进去。

原来实验室是震塌的，人们在清理瓦砾，小心地挖掘。那一排起火的房屋火势渐小，人们稍稍松一口气。

"发现两个人！恐怕已经死了！"救火的人跑过来报告。秦等忙到火场边，见两具尸体躺在草地上，下半身俱已烧焦，本是少年英俊的面目已经模糊，大概是起火时上身扑到窗外，才没有全部成为焦炭。

很快有学生认出，两位死者是化学系学生，参加步行团由长沙到昆明的。他们像千百万青年一样，有热血，有头脑，有抱负，原是要为国为民做出一番事业的，可怜刹那间便做了异地望乡之鬼！

火场上飘过来白烟，似要遮住一切。秦巽衡、孟弗之和梁明时，还有其他人等都肃立，良久不语，一任浓烟缠绕。

这次轰炸，大学区另有重伤三人，轻伤十余人。庄卣辰果然无伤。江昉仅受轻伤。敌机扔炸弹时他在校门口，本来他是要穿过新校舍到山后树林中去的，走过校门时忽然被横在门前的土路吸引。路是黄的，两边翻起红色的泥土，如同镶了红边。他想着土路不知通到哪里，竟忘了自己是在跑警报。他把这条路望了半天，忽然敌机来了，忽然砖头瓦块横飞，忽然小小的砰的一声，什么东西把他撞得晕了过去。好在只是皮肉受伤，到诊所缝了几针，并无大碍。后来和弗之说起，弗之微吟道："路漫漫其修远兮，吾将上下而求索。"

江昉认真地说："果然。"

轰炸以后人们都感到沉重压抑，犹有余惊。过了些时，却有一次警报使人兴高采烈。那兴高采烈的人便是澹台玹。

那天她和几个同学一起也往后山跑警报。在山坡上遇见峨和吴家馨。玹子说，她不和孟离己在一起，因为孟离己总像压着什么解不开的心事，让人吃不消。峨说她也不和澹台玹在一起，因为澹台玹总是晃晃荡荡，什么事也没有似的，更让人吃不消。于是峨等翻过山头去了，玹子等留在山坡上。

这里离新校舍很近。那天来的敌机少，扔的炸弹不多。一颗炸弹落在离玹子数米处。本来这几个年轻人是死定了，可是炸弹没有爆炸，掀起的泥土也不多，玹子等不但没有受伤，也没有落一身灰土。轰炸过后，从地上跳起来的玹子还是整齐漂亮，和早上刚出门时差不多，和她一起的几个同学也都不显狼狈。

"哎呀！咱们的命真大！不知托谁的福。"玹子说。

"当然托澹台玹的福！"一个男同学说，"敌机飞得这样低，准是看见你了。"

"所以就扔炸弹？"

"真的。要是有高射机关枪就好了，我来打，准打得日本鬼子落花流水！"

当天下午，玹子和同学们先看了一场电影。是一部外国片，有人在台上翻译，说的昆明话，电影里的故事就像发生在云南。晚上又在冠生园聚会，庆祝大难不死。冠生园是当时昆明最洋气的地方，大玻璃窗，白纱帘，捧一杯热咖啡或热可可，几乎可以忘记战争。晚上每桌一个红玻璃杯，里面点燃各色小蜡烛，衬着黯淡的灯光，显得很温柔。来一次比吃米线坐茶馆要贵一些，却也不是很惊人。玹子和她的朋友喜欢这里，隔些时候总来坐坐，还常给素初、荷珠带几块洋点心。因为住在严家，常和颖书一同出入，颖书也不时参加聚会。这晚除了大难不死的几个人，还有颖书。

七八个人围坐着，桌上摆着花生米、南瓜子等零食，突出的是一盘堆满花色奶油的点心，每人有一杯喝的东西。

一个同学举杯说："俗话说大难不死必有后福，咱们都是必有后福的大命人，学校里要是多有我们这样的人就好了。"

又一个同学说："今天是大命人，明天还不知怎么样呢。"

玹子说:"明天?明天我英语考九十五分,严颖书西洋史考九十分。"指着一个同学说:"你统计学考八十分。"

"为什么我最少?"那同学不平。

"因为你心里装着别的事——我也不知道什么事。"

不知是谁低声唱起了《流亡三部曲》:"泣别了白山黑水,走遍了黄河长江。流浪!流浪!逃亡!逃亡!"歌声凄婉。

"逃到昆明还要逃!我毕业以后是要拿枪杆子的。"又一个同学说。

"我们得自己造飞机,"航空系的一个同学说,"我们若不把先进技术学到手,永远得挨打。"

一阵脚步响,茶室里走进几个外国人。因有滇越铁路,过去昆明常有法国人来,现在又有滇缅公路,来的外国人更多了。这几个人中一个身材匀称的金发青年向玹子这群人望了一眼,忽然愣住,站在门前不动,神色似有些诧异。

"咱们是不是得决斗?这人好没礼貌。"有人作骑士状,声音很小。玹子正研究一块蛋糕,准备咬上大大一口,抬眼看时,正好和金发青年目光相对。

"麦保罗!"玹子高兴地叫了一声,放下叉子,站起来。

保罗也高兴地叫起来:"澹台玹!看着就像你!"他大步走过来,似要拥抱玹子。

玹子笑说:"这是中国,我们说中国话。"

她的同学评论道:"他乡遇故知。严颖书,你认得吗?"颖书摇头。

玹子给大家介绍:"麦保罗,麦子的麦,保护的保,四维罗。"又问这姓名的所有者:"什么官衔?"

"美利坚合众国驻昆明副领事。我来了一个多月,重庆去了四个星期。准备下星期开始找你,以为至少得找一个星期才有结果。"

"这叫作踏破铁鞋无觅处,得来全不费工夫。"

"铁鞋?"

玹子用英语又说了一遍,美国人都注意听,说中国人想象力丰富。

美国人坐另一桌,他们喝酒。麦保罗先在玹子身边坐了一会儿。他从北平回到美国约一年,又被派出来。大家说起近来的轰炸,说起教授学生的伤亡情况,又说起我军两架飞机损伤一架,以后更难迎战。保罗说他在重庆也经历了很多轰炸,还有夜袭。重庆是山城,挖了很多隧道作防空洞,不过他从不钻隧道,觉得那比炸弹还可怕。总而言之,中国需要空军,没有空军是不行的。一些美国飞行员注意到这问题了,一位叫陈纳德的资深飞行员正以私人身份帮助训练空军。

保罗的语气很友好,但同学们听了都不舒服。中国需要空军还得美国人帮助张罗!颖书因问美国情况,保罗说美国政府有它的政策,当然是根据美国利益,不过一般美国人都同情中国。有的人不关心世界大事,对亚洲的战争不甚了解。但只要知道中日在进行一场战争,就都认为日本没有道理,本来侵略和被侵略的事实是明摆着的。

说着话,外国人一桌唱起了歌,唱的是《Home, Sweet Home》。中国人也唱起来。同学中除严颖书和另两个云南籍的同学外,都是离乡背井,久不得家庭的温暖。唱着歌,不觉眼眶潮潮的,心里发酸。

窗外月光很亮。隔着纱帘,可以看见街上行人很少,更显得一世界的月光。

几个茶房快步走过来,说有预行警报,要关门。"警报!夜袭!"这在昆明还是第一次。电灯熄了,人们纷纷站起来。有人下意识地吹灭了蜡烛。"还早呢,飞机还没来。"有人说,又点燃两支。大家凑钱付账,差的数便由玹子出了。保罗说送玹子回住处,玹子邀颖书一起坐车,颖书略一迟疑,答应了。

街上一片死寂。五华山上挂着三个红球,里面有灯,很亮,像放大了的血滴。人们大都躲在家里听天由命。

保罗慢慢开着车,玹子叹道:"不知道我的家人现在在干什么。重庆常有夜袭吗?"

保罗尚未回答,忽然一阵凄厉的汽笛声,空袭警报响了,把匀净的月光撕碎了。三个红球灭了。

保罗问颖书:"咱们去哪里?到府上还是出城?"

颖书看着玹子。因长辈们到安宁去住了,玹子常住宿舍,少去严家。

这时玹子说:"不如到大观楼看看,月亮这样好。"保罗不知道大观楼在哪里,颖书帮着指点,便出小西门,顺着转堂路驶去。河很窄,泊着几条木船。

"记得前年夏天送卫葑出北平吗?"保罗说,"今天又一起出城跑警报。"

玹子道:"我不跑警报。我们是夜游。卫葑始终没有消息。也许三姨父他们有消息,不告诉我。"

不多时车到大观楼。玹子等下车绕过楼身,眼前豁然开朗,茫茫一片碧波,染着银光,上下通明,如同琉璃世界。三人不觉惊叹,保罗大叫:"这就是滇池!"兴奋地向昆明人严颖书致敬。颖书很高兴,说以前也未觉得这样美。

"还有一件绝妙的东西呢。"玹子说。她指的是大观楼五百字长联。

五百字长联挂在楼前,此时就在他们背后。漆面好几处剥落,字迹模糊,月光下看不清楚。玹子说:"不要紧,我会背。"她随手捡了一根树枝,指指点点,背诵这副长联。

　　五百里滇池奔来眼底,披襟岸帻,喜茫茫空阔无边。看东骧神骏,西翥灵仪,北走蜿蜒,南翔缟素。高人韵士,何妨选胜登临。趁蟹屿螺洲,梳裹就风鬟雾鬓。更苹天苇地,点缀些翠羽丹霞。莫辜负四围香稻,万顷晴沙,九夏芙蓉,三春杨柳。

玹子先念上联,正待念下联,保罗说:"先讲讲吧,脑子装不下了。"玹子便大致讲解一番,又把下联中"汉习楼船,唐标铁柱,宋挥玉斧,元跨革囊"几句历史典故作了说明。颖书也用心听,虽说上了历史系,这些内容他一直只是模糊了解,心想玹子不简单。

玹子似猜中他在想什么,说:"有一次我随三姨父一家来,三姨父讲了半个钟头。'元跨革囊'这一句我印象最深。忽必烈过不了金沙江,用羊皮吹胀做筏子,打败了大理国,统一了云南。三姨父说,忽必烈的这条路是一条重要的军事通路。我只记得这一点。也许我记错了,地理我是搞不清的。总之西南的路非常重要,若丢了西南几省,保着上海南京都没用呢。这长联他让我们背下来,你猜谁背得最快?"

"是你?"颖书说。

"错了,错了。是嵋。"玹子说。又向保罗解释:"嵋是我的小表妹。"

"见过的。"保罗说,"三个孩子从门缝里伸出头来,中间的那一个。"

"记性真好。"在这三个可爱的小头出现之前,似乎还有一个记忆,保罗想不起了。

三个人坐在石阶上,对着滇池,似已忘记空袭的事。

几个人走过,一个说:"外国人?外国人也跑警报!"

保罗笑说:"一样是人,能不怕炸?"又转向玹子:"对了,前天在英国领事家里见到庄卣辰太太和无采。我问过她孟先生住在哪里,好去找你。"

那天保罗见到庄家母女,是因为一位参加修滇缅路的英国人携妻子和八岁的女儿在昆明住了半年,不想女儿上个月患脑膜炎去世,工程师夫妇决定回国前把女儿的所有玩具赠给无采。

"玩具里有许多玩偶,有的坐有的站,倒是很神气的。我当时想这礼物应当送给你。不过那英国人要把这些小人送给一个在昆明的外国孩子。"

"无采是半个,凑合了。我可不是孩子了。我的那些小朋友不知何时再能相见。"玹子叹息。

这一声叹息使得保罗的心轻轻颤了一下。月光下的玹子像披了一层薄纱,有点朦胧。

保罗忽然笑说:"平常看你,说不出哪里有点像我们西方人,现在却最像中国人——很可爱。"

"若是考察澹台这姓,可以考出少数民族的祖先来。"玹子道,"我的祖父是四川人,本来西南这一带少数民族很多,是'蛮夷'之乡,而你们本来就是蛮夷呀。"说着格格地笑个不住。

"我的祖父祖母都是爱尔兰人。我的父母是传教士,他们在昆明住过,就在文林街那一带。因为有了我,才回美国去。我听他们说过滇池,所以我觉得滇池很亲近。"保罗一本正经地说,觉得坐在水边的女孩也很亲近。

玹子转脸看保罗。世上的事真巧真怪,她曾有一点模糊印象,觉得保罗和中国有些关系,却不知其父母曾在昆明居住。停了一会儿,她说:"这么说昆明是你的故乡了。"

"我有这样的感情,但是在这一次遇到你以前,我简直没有想这件事。"保罗沉思地说,"我们忙着做现在的事,计划将来的事,很少想过去的事。"

这时一只小船从水面上划过来,靠近石阶停住。划船女子扬声问:"你家可要坐船? 绕海子转转嘛。"

玹子跳起身:"要得,要得!"便要上船。保罗递过手臂。

颖书不悦,心想,还要我夹萝卜干! 便说:"玹子姐你等一下。我们是来跑警报的,又不是来耍! 飞机不来,我们回去好了。"说着,起身拍拍灰便走。

玹子将伸出的脚收回,知颖书为人古板,不便坚持。仍说:"要得,要得。"扶了一下保罗的手臂。

"哪样要得? 你家。"船女问。意思是究竟坐不坐船。

"太晚了,不坐了。要回家喽。"玹子说。

"两个人在一处就是家,何消回哟!"船女说。见玹子不答,说:"我也回家去了。"玹子口中无语,心上猛然一惊。看保罗似未懂这话。两人望着船女把桨在石阶上轻轻一点,小船转过头,向烟波浩渺处飘去了。

两人快步追上颖书,上了车。三人一路不说话。路上行人稀少,到小西门,知警报已解除了。

三

严颖书乘麦保罗的车送过澹台玹后不肯再坐车,快步走了回去。进门见二门上的夜灯黑着,估计是为刚才的空袭警报。院内有护兵在走动,颖书问:"可在家?"一个护兵答称军长没有跑警报,从下午就在家。

颖书想去看看父亲,走到楼前却返回自己房间了。他和严亮祖素来很少交谈,但他以抗日军人的父亲自豪,常常想着父亲。他的书桌前挂着父亲的大幅戎装照片。还有小幅素初和荷珠的合照,两人都穿旗袍,宛如姊妹。他在脸盆中胡乱洗了手脸,便躺下了。躺下了,可是睡不着,心里乱糟糟的。

这玹子,和外国人来往,而且是老交情了。二姨妈也不管管。好在现时两位母亲不在家里,她也少来了。不然,怕把慧书带坏了,慧书大概觉得她比我还亲近呢。想这些做哪样!没得用场。爹从湖北回来休整几个月了,说是休整,其实是打了败仗的缘故。胜败兵家常事,总不至于怎么样吧。最重要的是把日本鬼子打出去!今晚一定打不出去的,且睡觉!

就在颖书朦胧迷糊之际,院子里一阵喧哗。

"太太们回来了!"护兵们在招呼。人不知从哪里涌出来,廊上的灯都开了,不过若说亮度,怕还不及月光。

颖书坐起,见荷珠推门进来了。

"妈,你们回来了!咋个这么晚?"

荷珠揽着儿子的肩,勉强笑着:"我们在城外听说有警报,等了些时,这时才到。"

"有什么事?"

"你爹差人去叫我们,说有事——一定不是好事。"

"可是要出发?"

"不像。"

忽然一阵楼梯响,有人歪歪倒倒下楼。

"像是喝得有几成了——你明天还上课,你只管睡。"荷珠说着,自出去了。

"摆牌桌!"亮祖在院中一声吼。马上客厅的灯亮了,八仙桌上铺了毯子,麻将牌倒了出来。严家人对豪饮豪赌都司空见惯,但半夜里兴师动众的难道专为打牌?颖书也自纳闷,一面穿衣出房。他屋里灯一亮,就听见亮祖大声说:"严颖书!你出来!"颖书忙快步走到客厅。

严亮祖一身白布裤褂,皱得像抹布,神色倒还平静。素初穿着家常阴丹士林蓝布旗袍,发髻有些歪了,没有来得及进房收拾一下,便听话地坐在这里。

"爹,亲娘。"颖书叫。大凡特别标明亲娘的,就不是亲的了。

亮祖命颖书和副官坐下,自己哗哗地洗牌。

"爹,有哪样事?"颖书小心地问。

"打牌! 你只管打牌!"亮祖厉声说。又吼道:"倒酒来!"

大家摸了牌,战战兢兢打了两圈。荷珠出来了。她已从容地换上她那彝不彝汉不汉的衣服,比宴客时朴素多了,簪环首饰一概俱无,只左手无名指上戴着那钻戒。

副官起身,让荷珠坐了。大家默然又打了几圈牌,亮祖忽然把牌往桌当中一推,大声说:"不打了!"大家不敢搭话。

过了一会儿,荷珠说:"你有哪样话,说出来大家明白。颖书一早还上课呢。"

"好! 你们听着!"亮祖一字一字地说,"今天我得了消息。中央下了命令,撤了我军长的职务。"

"咋个说?"荷珠反问一句。

"撤了我军长的职务,因为我打了败仗。还有人建议枪毙我,是殷长官拉了些人说情,才算保住一条命。"

"哦!"素初脸色苍白,站起身又坐下去。

荷珠下意识地抹动钻戒,亮光一闪一闪。说:"不去打仗,好事嘛。免得提心吊胆的。"

"我不去打仗! 我不能打仗! 降职我不怕。现在干脆不用我了! 我一个抗日军人,眼看着国土沦丧,民族危亡,不能带兵打仗! 我可还算是个人!"

"爹!"颖书叫了一声。

亮祖只顾说下去:"运筹帷幄,决胜千里,当然重要。指挥嘛! 可终归都要士兵去打,要人拼,要人命啊! 胜仗是弟兄们的鲜血换来的,败仗也没有少流血! 台儿庄一战怎么打的? 到后来,我自己拿着手枪站在阵地上,不分官兵,谁往后退就打谁！我严亮祖的枪法还用说！"亮祖握拳向桌上重重一击,震得牌跳起来。

"军长,"素初怯怯的,"莫伤了身子,日子长着呢。"她很想拍拍他,摇摇他。他太苦了,他要承担多少责任,除了辛劳,还有委屈。但她从没有爱抚他的习惯,只看着荷珠,希望她能给些安慰。

荷珠站起身出去了。一会儿又进来,两手放在身后,握着什么东西,走向亮祖,又退了几步,两手从头上甩过,左右挥动。原来她握的是一条蛇！

"妈,我不想看。"颖书知道荷珠又要弄点假巫术了,他很烦这些。蛇在荷珠手中翘着头,一闪一闪吐信子。

"哈！蛇胆酒！"亮祖的注意力稍稍转到蛇身上。只见荷珠用一把匕首刺向蛇的七寸,然后飞快地划到蛇尾,取出鹌鹑蛋大小的蛇胆,用小碟端上来。

"清心明目。"亮祖说。

"平肝败火。"荷珠说,用牙签扎破了蛇胆,将汁倾入酒中,一杯白酒马上变得绿莹莹的。她微笑地端起蛇胆酒,站在死蛇旁念念有词,双手外推,绕牌桌走了一圈,将酒放在亮祖面前。

"军长,你家请。"她坐下了。早有护兵过来收拾地上,泼了水,撒上松枝木屑。

人说荷珠这些把戏是专为驯服亮祖用的。但亮祖并不信这些招式,他知道这些不过是荷珠巩固自己地位的一种伎俩。多年来,她花样翻新,他则从不和她认真。这时见面前这杯绿莹莹的酒,心上倒是平静了些,再看素初和儿子,心想,总还有这几个人跟着我！于是手持酒杯,长叹一声,说道:"出牌！"

牌局在继续,亮祖却在沉思:我怎么会打败仗的？战役后已经总结了又总结,原因很多,诸如新兵多,仓促上阵,各部队缺乏通讯联络,兵站组织不健全,后勤补给跟不上等等。这都是滇军的鲜血换来的教训。但凭他的指挥,新兵也可以掩其短。问题是他能够指挥士卒,却不能指挥上级长官。他的部队当时的任务是内线防守,他主张不能只是消极防御,要抓住适当时机出击,要以攻为守。他曾几次建议,并亲往见战区司令长官,要求出击。长官回答说:"最高司令部叫我们防守,我们就防守。若是出击,打赢了自然好,若有损兵折将,谁担当责任? 再说最高司令部综观全局,其决策不是我们全能明白的。你不要擅离职守,自讨苦吃。"

"哈! 自讨苦吃!"亮祖随手出一张牌,喃喃自语。大家都是机械地摸牌出牌,到这时没有一家成功。

"自讨苦吃!"亮祖继续想,"这也是一种精神啊! 若是弗之,一定会讲出一套道理。可我是想要自讨苦吃而不可得啊!"他似乎又站在他所守的最后一个山头上,指挥士兵把滚木礌石往下砸。石头木头滚下去,敌人一阵嚎叫。生为男儿,便有守卫疆土的责任,更何况我是军人,军人!

一个军人的形象出现在他眼前。隐约中他觉得,他的获罪与这人有关。那是他的秘书秦远,一个正派能干的军人,一个共产党。亮祖信任他,因此失去了上级的信任。"是这样吗? 是吗?"亮祖不愿想这复杂的问题。

他忽然站起,在松枝木屑上踱了两个来回,说:"今天我把话和全家人说清楚,慧书不在家,你告诉她。"他指一指素初,"我严亮祖当了几十年英雄,算到了头了。可是不管英雄也罢,罪人也罢,我这保国卫民、杀敌抗日的心没有变,就在这点!"他用拳头猛击自己的胸膛,仰天长叹。

素、荷站起来。颖书走到父亲身边,想说劝解的话,却不知说什么好。

亮祖对颖书说:"我看你莫读历史系了。有什么用? 历史都是假的!"

颖书说："大概是真真假假,有真有假。三姨父有一本书专门讨论这个问题。"

"我知道孟弗之写的历史一定是真的,哪怕杀头!"亮祖说,一面转身一步步有力地走上楼梯,回房去了。

荷珠端了那杯蛇胆酒跟随,一面对颖书说:"你睡一会儿吧,没有多少时间了。"

素初跟着走到楼梯口,自己呆呆地站住。

"素初! 你也上来。"亮祖站在楼上栏杆边吩咐。

素初一愣,正要上楼,听得荷珠说:"太太回来还没有洗脸收拾呢,先休息吧。"

亮祖便不再说话。素初只希望亮祖平安,别的事并不介意,自回房去了。

亮祖躺在床上,窗前小桌上杯盘狼藉。他一下午都在喝酒。若在平时,荷珠定要埋怨护兵,这时却自己收拾着。

一会儿她在床边坐了,说:"既然城里没有事,就和我们一起到安宁住着好了。安宁的宅子你也没有住过几天。"

"我倒是想回大理去,看看能做些什么。"

"回大理去!"荷珠高兴地说,握住亮祖的手。大理是他们生长的地方,总能引起不少回忆。

少年亮祖随寡母在荷珠居住的村子做工。有一天,荷珠坐在村外一棵大尤加利树下。亮祖从那儿走过,婆娑的大树前这小小的身影吸引了亮祖的目光。她正在哭。

"喂! 哭哪样?"亮祖说,在她身旁坐下来。这时村里有人叫荷珠,她抹抹眼泪,跑走了。

以后他们常在这里遇见,渐渐熟了。荷珠家是养蝎的,颇为富足。她头上的银饰、身上的叮当零碎比一般女孩子要多些。可她还是哭。她说,她哭是因为她不是阿爸阿妈的女儿,人家告诉她,她是野地里拾来的。

"怎么证明你是还是不是?"

"阿爸阿妈从来都对我好,从不嫌弃我。可真的我是拾来的。"她伸出穿草鞋的脚,露出小脚趾,"我的这个脚指甲有两半,我家人都不是这样。"

亮祖看自己的脚指甲,果然没有两半。小脚指甲两半是汉人的标志,他觉得这个不知来历的小姑娘可怜可亲,很想保护她。

一年年过去了,他们过从日密。严家母子的小破屋里常有荷珠的身影。她嘴甜手快,帮着做这做那。只是严母看不惯她,背地里说她是妖精派来的。亮祖对母亲说:"你家像是坐在高台阶上堂屋里首挑人的哟。看看我们这四面破墙,勉强笼住个房顶罢了。"严母本着卫护儿子的慈母心肠,认为荷珠本人和她的毒物必有害于人,不料却是荷珠两次救了亮祖的命。

当时云南贫瘠闭塞,匪患猖獗,打家劫舍,时有发生。上任的官员有时路上被匪劫持,到不了任。各村寨在土司带领下都有自己的武装。亮祖十六岁参加村寨的护卫队,因为勇敢且多计谋,不到二十岁便成了带领百余人的头目。年轻人锋芒外露,难免招人嫉恨,土司手下的一个小头人诬陷他通匪。就在他和弟兄们打退一批土匪,在村外休整时,头人安排好要除掉他。恰好那天头人家老太太要用全蝎入药,荷珠去送蝎子,经过堂屋,听得头人说:"严亮祖这个娃娃,若是不除,将来他会服哪个? 莫非让他为王当大土司? 今天一坛酒,就了结他!"荷珠暗惊,见廊下摆着犒军的酒坛,一个精致好看的小坛放在大坛上面,正是她家造的毒酒,用二十一种毒虫制成,名字却好听,称为梦春酒。荷珠不动声色,送过蝎子,一直跑到严家,告诉严母那酒的颜色特点,说最好根本不要饮酒。亮祖有了准备,得以逃过此祸。

既然有人生心谋害,亮祖的日子好过不了。在一次和头人口角中,他用刀划伤了头人脸颊,头人大怒,连开两枪,亮祖都躲过了。小头人仍然不肯罢休。亮祖只得领了他的队伍逃进山去,真过了几天土匪生涯。以后他常开玩笑,说自己是绿林出身。

过了几天昆明派官兵来剿匪,亮祖成了剿灭的目标。他不想抵抗,便让弟兄们回村去,自己只身在山里躲藏。

一天他走在悬崖边,一脚踏空,掉了下去。幸好掉在一蓬野竹上。亮祖定了定神,可怎么上得去呢?

"阿哥呀!"忽然竹丛中响起女孩的声音,不是别人,是荷珠!

"你整哪样? 你也掉下来了?"亮祖十分诧异。

"捉毒虫。"荷珠举一举手里的陶罐,好像他们是在街上遇见,"我才不会掉下来。"

荷珠是拉着麻绳下来的。这绳绑在崖边大树上。

"你可捉够了?"

"够了,够了。"

荷珠先上,检查了麻绳系扣,才让亮祖上。亮祖到了崖顶,拉着荷珠的手说:"咋个报答你!"荷珠那不分明的扁平脸上红红绿绿,大概是泥土和植物或是什么虫子的汁水。她没有说话。

但是母亲还是反对这位姑娘。她相信以亮祖的聪明才智一定能结一门好亲。她临终时逼着亮祖立誓永远不以荷珠为妻。

妻也好,妾也好,他们是分不开的。他们的感情中有乡土的眷恋、生死的奋斗和少年的记忆。不要说严家换过的几个小妾,就连素初也不过是外人。

月亮西斜,廊上的一排花影也斜了淡了。天快亮了。殷府送来密信,嘱亮祖不可活动,静候宣布处分。

四

铜头村后小山上的日子,相对地说,较为平静。

庙宇之中,一切都很简陋,但书声琅琅,歌声飞扬,还有少年人的言谈笑语,使得破庙充满了朝气。便是四大天王的面目也不是那样狰狞了,他们受了感染,似乎随时要向孩子们问一声"你们好"。

嵋和别的少年人一样,心灵在丰富,身体在长大,头脑在明白。她喜欢自己的学校、老师、同学,喜欢这山、这庙和庙里的神像。只有一样她不喜欢——上纪念周。

当时所有的学校每星期一第一节课都是纪念周,内容是升国旗、唱国歌、背诵总理遗嘱,然后校长和各方面负责人讲话。学生们按班级排成纵队,从大殿直排到台阶底下。整整一节课都要肃立,嵋不喜欢的就是肃立。其实她也不是不喜欢,她站不了,站到后来头晕眼花,两腿发软,真盼着有什么东西靠一靠。她觉得自己没有出息,总是坚持着站完这一课。

这一天上纪念周,从背诵总理遗嘱时嵋就觉得不舒服。"余致力国民革命凡四十年,其目的在求中国之自由平等,积四十年之经验,深知欲达到此目的,必须唤起民众,及联合世界上以平等待我之民族,共同奋斗……"她勉强支撑着,用力随着大家背诵,千万不能在读总理遗嘱时倒下!

接下来是章校长讲话,讲的是修建操场的事。昆菁学校自迁到乡下后,没有一个正式的操场,山上没有足够的平地。学生在庙前的砖地上或大雄宝殿前的院子里排好队,做做操,便是体育课。后来做了篮球架,但场地当中有两个旗杆座子,无法比赛,只能练习投篮。章校长向本地军政商各界募捐,决定在永丰寺下一个山坡上修建操场。当时很有人反对,说国难期间,这样做未免不合节约原则。章校长说,我办什么事都要尽可能办好。办教育要有德智体三方面,下一代人必须有健全的体魄,才能担当抗敌兴国重任。再说修建操场,学生也要参加劳动,做小工,对他们的成长有好处。在各方协助下,操场已施工,招募来的村民把山角挖下一块。这次纪念周上,便是动员运土,规定从校长起到高小学生,每人每天把一筐土运到永丰寺后山沟,怎样运法自己决定。

章校长声音清亮,嵋听来却觉得愈来愈远。她头晕,冷汗涔涔,怎么也站不住了,只好靠住前面的赵玉屏。

"怎么了?怎么了?"赵玉屏小声问。

嵋脸色煞白,双目紧闭,向赵玉屏身上靠得愈来愈重。

这时晏不来走过来,说:"孟灵己,你不舒服?"即令几个学生搀扶她回宿舍。

学生晕倒已不是第一次了。大家都知道是贫血所致,躺一躺就会好。嵋躺了一会儿,果然渐渐有了力气。这时章校长已讲完话,最后说身体不好的同学可以不参加运土。"我要参加的。"嵋想。

当天下午开始运土,高中生一肩挑,初中生两人抬。嵋一班经过晏老师组织安排,两人一组。本来照体力应该男女生搭配,但当时中学生时兴配对,那是一种集体创造,云南话称为"兴"谁和谁,意即起他们的哄。晏老师不用男女生搭配,而是男女生分开。嵋和赵玉屏一组,两人都很高兴。晏老师一再嘱咐要少抬。

挖下来的土是红的,愈是内层的土愈红得新鲜,像是挖出了大地的内脏。学生们运过一次土,身上总沾些红色,大家嬉笑着互相拍打。也有同学对这种劳动不以为然,说这是学校省钱,我们可是交了学费的。不管怎么说,各班都要按规定完成任务。夕阳西下时,就见山路上一串红土担子在两边绿树丛中慢慢移动。

嵋和赵玉屏抬了一筐土,刚走出操场,见章校长领着殷大士来了。大士伸伸舌头,扮一个鬼脸。章校长一贯穿银灰色西服裙,这时换了蓝布中式衫裤,到场上取了筐,命大士拿着,便去挖土。"校长!""章校长!"几个手执铁锹的人叫,要给她装土。

章校长一面环顾四周,说:"土运得很快,咱们能早些开运动会。"一面和大士抬起筐来,把筐放在靠近自己这头。

走了几步,大士说:"我这边轻得很。"要把筐拉过去。

校长说:"不必,你年纪还小,该抬轻的一头。"

她们快步走着,赶上前面的一抬。抬土人之一是那偷蚕豆的高中生王钿,她正在大发议论:"咱们学校做的事,从来没有听说过。你当这些女娃娃们是哪个?一个个都是小姐喽。喊小姐们抬土!抬土是下等人的事。"她回头一看,见校长和大士在后面,忙喊了一声:"校长也来了!"一面下意识地放下自己的筐,跑上去替大士抬筐。

章校长摆摆手说:"你们赶快。"自和大士向前。

嵋和赵玉屏跟了上来。近来嵋才知道,王钿是殷家远亲,来上学一半是因为殷家让她照顾大士姊弟。王钿让过校长,便慢条斯理地理筐上的绳子。嵋等了一会儿,后面已跟上好几抬担子。有人调皮,故意说:"好狗不挡路!"王钿并不介意。嵋忽然想起吕香阁,不知她怎样了。又站了片刻,才过去。

嵋等走到永丰寺后,把土倒进沟里。那一条深沟已经快让红土填满了。一个只穿破背心的汉子正在用力耙平新倒进的土,他的长发和破背心的半片都在晚风中飘起。这正是晏不来。

"晏老师,耙土只有你一个?"章咏秋招呼道。

晏不来似未听见,只顾用力一锹一锹扬土。后来的人倒清了土筐,有的马上在树丛间绕来绕去捉迷藏,有的站着看山色。

晏不来忽然倚锹仰天大声吟道:"若有人兮山之阿,披薜荔兮带女萝。"接着说道,"痛饮酒,熟读《离骚》,方得为真名士!"

章咏秋知道这位老师素来疏狂惯了,便也和同学们站在一起,听他说什么。

他却不再说话,大声唱起歌来,唱的是:"手把着锄头锄野草啊,锄去了野草好长苗啊。"耙了几下土,又唱《抗敌歌》:"中华锦绣江山谁是主人翁?我们四万万同胞!"他指挥同学一起唱,有些人唱起来,不够整齐。他自叹道:"跟不上!艺术教育跟不上!"说着转过头来,忽然看见章咏秋,便大声问:"章校长,我说得对不对?"

章咏秋微笑道:"晏老师愿意的话,可以开讲座,教歌讲诗,好不好?"

"能给我时间,特此致谢。"向嵋们指一指,"你们要来听啊。"

章咏秋示意两个高中同学跳进沟里帮着耙土,一会儿便完工。大家各回宿舍。

嵋和赵玉屏、殷大士一同走。走过新铲平的操场,见红通通一片铺展开来,三人都很高兴。

大士说:"我们来赛跑。"

三个人并排跑,大士跑得最快。嵋拼命追,不久便有些头晕,还勉强跑。又跑了一会儿,没有注意脚下一块石头拦路,突然一绊,人仆地栽倒了。

赵玉屏在她后面大声叫起来:"孟灵己摔跤了!"忙跑上来扶。

嵋忙翻身坐起:"没关系,不要紧。"她想要起身,左膝盖一阵钻心的疼痛,又跌坐在地。

大士跑过来,站在一边说:"你两个,你两个,一个蛇咬,一个摔跤,轮流上演。"嵋看膝盖,鲜血淋漓,还有些小石子沾在上面。

坐了一会儿,大士忽然想起似的,问:"可走得?"一面和玉屏上前搀扶。嵋站起来,一歪一拐倚着两人走回涌泉寺。

先到卫生室。准校医一看,说,又是你三个。用双氧水给嵋冲洗,见伤口很深,一块肉翻起来,直皱眉头。处理完了,用纱布棉花包好,外缠绷带。嵋的左膝凸起一大块,活像个伤兵。

这时慧书赶来了。她上周末回家,这星期一下午才返校。她平常就少说话,这几天似更矜持沉默。见大士也在陪着,颇感意外,说:"你回宿舍吧,有我在这里。"

大士说:"已经包好了,大家走。"遂由严、赵扶着嵋。嵋的膝盖不能弯,一跳一跳地走,自己先格格地笑起来,殷、赵也忍不住笑,只严慧书不笑,一本正经地走路。

刚进宿舍门,小娃闻讯跑来了。小娃长高了,皮肤很白,眉眼端正,大舍监说他真是粉妆玉琢。这一屋的女孩都喜欢他,叫他小娃。他总大声抗议:"我是孟合己。"

这时他对别人的招呼一概不理,只严肃地望着嵋的膝盖。

"赵玉屏! 你去端饭来!"大士又在发号施令。一眼见王钿也站在一边,又说:"王钿! 你打洗脚水!"

慧书忙止住,说:"莫要麻烦了,你们先去吃饭,这里我和孟合己招呼。"

小娃听说,忙拿起盆跑出去打水。因大家盥洗从来都用凉水,他先到取水的池边,转念一想,快步跑到卫生室。卫生室门开着,一个热水瓶在桌上。小娃认为卫生室的东西该给病人用,把热水倒进盆里,端着就走。

"孟合己偷水!"小娃的同班殷小龙,即大士的弟弟,不知从哪里冒出来,大声叫。

"哪个偷水! 卫生室的水,洗伤口嘛。"

"我说你偷水就是偷水!"小龙是个极淘气的孩子,总想寻衅闹事。两人吵了几句,小龙说:"下江猪! 下江猪偷水!"

"老滇票! 老滇票废掉了!"

小龙大怒,跳上前一拳,打在小娃左肩上。小娃站稳了,还小心地端着水。"殷小龙你听着,我没时间同你打。明天,明天我们决斗。"

小龙大为高兴,说:"好好好,明天下午下课以后,山门边见面。"

"一言为定!"小娃怕水凉了,赶快走。

嵋把脚浸在温热的水里,感到十分舒服,对小娃一笑。她不知小娃为这一盆水做出的决斗允诺。

上次赵玉屏被蛇咬伤,人们都担心有毒,幸亏伤口很快好了,并无别的问题。这次嵋摔伤,大家看着很普通,以为很快就好。不料到后半夜,嵋发高烧,从脚一直疼到头,身子有千斤重,怎么摆也不合适。嵋不愿惊动别人,强忍着昏沉地睡。

早上大家起来,都从她床边过。好几个人惊诧道:"孟灵己脸好红哟!"慧书过来一摸,果然烫手,赶忙请了准校医来。

准校医见嵋高烧昏沉,腿上红肿,连说发炎了发炎了,主张送她回家,让家人照顾。

这时两位舍监和晏老师都来了,因见天气阴沉,不会有警报,大家议定送嵋回家,在城里找医院方便。几个人山上山下跑了一阵,找得一辆马车,停在山下,让嵋坐在椅子上,由两个伙夫抬了下山。

嵋歪在椅上,凉风一吹,清醒许多。见周围许多人,想笑一笑,可是却哭了出来,眼泪滴滴答答流个不住。

慧书安慰说:"很快会好的,我陪你回去。"

嵋用力摇头摇手,说:"不用,不好,我会照顾自己。"老师们商议,由小舍监送去。

小娃一直站在一旁，人以为他会争着一同回家，可他只悄悄站着不响，一双黑白分明的眼睛盛满关切和不安。

"小娃，有什么事吗？"嵋用衣襟擦着眼泪问。

"我没有事。小姐姐，大后天就可以见到了。"小娃说，语气很坚决。

嵋想叮嘱两句，却没有力气。忽然觉得一阵奇寒撞进身体，打起颤来，抖个不停。

"莫不是打摆子？"晏老师自语。一面催着抬起椅子，又嘱小娃去上课。大家便下山。

路过永丰寺，正值一节课下课，同学们跑过桥来看。殷大士穿一件月白布旗袍，很普通，却罩了件镂花白外衣，不知什么料子，在同学中很显眼。

她拉着嵋的手说："莫抖了，莫抖了。"又说，"我的主意不好，我不该要赛跑。"众人都诧异大士肯这样说话。

嵋用力说："我自己摔的，和你没关系。"

慧书直送到山脚下，帮着铺好一条棉絮，让嵋躺好。忽然问："怎么不见庄无因？"

真的，怎么不见庄哥哥？嵋想，随即想起，说："他要准备同等学力考大学，不来上学了。"慧书低头不语。

小舍监坐在嵋身旁。马车走了，蹄声嘚嘚，沿着窄窄的土路前行。嵋没有力气看什么。这一次寒战过去了，她又昏睡过去。

车子吱吱扭扭走到半路，下起雨来。赶马车的把自己的油布雨衣搭在嵋身上。小舍监坐在车夫身旁，撑着伞，伞不够大，两人各有半边肩膀湿了。"快着点！快着点！"小舍监催促。

这种马车，任凭催促，是走不快的。好在雨不很大，下下停停。好容易到得城里，已近中午。他们一径来到祠堂街，小舍监找到阁楼上，只有碧初一人在家。

碧初三步两步冲下阁楼,扑到马车边,一把将嵋抱住,见她昏沉,还在呼吸,才喘过一口气来。立即决定就用这车往泽滇医院去。小舍监交代清楚,自回学校。

碧初拿了应用衣物,给弗之留了字条。坐在车里,拥着嵋,用湿手巾轻拭嵋的手脸。嵋慢慢醒了。很慢,像是从谷底升起。她在母亲身旁!还有什么地方更平安更舒适!

"娘!"嵋叫了一声,声音从通红的脸上迸出来,充满了感情。

"嵋吃了苦了!嵋吃了苦了!"碧初摇着她,"咱们到医院去,到医院就好了——就好了,就好了——"

嵋在"就好了"的声音中迷迷糊糊,觉得自己像是漂在一片澄静温柔的湖水上。

她再次醒来是突然的,一个沉重的声音惊醒了她。那是一句话:"先交六百元押金!"

嵋十分清醒了,她已经躺在医院的一条长椅上。她见母亲正在挂号处窗口说着什么。那句话是从窗口扔出来的。她要回答,她的回答是:"娘,我不要治病,我们没有钱,我不要治病!"碧初回头看她,摇摇手,又和挂号处交涉。

"我带了五百多,还差一点,一会儿就送来。请千万先给孩子治一治!"她拿出家里的全部现款,五百五十九元八角七分。现在的日子已不比去年,如果再过几年,五十元也拿不出来了。

窗口里把钱推了出来,啪的一声关了窗户。碧初愣了一下,决定去找医院院长。

这时一个穿白大褂的人走过来,看了一眼碧初,说:"这不是孟太太吗?"随即自我介绍,他姓黄,是外科医生,曾托朋友求过孟先生的书法。知道了嵋的病,感慨道:"你们这样的人,连医院都住不进!"立刻用平车将嵋推到诊室检查,很快确定嵋患急性淋巴管炎,俗名丹毒,由伤口进入细菌引发。寒战是细菌大量进入血内所致。

也没有交押金,就收嵋进医院。

病房两人一间,只有嵋一人住。这是黄大夫经过外科主任安排的。人们对迁来的这几所大学都很尊重,愿意给予帮助。碧初心里默念:"云南人好!昆明人好!"安排嵋睡下了,有护士来打针,打的是盘尼西林,即青霉素,这在那时是很珍贵的药。

碧初见嵋平稳睡着,便回祠堂街去筹钱,她不愿欠着押金。上坡下坡走了一阵,想起还没有吃午饭,遂向街旁买了三个饵块。饵块是米粉做的,一块块放在炭火上烤熟,涂些作料,便可吃了。碧初不肯沿街大嚼,托着这食物直走到家。

弗之正在楼门迎着,说:"我这是倚闾而望。嵋怎样了?"

"是丹毒。已经开始治疗,不要紧的。只是现有的钱不够交住院费。"

"正好学校今天发了一百元补贴。"弗之说。

碧初微叹,心想嵋是有点运气的。两人对坐着以饵块充饥。

过了片刻,碧初说:"住院可以应付,家用还得添补。前些时托大姐卖了一只镯子,贴补了这一阵。再拿一只去卖吧。不知大姐什么时候从安宁回来。"

"上午在秦先生那边开会,听说亮祖的事。"弗之迟疑地说。

"亮祖什么事?"碧初忙问,放下了饵块。

弗之说:"你只管吃。说是最高统帅部撤了他的军长职务。"

"哦!"碧初舒了一口气,"我还以为战场上受了伤或是怎么了呢。"

"不让他上战场,我想这比受了伤或怎么了还难受。"

"可因为什么呢?"

"因为他打了败仗。不过我看恐怕不只因为这个,你记得亮祖和爹很谈得来?"

"因为思想?"

"大概有点关系。"

两人默然,都觉得沉重。嵋的病不过关系一家,亮祖的去职对个人来说也许没有什么不好,但是这在同仇敌忾、举国抗日的高昂精神中显示了不谐和音。这种不谐和音肯定会愈来愈大,关系到国家民族的命运。

嵋在医院颇受优待,治疗顺利。家人亲戚同学时来看望。星期天碧初携小娃来了,小娃左眼眶青了一块。

"这是怎么了?"嵋忙问。

"摔的。"小娃用手捂着脸,含糊地答道。

"怎么连眼眶都摔伤了?"

"就说呢,像是打的。怎么问都不肯说。"碧初把带的东西放好,去找医生了。

小娃左右看看,低声说:"我告诉你,我和殷小龙打架了。我打赢了。公公教过我们打拳!"

"为什么打? 打架总是不对的。"

"他要打嘛。因为一盆水。"遂把用热水的事说了。

嵋默然半晌,说:"我就奇怪,哪儿来的热水! 你还有哪儿伤了? 殷小龙哪儿伤了?"

"他是右眼眶。我们在山门外场地上画了两条线,在中间打。谁退过了线,就是输。"

"他输了? 他没有赖吗?"

"好多人看着呢。他也没有想赖,挺守规则的。"

"都是光明正大的男子汉!"嵋笑道。

"娘来了! 不说了。"小娃摇摇手。碧初进来,脸色很忧虑。

一时素初携慧书来,两人神色都有些异常。素、碧二人低声说话。素初告诉,亮祖的处分已经宣布,撤职留在昆明居住,可在省内走动。卖镯子可以交给副官办。他们全家要到安宁住一阵,慧书也去,大考时再来。碧初告诉,嵋的病不只是丹毒,还有较重的贫血和轻度肺结核,需要较长期调养。慧书坐着揉一块手帕,不怎么说话。她带来一本书《苦儿努力记》送给嵋,还有四个芒果,是殷大士送的。

素、慧刚走,弗之和峨来了。快到中午,挂出了红球。孟家一家人在狭小的病室中团聚,不想跑警报。嵋说最好大家还是走,不要管她。

碧初说:"不会炸医院的,屋顶上有很大的红十字。"

峨冷冷地说:"那可说不准。"

没有空袭警报,球取下来了。

"我们真得搬到乡下去。"碧初心里这样决定。

第 三 章

一

孟弗之一家终于在一九三九年夏初迁到龙尾村。当时理科教员大都在西郊,文科教员大都在东郊,江昉、李涟、钱明经等人都已迁去。

龙尾村有山有水。山不高,长满各种树木,名字也很好听,唤做宝台山。水不深,小河一道,清澈见底,唤做芒河。据说本是蟒河,村民改做芒,是由不远处的大河龙江分来。这地方似与龙有着什么关系。村里村外,山上河旁,遍生木香花,那是一种野生灌木,可以长得很高,围护着普通农舍。花开如堆雪,且有淡淡的桂花香气。孟家人对龙尾村的记忆,是和木香花缠绕在一起的。街道只有一条,两旁店铺大致和昆明市内偏僻处相仿。房屋多在街边巷内,形式大同小异。比较正规、有点格局的,大都两层,有正房和东西厢房,正房楼下正中无墙,算是个敞间,是一家人起居之所。厢房一边楼下是厨房,一边楼下是猪圈。孟家人的新居便在猪圈上面。

这厢房比大戏台的阁楼又小了许多,楼板很不结实,走起来吱扭吱扭响。而且木板间有很大空隙,可以看见楼下邻居几只猪的活动。它们散发的特有气味和不停的哼哼声透过地板缝飘上来,弥漫全屋。起初碧初很不习惯,把家什擦了又擦,衣服洗了又洗,总也去不了那种气味。到自己也发出一种猪圈味时,就不觉得了,似乎一切都很自然。

让人长久不能习惯的是厕所。厕所在另一个堆柴火的院子里,在柴火堆中有一个大坑,大小如同炸弹坑。稍窄处搭着木板,供人方便。其余部分是敞着的,里面五颜六色,白花花的蛆虫在蠕动,胆小的人真不敢看。最可怕的是坑里还养着猪,它们哼哼着到木板下来接取新鲜食物,还特别欺生,遇生人来,似有咬上来的架势。所以城里人来用这坑时,大都手持木棒,生怕被咬上一口。

这家房东姓赵,行二,在村里算得个殷实人家,除养猪外,鸡、狗、猫是少不了的。还养了一匹马,它在柴火院中有专用的马厩。主人善待众生,给它们很大自由,厕所猪和厨房猪时常交换场地。养的狗是那种笨狗,两眼上各有一块白毛,称为四眼狗的。它反应很不敏锐,在家中也有它的地位,大门旁的稻草便是它的窝。至于猫,更是受到尊重。昆明的猫,常在对鼠的讨伐中染病而亡,猫价可观。房东一家在敞间中放一矮桌,那是全家包括猫的餐桌。开饭时,全家三代祖孙六人坐了三面,另一面摆着饭钵坐着猫。盛饭时猫也有一碗,舀汤时猫也有一勺。女主人给猫碗里浇上汤,还用勺子把饭按上几按,怕有饭团,不利下咽。马是大牲畜,有自己的独立性。这匹马个子不大,力量不小,耕田拉车都来得。每于劳动后黄昏时分,站在马厩中喝用脸盆盛的稀饭,态度从容自得,很是文雅。嵋和小娃常伏在栏杆上看它吃饭。马不时抬起头来看看两个孩子,眼光是温柔的、友好的,像是要招呼一声"你好"。

为了方便,教员多集中在几天上课。弗之的课排在一周的前三天,后四天在乡下著书,无须跑警报,时间充裕多了。那时没有交通工具,来去都是步行。最初,一次走两个多小时,有时近三个小时,后来两个小时便可走到。碧初特把他常用的蓝布包袱改为挎包,可以斜背在背上,再拿一把雨伞,很像古时赶考的举子。

碧初形容她一周的生活是头轻脚重。每星期一,弗之一早离家,只剩一个人时,觉得猪的哼哼声也有几分亲切。周末孩子们回来,大家挤在厢房,一种温暖安谧的气氛,连峨也很快乐。星期天下午嵋和小娃走回学校,好在龙尾村和铜头村较近。峨有时和他们一起走,有时到星期一和弗之一起走。嵋出院后身体一直不好,但她还是坚持上学。

这个星期一清晨,碧初送弗之到村外,见他在晨风中沿芒河大步走去,步履轻捷,背却有点弯了。

"什么时候搬回城去就好了,免得这样奔波。"碧初寻思。弗之拐弯不见了,她把河旁的路、路边的树看了一会儿才回家。头一天孩子们都已回学校,赵家老小尚未起床,院子里静悄悄,只赵二嫂在楼上倚窗梳头。

孟家和钱明经家隔一条街,共饮一井水。井在钱家院子里,孟家雇人挑水,一天两担。每到星期一,洗涮太多,水不够用,碧初常自己到井边打一桶水,提回家。因为附近人家共用这井,钱家的院门是不关的。钱明经不满意这一点,但是这小院独门独户,三间小北房,没有任何牲畜,这样的规格实在难找,对这口井只好将就了。

碧初到家后且不上楼,取了水桶,径往井边。到钱家见院门虚掩,轻轻推门进去,没有一点声息。井边有一个专为打水用的桶,系着长绳,她在井边站好,吸一口气,把这桶缓缓放下,摆动长绳,打起半桶水。

忽然屋内一阵低微的笑语声。公用的井在院中确实不方便,碧初想着,提水时一阵头晕,不觉松了手,水桶落进井中。

"惠枌!"碧初叫道,想让钱明经来帮忙。可是没有答话,再无声音,院子里似乎没有人。莫非听岔了?"惠枌!"碧初又喊了一声,刚出口赶忙缩住。她记起惠枌前天进城去了,郑惠杬从重庆来,碧初还说怎么不来乡下住几天。想必惠枌昨天回来了。

想到这里,便不考究,转身回家。正遇赵二出门去马厩,听说桶掉进井里,说道:"打井水丢了桶是常事。"一会儿便挑了一担水来,说桶已取出了。碧初遂坐在敞间小凳上洗衣服。

房东一家陆续来到敞间。赵二嫂淘米做饭,当时多用煮而后蒸的方法,称为捞饭。煮出的米汤很好喝,但也常被拿来喂猪或倒掉。专蒸饭用的饭甑,有一个尖尖的盖,像顶草帽,小娃还要求摸一摸。赵二嫂煮着米,一面切辣椒。辣椒鲜红,辣味像颜色一样浓烈,她站在案板旁边,毫无反应。碧初在屋角,一个接一个打喷嚏,而且泪流满面。

"我看你家不像个能干活的人。白生生的手脸,瘦掐掐的身子,经不起哟。上海人嘛。上海可有辣椒?"村里人认为一切外乡人都是上海人。

"习惯就好了。"碧初走到廊檐下站了一会儿,又坐下洗衣。

赵二嫂把煮好的米捞上饭甑,米香四溢,辣椒气味渐淡。她蹲在洗衣盆边望了一会儿,说:"我看你家莫如找个帮工,可合?管饭就好,工钱随你家。"

弗之曾说过的,得找个人帮忙。碧初却想自力更生,每月薪水入不敷出,多一项开支怎么安排?不过自己身体真是一天不如一天,不可弄到油尽灯干的地步。

因随口说:"若是住处近,一星期来帮几天可好?"

赵二嫂答说:"就是近嘛,就在街子头上。不瞒你家说,这姑娘是我的外甥女。我姐姐过世了,后娘不容她。她时常住姑妈家,不想姑妈又过世,姑爹的相好更不容她。这姑娘有点不吉利,不过对外人无妨的。"

"姑娘在哪点?"碧初同情地问。

"赶马帮去了,一个多月回来。"

"女娃也赶马帮?"

"咋个不赶?女娃娃样样都做,只有赶马帮靠男人为主,别的

103

还样样比男人多做呢。"

门旁草堆上的四眼狗汪汪了两声,转个身又躺下了。郑惠枌站在院中,笑盈盈地。

"我已从城里走回来了,早不早?"惠枌轻快地走过来,手里提着一个花布包。"我碰见孟先生了。他说你要记住吃药,他忘记说这一句话。我一进村子,先上你这儿传话。"

"你从城里来?"

"就是呢。家都没回呢。你洗这么多衣服!我帮你洗。"说着拿个小板凳坐下来。

"不消得,不消得。"碧初用云南话说,两人都笑了。"已经打上肥皂了,泡一会儿,再来搓洗。上楼去坐。"遂用水瓢舀了约一杯水洗手。

"你真节约,其实水又不缺。"

"挑着麻烦。"她刚想说桶都掉到井里了,想想又没有说。

两人楼上坐定。惠枌从布包里拿出一盒水彩颜色、一盒油彩颜色、一排画笔让碧初看,说:"姐姐说,我只管照顾钱明经,太不像我们郑家人。没有合适的事做,在家里也不能搁下画笔。我先画几张给你当墙纸。"

"我这墙配吗?"碧初笑道,"倒是惠杬的事怎么样了?"

所说惠杬的事乃是指惠杬离婚的事。郑惠杬结婚十年,商量离婚已九年半。她以柳夫人之名蜚声乐坛,人们却大都不知那柳先生在哪里。现在比较明确,他在上海守着许多财产不肯出来。人分两地,要办什么手续更难。

当下惠枌说:"她的事且搁着,反正已经这么多年了。我也有些麻烦事呢。姊妹的命怎么都有些像,你们三姊妹都嫁了好人,我们两姊妹都要离婚。"

碧初吃了一惊,道:"何至于呢?"

"这事我从年初就在考虑,昨天才和姐姐说出来。"惠妢说着并不显沮丧,反似是兴高采烈。"我如果认真画画,可能活得会更好些。"她看见桌上碗里有泡萝卜,拈起来吃。

碧初从小柜里取出一个大口瓶,里面泡的萝卜红红白白,很是鲜艳。

"刚和房东学的,昨天孩子们吃了一大瓶,还有这些。"

"想想真有意思,泡萝卜也算好吃的东西了。"惠妢嚼着萝卜说,"离婚嘛,也不是现在就摊牌,还要再看看。他在外面有人已经一年了,听说是跑滇西的玉石贩子,在当地是个大户,称为什么寨的,和近处大土司很要好。时常接济钱明经,弄得我都不敢用那些东西,不知是哪儿来的。"

碧初想到晨间的笑语声,不知该不该说。若论和惠妢的交情,该告诉她,却不惯发人隐私,而且疏不间亲,最好由惠妢来说这些话。一面想着,吃过丸药,坐在桌前梳头。

碧初打开发髻,一下一下梳着,小镜子里映出她消瘦的面庞,让浓密的头发衬着,格外憔悴。

"你的头发还是这么好。"惠妢说。

"掉了许多。这么长,梳着、洗着都麻烦。"碧初随口说,忽然愣了一下,对着镜子问:"要不然,剪了好不好?"

惠妢在旁也一愣,说:"多可惜,不过也实在是麻烦。"

"真的,剪了还省得买头油。"碧初对镜顾盼片刻,下了决心:"你就帮我剪了吧!"站起身拿过一把大剪子递给惠妢。

惠妢先不敢接,说:"你就不和孟先生商量?"

"我们曾说过,他还说剪了好,免得梳头太累。等一下,我先把头梳通了。"说着放下剪刀,又拿起梳子,一下一下梳着。

这头发还是母亲帮着梳过的。那时梳的是辫子。母亲当时有一套梳子,大小九个,背上镶着螺钿,极其精巧。只要在母亲房中梳头,绛、碧就要把每个梳子依次用一遍。那套木梳随母亲睡在棺中,已是三十年了。碧初长叹一声,放下梳子,示意动手。

惠枌把那黑瀑布一样的长发分成四绺,攥住一绺,拿起剪刀,比画了一下,说:"我要剪了?"

"剪吧,别犹豫。"碧初微笑地闭上眼睛。

一会儿,四绺头发委蛇在地。惠枌把刚过耳朵的短发细心地修理整齐,从镜子里看,碧初显得年轻了许多。

"好看,好看!"惠枌高兴地说。

"倒像个新派人了。"碧初轻叹,起身收拾剪下的头发,把它编成四根长辫,用一块旧布包好,塞在箱底。两人像完成了一件大事,相视而笑。

"我们往芒河走走。"惠枌说。

碧初知她不愿回家,同下楼来。见那一盆衣服,忽然想到,芒河水清亮无比,何不到河里洗衣服。惠枌听说,好像得了一大发明,高兴地抱住碧初的肩。

赵二嫂正要下地去,听见商议,有些惊诧,说:"你们也下河!莫要跌下去!"一面拿出捣衣的棒槌,碧初甚是感谢。和惠枌两人找了个箩筐,抬了衣服往芒河而来。

芒河有丈余宽,水面很高,近岸处不深,水清见底,游鱼可数。堤岸遍植杨柳,有些大石块深入水中。碧、枌二人找了一块上下方便的石头,蹲着洗衣。眼看着衣服经过在水中摆弄,愈来愈干净,心中也觉清爽。

碧初拧干几件,又把几件捶了一遍,感慨道:"大自然真是神奇,还安排一条小河,让我们洗衣服。"

惠枌应道:"也安排出日本人,赶我们来洗衣服!"

一会儿,两人的脚都湿了。惠枌要脱鞋,碧初不肯,于是各行其是。惠枌赤脚站在石头上,轮换着伸一只脚到水里,蓝布旗袍的下摆沾了水,沉沉地坠着。

碧初笑说:"好一幅浣衣图。"

惠枌接着:"对了,昨天在城里听萧先生说,你们的亲戚卫葑娶的是北平岳家的外孙女。她居然离开北平,往西北一带去了。"惠枌这样说,是用地理概念代替政治色彩。

碧初惊道:"我们很久没有卫葑和雪妍的消息了,怎么也没听萧先生说起。"

"你可以想见,萧先生说什么,其实含了我姐姐的话。是姐姐说过,贵阳音乐会后,她在一个朋友家中见到卫葑夫妇。"

碧初放下棒槌,望着惠枌的脸:"不但有了消息,还亲眼看见了?"

"可不是! 他们在花溪的朋友家,也帮着做饭洗衣服,还种菜呢。"

"没有适应不了环境的人。不过雪妍是特别娇养的,真难为她。"

"姐姐也这样说。我以为卫葑是孟先生一边的亲戚,没有当成一件大事告诉你。"

"他的亲戚也是我的,是我们家的。这是件大消息。"

她们把漂好的衣服拧干,放进箩筐。这时发生了另一件大事。在对面堤岸上走过一男一女两个人,一个低头,一个抬头在说话,状极亲密。这位先生不是别人,正是钱明经。

早上的话还没说完,碧初心想。希望他们不往这边看,走过去了事,免生尴尬。可是石头猛地摇了一下,惠枌站起身,一手扶住碧初,两眼定定望住对岸。

等那两人走近了,她忽然叫道:"钱明经! 你早上好!"

钱明经像给定身法定住了,一动不动。

那女子忙向旁走开几步,带笑说:"我是来找钱太太的。我那

107

里到了几只玉镯子,货好,价钱真便宜,想求钱太太帮着问问,有哪位要。"

"找错人了。"惠纷也带笑道,"谁听说现在学校里的人还买首饰,少发国难财为好。"

似是给国难下注脚,远处天空出现了二十余架飞机,接着传来轰隆的声音,是绕着昆明在飞。几个人都屏住气,不知要扔多少炸弹。过了一会儿,飞机飞远了,蓝天还是那样明净。生活中的甜酸苦辣仍在继续。

碧初说:"钱先生请便,我会招呼惠纷。"

钱明经平静地说:"我送送客人就回来,她往落盐坡去。"一面示意那女子,两人向龙江走了。落盐坡是江河分岔处的小村。那女子提着一个小箱,想是玉器。

惠纷捡起一块石头砸过去,石头勉强落到岸边草丛里。自己冷笑道:"今天真开眼。"

碧初劝她穿上鞋子,免得着凉,说衣服已漂好,该回家了。

"我再没有家了。"

惠纷用手捂住脸,停了一会儿,站起身收拾。她们回去晾好衣服,碧初让惠纷楼上坐,自在敞间安排午饭,把昨天剩的饭菜煮了一锅烫饭,端上楼去。见惠纷坐在床沿上垂泪。

碧初心里难过,想郑家姐妹当初在上海,有大小乔之誉,不想婚姻都这样不幸。惠杬还好,另有知音。惠纷嫁后,连画事俱都荒废,太不值得。可是世上的事,事先怎能预料。

她摆好碗箸,忽然又一阵头晕,跌坐在椅上,咳个不住。惠纷见状,忙收泪过来招呼,两人互相劝着吃了几口饭,登时精神都好多了,原来饭的作用这样大。

"果然人要靠物质才能生活。"惠纷半是自语,"这烫饭好吃。"

"昨天烧的牛肉,剩了个碗底儿,倒进锅里了。"

昆明的牛肉，很有水平。街上有牛菜馆，专卖熟牛肉，最普通的做法是用大锅炖煮，香烂无比，一碗过后老板娘还会主动添汤。碧初每星期总要煮一锅肉，让孩子们尽量吃，自己总是等那碗底。

"你的毛病，到底是怎么回事？先要把病弄明白才好。你吃的不过是一般滋补的药，有用吗？"

"一个毛病是血流不止，从在龟回就有的，后来好些，后来又坏了，一个月里断断续续总是不得干净，所以头晕乏力。另一个新添的是咳嗽，还不知原因。"

惠枌道："这次岷住院，你也没有检查一下。"

"那阵子好像还好——实在顾不了这么多。"碧初停了一下，又说，"李太太说什么医院里有她的会友，还说要介绍去看病。"

"李太太？我可不敢信。"惠枌说着，忽然想起上个星期赶集时遇见金士珍，心里格登一下。怎么说不信？人家李太太说中了。

那天惠枌与钱明经到集上采购一周的食用之物，正在一个摊子上讲价钱。金士珍从背后把惠枌拉开，悄声说钱先生头顶有粉红、翠绿两种颜色，定有妖人缠绕。惠枌因说，难道遇见白娘子了？士珍郑重地说白娘子岂是随便人能遇上的！他自己七情六欲太重，家庭恐难维持，最近便见分晓。一般人算卦占卜多不肯直言，士珍却是见到就说，惹得许多人厌恶。惠枌疑她听到什么传言，发挥想象力加以编造。钱家夫妇不和已不是新闻了。

这预言惠枌本不肯说，因提到李太太，便和碧初说了。

碧初说："什么事信则有，不信则无。你的事不是一时半会儿能了结的，最重要的是保住健康。你现在睡午觉！"

惠枌躺在孟家外间床上，很想摒却思虑进入睡乡，本来今天起得太早，可是愈不愿想的事愈向眼前涌来。

她记起初见明经的情景。那一年她刚从圣约翰大学毕业，又入上海艺专学画，在一个画展上见到他，确是人品不俗。他已在明仑大学任教,发表过多篇甲骨文研究的文章,这学究的成绩不合他翩翩佳公子的形象,而他恰又是小有名气的诗人。他们一起看画,看到两张水粉小画,一幅画面上雨意朦胧,一幅风力遒劲。他在画前站了许久,说它们充满诗意。画上没有署名,正是她的作品。后来她问他许多次,是否先做了调查,他始终矢口否认。

后来他们在明仑大学校园中西院居住,那是一个中式小院。室内挂着他写的甲骨文和她的画。她画了许多北平西郊景致。圆明园废墟,在暮霭中如同一只停泊的大船。香山红叶,背后衬托着苍翠的松林。她学画多年,第一次发现红和绿在一起这样相配,这样美!还有樱桃沟琤琮的流水,该让惠枌和着水声唱一曲。她陶醉在自己的小家庭和各种美好的事物中,直到偶然发现一封信,使她如梦初醒。

那是很一般的情节,像通俗小说中常有的。钱明经和一个女学生有不同寻常的关系。他承认了,悔罪的话说了几车。她相信他,没有张扬,还在系里替他遮掩。外面看着,他们两人还是一段好姻缘,内里却有不少磕绊了。七七事变前约半年,他又和一位京官太太来往密切。因京官常在南京,他便常陪伴这位太太,以慰寂寞。后来大家忙着往南边去,这事不了了之。惠枌曾说事不过三,明经说哪里敢有下次。在龟回倒过了一段平静日子,惠枌打起精神料理家务。明经颠沛流离之时却得了研究文物的癖好,龟回的硬木镶螺钿家具在昆明卖了好价钱,贴补了一阵家用。他的兴趣很快转向玉石、宝石,结识了一些行家,也结识了那女玉石贩子,后来得知,那是一个小地区的土司。

钱明经具有多方面才能,可算得天分很高。作为学者、诗人,他都有成绩,最奇的是他还有商人细胞,对买进卖出心里的算盘打得极快。

他们迁居乡下以后,明经也是三天在城里教书,回家时常带些玉器,早晚摩挲鉴赏。一次带回一个小香炉,只有墨水瓶大小,通体莹白,雕琢细致,笑对惠枌说,这就是羊脂玉了,给你供观音菩萨。惠枌开玩笑道,我从来不拜菩萨,想必是有拜的人,让你挂心。不想明经沉下脸来,把香炉收了。渐渐地,惠枌知道在诸多玉器后面,有一个女人,这女人笃信观音菩萨。

惠枌曾卑屈地把自己和那几位相比,看不出自己有什么不如人处。只能说明经有寻找外遇的天性,也有得到外遇的条件,让他去吧,这一次到了头了。

有人敲门。碧初开门,见钱明经站在门口。

明经很自然地笑说:"孟师母这几天身体可好?惠枌在这里打搅了。"

碧初将请进、请坐、请用茶几道程序做完,关切地推了推用被子蒙着头的惠枌,自下楼去了。

明经弯身轻声说:"今天你既然看见了,我不能再瞒你。不管有什么话,我们回家说,这样重大的事总不能在孟家谈。"楼下的猪哼哼着走来走去,表示这里确不是谈判之所。

惠枌推被坐起,冷冷地说:"有什么好谈的!简单得很,离婚就是了。"

"离婚才复杂呢。"明经赔着笑脸,把鞋拿在手上,要为惠枌穿鞋。"如果只吵吵架,倒是简单。吵架也得回去吵。回去吧,请太太回去。"说着鞠了一躬,上来穿鞋。

惠枌想一脚把他蹬开,却怕发出声响,总不好在这里大打出手。且回去理论!那三间屋有自己一半呢。因夺过鞋穿上,整好床铺。明经忙拿了花布包,两人下楼来。若不知底细,外面看着依然是一对璧人。

碧初在敞间补衣服,送两人出大门,暗忖可能惠枌又要妥协。钱明经为人不坏,只这风流脾性让人怎么受得了。

111

钱、郑两人回到井旁小屋,一进门钱明经就说:"在这样残酷的战争里,有这样一个家,你舍得拆散?"

惠枌不答,在摇椅上坐了,那是明经从寄售行买来的洋家具。她看着一边卧室里长可及地的土布帷幔,一边书房里四壁图书,有一层专放玉器,叹息道:"离婚不是容易的事,现在的生活先得安排。你住书房,我住卧房,饭食自理,咱们井水不犯河水,各人过各人的。"

明经听说,忽然"扑通"一声跪在当地,把惠枌吓了一跳。明经跪着说:"我只求你一件事。江先生让我把这几年的著作整理出来,下个月系里要讨论我升教授。只求你忍一忍,一切等我升了教授再说。"

惠枌道:"你升什么教授?是明朝家具还是宋代瓷器?是云南玉器还是缅甸宝石啊?"

明经起身拿过一叠文稿,虽是土纸,装订整齐,又是几本杂志,刊登着他的甲骨文研究文章。说:"那些女人只看我长得好,她们不懂,难道你也不懂!"

"难道你也不懂!"这话重重地撞击着惠枌的心,惠枌两手捂着脸,泪水滴滴答答顺着手臂流下来。

黄昏时分,李涟从城里回来,带来消息:明仑办事处被炸,毁了一处院子,一名老校工当场炸死,正房未受损伤。特别对孟太太说明:"孟先生很好。今天的课是在坟堆里上的。下午又在大戏台顶上写书呢。"

过了几天嵋和小娃放暑假了,只峨说要找事做,在城里方便,隔几天才回来一次。嵋又有低烧,医嘱隔日注射一种肝精补血,并服用抗结核药物。落盐坡有一家医生,成为附近的简易诊所,可以打针。落盐坡来回七八里路光景,碧初带着嵋去了几次,嵋说认得路了,自己能去。碧初不放心,又由郑惠枌陪着去了两次。这天,惠枌有事进城了,乃决定嵋自去打针。

嵋拿着草帽站在敞间,听着碧初嘱咐:"走路要专心,不可东张西望。若是遇上敌机,飞得近了,不管怎样,先在草丛里躲一下。打针的人是医生太太,也要称医生,记住了?"

嵋答应着戴上草帽。帽子是旧的,但有一条花布带垂下来,就好看多了,那是嵋自己缝上去的。小娃送她到门外,拉拉这根带子。小娃本来要跟着,路太远了,他听明白道理,便留在家看《西游记》。

嵋自己上路了。她沿着芒河的堤岸走走停停,遇上几个挑担子的,还有几条狗伸着舌头跑过。约走了半个小时,便到了落盐坡。这村在山坡上,夹在龙江与芒河之间。坡脚有一深潭,潭上游水流很急,到这里猛然落下,几块大石伸到水中,水花溅起,雪白一片。嵋忽然明白这里为何叫作落盐坡。村人常用急水冲洗衣服。潭下游水势缓慢多了,据说这潭和龙江相连,这里落下的东西,过些时能在龙江发现。飞舞的水花落进潭里,变成一片涟漪,缓缓向下游流去。

"女娃娃,找哪个?"一个背着娃儿的妇女问。

"去找医生。"嵋答。

"医生家来了外国人。"这位大嫂可能觉得外国人比外省人来自更远的地方,应给予更多注意,"两个人,老头有五六十岁,还有他的女儿,有的说是婆娘。你从龙尾村来,龙尾村住的外省人多。"

婴儿的头摇来摆去的,嵋向他笑笑,走上坡去。

医生的家门在一堵半截墙后面,可以设想它是影壁一类的东西。嵋进门,见一个外国中年妇女穿一身鲜艳的大花连衣裙,在西厢房前搬砖,不知做什么用。她对嵋点头微笑,头发垂下,遮住半边脸。

嵋进东厢房,那是医生的家,屋里很乱。医生太太手里抱着一个孩子,另一个大些的靠在她膝前,她一口一口喂两个孩子吃东西。

"哦!你来了,等一下。"嵋把针药放在桌上。她喂完孩子,把他们安顿好,拿过在屋外炉火上煮着的针盒,自己疑惑:"到时间了?"一面嘟囔,一面拿出来,钳子没夹住,针头掉到一个纸篓里。"没关系,没关系。"她一面说一面不动声色地装好针头吸药。"要是掉在地下,就给你重新消毒了,可懂?"医生太太说,"我们要搬家了。搬到城西去,那边房子便宜些。你看看这里哟。"她朝院外努嘴。

嵋看见外国人还在搬砖,便问:"他们是新来的邻居?"

"就是呀。我们不喜欢,房东喜欢,多收钱呀。外国人倒不要紧,我告诉你,他们是犹太人。"

"犹太人有什么不好?人都是一样的。"这是嵋受的教育。

"听说他们到处挨人家赶,赶来赶去赶到落盐坡来了。他们不吉利。"

"那是赶他们的人不对。"

"小姑娘懂哪样!"说着,打过了针。孩子之一开始哭,医生太太忙去哄。嵋便走出房门,一直走到那犹太女人面前,友好地说:"早上好。"

那女人抬头看她,头发甩向后面,露出额角直连到左腮的一个大疤痕,当初缝伤口时不够精细,肌肉外翻,很吓人。嵋装作没看见。

女人微笑,放下手中的砖,也友善地说早上好,又指指自己的疤痕,说:"对不起。"然后向厢房叽里咕噜说了几句话。

一个高大的犹太老人出现在门前。他开口说话,使嵋十分惊奇,他说的竟是地道的山东话。

"小姐你好。请允许我介绍自己。我姓米,大米的米。这是我的妻子,米太太。"

米太太习惯地向嵋伸出手,手上满是泥污,连忙改为又摇手又摇头,意思是不能握手。"我们砌花坛,把野花移到院子里。"米老人说。

嵋慢慢地清楚地自报家门。

米老人注意地听,随即说:"是不是孟家的小姐?我知道龙尾村住了很多有名的人,以后我要来拜访。"他把人说成"银",标准的山东方言。

嵋很想问他怎么会说山东话,但忍住了。米氏夫妇请她屋里坐,她说要回家。她正要向院门走去,米家的第三位成员出现了。

那是一条狗,一条很大的,深棕近乎黑色的狗。它的脸很长,高兴地喘着气,对着老人摇头摆尾,四个蹄子不停踩动,很快转到嵋跟前低头要舔嵋的手。

"不要,不要!"嵋把手举起来。大狗以为和它玩,用后脚站起来,比嵋还高半头,咻咻地喷出热气。嵋不由得向后退了几步。

"柳!"米老人喝了一声,向它发出训令。它立刻卧倒在嵋的脚边,抬头看着她。

"这是柳。"米老人介绍,"它已经认定你是朋友了。"

嵋弯身摸摸柳的头,它的毛皮光滑得像缎子一样。"柳。"嵋轻轻唤它。它把头枕在自己的脚爪上,眼光里充满笑意。

"它是我们的孩子。"米太太的中国话怪腔怪调,她指一指米老人:"山东话。"又指一指自己:"山西话?"三人都笑。

米老人送嵋到半截墙边,问道:"小姐可知道世界上有一个民族,叫作犹太民族吗?"

"知道的。"嵋小心地说。

"我是犹太人,德国犹太人。"他严肃地说。

"欢迎你们。"嵋由衷地说,抬头望着米老人的脸。米老人很想拥抱她,但他只感谢地握一握她的小手。

嵋有些累了,慢慢下坡。觉得有什么跟着,回头见是柳。它轻轻摇着尾巴,脸上的表情极温顺,似乎在问:"让我送一程?"

嵋摸摸它,和它并排走。不知不觉转了弯,走到村子另一面。只见一条大河,从远处奔腾而来,便是龙江了,河水与芒河的气势大不相同。稍往下有一块白色大石,如同一条船,石旁榛莽纠结。这里很少人迹,在夏日的晴空下令人生苍凉之感。柳忽然向后退,然后猛地纵身一跳,抓住一只从草丛飞起的鸟,便要大嚼。

嵋说:"柳,你这样野蛮。"

柳来不及看她,且对付眼前的食物。嵋不愿看,转身跑下坡自回家去。

嵋在家门口正遇见孟弗之从城里回来,便跑过去接爹爹手里的伞:"爹爹,今天这样早。"

"发米了。"弗之说。果然一个挑夫挑着一担米,跟着他。这一担米是作为工资的一部分,发给教师们的。米不知在仓里放了多久,已经发霉,呈红色,然而有米吃总是好的。

碧初正在敞间择菜。弗之见她面容憔悴,整个人像是干了许多,心中难过,忽然记起贺铸的一句词:"更几曾珠围翠绕,含笑坐东风",马上将"更几曾"改为"待几时"。待几时?谁也不知道。

他看着眼前的米。嵋已经俯在箩筐旁捡出好几条肥大的肉虫,一面说:"爹爹,我今天在落盐坡看见两个犹太人,他们姓米,大米的米。"

弗之道:"听说是搬来了一家德国人,原来做过驻青岛领事。"

"那位先生说山东话。"嵋证实。

"他们还有一条很大的狗,名字叫柳,名实不相符。"

弗之想了一想,说:"那大概是德语狮子的发音。纳粹上台以后,从一九三三年实行排犹政策,一九三五年停止犹太人的公民

116

权。人说有家难回,有国难投,他们没有国,没有家,简直是无处可去啊。有些国家惧怕纳粹,也不容他们住下。我们不一样,中国的土地上能容纳各种各样的人。"

"我们到底是生活在自己祖国的土地上。"碧初抓过一把米,让米粒顺指缝流下,"米,到底不是糠啊。"

弗之也抓起一把米,米虫在蠕动。我就用这米,养活自己的妻儿。他心中暗想,赶集时,无论如何要买一两斤好米,给碧初煮粥用。

二

龙尾村街口外,沿着芒河,有一片松林,树间空地很多,上有枝叶遮盖,形成一片天然的棚子。这就是历来附近村庄赶集的地方,云南话称为赶街子。七天两头赶,隔五天赶一次。到了集期,各村的人提筐挑担都到这里。有卖的,有买的,有不买不卖只逛的。粮食以米和豆子的种类最多,肉类则牛马猪羊俱全,禽蛋蔬菜,水果干果,还有一担担木柴、一挂挂松毛、一堆堆焦炭,以及针头线脑、小梳子、小镜子,各种生活日用品摆满了松林。当时物价在涨,但还不到飞涨的地步。有敌机来,人们抬头看看,该做什么还是做什么,心里恨一句:谁能挡得住我们过日子!

大学的人已有好几家在集上出现。几个人在买松毛、木柴和炭,炭堆一块块一层层整齐地摆着,好像不是燃料,而是什么艺术品。若说艺术品,也有两三个摊子,席地摆着几块石头,旧盆旧碗,也有粗糙的小件玉器。在这"文物"摊前站着一对青年夫妇,在低声讨论什么,正是钱明经和郑惠枌。

钱明经拿着一个铜板大的玉环,说要送给惠枌。

惠枌冷冷地说:"要添项目还得谈判。"明经讪讪地放回去。

原来他们来赶集,是明经刻意安排的,好让人知道他们没有大矛盾。他知道惠枌识大体,能替他遮掩,心里有些感激,想讨好,也为了让人看着是一对和美夫妻拿着玉环讨论。他反正随时准备碰钉子,并不在意。

不远处李涟一家人走到青菜挑子前站住。李家人出动时,总是金士珍牵了两个孩子走在前面,李涟勉强地跟着,倒也不太落后。这是一挑芥菜,又肥大又水灵,北方罕见。金士珍蹲下挑拣,李涟抬头看着各种摊子,挑子后面松林边有几只蝴蝶在飞舞。

惠枌故意走近,在士珍耳边说话。士珍站起来盯着钱明经看。

明经忙奉承说:"李太太仙术,村里人都知道了。是不是有许多人来求看病?"

士珍摆手不答,将惠枌拉到一边低声说话。士珍的悄悄话是这样的:"头上的妖气没有了,想是收心了,给你道喜呀!男人有点花花肠子,也不算什么大事。我们这一位,"她朝李涟看,"你当怎么着? 也不是省油灯!"一口地道的北平腔,让惠枌很觉亲切。至于收不收心,她并不信。

这边李涟和钱明经说话,怕挡住别人买菜,一同走到松林边。几只蝴蝶飞远了。

明经见李涟看着蝴蝶,不知蝴蝶引起他思女之情,发议论说:"云南的蝴蝶很好看。我觉得这东西很不可爱,我总要看穿了它,看出它毛虫的样子。'庄生晓梦迷蝴蝶',为什么庄生梦见自己变成蝴蝶,为什么不变成别的什么,有人考证过吗?"

李涟道:"喜欢蝴蝶也就是因为它好看,小孩子哪管那许多。"明经不懂。

两人互相看看,说起学校最近酝酿的考核,有两个教授名额,要在中文系和历史系各提升一人,他们两人都提出了申请。

李涟问中文系提出几个人,明经道:"提了三个人在研究,比较起来我是最年轻的,可是著作最多,讲课最受欢迎。"

"那还用说。我们也提了三个人,我年纪最大,资格最老,著作也不算少,但是讲课总不对学生的胃口。这几年我从来没有在课堂上讲神怪之事,也算是知过必改。我的希望不大,我无所谓。"

"听说孟先生最近有一篇批评朱元璋的文章,很有趣。是你老兄帮着写的?"

李涟道:"哪里是我帮着写的!我不过查查资料,有时一起谈谈,引出他一些见解。孟先生一定要署上我的名字,本来是不敢当的。"

"批评些什么? 杀功臣吗?"

"批评的是朱元璋立储不当。如果传位给朱棣,可以少一次战争,对老百姓有好处。建文帝年轻,生长深宫,缺乏各方面经验,又不愿冒杀叔之名。成祖虽是次子,一样是子,不是别的什么,宋朝还有兄终弟及的例。更因他封藩北平,势成已久,传位朱允炆,就是一个战争的局面了。"

钱明经问:"不过,要说的究竟是什么?"

李涟想了一想,说:"从历史得出教训,要审时度势,因势利导,能避免战争最好。当然,这说的不是外侮。这一篇文章是孟先生一系列论文的一篇,还有好几个题目呢,都是宋史方面的。"

钱明经见他知道这么多,心里有些不舒服。本来自己和孟先生是很熟的,因和惠粉闹别扭,不大好意思登门,消息不灵通了。转过话题道:"江先生有一篇关于神话的文章发表了,读到没有?"

"听说有新见。你近来诗写得不少,有集子吗? 借来看看。"他一直奇怪像钱明经这样左右逢源的人,如何能写诗,故此要看。

钱明经大喜,说:"有,有。自己订的,可能有书局要印刷。我的甲骨文研究文章,也要印的,有人出钱。我要请孟先生作序。"

"怎么不请白礼文? 他是正宗啊。"

李涟说的这位白礼文,是古文字学专家,明经自然很熟。但他为人怪诞,让他写序,说不定狠狠把作者冷嘲热讽一通,故此明经不愿惹他。

这时之荃跑过来,依在李涟膝旁,把手里的扑克牌拨过来拨过去,一下一下地吸鼻涕,很有节奏。

李涟为儿子拭了鼻涕,吞吞吐吐地说:"现在大家生活都困难,也就是你还差不多。如今滇缅路通了,你更是如鱼得水了。"言下甚是羡慕。他抚摸着之荃的头,看着之荃手里的纸牌,那是孩子们唯一的玩具。

明经心不在焉地答应着。他经营的这些,照他看都是鉴赏活动。尤其一想到玉器,便想到和玉器有关且令他能够出书的那个人,不觉有些飘然。他讨厌这拖鼻涕的孩子,想往惠枌身边去。这时一阵蹄声嘚嘚,一人骑马从芒河边缓辔徐行,后面还跟着一匹马,驮着两只煤油箱,到集市边勒缰站住,跳下马来。

这人一身短打扮,黑紧身衣裤,有些像江湖侠客,腰间插着手枪,面色倒是温和。

他走近李、钱二人,颇有礼貌地问:"请问你家,可晓得白礼文教授住哪点?"见二人迟疑,忙说:"我是大土司派来送东西的,要见白先生。"他一指马背上的东西,又说了土司的地名。

钱明经打量来人,沉吟了一下,料得不会给白先生惹麻烦,便告诉了进村路径。那人称谢,上马而去。

惠枌和士珍说了一阵话,这时走过来问是什么人。集上已有村民在指点,说像是远地瓦里土司家来人了。土司如同土皇帝,大家有这样一点模糊印象,不去深究,各自回家。

似要证实金士珍的话,接着几天,钱明经安稳在家,没有出去活动。他只用两周时间,写出五篇唐诗短论,又写了几首新诗,自己颇为得意,拿给惠枌看。

惠枌本不想看,经不住他苦苦哀求,勉强拿在手中,看了几行,不由得一口气看完,随口说:"关于王维的这点意思,很让人——"

未说完停住了,目光停在一首新诗上。题目是"小村夜月",最后两行是:"只一盏摇曳的灯,照着我孤零的身影。"惠枌不觉抬头看他。

"惠枌,我知道你想什么。"钱明经道,"你想的是,钱明经孤零?笑话! 他拈花惹草热闹着呢。是不是?"

"你错了,我想你确是孤零的,因为你只爱你自己。"惠枌放下稿子,仍旧补袜子。

钱明经有些诧异,随即一笑说:"这就是知夫莫如妻了。这稿子还有别的用处,你能想象?"

"没有兴趣。"

"那我出去了。天黑回来,不会让你只有一盏孤灯。"他的口气很有讽刺意味。

惠枌并不在意,心想,真的,其实谁不孤零? 谁心底不是冷的,需要人来焐热? 谁心底不是渴的,需要滋润? 一针扎在手指上,忙用纸拭去血滴,怕弄脏袜子。

钱明经拿着稿子走出门来,他要为升教授去打探消息,目标是江昉和白礼文家。顺路先到李涟家,送诗集。诗都写在草纸上,还是惠枌手订的。李涟家在宝台山脚,猪圈鸡窝都是以山脚为墙搭出来的。两扇白木门虚掩,明经正要推门进去,忽听见一阵诵经之声,又有香烛和酸菜混合的气味,知是李太太在聚会。踟蹰了一下,还是推开门,见有四五位妇女坐在院子里,李太太也在其中,低眉合目,发出高高低低的声音。据说她们念的是密宗的一种经,明经却一直怀疑密宗是否承认她们。当时李涟正在敞间看书,房东在腌菜,大家各行其是,互不相扰。

"文涟!"明经叫了一声。

李涟抬头，忙迎了出来，苦笑着向院中扫了一眼，说："外头坐，外头坐。"

明经交了书，说："多提意见。你忙你的，一会儿还要做饭，是不是？"

李涟道："自从没有了之芹，这可不是就是我的活！凭良心讲，太太是个能干人，只是——"说着苦笑。

明经的下一个目的地是江昉家。一路思忖几个被提名人的情况，自觉很有优势。江昉的房间在楼上，十分狭小，一扇窗对着宝台山，不多的书籍分门别类，摆得整齐。

此时江先生正伏在煤油箱搭的书桌上工作，满案纸张和摊开的书。钱明经鞠了一躬，坐在对面，拿出一盒骆驼牌香烟献上。

江昉眼睛发亮，接过了，说："你可真有本事！"忙不迭划火点燃，深深吸了一口。

江昉很瘦，脸上纹路深而阔，眉毛很浓，几乎遮住眼睛。他正在写一篇关于《九歌》的文章，是他的《中国上古文学史》的一部分。

明经看着桌上的文稿很诚恳地说："关于《九歌》的作者，各家意见不一，我看江先生的说法最为可信。"

江先生享受着久违的好烟，似听非听。过了一会儿，把烟戳灭，放在一个瓦碟上，存着等会儿再用，怕说话间烧着浪费了。

"有什么消息？"问了一句，不等明经回答，自己先说道："南昌失守后，我军反攻，说是收复了飞机场、火车站，到底怎样了？现在报上消息有点难以捉摸，得学会看报。"

明经敏捷地说："看报看字里行间，这是中国老传统了。"他不想多讨论时事，把几篇文稿递上。"暑假里偶然兴之所至，您看看有意思没有。"

江昉接过，随手翻着。他喜欢聪明人，很欣赏钱明经，认为他很有才气。有才气又不懒惰，就很难得。不过明经揽的事也太多了,可不揽这些事,哪儿来的骆驼烟呢。

"你关于宋玉的研究,很站得住的。系里要推荐你,孟先生是赞成的。只是关于甲骨文方面要有人推荐,当然是白先生最权威。系里讨论时希望他不反对。"

这位白先生是一位奇人,钱明经浑身解数使用不完,唯独每次和白先生打交道,心中总有些嘀咕。

"不管怎样,要去看看白先生。"明经自忖。口中却说:"有文章在,随他怎么说。"

"估计不会有不同意见。"江昉看看瓦碟,拿起那半支烟。"现在研究古文字不容易,材料太少。"

明经说:"我到云南后就没有摸过骨片,还是写出了文章。"又说了几句闲话,随即告辞。

江先生抬起头,目送明经离开。忽然间,他从椅子上跳起来,口中连呼:"真好,真好!"

明经以为是说他的文章,不觉大喜。

谁料江昉两步跨到窗前,指着宝台山说:"真好,真好!多绿!多么绿!"

他是让宝台山的绿感动了。阳光照亮了深沉的绿色,大片绿色中有几处鲜红的线路,那是云南的红土地,衬得绿色格外的绿。

明经站在楼梯口,顺着江先生的思路说:"这一带地名大都和龙有关,应该有关于龙的传说故事。"

"是呀,是呀。就是呢!"江昉满脸的得意,几乎有些顽皮,说:"我近来听到龙的传说了,还讲给别人听。等到再传到我这里已经完整了许多,你还没有听说吗?"

明经笑道:"我落后了。"

"那传说是这样,有一条龙没有及时行雨,受到处罚。它的身子化为龙江,须须爪爪就是那些小河了。江水河水滋养着这一带的土地,说是九万年以后,它可以离开人间。"江昉的目光又落在窗外的山上,"这一山的绿简直是我这小破屋的屏风呢。屏风上画着龙,画着各种鸟和花,画着神话和诗。"

江先生顾不得抽烟了,拿起笔来,接着写。他这学者兼诗人的气质是人所共知的。

明经蹑手蹑脚下楼去,刚到敞间,又听见楼上大叫:"钱明经!"便连忙转身上楼,在门口探头问:"您叫我?"

江昉点头,说:"前天在城里听了一次庄卣辰的时事讲座,这个搞物理的书呆子讲得头头是道,有分析,有见解。他说德国占领捷克几个月了,希特勒不会满足的,欧战要起了。"

明经笑说:"根据什么定律推算的吗?"

江先生思路又转,说:"你说自杀是不是值得佩服?"

明经一时摸不准江先生的想法,略有迟疑。江先生等不及,自己说:"当然值得佩服!觉得生之无益,决然一死,需要勇气。屈原是这样的。不过更值得佩服的是拜伦,战死在疆场上!这比寿终正寝好多了。生命的火焰燃烧到最灼热的时候陡然熄灭,在撞击中熄灭!多么壮丽!你记得《哀希腊》中的句子吗?"

他用英文背诵,发音准确,音调铿锵。背了一段,停下来仰天长叹,又问:"钱明经,你知道我叹息什么吗?"

明经仍探着头,说:"我猜您也想上疆场。"

江先生大笑,说:"你猜对了一半。"挥手让明经退去。

明经走出来,马上把江先生撇在脑后,心里打点怎样和白先生说话,决意一定得掌握谈话主动权,说明自己的愿望。

白礼文家又是一番景象。敞间靠墙挂着几只火腿,下面扔着木箱和麻袋,明经马上猜到火腿的来源。屋里炭火上坐着砂锅,噗噗地冒热气和香气,那是白先生最喜爱的云南火腿炖鲜肉。云腿是他四大爱好之一。

听差老金坐着打盹儿,明经咳了一声,老金猛一激灵,揉揉眼睛:"哦,是你。"

白礼文的父亲是成都大地主,这老金是从家里带出来的。先跟着到北平,然后跟着逃难。

"白先生起来了?"这是下午四点多钟。

"看一下嘛。"老金往敞间后面去了一转,出来说:"叫你呢。"他对谁都是这个口气。

钱明经走进去。这间房比一般房间大,堆满了书和杂物。有人形容白礼文的住处发出的气味,像存着几十只死老鼠,其实还要复杂得多。墙上和破箱子上贴了几张书法,倒是龙飞蛇舞。写字本也是钱明经的爱好,抗战以来少有这种心思了。在杂物和书中间,占据主要位置的是一张床。

白礼文此时正躺在床上吸鸦片烟,看见明经进来,说道:"吸一口?"欠身递过烟枪来。

明经鞠躬不迭,退到墙边跌坐在一堆破烂上。

"好的,就坐在那边。"白礼文自管吞云吐雾。这是他的另一大爱好,是在四川家里当公子哥儿养成的习惯,一直受到大学同仁的强烈反对。在北平时戒了一阵,到昆明以后故态复萌。他振振有词地还击各种批评:"难道怪我吗? 只怪云南的烟太好!"

这时他已差不多过足瘾,放下烟枪坐起来,精神百倍。

精神足时,便要演习第三大爱好,那就是骂人。白礼文骂人不分时间地点,不论场合听众,想说便说。有时一句话说了一半,想停便停。课堂上也是他的骂人阵地,学校当局对他简直没有办法。

秦巽衡、孟樾等人主张学校要兼容并包,不拘一格网罗人才,白礼文的古文字知识无人能及,也就对他睁一只眼合一只眼。

谁也不知道他的知识从何而来,他不像别的先生们进过中外名牌大学,他常说文凭对他没有用,他凭的是真才实学。他从四川出来时年纪还轻,到明仑任教以前,在一个考古队工作,用他的话说就是干那挖人家祖坟的勾当。

在一次发掘中挖出些瓦片,上有怪字,都被一位特聘的古文字学家给解了。当时有一个淘气学生,捡了村野间一块普通瓦片故意考那位专家。专家沉吟半晌,不敢说那些纹路是什么。白礼文却在旁喝了一声:"休要鱼目混珠!"吓得那学生说出真相。以后又有类似的事,证明白礼文才学不同一般。

他进明仑以后,发表了不少专著,都有独到之处,只是几大爱好令人难忍。孟樾等有时议论说,独行异节,也不能太离谱。也有人说他解决问题是碰巧,其实他看见了学生捡瓦片,才解决了瓦片问题。这就不得而知了。

钱明经准备在白礼文说话之前先发制人说出来意,不然就很难插嘴。

"白先生,我来找您有要紧事——"

一句话未完,白先生一阵咳嗽把话打断了,等咳嗽过后,马上抢先说话:"昨夜晚我做了一个梦,梦见一群日本王八蛋拿机枪扫射,我前头站的是蒋委员长,他转身挥手让大家逃。光头里有啥子主意?就是逃嘛,躲起嘛,藏起嘛!如今逃到马厩猪圈边,还要讲课,做学问。孟弗之他们精神好,精神总动员了呀。莫要看老孟他一本一本出书,沙子堆山,成不了事哟。江昉更是小儿科,什么不失赤子之心,童心未泯,就是没有长大,不成熟嘛。钱明经搞甲骨文好有一比,坐着飞机看蚂蚁,你看见啥子?"

这些类似的话他常说,同事们并不介意,但是下面的话就让人不得不反对了。"抗战!抗战!抗战就是了,咱们这弯弯曲曲当不得机枪大炮,教给学生有啥子用场?"同仁们对他这种论调时常驳斥。孟樾多次在公开演讲中说:"保卫疆土,当然重要,保存以至继续发扬中华民族的文化同样重要,我们的精神家园只能丰富扩展,万不可失。"这些话对他如同耳旁风,他仍是怪话不断。其实他很爱他的古文字研究,如果真让他放弃所学,他是决不肯的。

白礼文滔滔不绝地说着,忽然敞间传来一阵响声,很像警报。他赶忙下床找鞋:"鞋呢? 鞋呢?"一面说一面用脚在地上划拉。

钱明经也帮着找,很快找到,白礼文趿拉着鞋往外走。

"这是上哪儿?"明经问。

"跑警报!"有促狭人说这是白先生的第四大爱好。

白礼文直往外冲,和老金撞个满怀。老金说:"是水壶响。上回闹过一次了,这壶有点子怪,老爷不记得了?"

白礼文定定神,看见敞间炭火上坐着水壶,火腿砂锅已拿下,放在一旁。于是恍然大悟,用头从左至右画一个圈,深深吸气,说:"香气跑走了,可惜呀可惜。"仍趿拉着鞋回到床上坐下。

明经不等他坐定,直截了当说明来意。白先生闭着眼睛,又用头画了一个圈,说:"你是要当教授? 哈哈,教授有啥子好当? 我看你还是跑跑滇缅路,赚几个钱。这钱好赚呀,是个人就行!"

钱明经大声说:"听说白先生热爱古文字研究,怎么叫我去跑滇缅路? 莫非是怕我抢了你的饭碗?!"

白礼文一愣,大睁了两眼,冷笑道:"我是怕丢饭碗的人吗! 两担红米有什么抢头! 至于学问中的奥妙,那些弯弯曲曲,你想抢还抢不去呢。"

"白先生的学问谁敢抢! 像我们不过在门口看一看,怕连门都找不着呢。就拿女子的女字来说,本来样子像一个人坐着,被绳子捆住。有人偏要抬杠! 我看白先生的见解了不起!"

白礼文听说,精神大振,用手指蘸了唾液在桌上画着,让明经看。虽说仍掺杂着骂人,却主要说的是学问。

明经心里说总算说到正题了,便就白先生所谈,也发表意见。

白礼文很高兴,说:"无怪乎都说你是聪明人。"

明经趁机提出请白先生写出对他评教授的意见。白先生点头,算是答应了。

这时老金进来擦桌子,端上砂锅,明经连忙告退。

白礼文早就盯住那砂锅,口中喃喃有词,说的是:"今日煮的香稻米,云南特产,可吃过?瓦里大土司送的。他约我给他家老太太写墓志铭,一趟趟送东西,算是定钱。可他老太太还硬实着呢——能多得点定钱才好。你留下嘛,用一碗?"

白先生表示留人吃饭,真是破天荒。明经连声说不必不必,心想谁还没有吃过香稻米!

赶忙走出院门,他那聪明脑袋也觉混乱。

"跑滇缅路!笑话!"他想,"别看我各样的能耐有一点,这古文字和诗的研究我是不会放弃的,这教授的板凳也一定要坐,哪怕冰冷铁硬!"

明经走出小巷,不想回家,沿着芒河缓步而行,暗自思忖:"说我跑滇缅路!白老头的话当然反映一些人的看法。岂知我做这些事,不过换换脑筋而已。我虽然分心,比你们专心的并不差。"

他常怀着一种心情,就是要比一比,和别人比,和自己比。他的外遇的癖好,潜意识里也是要把"她们"比一比。

晶莹的河水安详地流着,夕阳的光辉在水面跳跃,战争似乎忘记了这个小村。一群暮鸦飞过,洒下一阵聒噪,倒显得周围分外静了。

芒河转弯,一排树屏风似的站着。从树后转出三个人,迎面走来。其中之一是文科研究所一位姓魏的老职员,招呼道:"喂,钱,你看谁来了?"

"啊?哦!"明经不觉大叫一声。

三

迎面来的人站住了。另两人一男一女,俱都黑瘦干枯,一副风尘仆仆的模样。他们微笑,伸出手来握,仍然彬彬有礼。

这是卫葑和凌雪妍。再不是婚礼上的景象了,那一对漂亮人儿不知何处去了。昆明的人还没有变得这样多。

"你们?是你们!"明经双手握住卫葑的手,眼睛打量着雪妍的变化,暗自叹息。

卫葑说:"我们从贵阳来,乘长途汽车。昨天上午到的,已经跑了两次警报。今天没等解除就往这边走,走了三个多钟头。"

"我们挺好的。"雪妍加了一句。

"当然是去孟家了,是吧?走这边。"

老职员说:"他们俩住大戏台,我从祠堂街来,就一起走了。"

"多谢带路,不然难找呢。"雪妍说。

他们一路说话。卫葑说他们先到阜阳老家,然后到重庆,在贵阳也停了几个月,一下子两年过去了。

"我们筹不到路费,不然早就来了。"这就是卫葑这一段公开的履历。

他们走过一个巷口,明经指一指说:"第二个门便是。"自和老职员走开了。

卫葑夫妇走到门前,听见一阵清脆的笑声,是嵋!又有孩子在叫"娘",是小娃!他们互相看了一眼,整整衣襟进了门。

敞间里两家人正在吃饭。一边较大的矮桌周围坐着赵二一家人,包括那只猫。紧靠楼梯脚下的小桌边围坐的是孟家人,除了峨。赵二在讲什么,引得嵋笑。小娃要讲《西游记》,先请娘注意。

这时大家看见有陌生人进来,赵二站起,问:"找哪位?"

嵋忽然跳起,扑下台阶抱住雪妍叫道:"你是凌姐姐!"

大家顿时乱作一团,互相招呼,互相问话,还有赵家人热心张罗:"可请过了?这边请嘛。"请过就是吃过的客气用语。他们三下两下吃完,让出桌子。

雪妍拉住碧初的手,眼泪扑簌簌掉下来。勉强笑道:"见五婶就如同见到家母一样,什么苦处都想起来了。"

"先吃饭再说。"碧初、弗之看见他们都十分高兴,又见那干瘦模样,不免心中凄然。碧初马上想到雪妍会知道吕老人逝世的情景,但她很镇定。"还是先洗脸吧。"

嵋和小娃忙着拿盆倒热水,赵二嫂还特别从楼上拿下来一个热水瓶。不一时碧初让大家坐下,自己在一旁烙饼,炒鸡蛋。两个孩子继续吃碗里的红米饭,并不向大桌看一眼。

"五婶,"雪妍道,"我们也要吃红米饭。"

弗之笑道:"你们只管听指挥,连我也是一样。"大家且说话。

话题从最近的长途旅行说起。乘长途汽车实在拥挤,山路颠簸,再加上时常抛锚,不能按时打尖,看见飞机也不敢开,只能停在路边树下。有一次车坏了,在路边停了两天,前不搭村后不着店,大家饿得发昏,都把带的食物搜刮出来给司机,怕他饿坏,开不了车。

卫葑说着叹道:"中国人受的苦难太多了,这真算不了什么。"

碧初道:"雪妍自幼娇生惯养,如何经得起这些。"

雪妍笑道:"人的韧性很大,到哪一步说哪一步,没有受不了的。我们经历的事三天三夜也说不完。"她口唇开合时有亮光一闪,那牙齿仍然雪白。

赵二过来说大门上头有一间搁家什的房,架有木板,够两个人睡。大家感谢不迭。一时饭毕,嵋负责洗碗,小娃当然帮忙。大人们上楼,葑、雪见一切虽很简陋,却很洁净,因说:"这样的乱世,能有一间房可以避风雨,令人生羡。"碧初望望弗之,自问雪妍何时离开北平。

雪妍道:"我是去年十月份到河北乡下。"

"想必知道先父的死因?"碧初颤声问。

雪妍站起来,说:"五婶知道了?"

弗之说:"收到讣告,只不知过世的原因。"

雪妍道:"我常在考虑这事,想着见了你们怎么说。"

"照实说。"弗之抚着碧初的肩。

雪妍清楚地说:"他老人家是自尽。"

众人都站起。弗之重复道:"是自尽!"这正是他估计的。碧初泪落不止,桌子湿了一大片。

雪妍遂说了吕老人不肯出任伪职,敌人逼迫,乃以一死抗拒的情况。又说:"家父参加办理后事,回来说吕老先生舍生取义,义薄云天,后辈学不到了。"说着也流下泪来。

碧初忽问:"那棺木呢?停在家里?"

雪妍略一迟疑,说:"日本人怕有假,开棺验后,运出火化了。"

"烧了!"碧初反而不哭了,冷笑一声,"倒也干净!"

大家沉默半晌,雪妍哭道:"五叔五婶不知道,我爸爸他生不如死,出任华北文艺联合会主席了。"

弗之、碧初一愣。碧初见她穿着藏青粗布旗袍,两手捂住脸,手臂从宽大的衣袖中露出,真是骨瘦如柴,头发虽梳得平整,却如枯草般干黄。心中难过,忙扶她坐下,只道:"好孩子,好孩子。"卫葑握住雪妍的手。

弗之在小屋内踱了几步,大声说:"京尧性格软弱,绝对应该和我们一起出来!"他停了片刻,转身说:"老一辈的人过去了。还是说说我们自己的事吧。"碧初却问赵莲秀等的情况。雪妍说了,还说她带了吕香阁同行。

碧初微惊，道："带了香阁？她在哪里？没有给你们惹事吗？"

"惹事必有生事的土壤。"卫萚沉思地说，"说来话长，只能说个大概吧。"

一时峒和小娃跑上楼来，碧初打发他们在里间睡了。四个人挑灯长谈。

卫萚于一九三七年七月逃出北平，先在河北一带游击队做点文书一类的事，入秋后和一批抗日学生一起到延安。大家满怀爱国热情和革命抱负，觉得延安的天格外蓝，延安的水格外清，走在街上穿着一色灰布制服的人都很亲。在招待所住了些时候，同来的人大都或工作或学习，分配了去处，只有卫萚，迟迟没有安排。熟人议论，说卫萚已是助教，且是理科，在北平做过地下工作，必有合适的事。又过了些时，组织上找他谈话，确定他任抗大文化教员。负责谈话的人叮嘱："你不只教文化，也要向工农兵学习。"当然了，卫萚完全同意。

他的工作很忙，教的是相当于初中的数学。学员们自十六七岁到三四十岁不等。有几个从长征路上过来的小鬼，十分聪明，虽没有上过几天学，领悟迅速。卫萚自编了几套教材，给班上不同程度的学员。他并不觉得做这些事是大材小用，只觉自己不会打枪种田，能间接起些作用也很好了。他很认真，几乎有一种神圣感，这些学员将来都是部队中各级军官，是要打日本鬼子的！学生也很欢迎他，说他讲课明白，没有架子。他的生活简单，头脑也尽量不去想复杂的事。过去的日子愈来愈淡漠，只有雪妍的影子深刻在他心间。

在各机关中，除了卫萚，还有北平、上海、天津来的青年教师，大家不免多在一起谈谈讲讲。有人戏称这几个人是"教授俱乐部"。

一天晚上,几个人沿着延河散步,谈论了一阵时事,因为消息少,可谈的也不多。一个上海人从口袋里掏出几个枣子分给大家,不免说起吃来。每个人都有自己特别怀念的食物,北平来的怀念涮羊肉和豆汁,上海来的怀念那极细极糯一碗两个的大汤团。说着说着,话题转到当前他们每天往肚子里送的饭菜。

一个说:"我们吃的是大灶,不知中灶、小灶怎样。"

一个说:"让你吃大灶,你就不要管别人。"

那一个还说:"可我们已经不是学生,也算各有专长,总该有点区别吧。"

一位上海来的丁老师说:"吃什么我倒不在乎,只是一律要向工农兵学习,大会小会检查思想,有点受不了。我来这里是要贡献自己的知识,不想这里并不尊重知识。"

这话一出,大家忽然沉默下来。

过了一会儿,一个天津来的文艺理论家说:"只有知识不行,得有正确的人生观、世界观。也只有向工农兵学习,才能走正确的路。"

老丁笑说:"你可知道列宁说过,严重的问题在于教育农民?"

话不投机,说了几句,也就散了。

不想过了几天,老丁所在单位开批判会,吸收"教授俱乐部"的人参加。会的内容是帮助老丁,教育老丁不要因为有点知识就趾高气扬,只有接受工农兵再教育才是革命的路,抗日的路。批了一阵,有人提出"教授俱乐部"的问题,说这样的小圈子对革命事业只能起腐蚀作用。"俱乐部成员"都听得一身冷汗。主席让卫葑发言,卫葑敷衍了几句。

又过了几天,老丁来找卫葑说要离开延安。虽没有明说,言下之意是劝卫葑也作考虑。后来"俱乐部"又走了几个人。卫葑好几夜未能入睡,坐起来思索,眼看着窑洞外的月光愈来愈浓,又愈来愈淡。他也认为不尊重知识是不对的,但这一点迟早要改变。难得的是这里有一致的理想,除了打倒日本帝国主义的近目标,还有建设人人平等的社会主义的远目标。他的物理学做不到这些,他还要再看看。

此后,卫葑不大和原来圈子的人来往了。倒是有时和学员们一起到田间劳动,说说笑笑,颇为融洽。

一天,他上完课,在树下一块大石头上给一个学员讲代数题,有人朝他走来,拍拍他的肩,说:"是卫葑同志吗?"卫葑站起来,见是在北平领导他的老沈,不觉大喜。

老沈在北平时以中国大学学籍掩护工作,看上去已有三十多岁。卫葑曾和他有数次联系,最后听他安排完成了联络任务,逃出北平。

老沈微笑道:"我们见过几次的,我怕你不记得了。"遂说了现在的名字,那是最近公布的管理机关事务的负责同志的名字。他们握手,老沈说:"我知道你是可靠的同志。"他似乎对卫葑各方面都很了解,并没有问生活习惯不习惯等一般的话。

卫葑说:"如果能安排出时间,我想和你谈谈。"

老沈道:"我找你。"说了几句时局,便走开了。

又过了几天,另一位负责同志找卫葑谈话。说无线电台需要技术人员,要调他去,他是学物理的,可以用上自己的知识。卫葑忙声明他研究的是光学,并不懂无线电。负责同志似信非信地看了他一眼,说堂堂的大学研究院毕业,不会弄个无线电,岂不笑话,试试吧。卫葑想想确也不难,便答应了。

当天搬家,搬到山坡高处,这有些象征的意思,他升级了。安顿好行李,便去见台长。正好电台坏了,几个人正在检修,说是已修了两天了。见他来,都很高兴。卫葑马上参加战斗,约用一个小时,便都修好。

他很快熟悉了工作,提出一些新办法,电台得以长期正常运转,向全国各地发出延安的声音。卫葑想起抗战初起时,他收听共产党的文告,传送各家,心情何等紧张,何等兴奋!现在居然在为正常转播消息工作,却不觉得怎样激动。他还特别谨慎小心,绝不过问自己工作范围以外的事,并仍在抗大教几节课,让自己与各方面都有些距离。

当时各地来参加革命的青年不少,年轻人朝夕相处,难免有感情纠葛。有的发展顺利,成为夫妻。有的不能成,又不能散,十分苦恼。有好几个女青年看上卫葑,常来他的窑洞。卫葑很烦,用毛笔写了一张卫葑、凌雪妍结婚启事,那是一九三七年七月北平各报刊登过的,还用木板做了一个框,装起来挂在墙上。但是纸上的雪妍威力不大,还引人问个没完。卫葑原以为雪妍受不了革命的艰苦生活,这时又因生活较安定,便想无论怎样,两人还是在一起好。

一个傍晚,卫葑从抗大回来,路上迎面走来一个人。因在坡上,显得格外高大。他头发全向后梳,前额很宽,平静中显得十分威严。

那人见卫葑走上来,问:"学生子,做什么工作?"卫葑答了。那人又问:"需要介绍我自己吗?"

"不需要,当然认识您。"

"那么,介绍你自己吧。从哪个城市来?"

卫葑一一说了。不想那人一听明仑大学,倒有点刮目相看的意思,紧接着问:"我问你一个人,不知可认识——孟樾,孟弗之,可认识?"

卫葑很感意外,说明仑大学的人自然都知道孟先生。

对面的人说:"我倒是想找他谈谈,不谈别的,就谈《红楼梦》。"说着哈哈一笑,走过卫葑身边,说:"把爱人接来嘛,何必当牛郎织女!"

卫莙当时并未把这话当最高指示,仍在踌躇。有一天,李宇明忽然出现在他的窑洞,才最后决定接雪妍来。

李宇明常跑平津一带,任务是运输各种药物和生活必需品。

新郎和伴郎见了面,两人感慨地对望了片刻,宇明第一句话便说:"我到香粟斜街去过几次了。"接着说了吕老人的死,凌京尧出任伪职的情况。

卫莙说:"太老伯令人敬佩。凌某不离开北平,这是必然的下场。只是雪妍,雪妍怎么过! 一定得接她出来!"

"我去!"李宇明慷慨地说。

于是,就有了"雪雪,你来!"的字条。过了好几个月,才到雪妍手上。

雪妍把这几个字印在心上,销毁了那纸条。她和吕香阁随李宇明顺利地经过安次县,又坐大车骑毛驴,到达一个偏僻的、三不管的小村。

一路上,雪妍对一切都很镇定,对有些盘问不动声色地回答,对简单恶劣的食住都无怨言。尤其是中途在一个小镇上,香阁病倒,在炕上躺了两天,不思饮食。雪妍像一个真正的护士一样照顾她,高价买了一点白面为她做一碗面糊,撒一点盐、香油和葱花,稍区别于糨糊,劝她无论如何吃下去。

香阁吃了,有点精神,呜呜地哭起来。说早知道这样,还不如在北平不出来,在老家也没有受这样的罪。

雪妍强打精神耐心地收拾张罗,见锅里还有点面糊,让李宇明吃了。宇明觉得这是他一生中吃过的最好吃的东西。

上路时雇到一头小毛驴,雪妍让香阁骑。走了一阵,宇明建议轮换。雪妍还不肯骑。

香阁跳下来,硬扶雪妍上驴,轻轻说了一句:"卫太太,你是好人。"

望着雪妍苍白得近乎透明的脸,宇明在心里说:"你是圣母。"

走了两天,香阁完全好了。仍然对李宇明很殷勤,对雪妍也很照顾。她本是机灵人,想做什么,自然能做好。但她不时流露出惊讶和失望,她提出"人往高处走"的说法来讨论,不懂凌小姐——卫太太怎么能吃这样的苦。

雪妍当然是凡人,环境对她是巨大的考验。她最不能忍受的是小店里小虫的骚扰、还有就是无处下脚、甚至遮拦很少的厕所。眼泪有时禁不住夺眶而出,她只能赶快拭去,不然会生冻疮。她并非不觉得苦,而是她的心能战胜这些苦。她是奔着她的那一半、奔着团圆去的,也是奔着收拾破碎山河的理想去的。她不是凌京尧的女儿,她是卫葑的妻子。这使她对农村粗糙的生活有一种强烈的同情。

雪妍无法向香阁解释这些,有时说一些抗日的道理,似乎都是教条。香阁只撇撇嘴,笑一笑,笑容仍旧璀然璨然。渐渐地,李宇明有些怀疑香阁去解放区是否合适。她在机灵活泼之下,似乎有一种已经凝固的东西,不像个不到二十岁的年轻人。

李宇明一直送她们到目的地——一个山坳里的小村。这里是转运站。宇明临别时向雪妍交代了要注意的事,说香阁如不能去延安,想办法去后方也好。那天正下大雪,天上地下一片白,雪妍送他到街口,有些担心这样的天气上路太难了。宇明不能等,他已经耽误许多时间,为了卫葑和雪妍,也为了多增加一份力量。现在他必须走,还有任务。只是下一段和雪妍同走的人不知什么时候到,她要自己应付周围的一切。不过雪妍让人放心,她这样聪明,这样勇敢,而且——这样善良。

雪妍穿着路上买来的紫红色棉布小袄,站在雪地上,望着他。

"多谢你,李宇明。路上要多加小心,我也替卫葑说这句话。"她微笑,伸出手来告别。

李宇明握住这温柔的小手,忽然俯身,在手背上吻了一下。

雪妍有些吃惊,并不见怪。她知道他们是多么苦,多么需要温情。说:"我知道的,你是我们的真正的朋友。"

"你不知道。"李宇明在心里说。他微笑着向后退了一步,转身从山坳里走出去,留下一串脚印,很快被不断飘下来的雪覆盖了。

凌、吕二人在一户农家安身,等候卫蓁的下一步安排。这户农家姓王,有一对老夫妇。儿子冬天出去跑小买卖,一个极矮的似乎没有发育好的媳妇,带着孙子拴柱,每天在炕上纳鞋底,针脚匀净细密。雪妍很羡慕,说做一手好针线是一种美德。

香阁说:"那比识文断字容易多了。我有好些年不纳鞋底了,等到了地方,"她说着迟疑了一下,因不知道这地方在哪里,"我给您和卫先生各做一双鞋。"

雪妍说:"怕还要拜你为师呢。"

媳妇做饭,雪妍常去帮忙或帮着照看孩子。

香阁反对,说:"咱们是给了钱的。问她见过这么多钱吗!"

媳妇听见了,斜眼看了她一眼,没有接茬儿。

雪妍没有带一本书,虽有纸笔,也不敢写什么,帮忙做事,心里倒觉舒畅些。她还用粗线给孩子织背心,因心灵手不巧,凑合织起。孩子穿上,王家三个大人都很高兴。

香阁不肯做事,每天出去串门,也可以说是在农村做调查研究。

一天,媳妇对雪妍低声说:"和你一起来的姑娘说你是地主家小姐,她是使唤丫头,这话可不好啊。"那时地主还未被批斗,但已经渐不时兴。

雪妍忙道:"我家不是地主,是教书的。再说我一人出来,和家里已然没有关系。"

媳妇点头说:"知道,知道。你是万里寻夫,家里不让出来,经过三击掌的，王宝钏似的。"

后来雪妍婉转地要香阁少串门，少说话。香阁收敛了几天，之后却更变本加厉地走动。不只自己出去，还有些人上门来找。王家人很觉讨厌，和雪妍说，最好和村长商量，换一家住才好。雪妍求情再三，才勉强获准住下去。

转眼年尽岁除。一天，雪妍在炕上呆坐，忽听门外有男子的声音，以为又是找香阁的人。却听王家媳妇跑到院中，那人也进门了。媳妇催着拴柱叫爸爸，原来是王家的儿子回来了。

雪妍撩起权作窗帘的花布片，见王家儿子背着一个箩筐，手里拿着一个拨浪鼓，递给拴柱。孩子拿着，歪着头迟疑了一下，张手要抱。那人抱起儿子，口中叫着爹娘，在丁冬的鼓声中，和媳妇进屋。雪妍看得泪流满面，强忍着不让自己哭出声来。

不久香阁回来，知道了便往北屋去看，立刻就听见她有说有笑的。一会儿回屋来，说王家高兴得不知怎样好了，打了二两酒，我还喝了半盅呢。又说王家儿子长得不错，比他媳妇强多了。雪妍笑道，你倒是看得清楚。

王家儿子名唤王一，起这样的名字无非是为了省事而不是为了深奥。自从他回来，这院子变了许多。歪倒的墙修起来了，母鸡咯咯地很有精神。香阁也不大出门了，常帮着王一夫妇做这做那。雪妍整日枯坐，度日如年，只盼着有人来接。

春天不知不觉来到山谷。村边的小河化出一个个圆洞，坡上垂下的冰凌一点一点滴着水。雪妍暗自筹划，再过些时如果还不见人来接，便要离开这里去西安，再设法联系。

她和香阁商量，香阁一笑说："怎么这么巧！我正盘算走呢。不过不是和你一起，是和王一。王一带我走！"

她很有几分得意，把头一扬，眼睛亮亮的。雪妍先一愣，立刻镇定了，问他们怎样走法。香阁说她也不知道，反正有王一带着。

雪妍知道她无法管束香阁的行动,也不想求她,乃向王一打听路。王一指出可以往西到山西,虽是一路大山很难走,却是安全的。他很坦然地说香阁要和他一起走,他们要往县城去贩货,不到山西。王一果然身材匀称,眉目端正,人很精明。北方农民大概因有各民族混血,得到许多优点。

当晚雪妍听见王一夫妻吵架,矮媳妇哭诉:"你是中了邪了!哪有跑买卖带个女人的!你就不看看那是什么妖精!把我们娘儿俩连咱的爹娘都能吃了!"

王一很平静,只说人家让帮忙带一带,你多什么心。雪妍听着,很替这小院中的几人担心。

香阁要自行其是,话已挑明,几天来对雪妍分外亲热。她的道理是,不知哪天再见着,别让孟家人记恨我。她抢着给雪妍端汤倒水,雪妍十分感动。叮嘱道:"你路上虽有小王做伴,一切要自己小心,做事要合规矩。小王一家人,老的老,小的小,要劝他回来。你还是往后方去找五婶最合适。"

香阁应声道:"我不投奔他们还投奔谁?"

雪妍拿出一百五十块钱给她做盘费,她并不推让,伸手便接了。又问:"那件紫红小袄您穿不着了,我穿走吧?"

雪妍点头,看她拿针线笑吟吟地把钱缝在衣襟里,心想以后自己一人留在这野谷山村,出了什么事谁也不知道,真是心乱如麻。

又过了几天,香阁对雪妍说:"村长请你去一趟,想是有什么消息了。"

雪妍急忙拣了一根柴火棍拄着,走过短街上一摊摊泥水,去到村长家。

村长诧异道:"没有啊,没有找你。想是传错了。"

雪妍忙赶回来,想问个究竟。不料还没有到门口,就见矮媳妇在门前跳着脚哭,老王夫妻在劝。原来王一和吕香阁已经走了。

几个月无话,事情说来就来。第三天,村长忽然带了几个学生到王家,他们便是李宇明安排和雪妍同行的伴,其中两个女学生是天津的,两个男学生是东北的。

"天无绝人之路。"雪妍想着,简直有点受不了久盼的希望来到眼前。

村长说开春了,敌人可能要扫荡,让他们快走。雪妍临行前给了王家一百元,老夫妻千恩万谢,说除了嚼裹儿,还够他们的棺材本了。

雪妍叮嘱要让拴柱念书。矮媳妇哭着说:"各人是各人的事,我不怪你。"雪妍眼圈红了,他们都应该怪谁呢?

东北学生老邢知道路,果然是向西翻山到山西。当时的二战区属阎锡山管,那里有招待站接待各方抗日力量,有长途汽车通往各个城镇。大家有这个目标,精神振奋地告别了王村。路愈走愈难,愈走愈险,不只大石小石坑坑洼洼,还到处是水,投宿时都成了半截泥人儿。

一个女学生脚上起了泡,红肿了,坐在路边哭,雪妍在旁劝慰。

老邢对雪妍说:"听说你是北平首富人家的掌上明珠,你倒不怕吃苦。"雪妍微笑不答。

第二天傍晚上到山梁,见远处几个山坳里一片片火光,把山都映红了。看着看着,东北学生忽然叫道:"这是日本鬼子扫荡啊!那边着火的不是王村吗!"

大家明白过来,也只有站着看的份儿,不知怎样才好。一个说,快走到根据地吧!好早点参加抗日工作。雪妍想,房东家的老小不知怎样。后来知道,这次敌人突袭七个村庄,所到之处鸡犬不留,老王夫妇俱已遇难。只矮媳妇带着拴柱和村人逃到山里,为王家留下一条根。

雪妍等紧赶慢赶走了十来天,到了一个市集,居然有几家饭铺,灯火暗淡,却也令人感到温暖。东北学生说吃点热汤水吧。大家进屋来,一个学生见桌上摆了好几个瓶子,拿起一闻,是醋。不由得大声说:"到了山西了!"大家都拿着醋瓶又看又闻。

雪妍坐下来,觉得头昏眼花,连看醋瓶的力气也没有了。一会儿,觉得身边有人坐下,离她很近。她勉强转脸看看,不由揉揉眼睛,再仔细看。看过便扑倒在那人肩上,晕了过去。

是卫葑!卫葑来接她了。

卫葑在电台一段时间,工作出色。但不知哪儿出了毛病,台长对他颇存戒心。背地里说,汉奸的女婿怎能留在如此重要的机构。

不久,老沈对卫葑说:"晋西北开拓根据地需要做宣传工作的人,你去吧,也可以锻炼自己。"卫葑没有意见,想着雪妍从山西那边来,正可以去接她。

又过了几天,老沈说:"有了新安排。现在解放区的青年很多,有些可能仍适合在国统区工作。你原是明仑大学的教员,回到明仑,可以在学校里扩大影响。"他拍拍卫葑的肩,又说,"这对你再合适不过,我都为你高兴!"并且同意他先往二战区接爱人,再往昆明。

卫葑和雪妍在昏黄的灯光下居然辨认出对方。老邢弄清原委,忙想办法给他们找了一间房,让雪妍休息。

雪妍醒来,见卫葑正俯身看着她,一手抚着她的头发。两人明知这不是梦,却仍觉是在梦中,都用力握着对方的手。生怕稍一松开,一切便会消失。

"五叔,五婶。"卫葑对弗之夫妇说,"现在我们到了一起,一切困苦都没有那么严重了。"

大公鸡在院子里引颈而啼,猪们起来走动。天已亮了。

流不尽的芒河水

蓒,我是在和你说话。这是近半年来我们第一次分开。你随庄先生送学生到邻县去,今天已经是第九天了,我觉得是太久了。想想以前分开的日子,真不知怎么忍受过来。

芒河的水很清,流淌疾徐有度。你发现了吗,它愈靠近城流得愈慢。在这条河边,我们终于有了一个家。站在家门前,可以看见在绿树间流动的河水。我们沿着芒河走到龙尾村,找到了亲人,又沿着芒河找到了安家的地方。

见到庄先生和玳拉,你一定会描绘我们的新居。这小小的西厢房虽然破旧,却足以蔽风雨。别忘了我们隔窗可见一畦彩色的花,那是邻居的小"花园"。米先生和米太太是善良有趣的人。本来庄家希望我们住到西边去,那边有房子。其实落盐坡很理想,离五婶又近。

你说我像一个持魔棒的仙女,使我们的小窝不断地变化。告诉你,在你离家的这几天里,我们的家又在变。十几个凑来的煤油箱做成我们的床、桌、凳,现在还有沙发! 没想到吧? 那只两面缺板的木箱铺上干包谷叶,盖上一块布,我坐着实在舒服,像摇篮一样。可惜你坐不进,勉强坐进去怕就像上了夹板了。两只箱子拼成的桌,铺上米太太送的花桌布,打了绉边的,当中摆一个大肚子瓦罐,挤满野花。你回来一进门,一定会反复地说:"我们可爱的小窝! 我们美丽的家!"蓒,我们能生活在自己的国土上,能自由地布置这一小块简陋的地方,在这充满苦难的世界里,众多不幸的人之中,我们真是一对幸运的鸟儿。

该把新的生活告诉我的父母,可是我的父母在哪里?我已经从心上把他们挖去了。那里已是一个巨大的、无法弥补的洞,盛满了血泪和苦涩。你有时拍拍我的头,说,只管想他们,只管向他们诉说,血缘是割不断的。你是宽容的,大度的。我却无法消除那尖锐的痛苦。

雪雪,你恨我吗?听见爸爸呻吟吗?

我听见爸爸在问。

我亲爱的父母,可怜的双亲啊。我是雪雪,我不是亡国奴,我是自由的雪雪啊。

若是还在北平家里,我大概不会工作。表面的舒适实际是个大樊笼。现在我要工作,而且就要找到工作了。莳,你不为我自豪吗?这是我要告诉你的最重要的事。你走的第二天,我去看五婶,遇见夏正思,他和萧先生一起过来走走,谈话间说起外文系需要法文教员。夏正思除几门英文课外,还要教法文,他一直想找个人帮忙。他随意问我,学过法文吗?我鼓起勇气,说"是的"。你知道爸爸认为那是最美的语言,教我从小学的。中学毕业后那两年在巴黎的生活,虽然上的学校并不严格,也帮助了我。夏先生和我用法文谈话,谈了约半小时,我居然应付自如,要用的都想起来了。夏先生高兴地问:"你喜欢诗吗?""喜欢,可是对我来说,已经太遥远。"他说:"怎么会呢,诗,永远不会离开人的。"他念了一段缪塞的诗:"今晚,我经过草原,看见在小径上,一朵花儿在颤抖,枯萎,那是一朵苍白的野蔷薇。有一朵绿色的蓓蕾在它身旁,在树枝上轻轻摇荡。我看到一朵新的花在开放,最年轻就是最美丽:人也是这样,永远日新月异。"问我谁是作者。我答了,而且说出题目《八月之夜》。他和我握手,说:"我想你能胜任,我要推荐你!"我多么幸运!

过了两天,我交了一篇作文,写的是落盐坡这个小村,许多想法都是嵋的。你能想象吗,我用法文把它们表现出来,是那么合适。我自己送进城去,夏先生看了很是赞赏。他领我去见系主任,他的名字似乎是王鼎一。王先生瘦瘦的,很严肃,他说他要听夏先生的意见。夏先生对我挤挤眼。据说想要这个助教职位的不只我一人。我想我是其中最少经验,功课最不好的,而且不是科班出身,可是我最有希望。

我就要是你的同事了。本来明仑不准夫妇同校,临时教课总是可以吧!

米太太送桌布来时还带了一块自烤的小蛋糕,当然给你留着。我们三人在院子里谈话,他们的英语很流利,米先生还会法语,可惜我不会德语。对了,谈话时还有一位,你一定猜到了,那就是柳。它蹲在地上,谁说话就看着谁,它的耳朵很有表情,高兴时向后抿着,兴奋时就竖起来。如果它开口插话,我想大家都会认为本该如此,而不会奇怪。

今天上午有飞机飞过,想来城里又有警报了。飞机过了,落盐坡还是这样安静,似乎被世界遗忘了,只有小瀑布的水声传得格外远。这样艰难的岁月,这样困苦的生活,遗忘倒是好事。

等你回来。煮糊了的稀饭,太咸太淡的菜蔬,对你都是最可口的,是吗?连青菜都烧得咬不动,真是大本事!你说过的,是吗?

等你回来。看了几页夏先生借给的《巴黎圣母院》和邵可侣的法文课本,慢慢靠近那已经非常遥远的情绪,至少不要让它再往远处飘去。幸亏我在念心理系时不用功,倒是读了不少小说和诗。我缺乏严格的训练,我对夏先生说了。他笑笑,说:"我发现了就会辞掉你。"

又是一天了,下午你就会回来。你猜刚刚我去做什么?我去洗衣服了。村口处那一潭水!在王村如果有这样一潭水,大家该多么高兴。水很清,深处不能见底,近岸处很浅,正好拿小板凳放在石头上,坐着洗东西。看着河水到这里变成一个小瀑布落下来,真有意思。流水不断,就像生命延续没有尽头。我看着迸散的水花,觉得它是活的。

一位大嫂摸摸我洗的东西,凑近了看,有些惊异,说,粗布衣裳哦。我说,是了嘛,很舒服的。她想想说,逃难过来的,好东西带不出来呀。我说,好东西有哪样用?只要一家人在一起就行了。她忽然眼圈红了,大滴眼泪落进水里,先用手背又用湿衣服擦,我愣住了。她呜咽着说:"没得你的事。我们家的那个人在湖北打仗打死了。"我真不知说什么好,只能说他是为国牺牲,我们都是靠他们普通的一兵一卒保护,不然的话,日本人横行,谁还能活!大嫂说:"我那人是排长,一排的人都死了。我们村子有好几个呢。"想想又说:"怎么就会有这样的人,杀别人,抢别人。你们院子里的外国人,也是逃难出来的。"我无法对她讲什么。我想,凭武力是绝对征服不了一个民族的。如果一个民族能被武力征服,那它本来就不配生存。

芒河的水中,有汗水,泪水,也有流不回来的血水啊。

水花仍在迸散着,飞舞着,细细的水珠不时溅到我旁边的青石上。忽然想起那故事,那咏雪的诗句"撒盐空中差可拟"。这水花有些像盐粒,所以这村子叫落盐坡呢。其实说它像一小堆雪也可以,一小堆跌落的雪。落雪坡?落雪坡!

我站起来时,给小凳绊了一下。大嫂说,可得千万小心,这个潭深得没有底,通着龙江的。我想应该做一个栏杆,让洗衣人能扶住。不过现在谁能顾得上,有这水,就算很好了。

你应该回来了。如果芒河的水能行船,来去可以省力多了。好在天并不热。你路过龙尾村,会去看五叔他们吗?我想你不会,不过也许有什么事需要去。你不会耽搁久的,是吗?我到院门外看那潭边的坡,没有一个人。你走到哪里了?

146

　　我对着满桌发黄的纸写我的第一个教案。院门响了,你进门了。我不起身迎你,我等着你俯在耳边问:"写什么呢?我的雪雪。"

第 四 章

一

这是一九四〇年五月的一个夜晚。

欧战爆发已有九个月了。英、法对德宣而不战。德国占领东欧后,又向北欧进军。它的得逞大大刺激了日本军国主义政权,军人们不再甘心于中国战场上的相持局面,再次掀起战争狂热。春天,日寇以二十个师的兵力进攻枣阳、宜昌。这是自武汉会战以来,最大的一次攻势。我军英勇抵抗,枣阳一战中,第五战区右翼兵团总司令张自忠壮烈牺牲。宜昌距重庆仅约四百八十公里,是重庆的门户,攻占宜昌,还可以之为根据地,便于空袭重庆。宜昌于六月十四日陷落。我军在江陵、当阳、宜昌、荆门外围严守,形成对峙局面。日寇又在华北推行"囚笼政策",即以"铁路为柱,公路为链,碉堡为锁",目标是打击八路军根据地。战斗十分残酷。

这里用一些历史材料和数字,也许比空洞的描写更能给人清楚的印象。自五月十八日至九月四日,日本空军对重庆、成都等重要城市进行了空前猛烈的大轰炸。共出动飞机四千五百五十五架次,投弹两万七千一百零七枚,计一千九百五十七吨。中国空军击落击伤日机四百零三架。人民伤亡不计其数。

这是五月的一个夜晚,昆明的一个夜晚。

昆明不是日寇空袭的主要目标,但也承受着钢铁的倾泻。塞满了惊恐和劳累的日日夜夜,丝毫没有影响这里知识的传授和人格的培育。夜晚皎洁的月光和温柔的星光,与思想迸出的火花相辉映。

三三两两的年轻人跑进新校舍大门。一个说,快点嘛! 一个说,赶得上。

一个衣衫整洁、头发服帖的学生从门里出来,停住脚步问:"跑什么? 白天还没有跑够!"

有人回答:"听庄先生讲时事。"又用手一指,"你就没有看见布告!"

门边墙上果然贴着一张小纸,写着:"庄卣辰先生时事讲座,第十八期,题目:欧洲战场,地点:第四教室。"

问话的人是仉欣雷。他正要到文林街女生宿舍去找孟离己和吴家馨,这时见了布告,便也转身朝第四教室走去。又见人们都往小操场走,原来因为教室坐不下,改在操场了。操场上点着大汽灯,很亮。并设有专人守望,如有红球挂出,立即熄灯。

场内椅子、小凳都是自己搬的,也有人坐在几块砖头上。欣雷一眼便看见峨和吴家馨坐在后排。澹台玹和几个外文系同学靠边站着,似乎准备随时撤退。

庄卣辰从前面座位上站起,几步迈上权作讲台的矮桌,转身面对大家。他还是一身旧西装,打着领带。人群很快安静下来,听庄先生讲话。

"今天这一次,是讲座开始以来人最多的一次,我们不得不换地方。"卣辰的声音清亮地传得很远,"这不是我的讲话有什么吸引力,而是世界局势的变化太让人关心了。欧战爆发快一年了,德国法西斯肆意横行,阻挡是十分微弱的。它占领捷克不费一兵一卒,波兰人民虽然有二十多天的抵抗,也终于被占领了。可叹英国、法国的强大陆军坐视不管,没有援救。他们希望德国满足于得到的领土,可是,强盗会满足吗? 不会的! 上个月德国进攻北欧,丹麦投降。值得讲一讲的是挪威,挪威不肯投降。德国进攻奥斯陆时,原以为可以长驱直入,德使馆甚至派出人员迎候德国军舰。不料挪威海军和炮台猛烈开火,击沉了德军的旗舰。我们为挪威欢呼!挪威国王哈康二世和他的政府知道力量悬殊,不能正面迎敌,退到北部小镇,沿途都有挪威军队伏击德国追兵。哈康二世拒绝德国的诱降,通过广播号召军民抗击德寇。挪威政府驻足一个小村,德军把这村子炸为平地,其实挪威政府已转移到森林里。这都是十多天前的事。那里的茂密的森林,二十年代我到过,真像随时会有山妖出现。我觉得挪威的精神和他的山山水水分不开,和易卜生、格里格也是分不开的。

"今天要着重说的是,英国首相换了。张伯伦下台,丘吉尔上台,组成了保守党、工党、自由党的联合政府。请听丘吉尔在下院的演说:

"'我没有别的,我只有热血、辛劳、眼泪和汗水贡献给大家。

"'你们问:我们的政策是什么?我说:我们的政策就是用上帝所给予的全部能力和全部力量在海上、陆地上和空中进行战争,同一个在邪恶悲惨的人类罪恶史上还从来没有见过的穷凶极恶的暴政进行战争。这就是我们的政策。你们问:我们的目的是什么?我可以用一个词来答复:胜利——不惜一切代价去争取胜利……'

"我们的抗日战争,不是孤立的。"

听众中间有人带头喊口号:"抗日必胜!"大家跟上来,排山倒海一般。

庄卣辰又联系分析日军的动向。有人悄声议论:"庄先生知道这么多,是有内线,通着英国。"许多消息,确是英国领事馆收录的新闻稿。

仉欣雷一面听,一面看着人群,发现孟先生和别的好几位教授都在座。孟离己旁边坐的是庄无因。可不是,无因一年级快上完了,而自己很快就要毕业了,已经老了。

"抗战已经快三年了,还不知道要打多久。"庄先生继续讲话,"我们知道的是,无论三十年,三百年,我们都要打下去! 赶走日本强盗,收复失地,建设我们伟大的国家!"

学生又喊起了口号:"抗战必胜! 还我河山!"口号声在黑暗中飘得很远。

庄先生讲完了,主持会的中文系学生孙理生说,希望孟先生讲几句话。大家热烈鼓掌。

弗之站起,先对庄先生表示感谢。说了解天下事才会更懂得自己的事。接着说:"庄先生说,哪怕三十年,三百年也要打下去。同学们可能想,三十年,我们都老了,三百年,我们都不在人世了。可是中华民族是不会死,也不会老的。世上的公理,人类的正义也是不会老,不会死的。

"四年级同学很快要离开学校了。我年年这时都有一种成功的感觉。这是因为大家完成了学业,都将是国家的栋梁之材,教师才会有成功感。我感谢你们——有些话,到时候再说吧。"

人群中的四年级同学都觉得孟先生正看着自己。有人问:"什么时候说?"弗之笑笑,摆摆手。庄卣辰也站起来,和弗之说着什么。许多人上来围住先生们,问这问那。

庄无因站着等父亲。他长高多了,长长的秀气的眉眼仍然略显忧郁,加上清澈的目光,使得他有些大彻大悟的样子。他入学以来,以功课好、相貌好、年纪小、少言笑这几个特点在同学间颇受人注意,他却一点不在意。他坐在峨旁边,只见面时点点头,自始至终没有说一句话,也没有问起嵋。

比赛沉默,峨当然是比得过的,她也不理他,自和家馨走开。走到场外遇见玹子,大家站住说话。

玹子见仉欣雷走过来，指着说："又来一个要毕业的。好像什么都没学呢，怎么就要毕业了！走吧，都到宝珠巷去。"

严家女眷常在安宁居住，玹子就在宝珠巷一家人家租了一间房。经济上不太拮据的明仑学生多有租房住的。大家走着，家馨随在欣雷旁边，怯怯地叫表哥。

吴、仉二家的表亲，是拐着几个弯的，关系不密切。自同学以来，家馨对仉欣雷一直有好感。她随哥哥吴家毂从北京到长沙入学，家毂毕业后去了战地服务团。虽有师长、同学的关心，但身边有一个亲戚，自是不同，可以说是一种依恋。而家馨却常为得不到欣雷的注意而苦恼，甚至常常哭，被峨等称为"哭星"。仉欣雷从来不大注意她，觉得她太平常了。他注意的是峨，峨的性格有特点，家庭也不同一般。在北平时当然显得清高，到昆明后虽然生活艰苦，却仍十分受人尊重。而且峨的亲属关系很好，这是他慢慢发现的。

几个人走到大西门，峨说不想去宝珠巷了，问玹子星期六去不去龙尾村。玹子说，想去看三姨妈，可能过几天去。不然很快毕业了，在哪儿工作还不知道呢。

玹子和她的同学们转进巷子，又回头说："玮玮闹着要来昆明上大学，听说了吗？"

峨答道："没听说。"

峨等三人在街上走，仉欣雷要请她们吃米线，她们都不想吃。他又建议去茶馆坐坐，那里零食虽不多，芝麻糖、牛皮糖、瓜子、花生米总是有的。她们同意了。

这小茶馆灯光昏暗，门前台阶上排开几只烟袋。一种烟杆细长，足有一米，烟锅却小，顶在头上。一种胖大，是一截粗竹筒，抽水烟用。茶馆见有客人，习惯地去取烟袋。转念一想，这些学生不抽这个，赶忙放茶杯，提着大壶冲水。又推荐道，有刨冰，加果子水,你家可请?

那刨冰是新兴的冷食,一碗冰碴子,浇上红红绿绿的汁水,甜而且凉。茶倌见无异议,便端了来。峨和家馨用小勺吃着。

欣雷连忙抓住时机,说:"我有要事讨论。"

峨便推开刨冰,说:"那我先走了,你们讨论。"

欣雷急道:"就是要和你讨论,你怎么走!"

峨有些诧异,看了他一眼。听他继续说道:"孟离己,记得你在香港说的话吗? 你说大家都该共赴国难,不能逃之夭夭。这话我常想着的。"

别人能记住自己的话,是让人高兴的事。峨没有想到他这么留心。"哦,我说过吗?"

"你说过的。孟伯母和嵋他们都在旁边。"欣雷赶快说,"我就要毕业了,家里要我去香港,可是我想留在内地。听说资源委员会需要经济情报人员,可能派到东南亚一带。你说怎么样?"又捎带地问家馨:"你说呢?"

家馨见他只和峨说话,早已眼泪汪汪。这时只看着正在融化的刨冰,且不答话。

峨沉思道:"资源委员会是干什么的? 我不知道。"又一想,随口说:"似乎和二姨父有点关系。"

欣雷不觉大喜,说:"我也是这么觉得。总之,这是一条报效国家,又能发挥所学的路。"

峨觉得没有表态的必要,转过话题问家馨道:"好像下星期野外课改在这星期了?"

家馨道:"周弼老师通知了,大概是萧先生下星期有事。"

峨拿着一粒花生米,慢慢地捏着。

仉欣雷忽然说道:"有人瞎起哄,选出明仑第一美男子,你们猜是谁? 就是萧先生。"

家馨说:"我同意。"

峨不觉脸红了一下,灯光很暗,谁也没注意。

"孟离己!吴家馨!"几个人招呼着走过来。其中一个是刚才主持会的孙理生,头发竖着,直冲霄汉,应该说这是当时流行的发式。一个女生何曼,是外文系的。她年纪较大,是转学来的,待人处世,很有经验。

孙理生道:"庄先生讲国际形势很精彩,讲国内形势好像材料不够。"

欣雷道:"我听着都很新鲜。"

何曼说:"丘吉尔的演说真让人感动。欧洲战场的局势变了,日本鬼子也要收敛些。"

他们说些闲话后便坐下来。孙理生又走开和刚进来的同学招呼,大都是社团负责人。

当时各种社团如雨后春笋,遍地皆是。有以政治思想为名的,如民主社、自由社。有一个众社,意即以群众为师,何曼是负责人。有以学术、文艺为名的,如文史社、新诗社。各社团都出壁报,各抒己见,思想很是活跃,且大都与有关的教授有联系。有的社团还有不同的政治倾向,愈到后来愈明显。

何曼说:"参加社团活动对我们吸收知识、明白事理很有好处。吴家馨参加过几次众社的活动了,很有意思,是不是?社会上有些事看不明白,大家一起讨论就明白了。"

家馨道:"我参加过青年会团契活动,也很得安慰。众社的活动似乎更科学,更关心社会。至于为什么,我也说不上来。"

何曼笑道:"能感受就好。下次活动,孟离己参加吧?我们还要请孟先生讲演呢。"峨笑笑不置可否。何曼又说:"澹台玹总没到宿舍来,我在英国小说选读课上倒是常见她。你们两个谁是姐姐,谁是妹妹?"

"我若是比她大,能比她低一班吗?"这是峨的答话。

欣雷道:"看着你们,真羡慕。我什么也不能参加了。"

那边几个同学似在讨论什么,很热烈。何曼走过去看看,拿回两个凉薯放在孟、吴面前。

欣雷道:"你看是不是? 连凉薯也没我的份了。"

三人出了茶馆,往女生宿舍去,各人有各人的心事。

到了宿舍,欣雷说:"我总算心里有点底了。"

峨看着家馨道:"我们又没说什么。"

欣雷道:"你们都不是凡人,不用说什么。我是最实际最普通的凡人,也可以说是俗人,出力不多,要求也不多。"他说得很诚恳。

峨、家馨二人回屋后,除讨论欧洲战场外,又谈论几句仉欣雷。

峨说:"其实谁都是凡人,这么说说还有些意思。"

家馨道:"你说他有意思吗?"

"你可以鼓励他发展得有意思些。"峨不在意地说,自收拾睡下。

家馨又呆坐许久,直到整个宿舍熄灯才睡。在枕上又擦了几次眼泪。

过了几天,峨和家馨去上野外课。这本是一年级普通植物学的一部分,她们没有上过,现在来补,和一年级的学生一起上。

这天,天气阴暗,细雨迷蒙。转堂码头上一群学生等着上船,约有二十余人。他们大都戴草帽遮雨,打伞的人极少,打的都是那种红油大伞,很笨重,保证不会淋湿。女同学多穿蓝工裤,有几个人还是竹布旗袍。码头边错落地种着几株柳树,雨水顺着枝条轻缓地流下来,似乎柳枝的绿色在流动。

树下有几处小地摊摆着白兰花,多是小姑娘在张罗。女同学便有买的,挂在工裤前襟或旗袍纽扣上。也有问了价钱不肯买的,小姑娘会及时减价,说:"相宜了! 相宜了!"意即真便宜。年纪较小的同学拉着柳枝,把水甩到别人身上,也洒在白兰花上。

"萧先生怎么还不来!"几个同学踮着脚往城门里看。萧子蔚的专业在生物化学方面,因是系主任,他常接触普通课,带学生采集标本,和学生增加了解。教这门普通植物学的周弼年纪尚轻,正在水边安排船只,不时也向城门里张望。

昆明城墙不高,城门都矮小,小西门不知是什么时代的建筑,却也有一种森然气象。城门中出出进进的人渐多。抗战以来,昆明人起床早多了。据说,几个学校刚搬来时,人们还不习惯早起,市政府派出警察,沿街大呼小叫,敲着门窗催各店开门。这时挑菜的、担柴的都已进城。一个人用洋铁汽油桶装着清亮的水,跟在背粪桶的后面。用洋铁汽油桶在当时是很神气的。

"萧先生来了!"一个女同学最先发现。果见萧子蔚在人丛中走来,穿一件米色纺绸衫,不是旅行装束。渐渐走近,看出他的神色有些疲惫。

大家围上去恭敬地说话。子蔚含笑和大家招呼过,便走到台阶上和周弼说话。不一时,两人走上来,周弼拍拍手,要大家聚拢,听萧先生讲话。

子蔚道:"我看见大家早早来等着出发,很高兴,我和大家一样盼着这次远足。我们学生物的人必须了解大自然,了解大自然可不是容易的事。也许大家奇怪我为什么在码头上讲话,也许有人已经猜到,今天我有别的事,不能陪各位去上这有意思的一课。我想不必再改时间了。周弼周先生会讲解这次课的主要目的,指导你们操作。这里我只讲一个小故事,给大家助兴。西山的最高处称作龙门,整个的洞室神像,连行走的通道都是在石壁上凿出来的。那石刻艺术家最后去修整魁星的笔,要使它达到艺术的高峰。可能因为过于小心,反而把笔尖凿掉了。"子蔚停了一下,"魁星没有笔,主掌文运的魁星失去了笔!据说当时艺术家拾起落在地上的碎石片,跳崖投湖而死。"同学间漾过一阵叹息。子蔚接着说:"我很喜欢这传说,为那位艺术家追求完美的精神而感动。我们从事科学工作,也要尽力不断地追求,纵然完美可能是永远达不到的,但是我们的精神体现在我们的努力之中。其实我很想和大家一起去采标本,摸一摸新鲜的植物。但是我只能说一句:请大家原谅。"

子蔚微微弯身,和附近的同学说了几句话,转身看见峨和吴家馨站在柳树下。他走过她们身旁,见吴家馨不很精神,便嘱她注意身体,今天走不动的话,可以在华亭寺一带采集植物,不要勉强。峨望着他,等他说话。他想不出对峨说什么,只笑笑,走过去了。

周弸招呼大家分上两只船。这种船在滇池一带是较大的一种,有半截船篷。大家让吴家馨坐在里面。峨站在船尾,看着被剪开又合拢的水面,心中若有所失。

船过大观楼。白天阴雨中又是一番景象,亭台楼阁似蒙了一层轻纱,轻纱连着水波飘动。本地同学为大家指点,这是近华浦,那是溯洄洲,那是积波堤,还有些私人别墅,称为这庄那庄。周弸说,这里植物很多,今天来不及看,大家自己来时,可以注意。

峨想起去年秋天随父母来时,见到一种白色大花,父亲说是曼陀罗花。玹子说怎么叫这么个古怪的名字。弗之说曼陀罗本义是圣坛,至于为什么以此义名此花,不得而知,以后峨会解决这一问题。峨当时听了不在意,这时猛然觉出,父亲对她的殷切希望,也是对年轻一代人的希望。萧先生讲的魁星笔的故事,也是对大家的期望。

船到滇池中心,四面碧波,远处西山如人躺卧,又称睡美人山。众人胸中舒展,有的唱歌,有的乱喊乱叫,招呼别的船。一时船到高硗码头,大家离船登岸,循一条小路上山。路旁树木蔽天,野花遍地,还有清脆的鸟声在飘荡,整个的山似乎都在欢迎这些年轻人。不断有人问周弼,这是什么花,那是什么草。

周弼笑道:"我有多大学问,能知道这么多?"他和孟、吴二人走在一起,倒是指出许多植物名字。

大家上得坡来,眼前出现一座大庙,这是华亭寺。还来不及瞻仰佛舍精严,只见山门外许多人或坐或卧,有的站着谈话,有的在柴堆上烧煮什么。这些人神色困顿,衣衫倒不十分褴褛。周弼想了一下,说:"是了,这是滇越铁路边的难民。"一问果然如此。

敌寇为断绝物资运来中国,猛烈轰炸滇越铁路,众多难民便是逃避轰炸而离开家园的。敌人并和法国协商,到七月二十日,派出了日本驻河内办事处,拆除了老街铁桥上的铁轨,使一切援华物资无法运输。这是后话。

难民们见学生上来,有人问:"可有米卖?镇子上没得米了。"周弼安慰了几句。学生有穿两件上衣的,便脱下一件赠给难民。虽是夏天,山上夜晚很凉。

山门里廊庑下排着一卷卷被褥,打开便是一个个铺位,这是优等难民了。周弼等无心观看大雄宝殿等建筑,到寺后一块空地,大家坐了,上野外实习课。周弼讲了诸点要求,如何辨别植物,如何采、制标本,如何鉴别有毒的花草、保护自己。特别提出一种叫荨麻的植物,叶子上都是细毛,皮肤碰着如蜂蜇火燎,立即红肿。又说,云南是一个大的植物王国,只这西山,就有两千多种植物。其中颇有些有毒,但毒素也能利用。我们要了解整理,也要发掘利用各种植物。孟、吴二人不与小孩子为伍,往山上走,很快到了太华寺。

太华寺难民少多了,颇有禅房花木深的幽趣,殿宇虽旧,仍然可观。天王殿石坊有一联:一幅湖山来眼底,万家忧乐注心头。大雄宝殿上有一匾,写着:动如不动。二人见了,都觉心中一动。

殿内香烟缭绕,有人在求签。一个老和尚敲着木鱼。求签者似是无家可归的异乡人,要卜一卜前途,从竹筒中擎出签来,冷笑一声,走出殿去。

"我们也求一个。"家馨忽道。

"要磕头呢。"峨踌躇。

老和尚忙说:"鞠躬也可以,只要心诚,不鞠躬也可以。"

家馨先求。她觉得若问抗战何时胜利这样大事,佛祖未见得能知,还是问自己的事。

她恭敬地鞠躬,在和尚的木鱼佛号声中,取出一签,上写着:"强求不可得,何必用强求! 随缘且随分,自然不可谋。"她看了,默然不语。

老和尚见峨站在一旁,问:"这位小姐也求一签?"

峨心中有一个正在形成的愿望,她想了一下,走到供桌前,并不鞠躬,求得一签,字句和家馨的一模一样。

"莫非竹筒里只有这个签?"她问老和尚。

老和尚说:"大错! 大错! 你两个的签一样,因为你们问的事差不多。这是个好签呀,一切顺其自然,本该如此。"

家馨低声说:"你问一件你自己最重要的事,看求出什么来。"她说的是峨心中的结,峨对她说过,那是一个秘密。

峨肃立,深深三鞠躬,擎出一签,用手遮住,过了一会儿才看。上写:"不必问椿萱,要问椿萱友。来从来处来,走向去处走。"

峨念着,说:"真啰嗦,这么多字。"

家馨接过看,说:"很明确嘛,指出去问谁。"

峨点头。去问谁,她心里已定好了。

两人继续向上走,见有些一年级学生已走在前面了,一路大声说话。一个说,最好能制出一种毒药,让日本兵喝了昏睡不醒。一个说,不要他们的命吗? 可真慈悲。又一个说,说不定今天就有人定下要在云南研究植物了。

峨听到这话,心中不觉又一动,脚步慢了下来。草丛中有几朵大花,峨自恃穿着长裤,走上小路去采。大花颜色绚丽,她谨慎地用草纸垫着采下了花,脚背忽然一阵疼痛,不觉"哎呀"一声,叫了出来。

"怎么了?怎么了?"家馨忙上来扶。

峨大声说:"你别动!"自己退出草丛,两只脚都红肿了。周弼走过来,说是碰着了荨麻。

峨说:"我还穿着袜子呢,平时还舍不得穿呢。"

周弼说:"袜子太薄,荨麻的细毛无孔不入。不过,这附近一定有降它的东西。"左看右看,掐来几片叶子,放在峨脚上,果然清凉舒服。

峨把那朵大花放在权作标本夹的旧讲义夹里,仔细抚平夹好。她一瘸一拐,走了一段,觉得很费力,便让周、吴二人先走,自己在路旁石上休息。下望滇池,碧波轻拍苇岸,远处浮着一只只木船,灰色的帆,倒给水天增加了些凝重。

她又翻检已得的标本,花艳草奇,各不相同,深叹大自然的奇妙。又想起那两个签:"随缘且随分,自然不可谋","来从来处来,走向去处走"。

"废话!"峨暗道。

好几个一年级学生过来了,峨起身和他们一同向前。

二

生物系在新校舍有两间实验室。一间为学生上课用,诸如解剖青蛙、分辨植物等都在这里进行。一间为教师用,生物化学方面的基础实验便在那些瓶瓶罐罐里变化着。实验室处于一片苗圃之中,花朵四时胡乱开放,给泥墙土壁点染了浓艳的色彩。

萧子蔚在设备简陋的房间中刷洗器皿。这本是实验室工人的事,实验员也不做的。现在说不得了。校工常缺勤,实验员身体不好,子蔚又不愿像有些教师那样使用学生,便不时亲自操作。只见他系着围裙,带着橡皮手套,熟练地转来转去,指挥着他的玻璃兵。

那天他没有和同学们一起上西山,是因为上午聘任委员会开会,讨论下学年的聘任名单,也讨论一些别的问题。下午送郑惠枌回青木关音乐院。一公一私。惠枌搭乘便车,子蔚直送她到曲靖。次日,惠枌和同伴在车上坐好,车开动了,车窗外轻飘着一块熟悉的花手帕。车和手帕都愈来愈远,子蔚站在路边,一时不知身在何处。

曲靖一别,不知何时再相见。这次惠枌到贵阳,是某军司令请她劳军,开过几场音乐会。她到昆明,原也打算开音乐会,后来实在抽不出时间。她情愿单独为子蔚唱,有一次,一口气唱了十四首歌。那其实也是音乐会,但比一般的要丰富得多,每首歌都浸透了感情和希望,一般人无福听到。

他们到平政街天主堂去过几次,那里有一架闲置钢琴,刚到昆明时,子蔚曾为惠枌借过。现在这琴久未调音,对惠枌来说,不合用了。但是他们还是愿意到教堂坐一坐那硬板凳。那里没有雕刻的廊柱,五彩的玻璃,但仍有一种气氛。怀抱圣婴的玛丽亚,从一个简单的木台上望下来,使人感到平和宁静和肃穆。他们在寂静中倾听自己的心。

这两颗心已经碰撞很久,那是一首婉转曲折充满欢乐和痛苦的曲子。相识是从音乐会开始的,子蔚永远不会忘记惠枌的第一声歌唱。那声音像是从天上飘落,他在地上去找她,看见她坐在鲜花后面。他没有花,只有一颗心。不幸的是,当时惠枌已不是自由人,子蔚只恨没有早回国一年。他们摆脱不了越来越深的感情,也摆脱不了那尴尬的处境。他们得到许多同情,也受到许多指责。

他们没有办法,两心的融合是无法分开的。

子蔚有一个手摇留声机,唱片很少,他们认为最珍贵的是巴哈的《马太受难曲》,没有一点宗教倾向的人也会为这部音乐震撼。惠杬在上海时担任过《德意志安魂曲》中的女高音独唱,她唱勃拉姆斯的艺术歌曲也是为人称道的。她很熟悉《马太受难曲》,但没有正式唱过。听留声机时听到感人处,她会站起身随着轻声唱,唱着听着,两人都不由自主地流下泪来。

参加听唱片而且一同流泪的还有一个人,那就是美国教授夏正思。他是热切的古典音乐爱好者,闲暇时间几乎都用来听音乐。人们传说夏先生可以三天不食不眠,沉醉于音乐世界。甚至警报也不能打断他的乐曲。天上飞机隆隆响,地上交响乐在飞扬。他什么也不怕,他有音乐。这一位音乐爱好者很赞赏郑惠杬,说中国几乎没有好的女高音,因为她们不够胖,瘦人没有力气。但是郑惠杬是个例外。

他们也见一些朋友,孟家人、庄家人都来过。玳拉还安排在英国领事馆举行了一次小型音乐会,音乐不多,大家谈话很愉快。

最让惠杬忧心的,是惠枌的家庭问题。她认为惠枌性格软弱,承受不了离婚。她没有去钱家,都是惠枌来城里叙姊妹之情。

惠杬终于走了,曲靖一别,不知何时再相见。这个念头在子蔚心上萦绕。

念头终于转到那天的聘任会。会上还讨论了学生贷金问题。和逐渐上涨的物价比较,贷金数目太少,要和教育部交涉。因生活困难,学生做工补贴自不必说了,有些教职员也从事业余活动。个人的事也不必管,如钱明经。有些化工方面的专家想开办小型工厂,如做肥皂之类,有人以为不妥。讨论了一下,大家还是认为这应由个人负责,学校不干涉。

会议正式讨论了下一学年发聘书问题。讨论集中在三个人。

一是物理系卫葑。三七年学校自北平南迁,助教讲师不发路费,大都于一年内报到,很少人像卫葑离开这样久。便有人提问:三年时间,他到哪里去了? 卫葑到延安去过,许多人知道。当时也有别的人去参观,有人留下,有人回来。这终究不是在会上说的事,大家顾左右而言他。庄卣辰坚持说反正他来了,他是物理系最合适的教师。卫葑的才学人皆知晓,最后通过聘任。

外语系王鼎一提出解聘一位法语教员,她是法国领事馆官员的夫人,教课很不负责。讨论决定下半年不再聘任。这人是夏正思介绍来的,正好他向系里提出聘凌雪妍,聘一解一,大概他已经考虑到替换。王鼎一本人是美国耶鲁大学文学博士,素来看不起留学而没有得到学位的人。他介绍说凌雪妍不把在国外的生活夸张为留学,可见诚实。会上有人提出夫妇不能同在一个学校任教的惯例。秦校长认为非常时期可以不按常规,而且一文一理不相干扰,随即顺利通过。

会上还讨论了钱明经、李涟等人的晋升,有人对钱明经的业余活动有非议。江昉说,业余活动,个人负责,这点大家看法是一致的。要是业余抽大烟打麻将,不也是活动吗,只要学术水平确实达到标准就升职。也有人说钱明经确实多才,活动没有影响教课。

有人提出,若论教课不负责任白礼文数第一。据学生说他上一星期没有上课,这一星期虽然人到课堂,可没有讲一句有关学业的事,从上课到下课铃响就是骂人。是不是该管管他? 江昉道:"我是管不了的,弗之找他谈谈?"弗之未置可否。

还有一位英国回国的古典文学专家尤甲仁,上一年已经聘任,但他没有到职,现在继续聘任。最后通过了钱、李的升职,大家散了。

子蔚和弗之一起走,因问白礼文情况。弗之说早有很多意见,江昉很想解聘他。但他的学问实在好,只能先拖着。

弗之说着,顿了一顿,说:"我的一篇文章惹了事。"

子蔚站住说:"前天吃饭时听人说起,好像重庆那边不高兴。不知是什么文章?"

弗之说:"就是讲宋朝冗员的。冗员是宋亡的一个原因,当时宋朝人口不多,官却很多,官无定员。州县土地是固定的,官员却不断增加。真宗咸平四年,节度使就有八十余人,留侯至刺史数千人,费用之大可想而知。"

子蔚道:"这正好作为借鉴。"

弗之道:"我正是这个意思。只是文章中写到一些人求官用的卑鄙手段,不知得罪了什么人。"

"得罪了法不要紧,得罪了人就麻烦了。"子蔚道。

弗之苦笑道:"就是呢。我真无意反对什么人,只是希望国家能健康些,封建的积垢太多了。"

子蔚要看那篇文章。弗之答应送一本杂志来,又说:"还要写一篇关于贪污腐败的,那是宋亡的另一个原因。"因为各自有事,当下没有深谈。

子蔚的思绪又回到曲靖,那个古旧偏僻的小城,如今长留心上了。城边一个小池塘,满是红泥稀浆,也算是池塘。几个晒得黑油油的孩子在塘里游。惠杬轻声说,这水太脏了,会得沙眼的。子蔚回她一声叹息。

"萧伯伯!"有人轻声唤他。他转脸见一个女学生站在窗外,一头齐耳的黑发,脸庞瘦削清俊,下巴尖尖的。背后的花圃做了衬托,使她如在画图中。

子蔚先一怔,马上说:"哦,孟离己,有什么事?"

峨已经在窗外站了一阵,这时走了进来。"我来帮忙,可不可以?"

"快洗完了,你坐吧。"子蔚一面收拾一面问:"学习有困难吗?"

峨不答,忽然警报响了。

子蔚问:"你来时没有看见挂球吗?"

"见了的。"

"怎么样? 躲一躲吧?"子蔚卸下行头,他算好了时间,在来警报以前做完。

"我不想躲。"峨淡淡地说,"萧伯伯,你怕吗?"停了一下,说:"我有事想弄明白,请萧伯伯帮助。"

子蔚望着她,似乎问:什么事?

峨说:"两件事,今天先解答一件。"她的口气很执拗。

"好吧。"子蔚叹口气,坐下了。见她半晌仍不言语,因问:"那天植物课怎么样? 好玩吗?"

峨递上手里的标本夹。子蔚打开,诧异道:"这是一种热带花,云南也不多见。我们得找字典查一查它的名字。"

"我们叫它特级剧毒花。"

"它有毒?"

"没发现。不过这样叫叫。"

"这样艳丽的东西和毒物倒是相近。"子蔚沉思地说。

"它旁边有荨麻护卫。"峨说。

子蔚忽然想起霍桑笔下的剧毒花和那与花朵同命运的美人,心想可以叫它做"拉帕其尼女儿花"。因说:"有一个短篇小说叫作《拉帕其尼的女儿》,其中有一棵毒树。看过没有?"

"没有。"峨答。

三三两两的学生从窗前走过。有人叫:"萧先生,快点走。"

人群过后,便是寂静,等待空袭。

子蔚只管看标本。又停了半晌,峨开口道:"萧伯伯有没有不耐烦? 我是在聚集勇气。"

"你尽管说,什么问题都会解决的,不要怕。"子蔚温和地说,自己倒有些不安,不知峨要说些什么。前年他受弗之托付从龟回带峨到昆明,并帮助照料她转学,他感觉峨的性情相当古怪。

"我们到西山,我还做了一件事。"峨开始说,"我去太华寺求签。"

"上上大吉?"子蔚微笑道,"记得你原来很喜欢基督教。"

"我需要一个神。"峨沉思地说,"我把心里的问题去问菩萨,得的签却指引我问别人。那签是这样的:不必问椿萱,要问椿萱友,来从来处来,走向去处走。"

"要问椿萱友?"

"是的。"

"所以来问我?"

"是的。"峨站起来,略提高声音:"我的问题是,我是不是我父母的女儿?"

"你怎么会不是他们的女儿?"子蔚也站起身。

"我有一个印象,只能说是印象——我是他们抱养的。"

子蔚大吃一惊,望着峨不知怎么说才好。

"我七岁时,家里有个李妈,她责备我,我打她。她说:你不用横,你和我们一样——还不如我们呢,你是土堆上捡来的!我没有去问娘,这是什么意思。后来李妈又说过几次。她恨我。后来也有别人说我和嵋他们不太像。"

子蔚只管看一个玻璃瓶。一会儿,他望住峨清秀的年轻的脸,说:"峨,你对我这样信任,我很感谢。希望你也能信我说的话。你的父亲从国外留学回来,一年后你出生。我那时在明仑做学生,亲眼见你的母亲穿着宽大的衣服在校园里散步。我还没有资格参加你的满月酒,但确实知道孟先生得了女儿。你可以问你的姨母。或者,你可以问秦太太,谢方立。她从你没有出生就认识你,我相信她的话和我的是一样的。"

峨一直半低着头，这时不觉叹息了一声。这回答是她所期望的。她早有信念在心底，她是孟家人。但是阴影很可怕，阴影会吃掉真实。她感谢萧先生拭去阴影，抬头看了他一眼，几乎要把第二个问题提出来。

飞机隆隆的声音迫近了，似是绕着城飞。他们都不觉看着房顶，看它会不会塌下来。飞机去了，没有炸弹。峨心里巴不得来一个炸弹，把她和萧伯伯一起炸死。

子蔚推开门，看见天空中几个黑点愈来愈远。对峨说："敌机也许还会回来，你还是到后山躲一下才好。"

峨心想，这是赶我呢，便说："谢谢您告诉我。"一面往外走。

子蔚皱眉，说："停一下，峨，你到底信不信呢？"

"我怎么不信？我信的。"

"你本来就是孟樾和吕碧初的女儿！好好地孝敬他们，不要再想那没来由的编造，那实在很可笑。这些年一个无知仆妇的话，影响了你的生活，真不值得——可也由于你的性格有些古怪才受到影响。"最后一句话子蔚没有说出来。

"我知道了。"峨含糊地说。

"要为你的国，你的家和你自己争荣耀！这荣耀不是名和利，而是你的能力的表现，你整个人的完成，还有你和众生万物的相通和理解。"子蔚停住了，沉思片刻，问："我可以把这事告诉你的父母吗？"

无边的寂静使两个人都感到压抑。峨想了一下，摇摇头，她情愿有一个不为父母所知的秘密。

峨的尖下巴轻轻抖动，似乎想说些什么，子蔚不等她说话，先说道："应该告诉他们。你首先要和父母互相理解。不了解情况，怎么能让他们懂得你？你又怎么能懂得他们？"

峨弯了弯身，像是同意，退了出去。她向后山跑去，路上见有些跑警报的人已经往回走了。她不理有些人的招呼,自己跑到一棵树下坐了,要理一理纷乱的心。她先哭了一阵,让眼泪畅快地流下来,连身上也觉轻了许多。而且这重压是萧先生帮助移去的。她几乎庆幸自己有这个秘密,可以说给他,可以听他说,可以与他分享。

树侧有小溪潺潺流过,她把手帕浸湿,拭去泪痕。在清澈的水上,她看见萧伯伯光润的脸孔在晃动,似乎在向她笑。她心中涌起感谢。感谢她的父母,他们有这样好的朋友。再去问秦伯母? 绝不需要! 萧伯伯的话抵得上千万人的证词。亲爱的娘,生我养我,还要为我烦恼,为我担心。峨很想抱住母亲,像嵋常常做的,但她知道自己见了母亲,也不会伸出双臂的。

峨最后一个回到宿舍,吴家馨和别的同学都笑,说,孟离己跑警报多认真!

学年考试到来了,学生们无论用功不用功都感到压力。峨这次对考试特别认真,仔细地全面复习功课,那本是考试的目的。几周来,她虽没有回家,却觉得和家里近了,和同学们也近了,也和生物学近了,还有,和萧伯伯更近了。她在一种平静的心情中结束了一年的学习。

假期第一周,有一个救护班,教授救护伤员的知识,以充任临时救护应付轰炸。峨和吴家馨都参加了。一个下午近黄昏时分,在一个本地大学的操场,人们听过讲解后,分成一个个小组进行实习。来参加的多是各大学高年级的学生,这时仍按学校分组。峨和吴家馨、何曼等人轮流充当伤员,让人包扎。

峨的头绕满绷带,只露出两只眼睛。

何曼说:"你的眼睛让白绷带一衬,倒是很黑。"

峨问道:"平时不黑吗?"何曼不好答话。

吴家馨道:"不了解孟离己的人,会以为她很尖刻,她是——"

说着想不出词来,自己先笑了。

峨道:"我替你说,是古怪。"

她眼睛一转,见四周白花花一片,都是缠着绷带的"伤员",有人走来走去指点。心中暗想,学到的这点本事,千万不要派上用场。

除了包扎,还有编担架、抬伤员等项目,实际上是童子军的课程。因为示范的教具不够,峨和吴家馨在一旁等。她们坐在台阶上,望着地下的野花,各自想着心事。

太阳落山了,暮色中走来一个人,膀臂健壮,步履有力。他走到她们身旁站住,原来是严颖书。

"你们也来了。"他说普通话,像有点伤风。峨看看他,不作声。

家馨说:"你也来了。"

"我们力气大,另有一个担架队。教具太少,没有组织好。应该多联系几个部门,动员不够广泛。"颖书评论。

他去年加入了三青团,入团宗旨是抗日救国。团员们一起学习三民主义,一起读书游玩,也很有向上的精神。

有几个颖书的同学走过来,几句话后,唱起歌来。歌词是这样的:

> 大道之行也,天下为公,选贤与能,讲信修睦。故人不独亲其亲,不独子其子,使老有所终,壮有所用,幼有所长,鳏、寡、孤、独、废、疾者皆有所养,男有分,女有归。货恶其弃于地也,不必藏于己;力恶其不出于身也,不必为己。是故谋闭而不兴,盗窃乱贼而不作,故外户而不闭。是谓大同。

这是《礼记·礼运篇》中的词句,表现了人们从古便有的理想。理想总是美好的,只是调子唱起来有些古怪。

何曼招手要她们过去,轮到她们实习了。颖书等也跟过来,一个男生说:"下个月有人要到海埂露营,你们也去才好。"他说"有人"指的是三青团。

何曼对峨等摇头,俨然以女生代表的口吻说:"我们不去,我们下月有读书会。"他们现在读的书是《大众哲学》。

颖书等自去他们的担架队,峨等继续实习。这次包扎的是足部,一时间一片白的头变成白的脚。天色渐暗,白色更加鲜明。一个人拿了汽灯来,挂在树上,然后站在树下讲话。他说,对付空袭,一条是疏散,一条是救护。前者预防伤亡,后者减少死亡。他感谢大家为抗战出力,并希望大家好好练习,这很重要。

"更重要的怎么不说!"何曼声音相当大,"最重要的是我们要有空军,保护自己的领空!"

"是呀,是呀。"吴家馨等附和。这本是极浅显的道理,小娃都早就认识了的。可是只有道理有何用!

训练结束了,颖书等又走过来和峨等一起走回学校,路上展开一场争辩。

颖书说,需要空军是明摆着的事,问题是国家太弱,一时强大不起来。这也不能怪谁,这是因为满清政府的腐败以及以后的军阀混战,没有力量建设国防。

"并不是怪谁。"何曼平和地说,"疏散、救护当然重要,我不过想到有空军保护更重要。"

颖书道:"荒废的时间,耽误的事得由我们补出来。"

何曼沉思说:"目标常常是一致的,问题是办法不一样,走的路不一样。"

大家不说话。一个男生忽道:"我们唱的歌是天下大同的理想,应该有很多不同的路去实现。"

"从不同到同。"峨说了一句。

经过翠湖,颖书对峨说:"母亲她们在安宁很安逸。放假了,你和表妹们何不到安宁住几天?"峨不作声。

翠湖的堤岸对于同学们来说已是太熟悉了,水中的桥影、树影在夜光中又清晰又模糊。

峨回到宿舍,在大门洞里,看见两个人坐在墙边椅上,他们像寻得了失去的宝物一样,向她迎过来。那是她的父母!

她有些矜持,唤了一声:"爹爹,娘。"便站住了。

三人默默地站了一会儿,都觉喉头哽咽。

峨低声说:"娘怎么也来了。"

碧初感觉很累,微微喘气。因门洞里人来人往,只商量好峨一放假便回家。峨不再多说,低着头走开了。

三

毕业的这一天终于来到了,对于澹台玹来说,这真是不平常的一天。

早上七点钟,明仑大学举行毕业典礼。天很明亮,玹子觉得这一天天亮得特别早。

到了操场上,听见别的同学也在说:"天这么早就亮了。"

"大概是因为你没睡着。"有人回道。

同学们按系排列,大家有完成学业的欢喜,又有走向社会的不安,更有对时局的担心。年轻的脸上都有些兴奋,他们要走上人生的新路程了。他们互相招呼,大声说话,可能以后再也见不着了,且多说几句。

玹子夹在同学中间,穿一件竹布旗袍,淡蓝色短袖薄毛衣,白鞋白袜,这是她考虑了好几天才选定的。衣服简单朴素,穿在她身上凸凹分明,还是引人多看两眼。

外文系在经济系旁边,仇欣雷离得不远。他问玹子到哪儿做事,玹子说:"没想好呢!"因问仇欣雷到哪儿。

仉欣雷说有几个事情等他挑,大概要到重庆去。

这时一个同学低声说:"原来你认得大小姐呀!"玹子听见也不在意。

典礼由萧澂主持,他的话很简单,然后宣布毕业名单。听到自己的名字,同学们都在心里暗暗答应一声:"到!"也有人答出声音来,在肃静的操场上传得很远。读到澹台玹三个字时,她做了一个立正的姿势。要出现在抗战救国的岗位上,她觉得自己真有几分了不起。

名单宣布完了,秦校长开始讲话。他说:"抗战进入第四个年头了,欧战爆发也已一年了。形势是严峻的,我们看不出什么时候能取得胜利。你们是抗战以后的第三届毕业生。前两届学生多在抗日救国的事业中做出了贡献,我相信你们也会是母校的光荣。母校将永远为你们骄傲。"秦校长沉着有力的声音撞击着每个同学的心。

典礼安排在清晨,为的是避开通常的空袭时间。但是今天很特别,秦校长刚刚讲完话,就有一阵低语的波浪从人群中涌到主席台前:"挂球了!""挂球了!"远处五华山上果然出现了血滴般的红球。

秦校长扶扶眼镜,幽默地说:"看来敌机也知道诸位今天毕业,想来联系一下。"

按照惯例,学校到空袭警报的汽笛响时才疏散。几位先生交换意见后,免去几个讲话,宣布肃立默哀,那是为了参加战地服务牺牲的三个同学。最后由孟樾代表全体教师讲话。大家凝神来听老师们对自己的嘱托。

"同学们,"弗之刚开始说话,空袭警报响了。

弗之看看秦、萧两位先生,随即果断地说:"我的话今天不讲了,在诸位离校前,我们还可以有自由参加的讲演会。现在我祝大家在工作中尽伦尽职,前途无量。"

萧澂走上前说:"我们不得不散会了。诸位的毕业典礼是在警报声中结束的,我想谁也不会忘记。现在我们唱校歌!"

"自强!自强!行健不息需自强!自强!自强!行健不息需自强!"

校歌的最后两句音调十分高亢,年轻的声音汇集成响遏行云的雄壮歌声,压倒了凄厉的警报声。子蔚宣布典礼结束。

大家慢慢地离开操场,向校舍后山坡走去。玹子和同学在一起,看见何曼在前面,几个同学正听她讲一本新书。这时卫葑就在不远处,走过来向她祝贺。

玹子说:"毕业即失业,没饭吃了。"

卫葑说:"玹子小姐会失业?岂不是奇闻?"

玹子想要扮个鬼脸,脸上显出的却是嫣然一笑。

卫葑不再搭话,走向何曼,和同学们谈论着那本书,一路走了。

玹子有些不快,略一迟疑,不跑警报了,转身往住处走去。

几个同学招呼她:"澹台玹,你怎么往城里走?"还有两个同学跟上来。玹子摇摇手,她要自己静一静。

街旁的小店还没有开门,在警报声中,只听得各家大呼小叫,督促起身。一会儿,三三两两往城外走,倒是不用再关门。

玹子一路想着卫葑的神色,觉得他很不可理解。不知凌雪妍对他有多少了解,她太简单,卫葑是太复杂了。

"可这些和我有什么关系。"她用手帕轻轻扇着自己,像要扇走这些念头,"真有关系的是保罗。保罗姓麦多可笑。"

这一年多来,玹子和保罗的感情大有发展,已到可以论婚嫁的地步。玹子和母亲说心腹话的时候,便把保罗作为一个候选人。那时一般家庭还不能接受一个外国人,绛初夫妇比较开明,并不以种族为嫌。又得知保罗的父亲虽是穷牧师,祖父却很富有,便觉得可以考虑。小巷曲曲折折,前面的路谁知道呢。

宝珠巷内玹子的小窝又是一番景象。房间在楼上,很小。一张蜡染粗布幔子从房顶垂下,遮住两面墙。一张小床罩着同样花色的床罩。三四个玩偶挤在墙角,拥着一个站在矮几上的洋娃娃。她金发碧眼,穿着藕荷色的短裙,举着胖胖的小手,似乎在观察什么,十分可爱。

玹子进得门来,先拉拉洋娃娃的小手,对她说:"我毕业了,可是还没有吃早饭呢!"随即冲了一杯奶粉,坐在窗前,慢慢呷着。牛奶太烫了,她走到廊子上,倚栏看着一株梨树。梨树枝繁叶茂,小小的果实刚显形状,挂满枝头。不知为什么,卫葑的身影又在眼前闪过,"怎么又想起他! 真是莫名其妙。"

过了一阵,解除警报响了。房东家的人议论,今天怎么这么快,大概是敌机拐弯了。

院门"呀"的一声开了,走进来一位和洋娃娃一样的金发碧眼的年轻人。他走过院子,向上吹了一声口哨。

"保罗!"玹子向楼下招手。

人进来了,带着明亮的笑容和一束玫瑰花。"九朵花,祝贺鹏程万里。"保罗献上花,特别说明数字。他知道"九"是中国最大的数字,随即是面颊上的一吻,这已是他们通行的礼节了。

保罗说:"我就知道你没有跑警报。"

玹子笑笑不答,让保罗在椅子上坐了,说:"同学们一毕业都变化很大,好些人离开昆明,不知会遇到怎样的生活。"

"只有澹台小姐不搬家。"保罗笑说。看着坐在蜡染布床罩上的玹子,觉得她真是光彩照人。

玹子已找好工作,因她中英文都能流利应用,曾有几个选择。一个是美国驻昆明领事馆,他们认为玹子一定会工作得很出色,曾多次劝说。但她不愿和保罗在同一机构,没有应允。重庆有两个部门要人,绛初夫妇很希望她去。她不愿离开昆明,也没应允。她选定的事有些迂腐,是在云南省府里的一个处做翻译工作。大家都以为这不过是玹子闹着玩,其实她倒是认真的。"人人都要为抗战出力,这也是我的宗旨。"说完又加一句:"好报那刺刀割衣之仇。"

玹子说:"本来每天往西走上课,以后每天往东走上班就是了。"

"对宝珠巷来说,省府在东面。对中国来说,美国在地球那一面。你不往东,不往西,最后要到对面。"保罗说。

随他到美国去,这是保罗多次暗示过的,他总没有找到他认为足够庄重的机会正式提出。今天,玹子毕业;地点,在这艳丽的小窝。他走出了暗示,觉得自己好像被什么光亮指引着,站起身一步就跨到了门外。然后又转身跨回来,站在玹子面前郑重地用英语发问:"澹台玹,你愿意嫁我吗?"随即又用中文说了同样的话。

玹子早就预料到保罗会提出,有时甚至奇怪他为什么还不提出。这时听见他的话很是感动,她其实早就在等这句话了。

她沉吟了一下,郑重地望着保罗,说:"我想一想,从地球的这一面到那一面去是件大事。人不是要倒过来了吗?"说着两人都笑了。

"我知道你要和家里人商量。"保罗说,"其实我们也是很尊重父母的意见的。"

"你已问过父母了?"

"当然。"保罗说,"他们觉得这是上帝的安排,我在昆明找到你,一个黑头发的中国人。"保罗拉住玹子的手说:"你知道我从什么时候就有这个想法吗?"

"大观楼跑警报的夜晚,在湖水旁边。"

保罗一下子把玹子抱起,在房中转了个圈,大声说:"真聪明,太聪明了!"

玹子挣扎着下地,把手指放在唇边,意思是不准吵闹。"坐好了,你们美国人会好好地坐着吗?"

"还会打坐呢。"说着保罗坐在椅子上垂下两手,好像很乖的样子。玹子看看他又看看洋娃娃,不觉笑了起来。

他们商量一天的活动。玹子下午要和同学们聚会,晚上要去听孟弗之讲演。保罗下午有工作,他们决定一起吃午饭。

保罗说:"那终身大事呢? 我等着。"

"不会等很久的。"玹子轻拍保罗的手臂,"我要回家一趟,去重庆。"

他们下楼走过房东的厨房,房东太太用一种异样的眼光看着玹子,每次保罗来她都是这样。玹子想大声说:"这是我的未婚夫。"但是她只是笑笑,挽住保罗的手臂走出去了。

本来是万里晴空,天边缀着朵朵白云,像氢气球一样不知会飘向哪里。他们刚走出巷子,忽然下起雨来。

"你的衣服要淋湿了,应该开车来。"保罗常常不开车,他情愿走路。

云朵从天上飘过,雨点很大,还夹着碎冰雹。他们在街旁店铺的廊檐下走着。走到另一条小巷口,忽听有人说:"进来坐一下嘛,雨还要下的。"这是一家小店的老板娘在招呼。他们两人互相望着,才想到并没有商量好要到哪里去。

这是一家新开的小店。看起来还干净,他们便走了进去,在一张小桌前坐了。老板娘满面堆笑,问要哪样,墙上歪歪斜斜贴着纸条,写着玉溪米线、石屏豆腐之类。他们要了一碟石屏豆腐,那是一长片豆腐在炭火上烤过再涂上辣酱。玹子看看保罗又看看豆腐,忽然又笑起来。

保罗拍拍她的头,故意说:"小姑娘,你看见食物这样高兴,是不是饿坏了。"自己拿起一块豆腐咬了一口,辣得他跳了起来。玹子见状,更是笑个不止。

店里没有别人,一时成了他们俩的天下。老板娘倒是大度,不以为怪,自做她的事情。

这时有个年轻女子,挑了一担菜,淋得落汤鸡似的,像是刚买菜回来,轻声向老板娘交代,说了几句话,就把菜挑到后面。走过店身时,正看见玹子笑得弯了腰,忽然一愣,停住了脚步,马上又往后面去了。

雨渐渐停了,蓝天亮得耀眼。他们不想再坐,站起身走出店去。玹子无意中回头,见那女子对老板娘说声"买炭去",转身向另一方向走了,湿衣服贴在身上,显出好看的曲线。

玹子心中一动,觉得这身影好像在哪里见过。她无暇仔细去想,只顾和保罗说话。他们中英文并用,说的话有些自己也不懂,但就在这呢喃中两人十分快乐,谁也没有提起吃午饭。

这一天,他们出门遇到一场雨,又见到一个似曾相识的人,没有吃午饭。

下午,外文系为毕业同学举行简单的茶话会。系主任王鼎一平时颇赏识玹子,曾建议她留校。这时他对玹子说,去省府工作可能会失望的,不如仍在学校教书。玹子笑说,原来希望就不高,只不过换换环境。师生亲切话别。

几个同学一起吃晚饭,大家都有些闷闷的。有人说,毕业是大事,应该告诉父母,可现在不知道父母在哪里。又有人说,父母不管在哪里,总会保佑你的。倒是前面的路会不会保佑我们,很难说。又说些个人的去向,也就散了。

晚上的演讲会还是在操场举行。按照孟先生的意思,不要汽灯,皎洁的月光足够亮了。时间还不到,操场上已经有不少人在来来去去。各年级的学生差不多都来了,教师们也来了不少,江昉、李涟和钱明经都来了。玹子们搬了砖头坐在"讲台"前面。

孟先生坐在操场边一个树墩上看着大家,那树墩很大,正好做讲台。

场上渐渐静下来,他说:"我本来是想和历史系的同学叙叙家常,萧先生说可以和大家谈谈。我没有什么金玉良言,只是大家远离父母,也许愿意听听年长人的话。诸位现在面临着人生的新起点,又处在一场全民族同力以赴抗击侵略者的神圣战争中,境况必然会复杂一些,生活必然会艰难一些。人生在世会遇到许多想不到的事,谁也不能未卜先知,但是我想四年的大学生活会帮助大家走好自己的路。

"大家知道中国历史上有几次由于异族侵略,政权南迁,文化也随之南迁,称为衣冠南渡。一次是晋元帝渡江,建都今天的南京,中原士族也纷纷南迁。一次是北宋末年高宗渡江,建都今天的杭州,这是又一次衣冠南渡。还有一次是明末福王渡江,建都南京,这是第三次衣冠南渡。这三次南渡的人都没有能够返回自己的家园。我们现在进行的战争,不只为一国一家,而是有世界意义的。我们为消灭法西斯反人类的罪恶而战,为全人类的正义而战。我们今天不但过了黄河,还过了长江,一直到了西南边陲,生活十分艰苦,可是我们弦歌不辍,这很了不起!只要有你们年轻人在,我们一定能打回去,来一次衣冠北归。这是我的信心,当然信心是虚的,必须靠大家的努力才能成为现实。

"努力是多方面的,每个人的能力有大小,命运有好坏。能力可以说是各人的才,才是天授。天授的才如果不加以努力发展,等于废弃不用。努力可以完成人的才,但是不能使人的才增加。使才能充分发挥作用,这就是尽才。除了本身的努力以外,还要依靠环境才能尽才。这就需要有个合理的社会。对于每个人来说,能够尽其才的环境是顺境,妨碍尽其才的环境是逆境。诸位出去工作,可能遇到顺境,也可能遇到逆境。在顺境中我们要努力尽才,在逆境中也要在环境许可的条件下尽我们的努力。任何时候,我们要做的,最主要的就是尽伦尽职。尽伦就是作为国家民族的一分子所应该做到的,尽职就是你的职业要求你做到的。才有大小,运有好坏,而尽伦尽职是每个人都应该努力去做的。

"近来我常想到中国的出路问题,战胜强敌,是眼前的使命。从长远来看,中国唯一的出路是现代化,我们受列强欺凌,是因为我们生产落后,经济落后。和列强相比,我们好比是乡下人,列强好比是城里人。我们要变乡下人为城里人,变落后为先进,就必须实现现代化。这就需要大家尽伦尽职,贡献聪明才智,贡献学得的知识技能。只有这样,我们现在才能保证抗战胜利,将来才能保证建国成功。"

弗之讲话,有时用问话口气,似在和同学交谈。讲了约一小时,停下来请大家发表意见。

有人递条子,月光下勉强认出:"孟先生说的现代化令人兴奋,可是怎样做到? 我要去延安,你觉得可以吗?"

又有一个条子上写着:"读书能救国吗?"

孟弗之说:"如果我们的文化不断绝,我们就不会灭亡。从这个意义上讲,读书也是救国。抗战需要许多实际工作,如果不想再读书,认真地做救亡工作,那也是很重要的。我觉得去延安也是可以的,建国的道路是可以探讨的。"

这时有学生站起来说:"孟先生鼓励同学去延安,是不是有些出格?"

又一个同学大声说:"那是自由之路!"

又一个学生站起来,宽宽的肩,正是严颖书,他说:"我们要抗战胜利建国成功,最好的指导应该是三民主义。"

当下有人反对,有人赞成,几个人同时说话。

弗之拍拍手："大家热心讨论,这很好。是不是请哪位先生也讲几句话?"

江昉站起,缓缓说道:"我常听见同学们唱一首《天下为公》的歌,歌词取自《礼记》。我们的祖先就向往着一个平等、富足的社会,经过两千多年我们还是没有达到。现在,我们也许可以有更新的、更科学的理论来引导。"大家都明白,他讲的是马克思主义。江先生接着说:"我完全同意孟先生的意见,抗战的道路还很长,也许必要的时候,我们都得上前线。不过在学校一天,就要好好学习,认真读书。"

场上一片沉默,气氛很严肃,大家在思索自己的道路,有个女同学嘤嘤地哭了起来。

弗之温和地说:"生活对同学们说实在是太沉重。可你们要记住,你们背负的是民族的命运,把日本鬼子打出去,建设现代化的国家,要靠诸君。也可以说你们背负的是全世界、全人类的命运,因为我们是在和恶势力作战,正义必须取胜,反人类的大罪人必败。"弗之环视大家,最后说:"无论走怎样的道路,我相信你们都会对得起自己的父母之邦。"

散会后,玹子和同学们一起走,心想,三姨父今天的讲话似乎有些沉重,不像平常那样风趣。我的路会是怎样的? 她想着走出校门,见保罗在马路边等她,便把道路问题抛在脑后了。

他们不想随着人群,就站在黑影里。过了一会儿,见几个同学陪弗之一起走过来,峨和吴家馨跟在后面,家馨在擦眼泪。两人等人散了,才去上停在不远处的吉普车。

弗之等人踏着月光缓步走着。几个学生直送弗之到大戏台,一路讨论中国现代化和才命问题。

四

放暑假了。

峨随着弗之沿芒河默默地走,问一句答一句,很少说话,但父女两人都觉得彼此离得很近。峨吐露了她的秘密,就是消除隔阂的开始。

"爹爹,我替你背着挎包。"弗之还是那套装备:蓝花布斜挎包,红油纸伞。

"书很沉。"弗之温和地说,"你拿着雨伞吧。"

峨接过雨伞,扛在肩上。弗之不觉微笑,到底还是孩子。

他们走完了绿阴匝地的堤岸,走过村里唯一的街,拐进小巷,进了院门。满院立刻热闹起来,在狗吠猪哼一片杂乱声中,听到嵋和小娃的脆嫩声音:"爹爹、姐姐回来了!"

嵋跑上来接过挎包,小娃接过雨伞。楼梯响处,碧初扶着板墙下来了,神气喜洋洋的。

峨走过去靠近母亲,碧初伸手搂住峨的肩,两人都有千言万语,又似乎无话可说。

晚上弗之到大门上头去睡,让碧初和峨睡一床。峨抢着收拾床铺。

碧初说:"峨,你当时怎么不说,怎么不问娘呢?"峨不作声。"也怪娘粗心。"碧初叹道。

峨拿起母亲的手贴在脸上,仍不作声。以后母女间再不提这件事。

猪圈上的生活是艰难的,但孟家人仍然充满了朝气和奋发的精神。由于峨的贴近,家里更是和谐快乐。

嵋自从生病后,身体一直不好,勉强上了半年学,终于休学在家。小娃一人住校很不方便，便也没有上学。他们每天读书写字，并帮助做家务。整个板壁都贴满了他们的成绩，像是举办书法展览。腊梅林里房壁上贴的九成宫被炸剩了半边，嵋重新临过，又贴在墙上。嵋贴这张字时，想起埋在泥土中的那一刻，不由得抖抖身子。

"像一只狗，"她想，"亡国的人都像猪狗一样。"

他们还画画。小娃的内容主要是飞机，各种各样的飞机。嵋乱涂水彩风景画，不画飞机，但却和小娃做过同样的梦，梦见这些飞机和敌机周旋。敌机一架架一溜黑烟加一个倒栽葱，没有一架近得昆明。小娃在梦中数着：九架，十架，十一架——

过了几天，弗之和碧初向孩子们宣布了另一件喜事：他们要搬家了，搬到宝台山上，文科研究所的一个侧院。那里的房屋原已破烂不堪，现经修理，勉强可以住人，比猪圈楼上已是强过百倍了。

他们搬家的前一天，来了一位陌生客人。这客人其实已在白礼文家出现过，是瓦里大土司家的管事。他带来两箱礼品，除火腿乳扇之类，另有一对玉杯，作嫩黄色，光可鉴人。

客人呈上一封信，信中内容是弗之没有想到的。瓦里大土司联合川边邻近小土司，邀请孟樾先生全家到他们那里住一段时期，不需要设帐讲学，只在言谈笑语间让他们得点文气，就是大幸。弗之看信，碧初递过茶来，那人忙不迭站起道谢。

弗之看完信叹了一声，想，大山丛林之中，真是躲藏的好地方啊，可谁能往那里去！

他请客人坐下，问了两句路上情况，说："上复你家主人，多谢他们想到我。能为各兄弟民族服务是很有意义的事。但是我是明仑大学教员，有自己的工作，职责在身，绝不能任意离开。希望以后贵处子弟多些人出来上学，再回去服务桑梓。现在许多学校内迁，正是好机会。"

那人道:"大土司素来敬重读书人。我们那里都盼着有你家这样的先生住上一阵,长了不敢想,住一年,也好调理一下,休养休养。"

弗之暗想,一年? 一年以后,还不知是什么情况,遂说:"我写一封复信带回好了。"从网篮里找出墨盒毛笔,婉言辞谢。

这时孟府邻居两只猪打起架来,吱哇乱叫。小娃隔着楼板,大声劝说:"不要打了,我们明天就搬走了,讲点礼貌呀!"

嵋跑上楼来,手里拿着一个笸箩,要打米做饭。她伸手从米罐里拈出几条米虫,从楼板缝扔下去,笑盈盈地说:"真不懂事,有客人呢!"

那人看得明白,对碧初说:"这样的少爷小姐,你家好福气。"碧初微笑。

信写好了,那人接过收好,忽然跪下叩头。弗之吃了一惊,侧身说"不敢当"。

那人道:"我们没有读过孟先生的书,只知道要尊敬有学问的人。今天到府上看见你们的生活,心里甚是难过。"

弗之诚恳地说:"生活苦些无妨,比起千万死去的同胞,流离失所的难民,我们已是在天上了。只要大家同心抗日,我们别无所求。"

那人告辞,坚持留下礼品,说如果连礼品都不收,回去要受处罚。弗之也不拘泥,收下食物,坚把玉杯退回。

那人紧紧腰带,大步下楼去了。只听见大门外蹄声嘚嘚,想是扬鞭而去。

弗之对碧初说:"大理那一带古时有一段时期称为南诏国,当时武力很盛。公元七四八年,其二世国王阁罗凤打到四川,俘虏了一个县令,名唤郑回,还有一些能工巧匠。阁罗凤任用郑回为南诏国宰相。后来人说南诏国王为兴国政到四川抢了一个宰相帮助治理国家,也真是求贤若渴了。想象当时情景,一定很动人——其实,我真希望你能有个地方好好休息,你需要休息。"

碧初说:"千万不要有这样的想法,我们怎能离开学校? 我近来精神好多了,你没觉出来。"说着整好手边杂物,不觉又咳了几声,和嵋一起下楼做饭去了。

次日,赵二找了两个人挑东西,送他们上山。钱明经和郑惠枌来帮着拿东西。赵二媳妇拉着孩子站在门口,赵二的爹娘也颤巍巍出来相送,还有猫狗围绕,大家依依不舍。

赵二媳妇道:"孟太太,我那外甥女这几天该回来了,不知怎么还没回来。过一两天,等她来了,我告给她上山去,你家看看?"

碧初为节省,已经有很长时间没有用人。近来身体实在不好,弗之又说刚搬家,有个人帮帮正好。遂答道:"有空让她来一趟吧。"

大家肩挑手提往小山上去,一趟就搬完。

孟家人一年来与猪为邻,现在有土房三间,脚踏实地,已是十分满意。当中一间还有个窄后身可放一张床,正好给峨住,更是喜出望外。

峨很高兴,说:"这是给我预备的,连房主人也关心我了。"

碧初把能找到的好看一点的东西都拿给峨装饰房间,小娃跑来跑去帮着做事。嵋独立地对付那些放在地上的锅碗瓢勺。

峨要在墙上挂植物标本,无非是些干草干花,放在一块硬纸板上,固定好,再把硬纸板挂在墙上。峨敲钉子伤了手,嵋自告奋勇:"我来,我来。"两人把硬纸板挂好。

两姊妹站在一起端详挂得正不正,全家人忽然发现嵋已经和峨一样高了。小娃先叫出来:"你们两人一样高!"他跑过去站在一起,努力伸直身子,已到嵋的眼睛。

弗之与碧初相视一笑。孩子长大了,会走了,会跑了。前面无论有多少艰难困苦,他们自己能对付了。

近中午时,卫葑和凌雪妍来了。两人已经习惯了落盐坡的山水,神态安详。雪妍穿一件海蓝色布旗袍,用鲜艳的花布镶边,是照郑惠枌的样子做的,十分称身。她仍然是一位窈窕淑女。卫葑却是短打扮,裤脚挽起,挑着一副担子,只是儒雅英挺的神气使那挑子也有些特别。他们先去赶街子,买日用品,还想买些东西带到孟家一起午餐,不料米价猛然涨了三倍,他们带的钱不够,连计划的必需品都没有买齐。但还是带了一大块牛肉来做汤。

"这就是封锁的结果了。"钱明经说。自七月一日起,英国封锁滇缅公路,七月下旬,经法国同意切断了滇越铁路。"强盗也是有人帮助的,这就是这个世界。"

卫葑道:"法国自巴黎失陷以后,似乎连招架之功也没有了。英、法对日本也这样姑息,总会有一天自食其果。前几天看见玳拉,他们在昆明的侨民也奇怪,丘吉尔上台后怎么这样做。"

搬家的喜悦被战争的局势蒙上一层阴影。但他们在阴影中过惯了,能在阴影中制造出光环来。

大家帮着放好家具,也就是安排、拼凑各种煤油箱。弗之的书桌是最先安置的,仍是四个煤油箱加一块白木板,那是他的天地。他把龟回得的砚台仔细擦拭一遍,和笔筒等物放在一起,理着书籍纸张,忽然说:"上周校务会议上,秦校长说省府决定开仓放米,想是粮食十分短缺。倒没有听见赵二他们说什么。"

惠枌一面擦拭门窗一面说道:"来井边打水的有议论,说柴价也涨了。大家都恨日本鬼子,他们真是要掐死我们。"

惠枌说话,明经忙接上来:"井水处听议论,想想怪诗意的。再想想,物价反应得这么快,准有奸商活动,发国难财。"

卫葑道:"也是,若是没有奸商,封锁的影响不至于表现得这样快——其实也不只是奸商,经手的人还不知怎样做手脚。听说放米时,米已经少了三分之一。"

弗之怒道:"有这等事!官员和奸商勾结这就是腐败!"

卫葑道:"这是确切的,不知以后是否查得出来。"

几个人这边说话,碧初率领孩子们在院子里对付火炉,准备午饭。雪妍参加这些劳动,十分灵巧。

碧初笑道:"士隔三日,当刮目相看。雪妍真是历练出来了。"

惠枌走过来,说:"我真羡慕雪妍运气好,来昆明时间不长,就在明仑大学找到事做。怎么没人找我教画呢?我真奇怪。"枌、雪二人在北平时无来往,现在已经很亲近了。

雪妍微笑道:"其实现在教英文的事更好找。学法语的人不多,正好学校缺一个教法语的,让我碰上了。"

"委员长夫人精通英语,所以官太太们学英语成风。"钱明经说。

碧初说:"就是呢,找玹子教英文的就不少。"

"听说她到省府工作,是吗?"卫葑问,心里奇怪玹子怎么找了这样一个工作。

钱明经道:"她该上美国领事馆嘛。"这话一出,大家都觉得不合适。惠枌瞪了钱明经一眼。

雪妍本想发表一些自食其力的想法,因碧、枌二人都无工作,又说起玹子,便不说话。

昆明夏日的天气十分温和清爽,她们一边说话,一边做事,不时抬头看一看几乎透明的蓝天。蓝天、绿树使她们心中透出了光亮,什么阴影也遮不住。卫葑和钱明经一起走到院中,四周看看。

卫葑说:"可以搭一个小厨房,找几根木头就行,屋顶用木板加松枝,反正昆明不冷。"

明经略一踌躇,也说:"搭厨房不费事,我能找到材料。得用一些砖才好。"

碧初道:"什么时候起,都改成建筑行了?"大家都笑。惠枌嘉许地看了明经一眼。

饭间,来了两个年轻教员。他们到文科研究所查书,顺便来看看。碧初忙递过碗筷,让茶让饭。两人连说:"孟师母的饭好吃,我们都知道。"

当下大家拿起筷子,一大碗肉皮酱,一大碗苦菜,还有一大碗各种豆,一会儿就净光见底。

弗之望着碧初的短发,说:"从前妇女梳头,挽个髻插上钗环,想来真有用处。"

钱明经接道:"正好截发留宾,拔钗沽酒啊。"

碧初道:"现在头发短了,无发可截,无钗可拔,只好吃些苦菜罢了。"

雪妍轻声道:"五婶剪了头发显得年轻多了。不用拔钗了,还有牛肉汤喝。"说着站起给大家盛汤。牛肉切小块,投以青菜,人人称赞美味。

下午大家散去。卫葑整理挑子,和雪妍说着哪几样是代米家买的。弗之听见,问他们米家情况。

卫葑说:"米太太虽比米先生年轻,因受过伤,身体差得多。城里倒是有人来看望,但是日常琐事也帮不上忙。"

雪妍叮嘱碧初好好休息,遂和卫葑一起下坡去,远看很像一对走亲戚的乡下夫妻。

孟家搬家以后,峨因在广播电台找到临时工作,进城去了。碧初因为劳累,又病了。家务大半靠嵋料理,弗之、小娃都听她指挥。一次,弗之和嵋一起生火。很容易生着的松毛,在他们手里不听话,只出烟,不出火苗,后来发现空气不够,用木棒把它挑空,就生着了。煮一锅饭大半是黑的,大家甘之如饴。嵋还洗衣服,因为昆明缺少肥皂,都用木炭灰泡水代替。灰水除垢力很强,衣服洗得很干净，只是人手受不了。碧初手上大大小小的口子，就是灰水沤出来的。碧初不让嵋用灰水，嵋为了洗干净衣服偷偷用一点。

宝台山上的风光和猪圈上大不同了。一条石径从山脚上来，转过几块大石，才到院门。站在门前可见芒河在流动，两行绿树遮掩着水波。另一边，有一层层山峦，在明月下颜色深深浅浅。又有各种高高低低的树木，杂生着许多不知名的野花，都是持久不败，而且一种谢了一种又生。颜色虽不是绚丽光艳，却总把灌木丛点缀得丰富深远，好像这颜色透过了绿树，直到山边。孟弗之常独自绕山而行，脚下的云南土地给了他许多活泼的思想。

因为猪圈上空间不够，弗之有很久没有写字了，迁上山来以后写了一个条幅。写的是宋人的词句："山下千林花太俗，山上一枝看不足。春风正在此山间，菖蒲自蘸清溪绿。"

钱明经来时看见，说孟先生的字骨子里有一种秀气，是学不来的。便拿去找人裱了，挂在书桌对面。

又一天，钱明经领人挑一担砖来，堆在墙角，预备盖厨房。安排妥当后，和弗之坐在书桌前谈诗。

这时有一对陌生夫妇来访，两人身材不高，那先生面色微黄，用旧小说的形容词可谓面如金纸，穿一件灰色大褂，很潇洒的样子。那太太面色微黑，举止优雅，穿藏青色旗袍，料子很讲究。

弗之很高兴，介绍给碧初和明经，说是刚从英国回来的尤甲仁，即将在明仑任教。他想不起尤太太的名字，后来知道叫姚秋尔。

两人满面堆笑，满口老师师母。尤太太还拉着嵋的手问长问短。两人说话都有些口音，细听是天津味。两三句话便加一个英文字，发音特别清楚，似有些咬牙切齿，不时互相也说几句英文。他们是在欧战爆发以前回国的，先在桂林停留，一直与弗之联系，现在来明仑任教。

尤甲仁说,英国汉学界对孟师非常推崇,很关心孟师的生活。

弗之叹道:"现在他们也很艰难,对伦敦的轰炸比昆明剧烈多了。"

甲仁问起弗之著作情况,弗之说:"虽然颠沛流离,东藏西躲,教书、写书不会停的。"又介绍明经道:"现在这样缺乏资料,明经还潜心研究甲骨文。他又喜欢写诗,写新诗。可谓古之极,也新之极了。"

尤、姚两人都向明经看了一眼。姚秋尔笑笑,说:"甲仁在英国说英文,英国人听不出是外国人。有一次演讲,人山人海,窗子都挤破了。"

尤甲仁说:"内人的文章登在《泰晤士报》上,火车上都有人拿着看。"

钱明经忽发奇想,要试他一试。见孟先生并不发言,就试探着说:"尤先生刚从英国回来,外国东西是熟的了,又是古典文学专家,中国东西更熟。我看司空图《诗品》,'清奇'一节——"

话未说完,尤甲仁便吟着"娟娟群松,下有漪流",把这节文字从头到尾背了一遍。

明经点头道:"最后有'淡不可收,如月之曙,如气之秋',我不太明白。说是清奇,可给人凄凉的意味。不知尤先生怎么看?"

尤甲仁马上举出几家不同的看法,讲述很是清楚。姚秋尔面有得色。

明经又问:"这几家的见解听说过,尤先生怎样看法?"

尤甲仁微怔,说出来仍是清朝一位学者的看法。

"所以说读书太多,脑子就不是自己的了。这好像是叔本华的话,有些道理。"明经想着,还要再问。

弗之道:"江先生主持中文系,最希望教师都有外国文学的底子,尤先生到这里正是生力军。"

明经暗想，连个自己的看法都提不出来，算什么生力军。当下又随意谈了几句，起身告辞。

弗之因让尤、姚喝茶，尤甲仁道："秋尔在英国，没有得学位。不过，也是读了书的，念的是利兹学院研究院，她也有个工作才好。"

弗之想，似乎英文方面的人已经够了，法文、德文方面的老师比较缺。便说："可以去见王鼎一先生问一问。"

姚秋尔说："我当惯了家庭妇女，只是想为抗战出点力，有份工作更直接些。"她说话细声细气，不时用手帕擦擦脸颊。

甲仁详细问了中文系的情况，提出开课的设想。弗之说这些想法都很好，可以和江先生谈。两人告辞时，把嵋和小娃大大夸奖一番。

虽在穷郊僻壤，孟家客人不少。学校同仁、街上邻居常来看望。有一位不速之客，以后成为他们家庭中的一员。那是一只小猫。嵋和小娃在山上的石板路上发现它，只有大人的拳头大，眼睛还没有睁开。他们用手帕把它包起，捧回家来。碧初说，大概是有什么较大的动物把它叼出来，又扔下了。这小东西命大，他们用眼药瓶给它灌米汤，它居然活了而且长大。嵋给它取了一个名字，叫作拾得。拾得的尾巴有三节，这是暹罗猫的特征。毛皮是银灰色，越来越亮，人人夸它好看。

来的客人中最让人兴奋的是庄卣辰一家。那天庄家人到时已是下午。他们四人轮流骑一匹马，从西里村走了大半天才到。大家到院门外迎接，见庄太太骑在马上，其他三人步行，从两侧木香花夹道的石板路走上山来。小山上到处都是木香花，人随便到哪里一站，都如在画图中。庄家人到了门前，大家亲热地相见。

庄无因是大学生了，看起来有些严肃。见面时嵋有些矜持，没有像小娃一样跑上前去招呼，而是站在母亲身后。无因看见了她，两人对望着不说话。嵋把头一歪，忍不住笑了起来。

无因说："你长这么高了，还笑呢。"

无采长得更高，头发眼睛都是黑的，但轮廓过于分明，不像东方人的纤巧柔和。她和庄太太都穿着小格子衬衫蓝布工裤，看起来很精神。

大家进屋去，稍事休息，便分成三组活动：两位先生、两位太太、四个年轻人和一匹小黑马。嵋认识那匹小黑马，这种云南马长不大，毛皮光滑，灵巧矫健。无因把它拴在门前树上，它温顺地站着，时时用目光寻找无因。

"它认识你。"小娃说。

嵋要打水给它喝，无因说："一会儿到河里去喝吧。"他拿出带来的马料喂它，小马亲切地舔他的手。

傍晚时分，无因等四人牵了马到河边去。他们带了一个桶，把水打上来给马喝。嵋和小娃都想骑马。

无因说："这马很听话。"说着，一纵身跳上马背，在河堤上跑了一个来回，便让嵋上马。但嵋穿的衣服根本无法跨上马去，无怪乎无采穿工裤。

她很不好意思，转身说："不骑了，不骑了。"

无因先不明白，很快发现嵋确实不能上马，旗袍拘束着她，那受拘束的、纤细的身材正在变成少女。

无因说："我抱你上去。"

嵋说："让小娃骑吧。"便拉着无采跑开。

小娃站在一块石头上，很轻易地上了马，坐得笔直。无因牵着马慢慢走，嵋和无采在旁边拍着手笑。那时照相是一种奢侈，他们没有照相机。这是现成的图画：一轮夕阳，一匹小黑马，两个神气十足的男孩。

"你来牵牵马。"无因对嵋说。

峭伸手去接缰绳。无因见她手上有几道血印,手娇小,手指长长的,血印也长长的。便问道:"这是怎么了?"

峭忙把手藏在身后,说:"没什么。"

无因说:"我知道,这是用灰水洗东西的缘故,我听妈妈说过。"

峭仍不答,轻巧地从无因手中拿过缰绳,又拍拍小黑马,自管向前走。无因恨不得马上搬两箱肥皂到孟家,但他只能说等封锁解除了会好些。

峭牵着马走了一段路又走回来,姊弟二人一个马上,一个马下。在柳阴下,溪水旁,又是一幅图画。

晚饭间,大家谈起龙尾村这个名字。弗之说,听说龙江上游还有龙王庙,江昉先生收集了这一带关于龙的传说。当下简单讲了,大家都很感兴趣。无因提出明天去看看龙王庙什么样。

玳拉笑说:"无因到这里简直像换了一个人。"

大家商量,因碧初走不动,大人们都留在家里。

次日,四人带了馒头和马料往龙王庙出发。先让小娃骑在马上,沿河堤走去。峭穿了一条峨的旧工裤,这回上马方便了。她仍戴了那顶旧草帽,草帽下的脸儿显得十分鲜艳。他们沿路大声唱歌,跑一阵走一阵,很快把宝台山抛在后面。轮到峭骑马,她学无采的样子踩好脚镫翻身上马。几个村人走过,大声招呼,问峭上哪里去。听说是去龙王庙,便说龙王庙是两间破房子。

一个人开玩笑道:"好好骑,长大赶马帮呀!"

走着走着小娃说:"真的,我们可以组织马帮,帮助运输。"

无因惊讶地说:"小娃怎么这么有头脑。"

无采说:"你以为头脑都让你一个人占了。"

他们走过落盐坡,那小瀑布在阳光下闪闪发亮。峭指点着,那就是荠哥和凌姐姐的家。

往前转过一个山坳,暂时离了龙江。又转了几转,忽然一条大河横在面前,水势很急,和着流水的声音,似乎有人在呼喊吵闹。他们沿着江走,看见一群人在岸边。再走近时,见那些人一面呵斥,一面拳打脚踢。被打的人倒在地上,有人拎起她的头发,可以看出那是一个女子。

"你们干什么!"嵋跑了几步大声说。无因拉她没有拉住。

这时是无采骑在马上,那些人见她有点像外国人模样,暂停住手,大声问:"你们是干什么的?管什么闲事!"

嵋说:"我们是学生,你们凭什么打人?而且,而且——"她想不出用什么词。

有两人逼过来说:"她是放蛊的,土司给定了罪。你们莫非也是同伙?"

这时无因不得不走上前说:"我们不管你们的事。"一面示意嵋上马去。

嵋不听,说:"我不认得什么土司,有事情要讲道理嘛!"

他们这边理论,忽听岸边有人喊道:"跑了!跑了!"

只见那女子跑下江岸,长长的头发飘起来,给山水涂上一点黑色。她纵身跳入水中,没有多大声响,也没有溅起多少水花,人打个转就不见了。

"自尽了!自尽了!"这时有人喊。

岸上的几个人对嵋说:"你们把人放跑了,跟我见土司去。"

嵋着急地说:"怎么不救人?"

一武夫道:"还救人呢,救你自己要紧。"说着向前逼近。

无因无采和小娃紧紧围住嵋。无采用英文问无因:"他们是什么人?怎么办?"

无因灵机一动,也用英文模仿牧师讲道的口气,大声讲话。那些人不知是什么咒语,都呆住了。

就在这时,从龙王庙方向跑过来两匹马,马上人见这里有事,勒住马观看。原来是瓦里大土司家管事,带着一个跟随。

他立刻认出了嵋和小娃,跳下马来说:"是孟家的少爷、小姐在这儿。"那些人都认得这管事,马上散开了。无因说明情况,那武夫也说了一遍。

管事皱眉道:"是平江寨土司定的,真不好办了。反正人也跳江死了,你回去禀报就是了。"

那些人见有管事出来干涉,就不再说什么,往山坳里另一条路去了。

管事对嵋等说:"今天要不是我碰见,你们要吃大亏的。平江寨虽然小,那女土司了得。"无因等连忙谢过。

管事得知他们要去龙王庙,说:"两间破房子有什么看头,我劝你们今天莫去了,还是回家吧。我要到龙尾村去请白礼文教授,从那里还要进城,就不陪了。"说着上马扬鞭而去。

等管事走远了,嵋禁不住哭起来,无采和小娃也掉眼泪。无因不知道说什么好,安慰了几句,让嵋骑上马,慢慢走回去。山和水都不再是那么明亮,鸟儿也不叫了。

嵋在马上不断抽咽,想那女子能奋身跳入江水,必是岸上的生活太可怕了,比那能吞噬她的江水更可怕。她为那女子哭,也为他们自己哭,哭自己的无能,不能救那女子。不过,庄哥哥多么聪明,他赢得了时间。无因告诉大家,他讲的话是爱因斯坦的一段讲演。

庄、孟两家大人奇怪他们这么早回来,得知发生的事情以后,很有些后怕。两位母亲把嵋和无采搂在怀里,轻声安慰。小娃也凑在母亲身边。他们都担心那女子怎样了,难道就这样随便逼死人吗?可是又有什么办法。

晚上碧初对弗之说:"所谓的平江寨女土司,好像就是和钱明经来往的玉石贩子。说那女子放蛊,肯定是冤枉。"

弗之叹道:"这世界冤枉的事还少吗!愚昧加上专制,只有老百姓受苦。"

第二天,庄家人往落盐坡去看卫葑夫妇,从那里回西里村去。孟家人送他们到芒河畔。

无因指指嵋的手,嵋低声说:"就会好的。"抬起眼睛一笑。

当下两家人告别,仍是玳拉骑马。蹄声和着流水声渐渐远去。

过了几天,赵二媳妇带了一个姑娘上山来,说是找的帮工。嵋一见她就叫了一声"青环",果然是铜头村见过的背柴女,一笑露出雪白的牙。

"我们见过。"嵋告诉母亲,"我在铜头村山上看见她背柴。"

青环走路一瘸一拐,赵二媳妇解释说,在她姑父那边砍柴摔着了。当时说好青环留下帮忙。赵二媳妇走了,青环望着她似有什么话要说。

不一时,赵二媳妇又转回来了,对碧初说:"我本来想瞒着这件事,也叮嘱青环不要说,怕你们忌讳。可再想想,瞒着对不起人呀!我同你家说过,青环命不好,她跟着一队马帮,管做饭。走到平江寨,前面的路太险,照规矩女娃都不向前了,就在女土司家做些粗活。不知怎么得罪了上头,这时马帮里接连死了两个人,硬说是青环放的蛊,把她关了一个多月。她逃出来跳江回到龙尾村。其实她哪会放蛊,上哪点去养蛊!"

青环怯怯地说:"那天遇见好人了,不然就没得命了。"

碧初大声说:"青环只管留下做事,我不信这些。谢谢你告诉我。"

赵二媳妇道:"做人要做得明白。你家愿意留下她,也是积德。"

青环留在孟家,腿慢慢好了。她人不甚灵巧,但十分勤快。把孟家收拾得窗明几净,碧初精神也好多了。

嵋悄悄对碧初说,她认出青环就是那天跳江的人,她没有死。

碧初说："真是命大。"因怕青环伤心，都不问她。

快开学的时候，一天，白礼文来访。他趿拉着鞋，手里拿着一把蒲扇，不知做什么用。

他和弗之天上地下谈得很高兴，忽然问："老兄现在正写什么文章？"

弗之道："正写一篇反贪官污吏的。"

白礼文说："好嘛，好嘛，该反，该反。这世界不自由嘛。烟价涨得吓死人，买不起了哟。"他站起身，来回踱步，弗之以为他要走了。他忽然转身坐下，跷起脚来，伸长脖子说："和你老兄商量一件事，瓦里大土司请我去讲学——说是已请过你了，你不去——我是要去的，那儿的烟是绝妙的。"

弗之道："这要看你的课怎样安排，问过江先生了吗？"

白礼文说："他这个人你知道，把人都当拉磨的驴。他能放我走吗？"

弗之道："春晔为人热心认真，课程有统一安排，我劝老兄务必商量一下。"

说话间，白礼文忽然叫起来："什么香？你家炖肉了？"耸着鼻子使劲闻，要把那香味吸进去。

一会儿院子里传来炒菜的声音，弗之笑道："就在我家用晚饭吧。"遂出去对碧初说了。

饭前白礼文到院外方便，厕所的土墙里砌着几块砖，砖上有纹路。他扒在墙上看了半天，又用手摸索，直到小娃来叫他，才回来吃饭。

因快开学了，碧初想给大家增加营养，炖了一锅肉。白礼文风卷残云般吃了一多半，尽兴而去。

不知不觉间，暑假随着芒河的流水漂走了。

第 五 章

一

开学几天后,接连几个星期,白礼文没有出现在课堂上。选古文字学的两个同学,一个经常缺席,剩下的一个找江昉先生反映情况。江昉回到龙尾村,特到白家,但见人去房空。房东说,走了,走了! 大土司派人来接的。

江昉不由得勃然大怒,噔噔地跑到孟家,质问弗之"学校还有没有一点规矩,一个鸦片鬼,能负起教书育人的责任吗?"发作了一通,坐在椅子上生气。

弗之听明原委,说:"没有想到他这样不辞而别,看来一时不会回来,还是先找人代课要紧。"最恰当的人选是钱明经,不用讨论就定了下来。

江昉又噔噔地跑到钱明经家。钱明经很高兴,前面的障碍自动消失了。他殷勤地请江昉坐,一字排开三杯茶。一杯是云南普洱茶,一杯是丽江雪山茶,产在玉龙雪山上,还有一杯不知是哪里弄来的北平花茶。又拿出一条骆驼牌香烟,给江先生点上一支,说:"消消气,消消气,这门课换换人也好。白先生学问固然是大,可是教课有点落伍了。他若是霸着讲台,还真不好批评他,这样倒也好,倒也好。"又笑着说:"这话若是让白先生听见,一定反驳说,钱明经骨片没摸过多少,敢说我落伍! 你不落伍,几千年以前的事你懂吗?"说得江先生也笑了。

钱明经接着把讲课的计划简要地讲了一遍,倒像是早就有准备。

这实在是个别情况,绝大多数教师都十分认真,哪怕只有一个学生也不肯马虎。

一天,弗之和秦巽衡谈起白礼文的情况,两人都觉得他不再适合留在学校。

弗之叹道:"这人极有才,要是能戒烟就好了——可那是不可能的。"

又说些别的事情,秦校长道:"各方面的事很复杂,你那篇讲宋朝冗员的文章,重庆那边注意了。有个要员说孟弗之越来越左倾了,竟写文章抨击国民政府。"

弗之道:"谈不上,谈不上。我认为研究历史一方面要弄清历史真相,另一方面也要以史为鉴,免蹈覆辙。这不是好事吗?最近我又写了关于掠取花石纲和卖官的文章,还是要发表的。"

"道理很明显,但是有时简单的事也会变得复杂。"巽衡顿了一顿,又关心地说:"还有人说你鼓励学生去延安,以后可能会招来麻烦。"

弗之微笑道:"我也鼓励人留下来,只要抗日就好。老实说延安那边的人也对我不满,说我右倾。"两人相视默然。

这种夹攻正是一个例子,表现了国共双方在团结的口号下,从未完全消除分歧。随着抗日战争的艰巨和持久,军事摩擦日益频繁。一九四一年发生了千古奇冤的"皖南事变",国共合作团结抗日的局面出现了明显的裂痕,有识之士无不忧心忡忡。山河残破如此,怎能再禁得起内耗。

昆明重庆等地,在残酷的轰炸下,生活各方面的供应越来越困难。到一九四一年暑假,许多学校发不出教职员工的工资。教职员兼职做点小差事的很多,可是大多数人的心还是放在学校这边,很少完全改行。师生们在艰苦的环境中用心教,努力学。又因昆明不在国民政府直接统治之下,可以得到各方面的信息,自由思想的空气很浓。这里还有第一流的头脑在活动,传播知识和追求真理从未停止,成为大后方学子向往的地方。

澹台玮终于获得父母的同意,到昆明上大学了。他随重庆电力方面几位官员搭乘一架美国飞机来昆明。在飞机上的三个多小时里,他一直想着未来的生活。重庆的教师、学生的生活很苦,昆明的师生生活更苦,布衣蔬食,有时连饭都吃不饱。当然这是澹台玮最不在乎的。

从玹子的信中,他已知道各家兄弟姊妹的情况。颖书、慧书仍在按部就班上学。峨今年毕业,她很想留校,做萧子蔚的助教。但萧先生没有同意,而是介绍她到省植物研究所工作。嵋因病,曾经休学,今年也要上高中了,脑袋瓜里不知道又有多少新奇想法。小娃知道他考上昆明学校,曾寄给他一张飞机照片,表示欢迎。

"我真坐着飞机来了。"玮玮想,"可惜不是中国飞机。"

飞机经过好几次颠簸,到达昆明巫家坝机场。严颖书来接他,一起到严家。宅子里空荡荡的,只有几个护兵,严亮祖连同女眷仍在安宁。

颖书说:"就咱们两人,你就住在这里吧。"

玮玮说:"我是要到学校去住的。"

颖书道:"你不知道学校什么样。"

"什么样也没关系。"玮玮答。

护兵摆上饭,一时玹子也来了。玮玮和玹子分别不久,还是觉得久未见面似的,十分高兴。玮玮本打算先往龙尾村看望三姨妈一家,因严家的车次日要往安宁,正好用这车看望大姨妈。玹子要上班不能去。

安宁小城在战乱中真是很安宁。因为有温泉,许多年来,有钱有势人家都在这里拥有别居。有的比较简陋,有的则很舒适。

严家的房屋在一片树林边上,是两排平房。玮玮和颖书到时,前排客厅里有两个护兵在收拾。

玮玮问:"大姨妈在哪里?"

颖书说:"大概在念佛。"引着玮玮沿过道走到一间小屋,果见吕素初坐在大木椅子上,手里拿着一串念珠。玮玮不敢打搅。

这时旁边屋里出来一位衣饰华丽的中年妇人,见玮玮踌躇,笑道:"这是玮少爷?还不快请太太。"

玮玮心知这是荷珠,忙先问好,又说:"我没有事,等等无妨。"

颖书入房,叫了一声"亲娘"。素初吃了一惊,转头看见玮玮,并不说话,脸上漾出笑容。

玮玮把问候的话说了,交了带来的礼物。

荷珠命人收好,说:"二姨妈太多礼。我们这里地方偏僻,没有好招待,况且现在还住着别的朋友。"

玮玮不知自己是否受欢迎,只管望着素初。

窗外一阵清脆的笑语声,两个女孩从树林中跑出来。前面是严慧书,已经是亭亭少女了。后面的一个随着慧书跑过窗下,一抬头正好和玮玮打个照面,两人都愣了一下。

"殷大士!"慧书回头叫。

大士跟了上来,低声说:"你家来客人了。"

两人转到前面,走进客厅。慧书给玮玮和大士介绍。

两人互相打量,暗自惊讶,心里说着同样的话:"世界上竟有这么漂亮的人!"

慧书说:"大士正要走——"

大士打断道:"哪个说我要走,莫非你要赶我走。"说着格格地笑。

大士家的别居在约一里以外,比严家的房子漂亮多了。但总是大士来严家玩,慧书很少去。

慧书微笑道:"就是要赶,你是赶得动的?"

玮玮忽然说:"嵋那次摔跤——我说的是孟灵己,就是和你在一起。"

殷大士又格格地笑,说:"好事不出门,坏事传千里。对了,你是孟灵己、严慧书的表哥,我知道了。"四人坐下说话。

一会儿,素初念完佛,叫玮玮进去。

大士也站起身,说:"我去去就来。"

开午饭时,玮玮不见大士,心中若有所失,因问:"你那个同学呢?"

慧书道:"回家去了。不过我猜她还会来。"

说着大士果然回来了,洁白如玉的脸儿红扑扑的,身后跟着一个护兵,拎着一个大蒲包。

"你们猜这是什么,这是螃蟹,我去厨房偷的。"像要证实她的话,蒲包里伸出好几只蟹脚。云南没有螃蟹,这可是珍馐。

玮玮问螃蟹从哪里运来,荷珠道:"玮少爷,这是殷小姐的好意,从哪里运来,她怎么说得清。"遂命人拿去收拾了。

一时蟹熟,端了上来。

荷珠又道:"这是要喝点酒的,就用开远杂果酒吧!"

北平的宅门中,吃螃蟹都有一套器具:剪、钎、锤、砧,吃起来很方便。严家没有这些,只用牙咬手剥。大士不耐烦,吃了两个夹子肉,就不动手了。荷珠单剥了肉,盛在小碟里给她。慧书倒是细细地剥,慢慢地吃。

玮玮说:"没想到离开北平,什么都成了稀罕的。重庆人也喜欢吃螃蟹,他们蘸辣椒。"

荷珠说:"你们外头蘸什么?"

玮玮道:"一般都用姜和醋,这要看各人喜好,公公就什么也不用。"

素初一直沉默不语,这时低声说:"爹是这样。"

颖书道:"可惜我没有见过公公。"

荷珠从鼻子里笑了两声,不知是什么意思,一面吩咐摆上姜和醋。但大家都学吕老人,不碰那些作料。

"严慧书,"大士不喜欢螃蟹,把碟子一推,说道:"你们明天都到我家去玩,我们爬山去。"

慧书不禁想起偷豆的事,轻声说:"还好,不是爬树。"

大士看了玮玮一眼,心里嗔着慧书多话,马上绷起脸来,离开饭桌坐在沙发上。

玮玮自顾和颖书说着大学里的事,并不理会。颖书明年就要毕业了,说起找工作很难:"学历史没有什么出路,像三姨父那样的大学者,世上没有几个。"

"哎呀呀!"荷珠爱怜地说:"不合,不合,你找工作有什么难,只消一句话嘛。殷小姐过来吃菜。"大士见别人都不理她,顺水推舟坐回桌上来。

颖书不管母亲打岔,接着说:"孟先生爱学生,大家都知道的。他从不拒绝和学生谈话,除了上课听讲,和他谈话也得教益。"

玮玮问:"都谈些什么?"

颖书说:"随便什么。时局、社会、学问,我们主要还是谈历史。不过,我可不是做学问的料。"

一时饭毕,颖书陪玮玮到屋后山上走走。林中树木苍翠,小路蜿蜒。他们转了一阵,见有一块平地,一个军人模样的人正在舞刀。刀光牵动着绿色,玮玮心里不觉想到"绿林好汉"这四个字。那人见有人来,收住了刀,原来是严亮祖。玮玮上前行礼。亮祖先不记得,随即想起这是素初二妹家的外甥。

长啸一声,把刀扔给护兵,说:"你从重庆来? 重庆那边怎么样?"

玮玮知道他指的是政局,不好回答,只说:"轰炸得厉害,听说美国组织志愿航空队,也许能杀一杀敌机的凶恶。"

亮祖说:"这个听说了——如果要打共产党,我在这边洗洗温泉也好。"又看着玮玮,"听说你们和老太爷学过拳的,可是?"说着拉开一个架势,"一起练练,我是没学过。"

玮玮没有想到,但毫不犹豫,跳起身一拳打去。亮祖格开,两人你来我往,打了几个回合。

亮祖一拍巴掌停住,哈哈大笑,说:"你大概很久不练了,还是看得出吕家拳脚。"

玮玮拿过护兵手上的刀,见刀锋很薄很亮,刀背隐蕴着淡淡红色,一面说:"公公有一把宝剑,好看极了。"

亮祖道:"这刀很普通,可是可以杀人。"

颖书说:"爸爸回去用饭吧,我们都吃过了。"三人一路说话走回家来。

到屋门口荷珠迎着,说:"饭菜都准备好了,就是一道鳝鱼丝,等军长回来下锅。"陪着严亮祖走到后房,自去厨房炒菜。

这里颖书引着玮玮去看自家的温泉浴室。浴室很简陋,一面是石壁,三面由青砖砌成,从池底不断向上冒水泡,水面上一层热气。

玮玮道:"地球很奇怪,我本来想学地质的。"

颖书道:"我从前也想过,想看看地球里面什么样,不过那一定很累。"

玮玮在池边站了一会儿,把手伸在水中,果然水质滑腻,温热得当,往手臂上撩了几把水,很觉舒适。

忽见水里摇动着一道亮光,"蛇!"他大叫一声。那蛇摆动着身子钻进石壁中去了。"水里有蛇。"玮玮又说。

颖书毫不在意,说:"这是常见的,没关系。有时出来好几条呢,我们相安无事。"

玮玮心想,蛇大概认得你们。后来慧书说大士家的浴室比较讲究,玮玮也不想领教。

次日,大士一早来到严家,穿一条蓝白相间的格子布工裤,戴一顶新草帽,帽檐一边宽一边窄,一看就不是本地产品。她兴致勃勃要去爬山,还说中午到她家吃饭。

临出门时,忽听见后房一阵叫嚷。有女人跑出来,惊慌地说:"二太太发病了。"颖书、慧书连忙跑进去。

玮玮也要跟进去,大士低声说:"你去做什么,你又不是严家人。"玮玮踌躇。

这时颖书跑回来,叫玮玮进去。"亲娘叫你。"把大士一个人撂在厅上。

后房里,人仰马翻。荷珠倒在地下,两眼直瞪瞪的,两腿乱蹬。这是荷珠的拿手好戏。素初木然坐在一张椅子上,并不说话。

过了一会儿,还是荷珠自己慢慢发号施令:"一个亲戚三十三。"

颖书讲解道:"妈要一个亲戚喂她三十三勺水。"正好玮玮合适。

玮玮只好拿颖书递过来的汤匙给荷珠喂水,果然,荷珠渐渐清醒。颖书、慧书扶她在椅子上坐了一会儿,荷珠慢慢扶着墙回自己的屋去了。那里常年摆着毒虫,很少人进去。

这边素初摆手道:"你们出去玩吧!"

大家来到厅上,已没有大士的踪影。慧书说:"大士岂是等人的,我赶快去看看。"一时回来说:"说是已经进城了。"大家甚为扫兴。

玮玮悄悄问慧书:"荷姨是什么病?"

慧书道:"这叫遭魔,其实是装的。但要不顺着她,就会闹出大事。"

玮玮叹息道:"大姨妈怎么过!"

慧书不语。停了一会儿,说道:"可记得香粟斜街姓吕的父女两个? 那女儿叫吕香阁,前几个月来过一趟,借了一笔钱去。"

"她也到昆明了?"玮玮随口说。香粟斜街房屋宅大院深,绛初治家又严,玮玮对吕家父女并无太多印象。

当天下午,玮玮知道有车进城,便要回昆明,严家人留不住。

玮玮一径来到大戏台,找到阁楼上。弗之正在煤油箱上写什么,抬头道:"你先去安宁了?"说着站起身高兴地举手摸摸玮玮的头,道:"你怎么学生物呢?"

玮玮笑道:"正好接替峨姐。我其实对历史也有兴趣,不过——"

弗之接道:"不过学了没有用,是不是? 你先坐一会儿,这是你的床。"

那是四个煤油箱搭的一个板铺。玮玮坐了,觉得比在严家舒服多了。

过了一会儿,听见有人上楼,叫了一声"弗之!"推门而进,原来是萧澂。

弗之做了介绍,说:"这是新弟子。"

"萧先生。"玮玮怯怯地,毕恭毕敬地鞠躬。

子蔚在龟回时,常见玮玮。现见他长成一表人才,从心底感到喜爱,说:"澹台玮,我很想摸摸你的头。"

玮玮道:"刚才三姨父已经摸过。"三人大笑。

子蔚是大戏台伙食团团长。现在物价飞涨,为了节省,他们在腊梅林边开了地,自己种菜,收成很好。因还有人要参加,乃与弗之商量,邀着下楼去看菜地。弗之不包全伙,只种了很小一块。子蔚是主力,种了很大一块。这时秋菜正旺,满畦绿油油的。

两位先生为新参加的人分派好了地块,便要挑水。玮玮见子蔚拿起桶,便抢着去挑,一连挑了三趟。子蔚、弗之也各自去挑了一趟。

水桶引着夕阳的霞光在菜地里浮动。清水从一棵棵蔬菜间流过,慢慢渗入土中。

玮玮弯腰仔细看,说:"菜喝水呢!"

子蔚拿着一个小铲,在菜边松土,说:"这是帮它喝水。"

玮玮忙也拿了根树枝帮着松土,弗之在菜畦另一头修整畦边。

菜地旁边有一小块花生地,玮玮俯身仔细看,见花生的茎两头都在土中,便问为什么。

子蔚讲解道:"这是花生的特性,先长出茎,茎再扎入土中才结果实。"又高兴地说:"你是能问为什么的学生。"

玮玮仔细地给花生浇水,笑说:"这是我的第一课。"

玮玮到龙尾村住了两天,见碧初身体衰弱,嵋仍有些低烧,虽有青环帮忙,生活很不轻松,心里难过。

但孟家人似乎安之若素,很有点"人不堪其忧,回也不改其乐"的意思。嵋笑说:"我们还没有到箪食瓢饮的地步,我们还有锅。"他们从见面就不停地说话,晚上坐在方桌边,点了许多灯油,只是峨不在家。

玮玮回昆明已是开学。他办完了一切手续,不要人陪送,一个人扛着行李到宿舍来。见一排泥坯的房子,进去看是一间大统舱,同学们用报纸糊成一个个小格子。有的报纸破了,随风飘动,小旗子似的,很是新奇。还有些床空着,玮玮选了一张放上行李。

一个同学从小格子钻出来,问:"你是新生吗? 哪一系的? 从哪儿来? 我带你去看校舍。"

玮玮随他走在路上,迎面过来一人劈头便问:"你看中国要走欧美民主的路,还是苏联社会主义的路?我看各有利弊。"说着就大声讲他的见解。

引路的同学说苏联好,又来一个同学说欧美好,争了一阵,各自走路,彼此也不问姓名。

到了图书馆,引路的同学进去了,让玮玮自己参观。玮玮走到校门口,见墙里墙外都贴着小字报,从学术论文提纲、时事评论到各种广告,如自荐家教,出让书籍、旧衣等,不一而足。墙外一溜吃食小摊,五颜六色,空气中弥漫着混杂的香味。

玮玮在食堂亲眼见了"八宝饭",那是玹子常宣传的。玮玮习惯干净,把饭里的稗子和小石子都挑出来,一会儿便是一小堆。旁边有人议论说,像个小姐。这时真有一位小姐走过来,原来是玹子。

玹子含笑道:"未来的生物学家,有何感想?"

玮玮说:"倒是有感,可还没想呢!"匆匆吃完,要带玹子去看宿舍。玹子说她不去男生宿舍。

玮玮道:"那我送你回去。"

玹子不解地问:"你怎么不问保罗呢?好像没这人似的。"

玮玮忙道歉,说真没想起来。二人出了校门,沿着红土马路走了一段,穿过城墙豁口,很快来到翠湖边上。

玮玮问:"你真要结婚吗?"

玹子道:"那还有什么假的——可是保罗不在昆明时,我觉得他很模糊。有一次在梦里,我拼命想他的样子,却想不起来。奇怪吗?"玹子慢慢说着,若有所思。

玮玮很少看到姐姐这样的神色,小心地说:"是不是因为他是外国人?我们对外国人的样子不熟悉。"玹子摇头一笑。

因为美军航空队有一部分在昆明训练,米线、饵块等小吃已不能满足需要,金马碧鸡坊一带开设了许多西餐馆、咖啡馆,已蔓延到翠湖边上。澹台姐弟停留在登华坡前,面对着一个一间门面的小咖啡馆,咖啡的香气直飘到店外,屋檐下写着"绿袖咖啡馆",两盏对称的灯照得雪亮。

玹子的微微的惆怅已经消失,早又是一副玲珑剔透的模样。她一指店门,说:"保罗就在这里等我们。"

他们推门进去,里面光线幽暗。保罗站着和一个衣着鲜艳的女子说话,见了玹子忙迎上来,那女子自往后堂去了。

这些天,玮玮见了好几位多年不见的亲友。有的长大了,有的难免留下岁月的风霜,只有保罗金发碧眼,神采依旧。保罗选了一张桌子,让玹子坐下。自己坐在她身边,让玮玮坐在对面,玮玮觉得很不习惯。

一时,那衣着鲜艳的女子送上咖啡点心,保罗介绍道:"这是店主,在航空队那边也有分店。"

玹子打量这人,见她穿一套红白相间的大花衫裤,头上挽着髻,横插着一支玉簪。她摆好杯盘,一抬头:"玹子小姐,玮少爷。"

"吕香阁!"两人不约而同叫了出来。保罗有些诧异。

"你怎么在这里,来了多久了?"玹子问。

香阁答道:"来了一年多了,又在附近县里待了好几个月,最近才开了这个店。"

"怎么没有听三姨妈说起?"

"一直打算去看看,实在忙不过来。"

这时又有人进来,香阁忙去招呼。

玹子想起,保罗求婚那天在豆腐小店看见的那女子,必是香阁了。因和保罗说起吕家的关系。

保罗忽然道:"在香粟斜街,这女子来送过茶,是吗?"

玹子道:"你倒记得清楚。"

"吕小姐常常说,她有几位祖姑都是有学问的上等人家,看来就是你们和孟先生家了。"保罗微笑道,"这也是她的招牌。"

香阁自从离开凌雪妍,和王一一起做些小买卖。后来遇到几个学生到后方去,就撇下王一,跟着学生走到桂林。在一次轰炸中,有两个学生遇难,香阁坐在路边,满身灰土,眼泪在脸上冲出两道白痕。这时,过来一位个旧锡商,拉着她在小摊上买了两碗面,她就跟着到了个旧,做了外室。

过了约一年的安生日子,不想锡商一次出门,数月不回,战火中哪里去讨音信。香阁将房中能拿的东西拿了个干净,只身来到昆明,在小店里做些杂活,又到附近县里混了几个月,结交了一些人。

她知道教授们一个个收入微薄,自己尚且衣食不周,想必拿不出钱。便打听到严家住处,寻到安宁要了一笔钱,开了这个绿袖咖啡馆。她本来生得俏丽,办事快当,且有手腕,当时外国人渐多,她应付起来,像是熟人一样。客人知她从北平辗转来到此地,都很同情。又有几个祖姑的招牌,咖啡馆在众多的小店中,倒还兴旺。

当时香阁并未详说,只讲了些开店的困难,托玹、玮问各家好,自去张罗客人。三人随意说话,玮玮讲述了重庆轰炸情况,大隧道防空洞窒死万人的惨案。保罗说等航空队训练好了,保卫中国领空是不成问题的。

"如果有机会,我就去参加空军,保卫自己的领空。"这是玮玮的话。

店里响起了轻柔的音乐,正是那首英国民歌《绿袖》。保罗和玹子的熟人过来招呼,大家随意谈话,忘记了吕香阁这样一个微不足道的小女子。

二

开学几天后,澹台玮见到了中学的好朋友庄无因。无因随父亲去澄江县为那里的一个师范学校讲授物理,培养物理教师,晚了几天到校,到校第一件事就是找澹台玮。两个好朋友还像在中学时一样,"嘿!庄无因。""嘿!澹台玮。"好像他们昨天刚见过面。

两人见面时,响起了凄厉的警报。两人随着人群走到后山,坐在一个坟头上说话。

无因说:"重庆炸得更厉害,你们怎样躲?"

玮玮道:"多半是钻洞。我们学校搬下乡了,来警报照样上课。"

无因道:"有时,我们就在坟堆里上课,还带着黑板呢!"

他们很快离开了警报话题,互诉别后情况。无因说物理世界真是神秘的世界,无穷的变化,无穷的谜。通过物理,他和他的家增加了了解,尤其对父亲,便是玳拉和无采也更亲近许多,他也不懂是怎么回事。

玮玮说,他也不知最后怎么确定上生物系。他曾想学地质,也曾想像他父亲一样学电力工程,那些似乎太具体了。他想研究活的东西,生命是世界上最神秘、最奇特的。

无因道:"物理的公式也是活的,你用用看,它们的力量可大了。"又问,"见到嵋了吗?"

玮玮道:"当然。嵋越长越好看了,慧书也一样。"他心目中最好看的还没有说出来。

无因沉思地说:"可是我以为嵋应该是长不大的。"

玮玮问无因学校里的社团情况,无因一无所知。

忽然间紧急警报响了,声音急促尖锐,大家沉默地望着蓝天。随着轰隆轰隆沉重的声音,一队飞机出现在天空,很快到了昆明上空。可以看见飞机的肚子很大,大概是装满了炸弹。敌机一架一架轮流俯冲投弹,市区起火!火光在阳光中伸展。

玮玮和无因不觉都站起身,玮玮举起手臂叫了一声:"美丽的昆明城!"

旁边的同学叫道:"卧倒!快卧倒!"

果然飞机向学校区飞来,继续俯冲、投弹、升起,好像在表演,无人干预的、自由自在的表演。

飞机过后,良久,卧倒的人才慢慢起来。玮玮和无因相视苦笑,他们的学业、生命在炸弹下面是那样脆弱。他们无法再继续谈话。

傍晚,玮玮和几个同学到市中心去,正义路的几家商店,火势还很大。沿街摆了几排棺材,还有裸露的尸体没有收殓。学校区火已熄灭,断瓦颓垣中传出哭声。入夜没有电灯,满城鬼影幢幢,一片凄凉,大家愤恨不已。

两个月过去了,跑警报仍是必修科目,人们也还是健康地、充满朝气地生活着。

玮玮很喜欢自己的生活,简单又充实,自由又规律。在教师心目中,他是出色的学生;在同学心目中,他是好伙伴;在女生心目中,他是和庄无因分庭抗礼的漂亮人物。他在自己的床前也做了一个小格子,用的是孟家的废字纸,满墙的字如同在舞蹈。这房顶是洋铁皮的,雨声格外清脆,大家称之为铁皮音乐。它常摇着这些年轻人入梦,好像是梦境的伴奏。让玮玮遗憾的是它的陪伴并不长。

一天,玮玮下课回来,看见前排宿舍的同学正在往外搬东西。几个人围着议论,说是要换房顶,让他们到教室暂住几天。当天晚上,管宿舍的老师到玮玮的统舱,对大家说了缘由。

原来是学校因经费短缺,卖掉洋铁皮,好找些贴补。年轻人对于头上是什么房顶并不在意。有人说了一句,无怪乎摩登粑粑也涨价了。另一个抱怨说伙食越来越不好了。

老师说:"没办法呀!物价涨,经费不加,这叫巧妇难为无米之炊。卖屋顶是秦校长说的,本来要和同学们一起讲讲情况。现在铁皮的买家要得急,只好动手了。"

玮玮问:"他们要铁皮做什么?"

"谁知道呢!"那老师说,"可能一转手就能赚钱。"

"那我们自己不会赚?"玮玮说。

那老师笑说:"你也太刨根问底了。"遂定了日子,等前排宿舍的同学搬回去,他们就搬到教室。

次日一早,玮玮看见前排宿舍全都没了房顶,四堵墙好像张着大嘴在呼叫。工人抢在警报之前开始工作,到下午跑警报回来,房椽上已经有一层薄木板,上面再盖上草就可以避风雨。若不是昆明的天气温和,这样简陋的屋顶,只能为秋风所破了。

再过一天就要拆房顶了。这天正好下了一阵雨,玮玮躺在床上欣赏。雨声叮咚,使他莫名其妙地有些伤感。玮玮是不常伤感的。四个同学在附近的床上打扑克,不时发出表示惊喜、遗憾和悔恨的声音。另一位铁皮音乐欣赏者请他们小声些。玮玮不干涉,他想着一切都是要过去的,这"音乐"、这纸牌的游戏,都要过去的。他看着光亮的铁皮,不知不觉睡着了。一会儿醒来,雨已停了,牌局也散了。玮玮跳起来要上图书馆去,走到门口不由得大吃一惊。一个女孩抱着一个排球站在门口,她穿着那条深蓝浅蓝格子裤,套着一件大红毛衣,笑盈盈地望着他。不是别人,正是殷大士。

"你怎么来了?"玮玮奇怪地问。

"不欢迎吗?"大士说,"我们今天和人赛球,赛球后可以回家。"

那时昆明各学校盛行排球,大士是校队,专打头排中。

玮玮说,既然来了,进来看看吧。大士跟进来,一点也不觉得是男生宿舍。看见玮玮的小格子,轻声笑个不住,引得旁边同学往这边看。

玮玮忙引大士出来,问道:"你要做什么?"

大士一愣,说:"我不要做什么。"

两人走出校门,沿着红土马路走去。

雨下得时间不长,马路湿润恰到好处。太阳已西斜,树影长长的,伴着人影。

大士觉得澹台玮似乎不大高兴,心里有些委屈。为了怕澹台玮不记得她,特地穿了这条他见过的格子工裤。这样想到别人,对于大士来说实在少有。

两人走了一段路,出于礼貌玮玮找话说:"你进校队多久了?""我从来就是。"大士说,于是讲起关于排球的种种有趣的事。当时打的是九人排球,位置是固定的,通常都是由头排中扣球、吊球,这位置是最能出风头的。"最初,我常常犯规。老师说要是你不能守规则,你就不要玩球。"

"看来运动很有用。"玮玮说。

"你打球吗?"大士问。

"我在中学常打篮球,现在还没有被人发现。"

两人把排球篮球讨论一阵,不觉顺着马路走到城北门。大士要往莲花池去,玮玮说进城吧。

他们走过祠堂街,大士指着大戏台说:"听说许多教授住在戏台上。孟灵己的父亲也住在这点?"

玮玮道:"可不是。还有我一张床呢!"

他们说着话不觉走到翠湖边,虽已是初冬,湖边杨柳依然很绿,有些水鸟在水面嬉戏。他们在树下站了一会儿,望着远天的云和近处的水面。

大士忽然说:"你有母亲吗?"

玮玮奇怪地说:"当然有,不是每个人都有吗?"

大士笑着说:"我就没有,我有的是继母。"

玮玮安慰道:"继母也是一样的。"

大士瞪了玮玮一眼，低头不说话。

他们走走停停，大士告诉玮玮，她出生三天以后母亲患产褥热去世，"我是我母亲的刽子手。"

玮玮摸摸大士抱的球，说："你怎么这样想？不能这样想。"

"我从来没有和别人说过这想法，和父亲也没有说。"

玮玮不知说什么好，又拍拍那排球。

说话间，离绿袖咖啡馆已是不远。大士忽然把球一抛，玮玮不提防，没有接住。球滚到马路当中，玮玮跑了几步捡回来。

这时从咖啡馆快步走出一个女子，乃是吕香阁。她在窗内已经看到玮玮和大士走过来，很觉诧异，又见他们扔球、捡球，心想抛绣球了，更是好奇，出门去看。她迎着玮玮问长问短，不住打量大士，还邀他们进店去吃点心。

大士不耐烦，对玮玮说下次再来找你，自往前走了。

玮玮忙道："等等！"把球抛给大士，一面说晚上有实验课，也向堤上走了。

吕香阁站着望了一阵，冷笑一声，进店去了。

玮玮搬家这天乱哄哄的，大家的东西乱放在地上，还没有整好，来了警报，大家只好先跑警报再说。回来时便少了好些东西，其中有玮玮的一套被褥，是绛初打点的好卧具。玮玮想了一下，决定到大戏台去，那里有煤油箱等他。还有几个同学见教室实在拥挤，也出去另找地方了。

玮玮跟着大家一起搬床搬东西，收拾好了已是薄暮。走出校门时，遇见颖书，专来邀他去严家住。玮玮说他想去大戏台，帮着浇浇菜。

颖书有些不悦，说："你这样，亲娘还当我不热心。"

玮玮道："大姨妈忙着念佛，哪里管这些事。"

颖书欲言又止，一直陪玮玮到大戏台，说也要看看三姨父。

那天弗之恰好不在城里,玮玮到管房的老人处拿了钥匙,开门进房。

颖书凭窗站了一会儿,转过身来,犹豫地说:"我母亲进城来了。"

玮玮一面理东西,心想:"这样我更不去了。"

颖书见他没有搭话,遂说了几句闲话,告辞走了。

玮玮送他到大门口,即去看萧子蔚。

萧先生很高兴,问了搬宿舍的情况和同学们的想法,叹道:"这真是不得已。有人建议把秦校长的车也卖掉,反正他常常走路。秦校长说,他虽不坐,学校总还应该有辆车。想想也是。你看我们就这样过日子。"

子蔚房中书籍不多,除了生物学就是音乐书籍。他让玮玮随便取阅,玮玮取了一本《一九四〇年生物学年鉴》。

子蔚笑道:"要是我一定先取音乐书,这叫不务正业。"

两人同到饭厅用饭。这个小伙食团约有二十来人,今天是周弼监厨,他向玮玮介绍道:"我们有人采买,有人监厨,也就是帮着做饭。"又对大家说:"今天的萝卜汤是自己菜地里的。这已是最后一批菜了。"

子蔚看看墙角的萝卜堆,说:"还够吃两次。"

玮玮道:"我还想着来浇菜呢!"有人说,那得等明年了。

次日是星期天,玮玮起晚了,近中午才出门去找玹子。在陡坡口上忽见从下面冉冉升起一人,又是殷大士。她今天不怕人记不得了,换了件灰绿色旗袍,罩一件墨绿色长毛衣,含笑望着玮玮。

玮玮于高兴中有些不安,心里暗道:"这人也太胆大了。"

大士开口道:"我来和你一起跑警报。"

"要是没有警报呢?"玮玮道。

说着两人都笑了,倒像是他们盼着来警报似的。近来警报确实少了一些。

"我们提前跑警报吧！"大士说。

玮玮道："我是要去找姐姐。"

大士说："我还以为你站到这里等我呢！"

两人站在坡口说话，忽然坡下迅速地上来一个人，叫道："殷大士，家里有客人，太太找你呢！"

大士把脸一板，说："又不是我的客人！"拉着玮玮就走。

玮玮忙道："我真的要去找姐姐。"

那来人说："澹台玮很懂事。"

玮玮诧异道："你怎么知道我的名字？"

大士道："你也会知道她的名字，她叫王钿，是个暗探。"

玮玮有礼貌地点头，说："你好！"见她们堵住坡口，便说要回去拿点东西，仍进祠堂去了。

这里大士往城外走，说："我自己跑警报。"王钿追上去劝说，两人出北门去了。

玮玮回到阁楼上，眼前拂不去大士的影子，心里很是不安。他知大士生母早逝，虽得父亲宠爱，究竟缺乏入微的关心，养成个霸王脾气，其实心里很需要润泽。

他想了一会儿，仍出门去找玹子。不料玹子不在家，想必是到保罗那里去了。玮玮在街上吃了一碗米线，缓步回到阁楼上，给父母亲写信。

门上有剥啄声，玮玮起来开门，又是殷大士！她绷着脸，神情似怒似怨。玮玮心中暗想，这可怎么得了。

大士开口道："孟教授在吗？我找他老人家请教人生问题。"

玮玮说："孟教授不在，有一个澹台玮在这里。"

两人互相看着，同时大笑起来。

玮玮问："你怎么知道上阁楼？"

大士道:"想找还会找不着!我和王钿订了君子协定,她放我自由一天,我保证这一学期都不惹麻烦。她其实也懒得管我,但她不得不听吩咐办事。"

两人坐下来,有一搭没一搭随意说话,都十分快活。

大士说:"你是我的好朋友,我要领你去见我父亲,让他带我们去打猎。"

玮玮说:"我没有打过猎,而且不主张打猎。"

大士问:"为什么?我觉得打猎痛快极了。我小时候坐在父亲的马上,现在我自己骑马了,追着动物跑,最让人兴奋。"

玮玮沉思道:"这是说你去追逐一个目标,可那不是建设,而是破坏。把一个动物活生生打死不是很残忍吗!"

大士垂头想了一下,说:"我们打的无非是狼、狐狸之类——不过,我以后不打猎了。可能一枪下去有个小崽子就没得父母了,我倒愿意父母双全才好。"说着忽然哭起来。她的心从小披着一层铠甲,却掩藏着无比的温柔。

玮玮心中充满了同情,恨不得去抚摸她黑亮的头发,但只递给大士一杯水和自己的手帕。

号啕大哭,跺脚大哭,摔东西骂人,在大士都是常事,从没有像这一回哭得这样文雅、深沉、痛快、舒适。她抬起一双泪眼对玮玮说:"明年我高中毕业,家里想让我去美国上大学,我是不去的。"

玮玮道:"留学也很好嘛!不过抗战胜利了,你可以到北平上大学。你不知道北平有多好。从地理环境上讲,北平其实也是一个坝子,四面有山环绕。从住的人来说,到处是学生,好像到处都有读书声——这是一种气氛。"

大士道:"听说北平学校时兴选校花,你姐姐就是校花。我见过你的姐姐,她真是个美人。我想你的母亲一定也是个美人。"

玮玮笑道:"当然是,还有我的父亲也很美。他是实干家,从不说空话。"

大士轻叹道:"你很幸福。"

玮玮说:"什么时候我要把你介绍给他们,说这是我的好朋友。"

大士轻轻擦拭着脸,拭出一朵芬芳的笑靥,一大滴泪珠还挂在睫毛上。泪珠映出了玮玮脸上的笑容,那是一个青年男子诚挚的、充满热情的笑容。

这是那永远刻在心上的一刹那,一个人一生中有这样的瞬间,就可以说得上是幸福了。他们命运不同,寿夭不同,但在生命的最后时刻,都在心上拥抱着对方的笑容。

他们隔着煤油箱默然相对。

"澹台玮!"子蔚在门外叫道,"你是不是一直睡到现在。"一面推门进来,见房中坐着一个少女,因问:"来同学了?"

玮玮忙站起介绍道:"这是嵋和慧书的同学——殷大士,她是我的好朋友。"

大士已经猜到这是萧先生,默默地站起鞠躬。

子蔚和蔼地微笑道:"那你是在昆菁中学读书了? 我每次去植物所,都从铜头村经过。"又随意说了几句话,才对玮玮说:"我没有什么事,不过出来走走。"转身下楼去了。

大士拿起玮玮的手帕,仔细叠好,说:"洗了给你。"

玮玮送她到门口,心中有些不安,不知接待大士是否合适。

大士说:"我的代数很糟糕,下星期我带习题来,你教我做可好?"

玮玮踌躇道:"下星期我要到龙尾村去。"

大士说:"那么就下下星期。"一扬手人已经到了坡口,像沉下去似的,很快不见了。

坡口米线店传出锅勺相碰,碗碟叮当的声音,还有店主人的大声吆喝:"豆花米线两碗,免红! 卤饵块三碗,免底!"

玮玮站在祠堂门口,怔了一会儿,转身进门。

过了几天,玮玮搬回宿舍。房顶上有好几条缝,是木板有缝而草没有盖好。同学说不仅是一线天,而是数线天。月光照进来,照出了几何图形,在这月光的画中,年轻人正好编织自己不羁的梦。

一天,玮玮在跑警报时遇见颖书。颖书说:"王铟这几天常去找我母亲,不知要干什么。"

玮玮笑道:"莫非要放蛊?"颖书脸色一下变得青白。玮玮忙道:"我是说着玩。"

颖书脸色渐渐恢复,说:"你要当心,我是为你好。其实我要和你说一件正经事,你可要参加三青团?"

玮玮摆手道:"我不参加任何政治团体,我父亲就是这样。"

颖书道:"参加一个政治团体,大家可以一起来实现抗日救亡的心愿。"

玮玮沉吟道:"这很难说。"

两人沉默了一阵。左右都飘来教师讲课的声音,他们仍在利用跑警报的时间坚持在野外上课。

这时周弼和吴家馨走过来,吴家馨对玮玮说:"今晚众社有读书会,大家谈心得,你来参加吧!"吴家馨是特地从黑龙潭来。

玮玮问:"孟离己怎么没有来?"

吴家馨说:"她也参加过好几次,今天大概不想来。"吴家馨也确实说不出孟离己的许多为什么。

玮玮说:"我们好像进入一种逐渐分裂的状态,很多不同的事要选择,很费脑筋。"

吴家馨道:"你来听听大家讲话,很有趣的。"

一时解除警报响了,遂各自散了。

晚上玮玮去参加众社的聚会。先讨论时事,有人讲了一些国民党贪污腐败的情况,官吏勾结奸商抬高米价的事情。又读一本讲解唯物史观的小册子,玮玮觉得很新鲜。

会散以后,有些同学意犹未尽,要去坐茶馆,打几圈扑克。玮玮跟着出了校门,经过城墙豁口较偏僻的地方,有两个学生模样的人走过来,问道:"你是澹台玮吗?"

"是的。"玮玮答道,黑暗中看不清两人的面容。

其中一人又道:"请往这边来,有点事商量。"

玮玮不在意地跟着走,仍在想刚才的聚会。

走了一段路,玮玮猛省地站住问:"到底什么事?"

两人并不答话,低吼一声,四只拳头同时伸出,一下子把玮玮打倒在地。幸亏玮玮学过拳脚,早已翻身跳起,向后跳开。

两人没有料到玮玮有这点功夫,一个人再向前动手时,另一人将他喝住,说:"我们奉命通知你不要和殷家小姐来往,你是明白人,不用多说了。"说罢两人扬长而去。

玮玮觉得自己肩上火辣辣的疼,四面是无边的黑夜,真好像落入了武侠小说。自己站了一会儿,只好慢慢走回宿舍,对有些同学的招呼都没有看见。

渐渐地,除了肩膀,腰也疼起来了,看来打手是分工的。玮玮躺在床上,觉得身上的疼还好受些,心里的烦乱更叫人难忍。

"为什么我不能和大士接近? 为什么这样对我? 教室、实验室和运动场以外的生活竟是这样野蛮。殷大士知道了会哭吗? 父母知道了会怎么想? 三姨父和萧先生知道了会怎样做? 他们会责备我吗? 我做错了什么呢?"

玮玮用被子蒙着头,忍不住呻吟。一个同学走过来问,是不是发烧了。

玮玮说,不过有点不舒服,不要紧的。辗转反侧,几乎彻夜无眠。

次日玮玮勉强去上课,在教室里忽然悟到,那两人不打他的脸,是不愿留下太明显的痕迹。经过几节课的思索,玮玮决定不把这事告诉别人,尤其不能告诉玹子,玹子会去质问,这样对殷大士很不好。

晚上他早早上床休息,除了伤处疼痛,浑身像有什么东西箍住,怎么躺都不舒服。

忽然睁眼见玹子站在床前,连忙慢慢坐起,说:"你怎么肯进来。"

"我怕你走不动,你疼吗?一看就知道你不舒服。"

玮玮慢慢穿鞋说:"我照常上课呢。出去说吧。"

玮玮领着玹子到实验室坐了,他有钥匙。"你怎么知道?"玮玮问。

"下午荷珠到我办公室去了,说是去看殷太太,顺便和我说句话。她说殷家不准殷大士和你来往,已经闹翻了天。"

"我们不过才见了两次面,何至如此。"

"据荷珠说,打人的是一个想攀亲的人家,这样的人家不止一个。"

"说不定一家一家轮流来?"

玹子道:"现在还摸不准是哪一家,我们弄清楚了总要说话。"

两人商量了一阵,决定先禀报孟弗之和萧子蔚。玹子说,她在宝珠巷加租了房子,有里外间,让玮玮去住着养伤。

玮玮笑道:"哪儿就那么严重了。"

临分手时,玮玮问起保罗。玹子说:"又去重庆了,他很忙。"

孟、萧两先生商议,认为这事不宜张扬。不然对两个年轻人都不好,还可能涉及地方势力和学校的关系。玮玮应以学习为主,一时不和殷大士来往也好。玮玮也同意,只和玹子说,再来找怎么办?

玹子出主意说："可以对她说，大家都年轻，上学不可分心。"

玮玮心里想，她不会听的。

玹子笑说："说起来，殷大士真是一个美人，带野气的美人很不多见。"

玮玮说："她也说你是美人呢！"

玹子道："我吗？我是带傲气的美人。"

玮玮没有料到这担心很容易就解决了。

约两周后，也就是大士要来做代数题的星期日，玮玮收到一封信："我不能来找你做代数了。父亲要带我到重庆去，说是那里很好玩。可能一个月回来，再还你手帕。"

信没有上下款，字迹也充满了野气，纸上有一滴墨水的痕迹，玮玮想起那一滴大大的泪珠。这样的分别虽然省事，玮玮心里总像有一种莫名其妙的东西在缠绕，不知何时才能和大士再见一面，在繁忙的功课和各种活动中，不时会漾起一缕思念。

殷大士到重庆上学去了。传言说这似乎是一种人质，谁知道呢。

三

十二月中旬的一天，天气很晴朗。又是一个跑警报的日子。红球挂出了，空袭警报凄厉地响起。人们三三两两地往外走，并不觉得今天会有什么不同。

孟弗之因学校事忙，约有十来天没有回家了，现在随着跑警报的人群，走出东门回龙尾村去，他要告诉碧初和孩子们珍珠港事变的消息。乡下看不到报纸，家里没有收音机，若是没有人来来往往，什么大事也不会知道。

他想着战争的局势，日本和美国作战，日本多了敌人，我们则多了朋友,这是好事。学校的艰难情况让人忧心,还有玮玮近来的遭遇。关于宋朝冗员的文章,不过是腐败的一个方面。这一年又写了好几篇文章,要写的还多着呢。又想着近来关于陈纳德十四航空队的消息,说已有多架战斗机到昆明,要在空中打击日军的侵袭。飞行员在昆明、仰光两地受训,不知何时开始战斗,又不知什么时候有我们自己的飞机。这大概是千千万万中国人一致的想法。

路走熟了便不觉得远。这两年,弗之常走路,发现若是跟着一个目标就会走得比较快。现在他随着一匹小黑马,快步走着,心头渐觉轻松,不觉已到了龙尾村外的松林。看见一行行各种摊子,许多人来来去去,知道今天又是赶街子。

人群中走出一双小儿女,正是嵋和小娃。两人抬着十几挂松毛,嵋手里还提着一篮菜,小娃个子矮,松毛滑到他这一边。

嵋说:"推上来,推上来! 喊你推上来嘛!"

弗之快步走上去,要接过松毛。

"爹爹!"两个孩子大喜,按住松毛。

"我们会抬。"嵋说,"娘又病了,不过今天好一点。"

三人来到芒河堤上,忽听飞机声响。不像轰炸机,弗之心想。蓝天上飞过一队飞机,机翼上没有太阳旗。

"我们的飞机!"人群中有人在喊。这一队飞机果然是截击日机的,它们向天边出现的敌机飞去。

九架沉重的轰炸机排成三行,我方的战斗机向它们开火。它们身手灵活,忽上忽下,对着笨重的轰炸机射去炮弹、枪弹。一排排火光,一阵阵闪亮,一个火球向下坠落,在空中炸开,亮光四处迸射。紧接着又一个火球落下来,那是日本飞机! 横冲直撞、无人阻挡的日本飞机掉下来了! 糟践生灵,万恶不赦的敌机掉下来了!

赶街子的人都扔了手中的东西,拍手大叫:"打下来了! 打下来了!"一时"打倒日本帝国主义!"的口号声此起彼落。

小娃抽出竹竿,一面跑,一面挥舞,喊着"加油!加油!"像是在球场上。

弗之伫立堤上一动不动,像一尊石像。

嵋仰头问:"爹爹,是不是要打回北平去了?"

弗之长叹一声:"不那么容易啊!"

天上的敌机转头逃走,我方飞机紧追下去,留下一阵轻微的爆炸声。弗之招呼小娃回来,拾起松毛串好,三人一起回家。

后来据说这次空战打下日机三架,习惯了挨炸的昆明人个个觉得自己长高了几尺。

这就是嵋和小娃的梦啊!打下日本鬼子的飞机!

宝台山的路由石块歪斜地铺成,石缝中的草还是很绿。小娃曾在这路上崴过几次脚。

嵋一路絮絮地告诉家里的事,青环让她的姑父叫走了,娘有几天不能起床,多亏钱太太和凌姐姐轮流来帮助料理。

快到家了,两个孩子飞跑进门,大声说:"娘,打下日本鬼子的飞机了!"

碧初正坐在矮凳上洗衣服,惊喜地站起来,只觉两眼发黑,天旋地转。弗之抢步向前扶住。

嵋和小娃一起跑过去夺过碧初手中的衣服,说:"娘又不听话了,我们刚出去一会儿,你怎么就干活!"

碧初微笑道:"我已经好多了。"一面重重地靠在弗之肩上。

"幸亏爹爹回来了。"两个孩子心里默念。

三人扶碧初进房,靠在床上,弗之觉她身上微微渗出冷汗,心上发愁,说:"上星期还好好的,今天怎么这样了?"

碧初勉强道:"没有什么,这病时好时坏,也是常事。我应该听嵋的话。"

三人垫枕头掖被子,招呼了一阵。拾得也挤在脚边蹭。

碧初叹道:"福气够好的了,还要什么。"

弗之告诉了日军偷袭珍珠港、日美开战的消息,碧初高兴地说:"好像是有了盼头。"嵋和小娃马上找来地图,要指给碧初看。

弗之说:"先让娘休息吧,我们听嵋的指挥。"

嵋让小娃做功课,自己熟练地晾好衣服,用洗衣水把房间擦拭了一遍,然后到厨房做饭。

这时有人从晾的衣服中间走过来,是江昉先生。

江昉两眼放光神情兴奋,嘴上的烟斗有节奏地一动一动,大声说:"到底有这一天!我刚才在山上观战,你们这儿看得见吗?"

弗之一面给碧初倒水,一面说:"在芒河堤上看见了,赶街子的人都兴奋得大呼口号。这回世界局势大变化,似乎有点希望,至少敌机的轰炸会减少些。"

两人坐下,江昉说:"你们的桌椅真干净。轰炸了这么久,咱们居然都没死。我看外部的情况有变化,内部的问题渐渐出来了。听说中央军某部克扣军饷,士兵生活很苦。还有冒领军饷的。这些人发国难财,该下十八层地狱。"

弗之道:"那开仓放米的问题,也是叫人寒心。有权的平价买进,高价卖出,一转手就是多少万,可老百姓吃什么!"

江昉说:"人心远不如以前那样齐了,'壮士军前半死生,美人帐下犹歌舞',现在也许还不到这么严重,可是前景堪忧。"

弗之道:"贪污是历朝的大祸,所谓'一任清知府,十万雪花银',这是老百姓总结出来的。"

江昉道:"清朝就更不用说了,一部《官场现形记》留下了真相。"说着站起,踱了几步,转身道:"听说延安那边政治清明,军队里官兵平等,他们是有理想的。"

弗之道:"整个历史像是快到头了,需要新的制度——不过那边也有很大问题,就是不尊重知识,那会是很大祸害。"

江昉不以为然,说:"知识固然重要,但对我们来说,和人民大众站在一起最重要。"

忽听里间一声脆响,是茶杯落在砖地上的声音。

弗之忙进去看,见碧初面色苍白,勉强微笑道:"连杯子也拿不住了。"弗之俯身安慰。

江昉站在门边叹道:"内人前天来信也说是病了,她的体质还不如孟太太。你们可要熬着,要熬出头啊!"他的家眷在成都,总说是要来,可是没有来。

一时碧初睡了,弗之扫了地,仍请江昉坐。

江昉拿下烟斗:"我看你关于宋朝冗员的文章口气太温和,那根本原因在于长期的封建制度。你刚才也说我们的制度走到头了,怎么不写进去?"

弗之苦笑道:"已经受到盯梢了。你知道我这个人素来是不尖锐的,可是总遇到这样那样的麻烦。进步的人说我落后,保守的人说我激进,好像前后都有人挡着。"

江昉磕磕烟斗,说:"我只有来自一方面的批评,自由多了。我要做到想说什么就说什么,这叫不自由毋宁死啊!"说着哈哈大笑。抬头看见墙上挂着弗之写的条幅,不觉念道:"'菖蒲自蘸清溪绿',这意境很好,可是这样的乱世,谁做得到?"

弗之沉思道:"若能在心里保存一点'自蘸清溪绿'的境界,就不容易了。"

江昉说:"想法会影响行动,要是真做起来,岂不是自私自利?"

弗之微笑道:"我想你也盼着有一天能够得到纯粹的清静,好遨游九歌仙境之中。"

江昉磕磕烟斗,说:"你看透我了。"仍把烟斗放在口中。

弗之忽然想起,从柜角找出一包烟丝,递给江昉:"这是舍亲送的,我又不抽烟。"

江昉接过,笑说:"他多送些才好!"

门外一阵笑语,听见嵋在唤:"葑哥!凌姐姐!还有你,柳。"果然从晛的衣服中出现一个很大的狗头,似乎在笑。雪妍随弗之进去看碧初,卫葑和江昉很自然地走到一边说话,柳坐下来看嵋做饭。

嵋现在是烹饪能手了,先做什么,再做什么,同时做什么,很符合运筹学。她一面手上忙碌,心中却在背诵《吊古战场文》,那是娘布置的功课。

"沙草晨牧,河冰夜渡。地阔天长,不知归路。寄身锋刃,腷臆谁诉?""鼓衰兮力尽,矢竭兮弦绝,白刃交兮宝刀折,两军蹙兮生死决。降矣哉?终身夷狄。战矣哉?骨暴沙砾。"

战争多么可怕,它把生命夺走,能不能把正义留存下来?我们总算亲眼看见日本飞机掉下来了,这就是正义啊!那蓝天上的战场该怎样凭吊?正想着,有什么牵动她的衣服,那是柳,它用目光把嵋的眼光引向炭火。

"哎呀,米汤溢出来了。"嵋赶快打开锅盖,支上筷子,一面说:"好柳,多谢你提醒我。"柳便伸出一只爪子要和嵋握手。"现在不行,你看,你看,忙着呢!"嵋说。

柳快快地放下爪子,起身转了一个圈,仍坐在嵋身边。它喜欢看做饭已是出了名的,无论是米太太还是雪妍做饭,它都关心地坐在旁边,好像随时要帮忙。

大门边,江昉和卫葑谈了一阵,要下山去。刚迈出庙门,卫葑见他长衫下摆撕了一个大口子,连忙说:"停一停,江先生,衣服破了。"

江昉低头一看,笑道:"可能好几天了,我都不知道。"

雪妍在屋里听说,很快拿出针线,蹲下身来缝那破绽。柳马上走到她身边坐下,比她还高。雪妍对它一笑,它似乎也在笑,柳和雪妍是最好的朋友。

一时缝好,江昉拱手致谢,下山去了。卫葑拿起水桶去挑水。雪妍回到屋中,见弗之的一件破衣服,便拿起来补。

碧初精神已好多了,听说柳来了,让它进屋。柳和碧初握手,眼光十分亲切,像是在问,你好些吗?

雪妍道:"我看五婶好多了。"

碧初道:"刚才又晕了一阵,睡了一下好一些。"

雪妍道:"这几天,米太太身体也不好,她怀孕了。"

碧初惊喜:"这是喜事,他们有后代了。"

雪妍叹道:"这后代还不知漂泊到哪一天。他们要来看望五叔和五婶。"

说起这个犹太家庭,大家都很同情。世界上居然有没有祖国的人,多么奇怪!周围的人常因看到他们而为自己有祖国,且在为她受苦、为她奋斗而感到骄傲。

雪妍缝好衣服,见一支洞箫插在瓦罐里,便拿起来抚摸,笑说这也是件传家宝,那天听见嵋吹,声音像从远山中飘来似的。

这时,小娃做完功课走过来,拿起洞箫便吹,吹的是一支古老的曲子《苏武牧羊》。苏武留胡十九年,在冰天雪地中牧羊,不肯投降,终于归汉,回到自己的祖国,自己的家。小娃吹出的箫声并不美妙,但似乎传达着一个信念。

柳忽然低吼一声向门外跑去。不多时,卫葑挑着一担水走进来,后面有两个外国人。柳围着他们转,好像久不见了。

那两人是米先生和米太太。米先生打着领带,拿着手杖,米太太穿着长裙,拿着一本书。半边头发向前梳,遮住半张脸,这是她的发式。

屋里窄小,只米太太进屋去。她说知道碧初不舒服,早想来看望,只是怕打搅。

碧初靠在床上,微笑道:"我这病没什么,头晕一阵,过去了就好了。从落盐坡走来,累不累?"雪妍用法文翻译。

米太太习惯地用书遮住脸上的疤痕,对碧初说:"雪妍告诉你我们的好消息了吗? 我怀孕了。我做过一回母亲,但是现在没有孩子。我知道,你是个成功的母亲,你会给我经验和福气。"

碧初轻声叹息,她并不认为自己是成功的母亲。三人低声谈话,脸上都是喜洋洋的。

弗之请米老人在院中坐了,他们谈论珍珠港事变后的局势,谈论云南小村的环境。弗之关心地问起米家的生活。米老人很有外交家的风度,谈吐有趣,态度可亲。

他说,他和妻子都极喜欢这个小村。龙江、芒河常让他们想起莱茵河。他在莱茵河边长大,从来认为德国就是自己的祖国,愿意为她而生、为她而死。一九三三年,他从任上被召回国,随即以莫须有的罪名——也许是十分明确的罪名,只因他是犹太人——被驱逐出境。

弗之叹道:"犹太民族是伟大的,经过几千年的漂泊,被排挤、被驱赶,还保留着自己的文化和传统,立足于世,这是多么不容易! 希特勒排犹就是反人类,他发动的侵略战争也证明了这一点。"

卫葑放好水桶走过来,说:"什么时候能完全消除种族之间的隔阂就好了,当然希特勒的残酷的灭绝人性的行为,不是因为隔阂,而是因为政治的需要。"

米老人说:"葑很了解我们。我常想,他不只是一位出色的物理学教师。"

卫葑笑道:"我还是一个出色的邻居呢!"

嵋走过来,说:"你还是一位出色的兄长。"

米老人赞许地看着嵋。大人孩子,屋里屋外,大家愉快地谈话。

这一上午，孟家为了截击日机的胜利和一个小生命的孕育，处在一种节日的气氛之中。

一九四二年的元旦来了，春节来了。几个月来轰炸显著地减少了。不用跑警报，真是稀奇事，战争似乎暂时隐退了。

孟弗之和李涟两家和文科研究所的单身教员一起过节。他们在地上铺满了松枝，踩上去软软的，松树的气味充满全屋。有人拿了红纸来，嵋和李之薇糊了好些小灯笼，错落地挂在墙上。蜡烛不够，只点了几支，房间便大变样。烛光跳跃着，松枝的绿色映上来，使得陋室像一个绮丽的梦。这是大家在东躲西藏期间的一个特别的、充满希望的节日。

春天来了。昆明因四季不分明，花事从来不断，春天不像北方的来得那样热闹，而是淡淡的，在一种“巧笑倩兮，美目盼兮”的意味中悄然来到。宝台山上，一片片五颜六色的野花次第开放，宛如一块块花毯包裹了山坡。

在文科研究所墙外的空场上，要举行一场劳军演出，这个消息使得这一带的村民们都很兴奋。军队派人来搭戏台，用了两天时间。嵋和小娃天天跑去看，眼看戏台逐渐成形，两个孩子有一种成功的踏实感觉，这是在建设什么，而不是在破坏什么。抗战前嵋还看过几次演出，小娃一次也没有看过。他一直在问，是不是真的人在台上走？知道演出剧目是《群英会》以后，碧初给他们讲了《群英会》的故事。他们都看过《三国演义》，诸葛亮、周瑜都是熟人了。

演出这一天，小娃问了好几次天怎么还不黑。好容易天黑了，几个汽灯打足了气，挂在台前，亮得耀眼，皎洁的月光不知移到哪里去了。士兵们军服整齐，村民们都穿着最好的衣服，早早坐好等着看戏。孟家人可没有以前出门做客的准备了，只要穿得够暖就行。场地中有一块地方是给大学的，这是近几年来，大家第一次轻松地聚在一起。

大幕是用几块军毯缝制的，挂得不很正，锣声一响，还是顺利地拉开了。那不知是什么剧团，唱念做打颇能传神。诸葛亮出来了，蒋干、黄盖出来了，周瑜出来了，净、丑、老生、小生，各种不同的音色和颜色鲜艳的服装组成了一个想象的历史中的世界。台下人除了看戏各有不同心事。

凌雪妍本来不想来，她怕看见戏台。她那酷爱戏剧的父亲，做汉奸也还没有离开戏剧这个行业。但既然整个村子包括米家夫妇都那么高兴，她也就来了。台上的歌唱，使她想起北平家中票友们的聚会，声音也是那样清亮，也是那样婉转，可是生活像一盆浊水，把每个人身上都涂满了血痕和泥浆。父母亲现在怎样了？一定衰老了很多，父亲还是那样心不在焉吗？母亲还那样处处计较吗？那舒适的家该是多么的空。台上的戏很热闹，雪妍却不停地拭眼泪。卫葑感觉到了，问是不是不要看了，到五叔家坐一会儿。雪妍摇摇头。

米太太想起她那一段演员生活。她演过各种名剧的配角，有一次汉堡上演瓦格纳歌剧《尼伯龙根的指环》，连续演了四个晚上。她曾扮演守卫莱茵黄金的仙女，还参加了几句合唱。那是她演员生涯的顶峰，一直不能忘记。可惜大卫没有看见过她化装仙女的模样。她握住米老人的手，两人都感觉到对方手的力量，在一片陌生的颜色和声音之中感到安慰。他们都热爱德国文化，认为它也是自己的，可是有人硬把它撕开。她想着，觉得心痛头也痛，渐渐地这疼痛集中到小腹，觉得真像在撕裂什么。米先生把她的手一捏，问是哪儿不舒服。她指指肚子，头上冷汗渗出，简直坐不住。雪妍也发现了，唤了碧初一起扶她往孟家来。刚进院门，一股鲜血从宝斐腿间流下，她小产了。

碧初忙让她躺在峨的床上,找出些旧衣物和棉花、草纸一起垫好。换下来的衣裤中坠着一个血团,那本是一个小生命。

碧初悄声说:"如果血流不止,就有大危险,怎么办呢!"

雪妍提醒:"五婶平常吃的药——"

"可不是! 我这里还有云南白药。"

说着忙找出药瓶,调好粉末,让宝斐立即服下。两人又煮米汤、烧热水,忙着照护。

米先生握着妻子一只手,用意第绪语念圣诗。弗之、卫葑在门外,商量到赵二家借马去请医生。

最近的医生也有二十里,卫葑说:"事不宜迟,我这就去。"

还未出门,见李太太赶来了,她大声说:"有病了,是尊神要祭祀,我来解。"

弗之忙劝说:"他们宗教信仰不同,不可造次。"

李太太不满地说:"我是要救人啊!"口中念念有词,在院中走来走去。

不知是李太太法术无边,还是云南白药有效,宝斐出血渐少,慢慢睁开眼睛,大家都松了一口气。不多时卫葑跑回来,说赵二赶马帮去了,他从近处领来一个草药郎中。得知米太太情况好转,便把那郎中打发走了。

李太太在月光下左右旋转,舞了一阵。听说病人渐好,自己很觉满意,站在卫葑面前笑说:"真该有喜事的是你们俩,怎么还没有动静?"

卫葑不知怎样回答,只好说:"多谢李太太关心。"

李太太发议论道:"生和死是一块抹布的两面。尊神拿着这块抹布抛来抛去,可就得出人的命好命坏来了。"又问弗之:"孟先生说是不是?"

弗之说:"李太太热心助人,现在总算没有危险了,还是去看戏吧!"

这时传来一阵锣鼓声,她就踩着鼓点走了。

米老人见宝斐神色平稳,便把她的手放在被中,掖好被子,捡起那包血团要去掩埋。卫葑找来铁铲簸箕,陪他走出院门。

演出正进行到高潮,周瑜要诸葛亮立下军令状去借东风。小生的唱腔嘹亮,老生的音调高亢,在山野间传得很远。他们向山的另一边走去。那里有一片小树林,树密草长。见有人走来,夜鸟扑拉拉惊飞了。

米老人选了地方,靠着一块石头,挖了一个小小的穴。他把那血包放进去,盖上土,用铁铲轻轻拍拍。这里埋葬着他的骨肉,一个异乡人未成形的亲生子。他不知道自己还会不会有后嗣,一再画着十字,眼泪滴在手指上,在冷冷的月光下,成为亮晶晶的冰痕。

那天晚上大家胡乱凑合过了一夜。嵋和小娃看戏回来,不知道发生过什么事,只高兴家里有这么多客人。小娃兴高采烈,一个跟头翻到床上,这是刚学的。嵋一直默默的,似乎满腔心事,把床让给米老人,自去碧初房中睡凳子。

卫葑和雪妍坐在厨房台阶上,共披了一条旧毯子,好像又回到从山西跋涉而来的路上。荒村野店,瘦马破车,后来想起倒觉得很可回味。最重要的是他们两人在一起,他们是完整的、充实的、丰富的,这尤其是雪妍的感受。

卫葑在雪妍耳边轻轻告诉了李太太的话。

雪妍先嗔着:"你坏!"在卫葑手上轻打了一下,随后又说:"若是有了,怎么养得活!"

"岂有养不活之理,且看他有什么样的爸爸妈妈! 抗战都能胜利,孩子怎能养不活!"雪妍良久不语。

月到中天,把树影照成一幅水墨画,凉意渐重,两人更靠紧些。"我常觉得生命很单薄,不知什么时候就会结束,似乎应该有个延续。"雪妍说着，打了一个寒噤。

卫葑搂紧了她，说："你今天太累了，睡吧，睡吧。"可是自己毫无睡意。

这些年来，卫葑经历了很大的变迁，对许多事都看得平淡了。今天这个生命的血团，给了他想不到的震撼。他的生活常在矛盾之中，他越来越觉得自己信奉的事业并不可爱。它需要撕裂，需要熔铸，这些都需要一副硬心肠，而这正是他缺少的。延安的生活他不满意，昆明的生活更让他失望。他最大的安慰是身边的娇妻，但这对一个男子汉来说是不够的。也许，也许他该有个儿子。

他用毯子把雪妍盖紧些，又久久地望着那一轮明月。

次日一早，卫葑找了两个村民，用竹椅把宝斐抬回落盐坡。卫葑和雪妍走过那飞溅着水花的瀑布时，都感到那瀑布虽小，却有些壮丽的意味。他们没有说，互相看了一下，便读出了对方心里的话。

犹太女人小产的事在村里传开了。女人们很惊异：她们也能生孩子，老天爷保佑！好心的邻居还送去一包保胎的草药。

米老人连连道谢，两手一摊，苦笑道："只是胎已经没有了。"

"还会有的，我们中国地方好啊！"这是一个村妇的回答。

宝斐躺了十多天，渐渐复原。有一天，城里来了好几位外国人，他们一起祈祷，房里传出了诵经的声音，音调很是苍凉，那是《希伯莱圣经》的诗篇，他们常常唱的。

"不从恶人的计谋、不站罪人的道路、不坐亵慢人的座位，唯喜爱我的主的律法，昼夜思想，这人便为有福。他要像一棵树栽在溪水旁，按时候结果子，叶子也不枯干。凡他所做的，尽都顺利。恶人并不是这样，乃像糠秕被风吹散。因此当审判的时候，恶人必站立不住。罪人在义人的会中也是如此。因为我的主知道义人的道路。恶人的道路却必灭亡。"

这是他们的信念，是几千年来善人的信念。

因宝斐病吓坏了的柳，一直耷拉着尾巴，现在也慢慢精神起来。它跟着客人走来走去，常常伸出前脚，有时做人立状。有的客人不喜欢它，它被关在门外，但还是竖起耳朵用心听里面的动静。

宝斐烤了一个大蛋糕，和米老人一起送到孟家致谢。他们说，那天真惊扰了，幸亏孟太太有经验。这里不只有知识的人好，村民们也给他们很大安慰。

村里人对这对犹太夫妇的身世逐渐了解，于是有了流传在云南小村中的犹太人的苦难故事。

流浪犹太人的苦难故事

每个人都有自己的故乡。故乡总有一片人可以依附的土地。人说离乡背井,也就是说离开自己依附的土地和饮用的井水,那是巨大的灾难和痛苦。你们漂泊,东藏西躲,但你们有一个来处,有一片土地和土地上的水井。你们有目的地,要打回老家去!

对于我们犹太人来说,没有来处。世界上没有一寸土地可以寄托思念。我们被自己确认的国家处极刑,到处被人拒诸门外。大地茫茫,云天高渺,哪里是国? 哪里是家?

我是富商的儿子,受过良好的教育。曾在几处德国驻外使馆工作。在青岛任领事三年,永远忘不了我作为正常人的那最后一段日子。

一九三三年我被召回国,我和宝音——我的第一个妻子,我们是青梅竹马、一起长大的原配夫妻——都很高兴。我们很高兴回家去,那是我们亲爱的故乡。不料在我深爱的故乡,等待我的是监狱! 他们将我逮捕又释放,释放又逮捕,没有一次审讯。愈来愈重的仇恨布满大街小巷。一次,宝音去买面包,面包店老板把她推出门外,关上门,并且上了锁。我们见人不敢说话。当时已有暴力行动,只好设法逃亡。我们在西班牙、意大利停留了几年,拉丁美洲的亲戚建议我们去那里居住。我们得到的签证是假的,到岸后不能入境。我们想到别的拉丁美洲国家,没有一个国家愿意接纳。

但愿世上任何人都不要经受我们所经受的。所有的门都对我们关闭。我们好像头朝下,倒悬在空中。记得中国文字曾用倒悬形容老百姓的苦难。可是我们究竟有什么罪! 宝音在路上得病,此时又气又绝望,病情急转直下。到现在我也不知道她究竟是什么病。我们在走投无路时,得知中国可以接纳我们。到中国去,这是众多犹太人的一线生机。可是宝音没有等到这一天,她在甲板上断了气。临终前她挣扎着说的最后一句话是"到中国去"。

船员把她扔进大海,我没有任何说话的权利。她睡在溅起的浪花之下。若不是有我的宗教管着,我几乎要投身大海和她一起去了。

我又回到欧洲,没有一个国家肯和希特勒作对,接纳犹太人。好不容易在意大利获准停留两天,我弄到去上海的船票。

到中国去!

这一次来中国和前次大不同了。我曾代表的那个国家现在视我为罪犯。我只能逃,逃到中国来。

相对地说,船上的生活是平静的,我得到暂时的休整。每天看见无边的天,无边的海,身上的重压似乎移到天和海中去了。感谢主赐给我这两周的休息。至少不用奔波,一切很正常,到时候有饭吃。我几乎希望永远在海上飘摇。除了休整,还有希望,活下去的希望。

可是有些人在饱受折磨之后,突然的平静使他们精神崩溃,发作歇斯底里。不只女人,连男人也发作。他们哭,叫,在甲板上奔跑,有时会引起众多人的嚎啕大哭,哭声撼天震地。希望你们永远不听见!在这巨大的悲痛中,我能做的,只有祈祷。

我们中有一位妇女,身材瘦长,三十多岁,前面的头发总是垂下半边,遮住半个额头。后来才知道,那是为了遮住伤疤,一道血红的刀痕。

可以猜到了,她便是我现在的妻子。

她不哭,不叫,总是沉默地坐在甲板上望着大海。

人们很快知道了彼此的身世。在纳粹大屠杀大逮捕大清洗的夜里,她失去了丈夫。她扑在丈夫的尸体上,刽子手们又给她加上了一刀,砍中额头,鲜血流遍全身。但她没有死,那鲜血淋漓的模样使得凶手们以为不需要再加一刀。她带着儿子逃亡,一切都为了儿子。在一个混乱的车站上,她的儿子被人群踩死。他才五岁,连妈妈都没有来得及喊一声。

她几乎失去了逃亡的意志,活下去还有什么意义?她只是呆呆地坐在旅馆很脏的走廊上,一动不动。人们告诉她已有的船票多么难得,靠它可以到达一个犹太人能活下去的地方。几个素昧平生的同胞把她架上了船。她仍呆呆地坐着,在甲板上。

我常靠在栏杆边眺望大海,也看着她。她简直像一座犹太人苦难的塑像。海风吹拂着她的头发,发间殷红的疤痕忽隐忽现。我望了许久,慢慢走近她说:"请你哭一哭。"

她不理我。

我坐在她身边,轻轻地说:"你看我这样老了——可我们的民族要活下去——我的女儿——"

两天以后,她忽然伏在我肩上,啜泣起来。

他这样老了,走路有点歪斜。但他的腰不弯,背挺直,总能及时矫正方向,看起来还是很精神。我已经几天只喝清水了。他拿了汤来,我觉出汤的滋味。他拿了饭来,看着我慢慢一口一口吃下,他那满是皱纹的脸上掠过一丝笑意。犹太人也有笑的权利!

我们在甲板上散步,互相搀扶着。没有多的话,我们在沉默中达成一项契约,我们要活下去!为了他的妻子,为了我的丈夫和孩子,为了千千万万我们的同胞。让那些刽子手看一看,犹太人是杀不尽的。

我们得活下去!

船经过苏伊士运河时,埃及犹太人到船上来慰问。我们祖先的流浪是从这里开始的。我们流浪了上千年,到处留下痕迹,我们不会消灭。

在埃及的同胞上船来,我们一起祈祷。他们赠一些小东西,手电筒、打火机之类。我得到一块手帕,上面印着埃及金字塔。

我们的金字塔在哪里?

每次船到港口,大家都提心吊胆,怕有反犹太分子上来捣乱。他和我总是站在一起,拉着手。他轻声说:"不要怕,我的女儿。"

船离上海一天一天近了。他向我描述中国。我知道中国土地大,历史长,人口多。中国人正在进行一场保卫家园的伟大战争。我们像寒风中冻得半死的麻雀,终于找到可以栖息的地方。

上海犹太人救济委员会的代表在欢迎来沪难民的致词中说:"欢迎前来上海。从今以后,你们不再是德国人、奥地利人、捷克人、罗马尼亚人。从今以后,你们只是犹太人。全世界的犹太人已经为你们准备了家园。"

从今以后,我们什么也不是,我们只是犹太人。我觉得自己像被剥得精光,挂在树枝上——究竟还有这一棵可以依靠的树。

我们分住在为单身男女提供的房舍里,经常在犹太教堂见面。

他懂得许多国家的文字。上海租界的商业部门有时找他做些翻译的事。有一天,一家石油公司邀他到中国后方去,可以随时有零活。第二天,他拿着一朵花来到我的住处。他说他已经考虑好几天好几夜,好几个月了。如果我们分离,他会很不放心。所有考虑的结果,集中为一句话:"你愿意和我一同去吗?"

当然不是做女儿。

我们的年龄相差很大,但我们的心没有隔阂。我的容颜可能如妖鬼,但他总是以赞赏的眼光看着我。似乎我过去的丈夫也正通过这目光关注我。

我,宝斐·谢安愿以大卫·米格尔为夫。

我接过他手中的那一朵花。

　　到昆明后不久,公司负责人回美国去了,留给我们许多日用品,还有柳——我们的朋友。这是上帝安排的小家庭。我们看着云南湛蓝的天空,我们听着落盐坡活泼的水声,我们喝着奔流的龙江水,我们吃着种在自己门外的粮食,我们不死。

　　我们不死!

　　在小小芒河的堤岸上,一对犹太夫妻在慢慢行走,继续他们祖先流浪的脚步。

第 六 章

一

在战争的岁月里，漂泊流浪的岂止犹太人。在苦难的中国大地上，人们被炮火驱赶着，把自己的家园遗失在遥远的记忆里。记忆虽然遥远，却永远是鲜明生动的，让人回想、思念，感到又沉重，又丰富。毕竟还是有乡可离，有井可背，可以有打回老家的愿望。

孟家人逃出北平已经四年了，又出昆明城，躲藏在乡下也已三载。自珍珠港事变以来整个战局有了变化，日机轰炸有所收敛。根据同盟军的需要，中国派遣了远征军到缅甸和英军联合作战。但是，英军先是贻误战机，后又配合不力，腊戌等几个大城市相继失陷。远征军一部分退往印度，一部分回国，沿途遭受敌人追击，又经过毒蛇出没、蚊蚋成阵的森林，十万大军入缅，只有四万归来。而日军向滇西进逼，云南西部成为战略重地。五月间，日军攻下了畹町、芒市、龙陵、腾冲等几个重要城市。昆明人从长期轰炸中刚得到一些喘息，又受到边城沦陷的威胁，大学乃有迁校的议论。但是一般来说，生活比轰炸时正常多了。后来，迁到乡下的各学校陆续回城，但大学的先生们，动作素来不敏捷，只有少数人在城里找到房子，大多数人仍然安居在田野间。

快放暑假时，下学年的聘任成了人们关心的问题。有一天，李涟从系里带回一封给孟弗之的信，一个大信封，名字写得有栗子大，一看那龙飞凤舞的笔迹，就知此书法只能出自白礼文之手。

"好久没有消息了,居然有信来,大概要回来了。"弗之打开看时,果然是白礼文过足了云烟云腿的瘾,表示要回到学校教书了。他明白白礼文擅自离校一年,再回来任教是很不合适的,又知江昉的明确态度。但心下很可惜白的才学,若不聘他,这才学不知会有怎样的结果,便想再了解一下各方面的意见。不料过了几天,白礼文突然出现。

白礼文依旧趿拉着鞋,好像在一个村子里串门一样。进门向弗之深深鞠了一躬,这在他是少有的礼数,喊一声孟先生,便自己坐下。仆人老金挑着一担行李,放在院中,拿下两只火腿,摆在桌上。

白礼文说:"你若是说我送礼,可就小看我了。我是想,也就是孟弗之还是个好人,该吃这火腿。"

弗之说:"我自然懂。老兄这一年生活怎么样?"

白礼文说:"好!好!好得很。土司家老太太去世了,我写了碑文,词藻华丽不同一般啊!还有哪个人写得出!"说着从挎包里拿出一卷纸,递给弗之欣赏。

弗之展开大致一看,心想,这种谀墓之文,写到如此也是一绝了。

"那土司特别敬重你老孟先生。"白礼文说,"他读过你几篇文章,把你的《中国史探》弄了一个手抄本——当然是叫别人抄,也算得个通灵性的。对我可差得多。"他突然停住话头,不说下去。

孟弗之问:"老兄现在有什么计划?"

"现在要找个住处。"白礼文回答得很干脆,把两只鞋轮流脱下,在椅子腿上磕灰,"再找个饭碗。"

孟弗之说:"饭碗问题从长计议。现在大家都回城了,你还愿意住乡下?"

"城里房子不好找,又不如乡下自由。"

这时碧初出来,要弗之跟她到厨房,低声说:"惠枌他们的房子空着,东西也搬得差不多了,钥匙在我这里,莫若先给白先生住?"弗之点头,过来对白礼文说了。

白先生大喜,当时接过钥匙,从桌上拿回一只火腿,说:"你家人少,一只也够了。"自往山下去了。

在城里找房子,钱明经当然属于最先成功的一批,他恳切请求惠枌一同返城。惠枌犹豫过,因想既不能离婚,也只能努力和好,在城里画友们来往较方便,便同意一起返城。碧初等都觉得她家的危机已经过去,暗自欣慰。

白礼文进入钱家空屋,依然榻燃烟灯,壁悬火腿,过他的悠闲日子。跑警报这一项内容基本取消,他便恢复了以前的写字癖好。他每写一字,必从甲骨文、大篆、小篆、汉碑、魏碑、宋体的字体演变一直写下来,写时墨汁乱溅,写好了,字纸乱飞。然后再费很大工夫把它们拘管起来,一排排贴在墙上,很得意地对老金说,每一个字都是文字演变史。老金一旁点头,含糊地说:"活了,活了!"没有几天,原来很白的墙壁变得斑痕累累,白礼文没有一点不安。

赵二担水上山时,描述白先生的情况。

碧初惊道:"弄得这样,怎么交还房子?"

弗之说:"你放心,钱明经是不会回来住的。"

碧初迟疑地说:"惠枌可能会回来住。前些时李太太从城里揽了些缝补的活,她的针线不快,想改做食品来卖。她邀我和惠枌一起做,这对她是个帮助,惠枌说这个挺好玩。"

"你呢?"弗之问。

"我也觉得有趣。"这是碧初的回答。

次日,弗之进城主持他的两门课考试,然后在大戏台上看卷子。历史课本来是不时兴的古董,但是每年选他的课的人还是不少。学生说孟先生的课不仅有史实而且有思想,历史经过他的梳理,真有拨开云雾之感。踊跃选课是一回事,考试答卷又是一回事,答卷中高分的向来不多,今年也不例外。

下午,秦巽衡遣人送来一个条子,请弗之晚上到他家便饭。弗之看完卷子,填好分数,便到秦校长家。那是两进院子,秦家住在后院楼上,前面是明仑大学办事处。

弗之走进院中,谢方立正在楼上,靠着走廊栏杆摆一个案子熨衣服。穿熨过的衣服是秦巽衡保留的一点奢侈习惯。

"孟先生来了,请上楼。"谢方立招呼着。

巽衡正在看文件,起身迎了两步,让弗之坐下,说:"滇西的局势不好,幸亏有怒江隔着,高黎贡山挡着。咱们的军队是很英勇的,但是问题也很多。"说着递过一份材料,是讲保山被轰炸的情况,毁房伤人很多。巽衡苦笑道:"教育部要我们再做迁校的准备,当然这是件从长计议的事。"

弗之道:"我看迁校的意义不大。云南真的失守,中国的前途也就完了。"两人又讲了些战局和学校的状况。

谢方立端茶进来,说:"屋里有热水瓶和茶叶,我就知道没有倒茶。"弗之站起,谢过。

巽衡说:"方立从来是远视眼。倒是有一件急需解决的事,教育部要每个学校开修身课,还要报告每学期教学的情况。你是知道的,几个学期换了几个教员,都压不住台。有人说,是不是请孟先生出来镇一镇——这是件吃力不讨好的事。"说着,询问地望着弗之。

稍等了一会儿,弗之慢慢说:"我算了一下,已经换了四个教师了。这其实不是教师的错。同学对这门课有一种看法,认为是国民党强化思想的课,谁教效果也是一样的。不过,我来试试未尝不可,不然怎么交代。无非是你乱你的,我讲我的,沉得住气就行。"

巽衡微笑道:"若论沉得住气,谁也比不上你。"

"我讲三民主义恐怕不行。"

巽衡忙道："可以广泛得多。我想这也可以讲成一门有趣的课。"

"只要不被哄下台来就好。"弗之回答，遂就这样定了。

弗之说起白礼文的问题，他们很快得出一致意见：任何一个集体都要有纪律。学校中有各种学术思想的自由，但是在纪律方面人人平等。

天渐晚了，谢方立留弗之用晚饭。办事处有厨房，一切都还方便。饭间，谢方立说起几位太太商量着贴补家用的办法。有人要做点心，有人接洽了缝制锦旗的活。本来各位太太都是知识妇女，现在也只能从手艺上做些添补了。

弗之道："当初，卓文君当垆卖酒为的是一己的感情，诸位太太的这些活动是在国家危难时，间接帮助教育事业。碧初和李太太她们也在想着做点什么。"

"孟太太那样能干，必定有好主意。"谢方立说。

弗之微叹道："她身体太差了，我是劝她不要做的。"

又过了几天，在聘任委员会上，没有很多争论，大家同意江昉的意见，对白礼文不再续聘。

江昉在会上说："我个人对白礼文没有意见，我们还可以对饮三杯，同游无何有之乡。但是学生不能轻慢，课堂不能轻慢，如果不负责任，不守纪律，在课堂上，在学生面前怎能站得起来。"

白礼文得知这个消息以后，连声叹气，说："我的这些弯弯曲曲没有人懂啊！难道我真的要你们装着米虫的饭碗！"

弗之特地到水井小院看他，他正写大字，一个破碗里装着半碗墨汁。一支粗笔上下翻动，一时写完，自己"哎呀！哎呀！"赞叹了半天，并不觉有人进来，举着字要去挂在墙上，才看见弗之。

弗之拿着纸的一角帮他挂好，见写的是《说文解字》中关于鱼的一段："鱼,水虫也。象形。鱼尾与燕尾相侣。"许多鱼字神态不一,俱都生动可爱,心里一动,忍不住说:"礼文兄,我们同事也不是一年两年了,你的才学不同一般。事情你已知道了,我有个念头,说出来你可见怪?"

白礼文光着两眼,看定弗之不说话。

"我是想,你是不是可以下决心戒烟?我知道戒烟很难很痛苦,不过以你这样一个奇人应该做得到。你只要戒了烟,就不会这样漠视纪律,聘任不成问题。"弗之说得很恳切。

白礼文仍不答话,提起那支破笔,又写了几句:"曲曲弯弯字,奇奇怪怪人,花萼出云霞,妙境不可论。此中有真意,明白自在身。"写到这里,两眼瞪着墨碗,似在构思。

弗之接过笔来,替他续了两句:"若谓能割舍,岂是白礼文!"两人相视不语。

弗之复又写下一个地址,是四川某市一所师范学校的,说:"这学校要我荐人,据说待遇优厚。老兄若愿意,可去看看停留一阵。"

白礼文也不致谢,两人对鞠一躬,弗之辞去了。

这里白礼文坐在榻上,半晌不动。老金递过烟枪,他摇手不接。过了一会儿,忽然满屋疾走乱叫:"那东西呢?我那东西呢?"又躺在榻上,体会他那"明白自在身"了。

过了几天,他离开了龙尾村,先在昆明闲荡了一阵。也有本地大学聘他,他不肯就,又偏不往四川那个市去,不知在何处躲藏。

学校里对白礼文的离去反应冷淡。虽然他在文字学方面造诣极高,但了解的人不多,没有足够的影响,倒不如吕碧初、郑惠枌、金士珍几位太太的活动引人注意。距龙尾村不远,有植物研究所等几个机关,碧初等看中这个地方,计划在那里摆一个卖吃食的摊子,可以卖馒头、包子等各种北方食品。每天上午做一批,一次卖光。碧初是提调,操作可在惠枌家。惠枌在城里住了一阵,不很愉快,回来参加卖吃食,倒还有兴致。钱明经没有回来,整个水井小院都可利用。和面、发面、剁馅、擀皮、包成包子,金士珍都很熟练。她很热心,说这是积德,对人对己都有方便。

开张的这天,弗之不在家。碧初早早起身,见嵋和小娃睡得正好,帮他们掖掖被子,又交代青环几句,便往惠枌家去。沿石板路走下山,空气清新,路旁的木香花、杜鹃花蹭着她的衣角,觉得像是去做一件大事业。又想,大姐二姐知道这事一定不以为然,爹可不同,爹会支持我,说三女有勇气。

到了水井小院,金士珍已经到了。材料是头一天预备好的,三人操作起来,配合默契,井井有条,不到两小时,一锅大葱肉馅包子,一锅芝麻糖馅包子,还有开花馒头和椒盐花卷,都已蒸得。来打水的人,称赞好香,孩子们也探头探脑。赵二推小车帮着运输,把它们送到研究所附近,在一棵大树下摆好摊子。三人各选一块石头坐了,都说想不到有这样一天,成为引车卖浆者流。

惠枌发议论说,其实引车卖浆也是劳动,以之生活,也是神圣的。她说是这样说,真有人来买东西,她感到很不好意思,不愿收钱拿货。还是士珍手脚快当,担负起大部分销售任务。十点钟左右,附近机关的人休息,见有热气腾腾的食品,不少人来买。一个休息时间已差不多卖光,士珍和惠枌轮流推空车回村,剩的东西三人分了,够各家中饭。过了几天,附近的人都知道有个"太太摊",东西别致好吃,差不多天天都能卖光。

碧初虽然劳累,身体并无不适,笑着对弗之说:"天下无难事。"说着顿了一顿,"这也算是难事就笑死人了。"

弗之心里酸热,把她粘在面颊上的一缕头发捋上去,说:"不是这个事情难,而是肯做这种事情,解去习俗的桎梏,这一步难。"

碧初没有料到,遇见了一件不愉快的事,那就是峨的反对。在计划时峨没有什么反应,不料这个星期六回家来,一进门就郑重地对碧初说:"娘,我不赞成你摆摊,尤其是到我们研究所附近去摆摊。"

碧初正在厨房准备晚饭,忙擦手,过来问:"怎么了,有人说什么话吗?"

峨在自己房里说:"无非是说生活艰苦,太太们很不容易。我是说我的想法,你身体不好,做这个能有多少贴补,简直像小孩闹着玩儿,瞎起哄。"

"这事是李太太提的,大家帮着干,究竟有多少收入,要做了才知道。"碧初有些不悦,走进峨的房间:"嵋刚替你擦了屋子,连耶稣像也取下来擦过了。"

峨忽然把手中的书一摔,说:"嵋什么都好,我看就是她撺掇你干这种事,真是毫无意义!"

碧初不懂她为什么发脾气,仍耐心地说:"晚上等爹爹回来大家商量。你不知道李家情况,比我们更艰难。"

峨不耐烦地说:"就娘爱管闲事。"拿书蒙着脸不再说话。

傍晚弗之到家,两人分析,峨并不是那种做作之人,说的话也有几分道理。晚饭时,弗之鼓励峨再讲讲自己的意见。峨只淡淡地说:"无所谓。"便不再开言。

嵋和小娃不想惹着姐姐,闷声不响,埋头吃一碗炒米粉,不时互相看上一眼。孟家饭桌的气氛本来已很融洽,这一晚忽降冰霜,好在第二天就过去了。

另外使人尴尬的是李太太。她劳动好,只是在卖东西时,常要指出来人的休咎,弄得不愉快。

峨提过意见后,太太摊向远处移了,顾客还是这些单位的人。一次,峨和几个同事一起走,士珍上前拦住。

峨说:"李太太莫非要推销?"

士珍摆手道:"不是,不是。"指住一人说他面有黑气,三天以内不要出门才好。那人哈哈一笑,每天仍旧走来走去,过了三天特到太太摊前买东西。

士珍说:"我知道你心里得意,可你不知道我天天在为你化解啊!"

又一次,一位女职员走过,穿一件花布旗袍,梳了两条长辫子,很是俏丽。士珍直瞪瞪地看着她。

碧初怕她说出看见了什么,低声说:"李太太,我们只管卖东西,别的事少管。"

士珍不听,起身随那女子一直走到龙江边,见那女子往坡下去了,遂回来,附在碧初耳边说:"有东西下江去了,不碍事。"对这些事峨倒也没有说话。

做食品有些操作上的困难,都一一克服了。惠枌原来不会,可是学得很快,说这比画画容易多了。她还建议做上海小点心,用柴锅烤,总不成功。碧初用糯米做一种甜糕,倒很受欢迎。

一个月过去,真的有所收获。碧初将收入分为四份,李太太两份,自己和惠枌各一份。因李太太出力多,也因她最需要。

她们也去赶街子,杂处在一排排摊贩中,在食物的热气里若隐若现。

最初,村民都来围观,受到赵二媳妇的呵斥:"有哪样好看!看一眼就要买,不买走远点。"

碧初忙说:"看看怕什么,不看不知道是什么东西。"

惠枌用流利的云南话招呼着。士珍把包子花卷往小孩的衣襟里塞,大家十分亲热。

一天,碧初和士珍在街子上卖食品,这里的销路远不如机关附近,将近中午还没有卖完。松林中有些摊子已经撤去。

这时河堤上走来一个女子,在稀稀落落的人群中显得十分娴静优雅,她走近了,笑盈盈地喊了一声:"五婶,李太太,我来帮忙。"

金士珍说:"你手里提的是书包,装的是法文讲义、文学书本,这里有我们这几双油手,就够了。"

士珍不是刻薄人,说这话本是好意,但听起来有点讽刺意味。雪妍当下站住了,只管看着碧初。

碧初说:"雪妍该帮忙。不过你从城里回来,走了那么远,先坐下歇歇。"随手推过一张小凳。

雪妍不坐,把书包挂在树上,看见摊前有些碎纸,就去扫地。

碧初说:"看摊子本来用不了三个人。惠纷今天就没来,你还是休息一下。"她怜惜地看着雪妍白得透明的脸,觉得她越发瘦了。

说话间,有些人来买东西,一时剩的东西不多,乃商量着收摊。三人推着小车顺"大街"往水井院来,惠纷迎出来说:"我刚不去,就有替工了。"

碧初让士珍把没卖完剩的食物带回家去,自和纷、雪站在井台边说话。

"你们真了不起——"雪妍一句话没说完,忽然两眼发黑先靠在碧初身上,随即晕倒在地。

碧、纷大惊,将她半扶半抱在床上躺好,替她解领扣,揉胸口,想着她可能是中暑,可是昆明极少有人中暑。惠纷冲出去找医生。

碧初拉着雪妍的手,觉得冰凉,脉息微弱,连声唤着:"雪妍,你醒醒,你醒醒!"忍不住眼泪滴滴答答掉下来,滴在雪妍脸上。

雪妍果然醒了,睁开眼睛勉强微笑道:"五婶,我这是怎么了?"

"你不要动,喝点水吧!"碧初找出杯子。雪妍要坐起来,一抬头就又重重地倒回枕上。"别动,别动呀!"碧初说着去找勺子。

这时惠纷领着那草药郎中跑进房,见雪妍已经醒了,放下心来。

郎中上前诊脉,琢磨了一会儿,起身向南方鞠了一躬,然后对碧初郑重地说:"这是喜脉。"

三人俱都大喜,只程度有所不同。当下郎中开了两味安胎药,嘱咐莫要劳累,接了诊费,辞去了。

"作为女人还有什么更神圣的事!孕育生命,把人送到世界上,真是再伟大不过了,何况这是自己和自己所最爱的人的共同延续。我有了孩子,我的孩子还会有孩子,所以我不会死。"雪妍想着不自觉地去抚摸自己的腹部,没有发现一点异常。

碧初微笑道:"现在还摸不着,不久你就会随时随地感觉,一会儿也离不开。"

"很难受吗?我有些怕。"雪妍慢慢坐起来。

碧初道:"每个人反应不一样,不过无论怎么折腾总是会很快乐。"

惠枌心里也为雪妍高兴,但却有一种空落落的感觉。自己似乎是再没有做母亲的希望了,有他时,没有得到,现在连他都没有了,还能增加什么。一面想着,一面到外间调好两杯炼乳,端过来。雪妍感激地接过,慢慢喝完。

碧初拿起杯子又递在惠枌手中,关心地说:"你自己也注意保养。"

当婚姻成为负面的力量时,那种消耗、那种内伤是什么也比不了的。惠枌摇摇头平淡地笑了一笑。

当下雪妍要回家,碧、枌两人商量要送,雪妍坚决不让,说自己有数。碧、枌两人送她上了芒河堤岸,才各自回家。

雪妍缓缓走着,每一步都很小心。她拥有两个生命,真是了不起,只是这样会影响教学了。她自教书以来,学生反映极好,这是谁也没有料到的。她虽不是科班出身,知识却是活的。她除用课本外,还自己用法文编写一些小故事,又做了一些名著的梗概,同学们都很爱听,提高很快,尤其是会话,比较流利。那时的教学,较注重读写,而听说是比较差的。

想到工作，雪妍不无惘然。若是晚两年也好，我可以教出一班学生来，现在要中断几个月了。可是这是甍要的，这是他的孩子，我们都属于他，他不会嫌早。

雪妍胡乱想着，已到落盐坡。她像每次进村时那样，在小瀑布前站了一会儿，感受一下四溅的水花，然后走上坡去。卫甍已迎出来，拥她进门。

雪妍跨过门槛时，抬头望着卫甍一笑，眼波流转，低声说："甍，我们是三个人一起进门。"

二

昆明已经和前几年大不一样了，繁华多了。主干道正义路的人行道上，行人摩肩接踵，还有很多洋人，大多是美国空军，背上大字写着"来华助战洋人，军民一体佑护"。他们常常开着吉普车在街上横冲直撞，还要招一招手，喊一声："哈啰！"

人们有的伸出大拇指，说："打得好！"有的哼一声："神气什么！"

晓东街一带，开设了各种好看的店铺，衣服用具、珠宝首饰、酒楼饭肆，令人眼花缭乱，尤其是一家新式电影院开张后，把昆明人的生活都改变了。

昆明原来的电影院都很简陋，演外国片时一个翻译坐在观众席里大声解说。所有的男主角都叫约翰，所有的女主角都叫玛丽。银幕上有人开门，就说"他开门了"。银幕上有人哭或笑，就说"他哭了"，"他笑了"。有的大学生忍不住插嘴，帮着解释几句，被几个翻译围在电影院外，好生威胁。异国风光配上抑扬顿挫的云南腔调，也是老昆明一景。

新开的南声电影院可不同了。它完全取消了这种"同声翻译"，用字幕来解说，显得文雅多了。它似乎和好莱坞关系密切，经常演出最新影片，使昆明人能紧跟世界潮流。每星期天演出早场，半价。学生中的影迷大有人在，嵋也是其中之一。

嵋已经休学两年，这时和小娃一起进城上学，有机会看电影了。小姊弟又回到了腊梅林。他们的旧房子被震塌已数年，仍是一片断瓦颓垣。枯木败叶把炸弹坑填了一半，他们久久地站在坑边，想要再找出什么东西，找回的却是那令人难以忍受的记忆。他们眼看着敌人毁掉了自己的家，可是无法抗争，只有逃避，只有躲藏。收拾园子的申姓老人已经下世，接替他的是一个聋哑人。他指指自己的嘴和耳朵，对他们微笑。他们无法告诉他，这里曾是他们的家。

他们仍像迁往乡下以前一样，住在大戏台上，那低矮的空间，现在越发低矮了。一块旧蜡染布为嵋隔出一个角落，正好放一块铺板。因为房顶低矮，用的布不多，嵋感到很安慰。小娃侵占了澹台玮的煤油箱。他们都有了栖身之地。

嵋在自己的角落里，常常吹箫，那是她在看过《群英会》后学的。《群英会》演过很久了，不知还有谁记得。它在嵋的记忆中却永不磨灭，像小溪上的萤火虫，照亮了她的童年。那大幕前亮得发白的灯光，像是催化剂，把嵋这些年对死亡的恐惧、对疾病的战斗和生活里的各种体验，催熟了。她进入了少女的芳华年代。

戏剧里错综复杂的故事和颇为传神的表演，对于嵋来说都不存在。她的记忆只集中到一点，那就是周瑜，就是舞台上周瑜的形象。那头上跳动的雉尾，背上彩色的旗帜，举手投足的潇洒，托出了一个活泼泼的美少年。他统率千军万马，连诸葛亮都给他立军令状。嵋本可和父母讨论三国时的各种问题，但她只悄悄地到文科研究所，查找关于周瑜的记载。

管书库的老魏很觉奇怪，问："孟二小姐，你是要写文章吗？"

嵋很吃惊,说:"怎么成了二小姐,你不是一直叫我孟灵己吗?"

老魏说:"你长大了,不能再叫名字了。"

他帮助嵋找到了《三国志》中的《周瑜传》。嵋觉得那传很枯燥,只是知道了周瑜还是音乐家,"曲有误,周郎顾",有"顾曲周郎"之称。此后便常常在院中吹箫,希望呜咽的箫声能让一千多年前的周瑜听见。这想法她连碧初也不告诉。

碧初见她有兴趣便常加指点,家里人都说她吹得越来越好了。有时她故意吹错,周郎也不曾来。箫声留在了宝台山,现又在腊梅林里呜咽着,把月光、星光都牵引下来,使这阁楼浸在淡淡的光辉中。

嵋和小娃上的学校名为华验中学。这是大学师范学院设立的一所有实验性质的中学,计划将中小学十二年缩短为十年。嵋上高中,小娃上初中。人们也不再称小娃为小娃,而叫他合或合子。先生们送子女来上学时,常戏言道:"我们送实验品来了。"

各学校现在都能正规上课,不需要以草莽坟堆为课室,而华验中学却开始了较为浪漫的教学生涯。他们没有校舍,没有教室,一切都在打游击状态。他们用大学的和别的中学的空教室,趁别人不上课,便上一堂两堂。有时索性在大树下,黑板挂在树身上,树阴遮着,清风吹着,好不惬意。他们用大红油伞遮挡小雨,好像在细雨中长出了一片红蘑菇。蘑菇伞下年轻的脸儿个个神情专注,上课时听见落在自己头顶的雨声,真是空前绝后的伴奏。

他们的教师很不一般,好几位大学教授来对付这些实验品。教嵋这一班几何、代数的老师是梁明时的学生。梁明时有时也来上几节课,同学都很感兴趣。有人说,你们这一班若是不出一两个数学家,可真对不起梁先生。梁先生说,别的什么家多多益善,数学家和哲学家则是越少越好。

　　峨向弗之学说这话,弗之笑道:"因为这两样东西能让人越学越糊涂,若能越学越明白就是万幸。"

　　一次在几何课上讨论一道题,大家提出不同的证法。峨提出的想法让梁明时很惊奇,梁先生说:"哎呀,孟灵己,你有一个胡搅蛮缠的脑子。"

　　后来他又对孟弗之说:"你家孟峨很能胡搅蛮缠,这是好现象。"

　　弗之微笑道:"幸亏她在现实生活里,倒是循规蹈矩。"

　　梁先生睁大眼睛,想了一下,说:"若是倒个个儿,可怎么得了。"

　　曾在昆菁中学教语文课的晏不来,现在正在文科研究所就读,专门研究宋词,也来兼职。峨们在他的班上都背了好几百首词,诗是额外。他吟诵晏几道词"从别后,忆相逢,几回魂梦与君同。今宵剩把银钉照,犹恐相逢是梦中",念得摇头晃脑,潸然泪下。同学们不大懂,最多想起了周瑜或什么电影明星吧。

　　实验品就这样吸收着雨露阳光,很争气地成长。

　　峨在学校里最好的朋友是李之薇,她们同班,住得也近,上下课同路。她们还同叩过死亡之门,在炸弹坑里被黄土覆盖过,这一体验谁也不能忘。李太太这几年在信仰方面不那么活跃了,人变得比较迟钝。之薇承担了大部分家务,对她的学业颇有影响,但她很少抱怨,顶多在路上向峨诉说几句。

　　有一天,之薇没有来上学,次日告诉峨,她的母亲又遇见不知哪一路神仙了,幸亏这几年神仙来得少,不然还不把人累死。

　　峨说,应该研究一下李伯母信的什么教,听大人们说宗教是精神的一种寄托,也是一种补充,如果变成负担就不大好。

　　之薇说,她自己是坚决的无神论者。她觉得宗教带给人的完全不是美好圣洁的境界,它带给人的只有愚昧和盲从。之薇说着往左右看,她是怕过往神灵听见。

两人都为自己高妙的见解高兴,一面走,一面笑。

嵋最高兴的是听音乐,常与合子到子蔚那里听音乐,无因和玮玮有时也来。子蔚的唱片比前两年有所增加,有时夏正思带了唱片来。嵋在这里第一次听到了歌剧《茶花女》序曲。那美妙的声音使她的精神丰富了,饱满了,使她胸间似乎有一团火,慢慢胀开,又似乎有清水滋润着全身。在乐声中,她好像又看见了周瑜,若有人知道她的这种联想,可能会就音乐无国界、音乐直接诉诸心灵等问题做一篇大文章。

学校不是世外桃源。不少高中生参加社团的活动,有些老师便是大学社团中的积极分子。晏不来是众社成员,除关心词和诗以外,很关心社会。

一天语文课时,他大步走进课室,颇有些气急败坏,大声说:"同学们,你们知道发生了什么事! 香港沦陷以前,当地的文化组织安排一些文化人乘飞机离开香港,可是他们没有走成。什么原因? 因为这些座位要用来运狗! 用来运那些哈巴狗! 把人留在敌人的铁蹄下,把逃难的机会给了狗。能想象吗! 能容忍吗!"

晏不来一拍桌子,头发根根竖起,真到了怒发冲冠的地步,"你们知道这是谁干的吗? 就是刘克榛!"

嵋等模糊知道刘克榛是财政部长,是重庆豪门之一,却想不出这些人和自己有什么关系,也从来没有想到去了解。原来他们把自家的狗看得比国家的人才还重。天下有这样的人!

晏不来又讲了一些情况,说使得狗登上飞机的主谋是刘克榛的二女儿。"豪门势力能这样为所欲为,掌握了撤退的交通工具,这是什么国家! 真是腐败透顶了啊!"

好几个同学同声问:"那留下的人怎么办,他们会死吗?"

"希望不会!"晏不来又是一拳砸在桌上。

下午,昆明各学校联合组织了示威游行,参加的人很多,嵋这一班几乎全参加了,他们喊口号:"打倒飞机运狗的刘克榛!""反对腐败!""反对特权!"

有人议论,刘克榛固然可恨,但似乎还不如日本人可恨。另一个说,我看比日本人还可恨,他这是自己毁灭自己的国家,自己作践自己的老百姓,还有比这更可恨的吗!

嵋抬头看着天上的白云,觉得像是一群狗在奔跑。孟家人素来善待生物,认为一切生命都是可珍贵的。但是狗们依附着权势,抢夺了人的机会,也就成为权势者脸上的金印了。

她想起街上的乞丐,想起受苦难的青环,又想起殷大士。殷大士会不会让狗坐上飞机呢? 嵋摇摇头,想摇掉这个想法,她得了一个结论:很难说。

当地位能让你为所欲为时,个人的道德堤防是很薄弱的。这是过了若干年后,嵋才明白的一句话。

"打倒飞机运狗的刘克榛!"

"反对贪污!"

"反对腐败!"

"反对奸商!"

"反对特权!"

晏不来老师前前后后跑来跑去,紫红色的脸膛愈发红紫。他解释说,奸商大都是和特权勾结的,最近开仓祟米的案件就是一个例子。

他们从大西门一带,走过翠湖到正义路。市民们驻足观看,有些惊异,评论说:"娃娃们吃得饱了,整哪样?"也有人说:"学生们有良心!"

那是昆明的第一次学生游行,以后见得多了,有人更了解,有人更反对。

游行很顺利，没有受到干预。他们不知道，这时在省府会客室中，秦巽衡、萧子蔚还有一位本地大学的校长，正在和省府负责人谈话，气氛很紧张。省府方面有人要派军警维持秩序，已经列队待发。秦巽衡等知道学生游行，就怕发生对抗事件，连忙赶来商量。解释说这是学生的爱国热情，目标不一定合适，但只可疏导，不可对抗。

一位负责人严厉地说："此风不可长，学生只管念书好了。"

子蔚道："学生的主要任务当然是念书，不过关心国家大事也是应该的。"

这时护兵在室外喊了一声"敬礼"，殷长官来了，穿着灰哔叽长衫，藏青团花马褂，看去不像行伍出身，倒有几分学者气度。他素来敬重秦巽衡等诸位先生，一一招呼过了，听大家又讨论了一阵，才说："我看这不是小事，要化小才好。如果派军警干涉，事情就更大了。不如让学生们走一走，消消气就完了。"

巽衡听说，心上顿然一松，说这样最好。当下殷长官命军警散去，大家又坐了一阵方告辞。

秦校长和子蔚坐一辆车，在一条横街上，正遇学生走过大街，喊着口号，还有横标，写的是"反对腐败""反对特权"。

秦巽衡暗想，这样的游行不可能是完全自发的，谁叫你用飞机运狗呢！不觉长叹一声。

等学生走过了，车子转进正街，先送子蔚到大戏台。秦、萧两人分手时，互相望了一眼，他们都感到从此是多事之秋了。

游行队伍走到小东城角一带，忽然下起雨来，雨不大，却也足够浇湿衣衫。队伍有些乱，带队的大学生建议大家唱歌，唱的是"生死已到最后关头"，"旗正飘飘，马正萧萧，好男儿，好男儿，报国在今朝"。人们振奋起来，下点雨反而更有趣了。

又走了一会儿，雨停了，大家踏着泥泞的路，各自回校、回家。

有的女学生在祠堂街拐角处买花生米,那里的花生米炒得格外香脆,在学生中很有名气。嵋是看也不看,她要留着钱看电影。为看电影,她甚至克扣自己的饭费,还让合保密。

这时有人赶上来,拍了她一下,塞过一包花生米。

"玮玮哥!"嵋很高兴,"我就知道是你。"

她接过花生米。这里的花生米大而红,嵋看着那一粒粒红衣果仁,马上吃起来。

"我就知道你想吃。"玮玮说,"花生米是万能的。一个同学过生日,卖两件旧衬衫,买一包花生米,每人分得四五粒,也是一次不错的、意义重大的宴会。"

"我可不分给你。"

嵋把头一歪,一手把花生米捧在胸前,一手捏起一粒,在纸袋里捻去皮,往嘴里送。

他们一路讨论花生米和国家大事,回到大戏台。合已经在煤油箱上做功课,见了玮玮,高兴得跳起来。玮玮因地盘被占,不常来了。

"玮玮哥,我刚才在路上想,"嵋说,"如果殷大士有这样飞机运狗的机会,她会这样做吗?"

"她不会,她怎么会!"玮玮斩钉截铁地回答。

嵋模糊知道玮玮和大士有来往,却没有想到他这样斩钉截铁。她不知大士在玮玮心中的地位,别人已不适合评论。

其实,殷大士离开昆明以后,只给玮玮来过一次信,说她玩得怎么样的痛快,好像根本没有上学。玮玮屡次想写信,拿起笔又放下,始终没有写。

他很想和人谈一谈这种心情,可是总没有适当的时机。现在他和嵋与合子在一起,仿佛又回到了香粟斜街的大院子,他想和表弟表妹说说心事。具体过程是不必谈的,那是属于大士和他两个人的,实在也太简单,没有什么可谈。他想说殷大士不是那样的人,但又觉得很难描绘,只又坚决地重复:"她不会,她怎么会!"

四只黑漆漆的眼睛瞪着玮玮,"你这样了解殷大士!"嵋惊叹。

玮玮苦笑:"我希望能更了解她。"

合天真地说:"殷小龙说他的姐姐是坏人,老是和他的妈妈作对。"

玮玮大声说:"不准这样说。"

合怔住了,嵋伸手搂住合的肩,轻声说:"我们不和玮玮哥讨论这些。"

她感觉到在玮玮心里有一个非常值得尊重的东西。

"小娃,有一天,你也会有这样的感觉。"玮玮抱歉地一笑,"一个本来是很遥远的人,忽然间变得很近。"

"你说的是在心里。"嵋沉思地说。

"当然!我说的就是殷大士。"

"身无彩凤双飞翼,心有灵犀一点通。"嵋随口道。

玮玮在心里把这诗句念了好几遍,若有所悟。他会背很多诗词,甚至还有很长的英诗,只是很少接触李商隐,缘故是澹台夫妇都不喜义山诗。

这时,他让嵋拿出晏不来自编的教材,三人一起读诗,且读且互相讲解,忘了吃饭。三人在诗境里徜徉了一阵,合先说饿了,已过了用饭时间,便商量着上街去。

天已昏黑,祠堂街很暗,眼看着市中心的灯火一片片亮起来,五华山上的灯也亮了。这山顶好久没有挂红球了。

昏黑中有一个人走过来拉住合的手,说:"孟合己你们上哪儿去?"

大家定睛细看,见这人衣冠楚楚,戴一副金丝眼镜。

"哎呀,你是仉欣雷!"合先叫出来。

"你不是到重庆工作了吗?"嵋问。

"说来话长。"仉欣雷道,"你们是要上街去吗？我陪你们去吧。"

走了几步,知道他们还没有吃饭,又说:"我请你们吃西餐。"

玮玮客气地说:"不好麻烦你,我会带他们。"

仉欣雷很感慨,说:"澹台玮是大学生了,要刮目相看。昆明也得刮目相看,繁华多了,全国的名菜馆都开到这儿来了。可是大学校舍更破旧了。"

玮玮说:"连房顶都卖了,你听过这样的事吗?"

"我去看过了,房顶铺着稻草,真成了茅屋。"

四人走进一家小西餐馆,欣雷让他们坐下点菜,自己出去了一下。

玮玮低声说:"要菜吧,我带着钱呢。"自要了一个牛肉。嵋、合两人要了一个奶油烤杂拌。三人都爱喝西菜汤,各自要了一份。

欣雷其实已经吃过饭了,又要了汤和咖啡,望着他们几次欲言又止。

嵋说:"你怎么又到昆明来了?"

仉欣雷道:"我是在资源委员会工作,听说过吗？原来派我到新加坡去,还没去呢,东南亚就沦陷了。现到昆明办事,正好看看你们。重庆的人都知道教育界生活很艰苦,太太们摆摊贴补家用,传为美谈。孟先生和伯母身体好吗?"

"姐姐在植物研究所工作,你们通信的吧?"嵋答非所问。

"我写三四封,她才简单答一答。这叫作不平等通信。"

"不写信,不是不想写。"玮玮慢慢地说,"只是不知道怎样写。"

"很有启发,不过有几个字就很好了,可以说是一直有联系。我就是这么个不挑剔的人。"

汤菜上来,大家吃着,谈着。灯光下见仉欣雷较前似胖了一些,神气多了。

欣雷说:"香港沦陷,家里不能转寄钱,幸好我已经工作了。工作中见的人各种各样,万花筒一般,和你们说你们也不明白。"

玮玮说起飞机运狗的事,欣雷道:"重庆也游行了。人不能逃难,狗逃难,是中央政府的奇耻大辱。我在香港的伯父,倒本来就没有要逃,逃到哪儿去! 只能老老实实过日子吧。不知以后会不会带上一股顺民味儿。"

嵋说:"我可不愿当顺民,我情愿逃。"她把面包切成小块,仔细抹上黄油,一小口一小口吃,合也照样。

欣雷说:"照说,人都受环境影响,可你们无论环境怎样坏,总有一种清气,或说有一种清贵之气,很奇怪。"

玮玮沉思地说:"虽然吃的是'八宝饭',我们却处在一个拥有丰富精神世界的集体中,那力量是很大的。"

"又有启发。"欣雷说,"比如说,学校再怎么穷,有这些人在,昆明就有一种文化的气氛。"

玮玮道:"又好像有一种诗意,与众不同。"

一时饭毕,欣雷说他明天要去植物所找孟离己,问嵋这是不是一个好主意。

"这汤很好喝,我们好久没有喝了。"嵋又答非所问。

玮玮要付账,才知欣雷已付了。三人谢过,欣雷道:"一点诚意,能多有机会就好了。"

四人出了餐馆,先送嵋、合回大戏台。欣雷住在一个朋友家,和玮玮各自去了。

三

玮玮等在用晚饭时,峨已回到宝台山家中。

从研究所到宝台山路并不远,峨走了约一小时,走走停停。路边树枝拂动,小溪潺潺。路不宽,却是平坦的,但峨心里的道路是崎岖的,一穴一洞,一坡一坎。她有一件早已要做的大事,现在来到眼前了。她觉得自己在洞穴里转,在坡坎上爬,真要去做想做的那件事,需要多么大的勇气!可她不甘心,她要去挖掘底蕴,问个究竟。

她走完脚下的路,迈过自家的门槛时,心里的关坎也越过了,她做出了重大决定,明天一定去完成自己的心愿。

"怎么今天回来了!"碧初很惊喜。弗之也从里间走出来欢迎女儿。

"明天进城开一个会,关于分类的。"峨放好书包,倒水喝。"回来住一晚,看看你们。"她在房间里走来走去,俯身看看弗之的文稿,摸摸碧初正在织的大红颜色毛活,显得很高兴。

不过碧初感到,她在高兴中有些沉重。峨永远是看不透的,她若是能结婚就好了。结婚能把最不平常的人变成普通人。她若是现在结婚,也不算太早。真是光阴似箭,转眼间就这么大了,可是还看不出她喜欢谁。她似乎有心事,那是决不透露给任何人的。也许萧先生知道一些?峨很信任他。到庙里求签,签上的话也去问他。可是这种事,谁知道呢。碧初想着,叹了一口气。

"娘!"峨走过来挨着母亲坐下。虽然她仍常常和家里闹些小别扭,却已从心底觉得从母亲得到的力量是无穷的。那些年怎么会怀疑自己是养女,现在倒是觉得即便是养女,碧初也是真正的母亲。她希望明天去做那件壮举前,和父母在一起。

"峨,你知道这是给谁的吗?"碧初拿起那毛活,在峨身上比了比。

峨不响,她知道家中好久没有添置新东西了,这自然是母亲劳动所得。

碧初拉拉织好的毛衣边:"肥瘦还差不多。"

"太鲜艳了,我不要。"峨说。

"女孩子不能穿得太素,你看这边用的是桂花针,不像普通上下针那么紧。"

弗之也说:"我看这颜色不错,喜洋洋的。"

峨听见这话,真的高兴起来,这一切都是吉兆。

晚饭有破酥包子,是碧初她们学做的云南食品,上午剩下不多,三家分了。

峨说:"植物所要在大理设一个研究站,无人愿去,说是日本兵打来,那里要比昆明先沦陷。"

弗之说:"若是真的打到大理,战局也就难以收拾了。"

碧初说:"只好在点苍山打游击了,就是没用也要打的。"

峨想,娘的口气真像公公,总想着游击队。

弗之和碧初忽然想起什么,对看了一眼,几乎是同声说:"是不是你要去大理?"

峨一笑说:"我不去,我这里的事多着呢! 而且——离你们那样远。"

弗之碧初略感放心,虽觉得她的话不很明白,也不再问。

饭后,峨帮着刷锅洗碗,还拿起毛活织了几行,又让小猫拾得卧在膝上。拾得偏不肯,她也不生气。

当峨在梦的边缘上徘徊时,那种忐忑不安的沉重又压过来了。

明天,明天要决定她的一生。她为什么选择明天做这件事? 就因为明天要进城开会吗?

迷糊中她做了一个梦,梦见她和一个人一起走在悬崖上。崖壁陡峭,崖底深不可测,身边的人面目模糊,她认识又似乎不认识。他不是生人,可又不是熟人。那人把路让给她,自己靠边走着,一脚踏在横生的树干上。峨惊叫:"小心掉下去!"随即惊醒,天已经亮了。

清晨,峨与碧初同出家门,东山顶刚有一点红光。两人在小山坡下分手,峨走了几步又回来。

"忘了什么吗?"碧初问。

"不,不是。我不过看一看娘。"

碧初慈爱地拍一拍峨背着的书包:"慢慢走吧,什么事不可强求啊!"后来,碧初一直想不出为什么要说这句话。

峨走得很快,路边阡陌向后移去,不久便离开了芒河。经过两处村庄,人家门前都挂着一串串的包谷,金灿灿的,旁边是红辣椒,红通通的。她已走过了坡坡坎坎,现在感觉到很平静,让往事自由地在心上来往。

她不知道什么时候就有了这个意愿,要去找他,说明一切。

是在她要考大学之前,他从松树后走过来,飘飘然,似乎来自一个理想的世界。北平很遥远,但是那些印象,那些情绪永远不会遥远。她随他从龟回搭乘电气火车到昆明,他一路指点着沿途风景,又讲了很多关于火车的事。他似乎什么都知道,不只是生物。到昆明后,他们从车站坐人力车去学校。昆明道路高低不平,有些坡很陡,他们把行李放在车上,自己下来走。车夫很不安,说:"坐上嘛,坐上嘛!"他们没有坐,上坡时还帮着推。路上不时有人招呼:"萧先生到了。"他照料她住进女生宿舍,自己离开了,缓缓地走在青石铺成的街道上,长衫飘起,似乎正在走向另一个理想的世界。

她想追过去,说我跟着你。这句话伴随她很久,现在她要去说出了。

快进城时,峨走上了新修的汽车路。那是一条运输物资的简易路,有一段路边很陡,像是个悬崖。坡底的村子正在晨炊,浸在一层薄雾中。

路上人渐渐多了。她的时间充裕，便放慢了脚步，准时到达了会场。有些从郊外赶来的人都迟到了。

这会不大，很专门。周弼和吴家馨都到了，周弼说："本来要请萧先生出席指导，萧先生说他不搞这一行，不要做这种空头指导。"

会中各人提出自己的研究情况。峨也发了言，并拿出自己做的分类标本，其中有那朵艳丽的毒花。大家都觉得很有收获。

下午，会议结束后，吴家馨约峨往学校看看，峨说有事不能去。自己绕着翠湖想心事。

她要进行的壮举已经临近，还要积蓄力量。她以为那问题的回答，是与否各占一半。不过，一定要问清楚。糊涂的活不如清楚的死，这是她给自己的警句，哪怕有一分希望，也没有什么可踌躇的。

绕了三圈湖堤，在一棵树下站了一会儿，峨迈步往大戏台来，一直走到东面包厢，那是萧子蔚的居室。

峨敲门。

她进去时，子蔚正在英文打字机上打字，从半卷的纸上抬头看她，问："是来开会吧？会开得还好吗？"

峨靠门坐了，简单说了几句，便不说话，只顾捻着书包的带子。

房中很静，子蔚站起身。他没有穿外衣，系着背带，越显得长身玉立，风神疏朗。他走到桌边旧椅上坐了，似乎问有什么事。

峨说："记得在一次空袭警报间，您曾帮我解答了我的出身问题吧？我现在心里很平安，我爱我的父母。"

子蔚微笑："正应该这样，我记得你是求了签的。"

"是，我求了不止一个签，还有另外一个签。"

子蔚觉得又要有难题，皱眉道："需要我解吗？"

"没有别人。"峨说，"我并不强求，我只想问清楚。"峨的神色有一点悲壮意味，"那个签，我没有说过，您要听吗？'强求不可得，何必用强求,随缘且随分,自然不可谋。'这是佛说的。我是强求吗?"

子蔚忽然明白了。年轻人执拗的梦是可怕的,他不能让这梦牵着她走,迅速地说:"峨,你不必问,我已知道了,我们从来就是朋友是不是? 我对你是坦白真诚的,你要听我的话。"峨站起身,垂首而立。

"你要问的问题是,我为什么不结婚,是吗? 我很感谢你的关心。我没有结婚,并不等于我没有爱人。我有一个世界上最美最好的女子,我们相爱已不是一年两年,许多人都知道。这不很正常,但大家都尊重我们,你也会的,是吗?"

峨觉得自己就站在那横生在悬崖边的树干上,拼命咬着嘴唇,咬出血来,也不擦拭。"她是谁?"峨心里已很清楚,但仍执拗地问。

"你是知道的。"一种悲伤的情绪把子蔚笼罩住了,他仿佛看到什么东西在死去,尽量平静温和地说:"峨,这是事实,我们不必再谈了,我不会对任何人讲——你根本什么也没说。"

峨从树干上跌下,跌进了深渊,头上一片漆黑,她再也爬不上来了,可是她站得笔直,默默地向萧先生鞠躬告别。

子蔚还礼,说:"我们是平等的朋友,你要听我一句话。你这样的年纪,追求的人总是有的,恕我冒昧揣测。你现在万不可任性轻率结婚,我想你的父母也是这样希望的。"

峨再鞠躬,转身几乎是夺门而出。

我怎么能经受得起! 可我居然站着,居然行礼,居然走出来跑下楼。我在大门口,忍不住回头,看见你在窗口,我不会再麻烦你。

是的,世间的事不可强求。我站在街旁决定了下一步,走出城门遇见第一个认识的人,如果他和我说话,就嫁给他。

我走在城外土坡上,觉得眼前白茫茫一片,好像是湖水。有几个人从我身边走过,有一个似乎认识我,对我点头微笑,他没有说话,走过去了。

眼前的湖水越来越高,我觉得快要走进水里了。迎面忽然有人叫:"孟离己,你在这里!"我站定了,仔细看,他是仇欣雷。

仇欣雷说:"我从早晨就在找你,先到植物所,又到龙尾村。没想到在这儿找到你。"

我没有话,我说不出话。

"你怎么了?你要上哪儿去?我陪着你。"他小心翼翼地接过我手里的书包,转身随我向前走。我们来到一片坟地,在坟堆里转来转去。"孟离己,你究竟要上哪儿去,这里有什么好探望。"

有什么好探望!我看着每一个坟头都很可爱。它们都是值得探望的。

走过坟地,有一个小茶馆,仇欣雷要坐一坐。"我这一天都在走。"他说。

我看着他的脸很模糊,不过我认得他是仇欣雷。

"我本来是在重庆的,你不问我怎么会突然出现吗?"

"要问的。"我听见自己说。

"好了,你说话了。"他开始喝水,他喝了很多水。"我从重庆来,有公事也有私事。私事就是找你,我要找你问一件大事。今天可能不合适,我看你精神不太好。"

"问吧。"我听见自己说。随便什么事我都会同意。

"你真好。"仇欣雷高兴地说,"我们的时间不多,就说吧。这个地点很别致,可能合你的意思。你大概已经猜到,我的请求是和你结婚。"

"可以。"我说。他跳起来,他准没想到这样轻易。

"真的?"

"真的。"

"什么时候?"

"任何时候。"

他定定地看着我:"孟离己,你处理问题很奇怪,你本来是不平常的人。"他望着我,我望着门外。

"天已经黑了,你不觉得吗?"

"我觉得的。"

但我眼前还不断出现白茫茫的湖水,水波向我涌过来。

"你是不是有些不舒服?"我听见他问,好像是。"我送你去大戏台休息吧!"

"不!"我听见自己说,我不想再进大戏台。"我跟着你走。"我听见自己说。

他又跳起来,打翻了茶杯,不再说话,拉着我的手走出茶馆。

我们又走回了坟地,我眼前不再有湖水。虽然暮色浓重,每一座坟都看得很清楚。我希望有一个坟堆打开,我就走进去,把他留在外面。他紧紧拉着我的手,也许是怕我跑开。我们没有目的地,绕着坟堆走,终于走出了坟地,站在路边上。

"你真的跟我走吗?"他问。

我点头,这是我的决心。

他仍牵着我上了土坡,走进城门,走过大戏台。我用手遮住脸。我们一直走到市中心,他好像不知该怎么办,走来走去,在一家旅社前停住了。

"听着,孟离己,我看我们只好在这里休息了,我们总不能走上一夜。你反对吗?"

对于想走进坟堆的人,不会怕走进旅馆。旅馆里面很暗,他要了两个房间。

上楼时,他低声说:"看那些人的神色,好像我们是私奔。"

我不觉得,我什么也不觉得。房间很小,我坐下来,马上觉得很累。

　　“你累了。”他说，“我们明天就结婚。”

　　“我说过了，我无所谓。”

　　“不过总得吃东西，米线？蛋炒饭？”

　　“我吃不下。”

　　他摸我的头，“我看出来，你是遇到了什么事，以后会告诉我，是不是?”他要了一盘东西，很快吃完。“你看我一切正常，足可以支持你，我们明天就结婚。”他站在床前，双手揽住我的肩，吻我的脸，“无论你怎么怪诞，总会带来好运气。”

　　这时，无论他有什么要求我都不会拒绝，想毁坏自己的念头在我心里燃烧，无论通过什么方式。

　　他只又吻了一下我的手，仍说：“我们明天就结婚。今天我们都休息，你好好睡一觉，什么都别想，有我呢!”

　　他走到门口，托托眼镜，对我一笑，出门去了。

　　我有些感动，我毕竟没有精神失常，我想说谢谢你，但是没有说。

　　次日，峨醒了，不知道自己身在何处。她居然睡得很沉，她太累了。

　　仇欣雷从隔壁房间走过来，又吻她的手，说：“我的未婚妻，我们该做什么？是不是该到龙尾村禀报双亲大人。”

　　“随你。”峨说。

　　仇欣雷很高兴，也有些不安。这么多年的心事，就这样轻易地解决了，实在有些奇怪。峨素来是古怪的，也许这就是她处理终身大事的方式，她遇了什么事以后总会知道。希望她不会改主意。

　　他们出北门，向东去，走在红土马路上。天很蓝，树很绿，不断有军车开过。这一条路，村民们很少走。他们走过一段窄路，来到那陡峭的悬崖。正走在悬崖边时，开来一长队军车，轰隆轰隆没有尽头。

"你走边上。"欣雷照顾着峨。就在这一转身时,一辆军车忽然向边上偏过来。他们急忙躲闪,一脚踏空,崖边没有横生的树干,两人滚下坡去。

峨被一丛灌木拦住,手脸都扎破了,满脸血迹,但没有大伤。她定定神猛省到,仇欣雷呢? 挣扎着站起,见欣雷直落坡底,在一块大石旁一动不动。

"仇欣雷!"她大叫。一面手足并用,爬到坡底去。

"仇欣雷——"她的叫声淹没在轰隆轰隆的马达声里。

坡底有村子,有人围拢来看,想要救他。

一个人说:"大石头滚过,受了内伤。"

"没得气了。"另一个人说。

峨到他身边,见他身上干干净净没有一点血迹。

"仇欣雷!"峨扑到他身上叫。没有一点回应,他死了。

"你是他什么人?"村人问。

"我是他的未婚妻。"峨眼前又出现了白茫茫的湖水,她挣扎着说:"植物研究所。"

湖水涌上来,将她和仇欣雷一起淹没,她晕了过去。

植物研究所很快来了几个人,其中有吴家馨和周弼。家馨一看死者,突然放声大哭。

村人又问:"你是他什么人?"

家馨抽咽着说:"我是——我是他的表妹。"

这时,峨已经被移到一家床上,她在屋里,欣雷在屋外。他们刚要走到一起,就永远分开了。

吴家馨留下照料,两个同事用马车送峨回家。

弗之进城上课去了。碧初见峨满脸血迹,昏昏沉沉,倒是十分镇定,一面为她擦拭,一面轻声呼唤:"峨,我的好女儿。"

峨睁开眼,唤了一声"娘",虽然低微,却很清楚。碧初这才将她安置好,送走同事。峨不食不语,躺了两天。大家都知道她和一个同学在一起遭遇车祸,那同学不幸身亡,俱都惋惜。两天后,峨起来了。碧初端来一碗蛋花汤:"你清醒了,先不用想,不用说,喝碗汤吧!"碧初瘦了一圈,眼白发红,眼圈发黑。

峨勉强将汤喝下,慢慢地说,要去参加欣雷的葬礼。

碧初说:"你需要休息。"

"我怎能不去?我一定要去。"

峨坚持着手扶墙壁往外走,碧初才说已经葬了,资源委员会办事处出来管的。

峨听见了,又好像没听见,半晌,自语道:"已经散了。"又半晌,说:"娘,我应该登一个启事,这是我应该做的。"

"什么启事?"

"我和仉欣雷的订婚启事。"

碧初惊诧:"你订婚了?"随即叹道:"可怜的孩子!"

"他很普通,可他是好人。我们那天本来是要一起来,告诉你和爹爹。"

"既然他已不在人世,还有必要吗?"

"很有必要,我答应了的。这对他会是安慰。"峨说着,断断续续,忽然伏在碧初膝上失声大恸。

碧初也泪流满面,一手理着女儿的头发,一手拍着她的背,轻声说:"哭吧,哭吧!有什么事告诉娘。"

峨哭了一阵,只说仍觉晕眩,抽咽着躺下了。

弗之在城里已听说这事,回来后知道原委,与碧初都觉得峨的订婚很突然。峨像是受了什么打击,仉欣雷的死更是突然,世事这样难测。他虽已在另一个世界,信用是要守的。

于是过了几天,昆明几家大报上出现了"仉欣雷孟离己订婚启事"，仇欣雷的名字加了黑框。众人看了无不叹息。

碧初几次对峨说："你不愿说的事可以不必说，娘尊重你。可若是能告诉我一些，让娘放心，好不好？"峨听说，只是哭，后来便不搭理，如同没有听见。

一天夜里，碧初翻来覆去不能入睡，她推推弗之。

"醒着呢。"弗之说。

碧初道："峨的事，我觉得和萧先生有点关系，至少他会知道峨怎么想的。"见弗之不答，又推推他的手臂："峨对仇欣雷平素没有好感，而对萧先生却有太多的好感。"

只听"咚"的一声，是拾得从纸窗进来，跳到地下。两人心里发沉，都不言语。

一会儿，弗之道："子蔚为人光明磊落，这必是一件尴尬的事，我们不能问，也不必问。幸而峨没有做出让人更痛心的事，只是仇欣雷太不幸了。"

"他如果活着，我们要当儿子待他。"碧初用被角拭去眼泪。

在峨他们那天绕来绕去的坟地里，添了一座新坟。一具薄棺，装殓了俗人、好人仇欣雷，给他远方的父母留下了永远的思念。

孟家人曾全体来到坟前，他们从宝台山采来一些无名野花，撒满坟头。弗之、碧初默默地站着，祝祷逝者安息。嵋与合绕着这座新坟走了一圈，他们很希望仇欣雷活转来。他们长大了，要请他吃西餐。峨没有与家人一起来。

过了些时，植物所又一次酝酿建立大理研究站，峨立刻报名。

一九四二年冬天，峨动身往大理，临行前，到欣雷坟上告别。

她在坟边静坐了许久，眼前又出现了那一片白茫茫的湖水，水波涌上来，又退去了。走进坟墓的不是她，而是他。他在坟里，她在坟外，阴阳两隔。

而在峨心底，另有一座坟，埋葬着另一个人。

峨走的那天,碧初本也要来送,但车从城里近日楼出发,从龙尾村进城实在太累。

峨抱住母亲的肩,在耳边说:"女儿不孝,娘不要再加我的罪过。"就这样离开了家。她先和植物所的同事们在女生宿舍住了一晚,不肯到大戏台。

第二天,从早晨便下着小雨,天阴沉沉的,地湿漉漉的。弗之携嵋与合赶到近日楼发车处相送。玹、玮和颖书都到了。这几天雪妍身体不好不能来,卫葑特到宝珠巷托玹子带一信致意。玹子穿紫红薄呢夹袍,套灰绒衫,颜色鲜亮,活泼地招呼说话。她送峨一支自来水笔,说好带。晨光中见弗之的背有些驼,面带愁容,显出很深的皱纹,不觉心中一颤,想三姨父见老了。

有人低声说:"庄无因来了。"果见远处一骑黑马,跑到车队边站住,无因跳下马来,见过弗之,从背包里拿出一个精致的标本夹,递给峨。峨接了,见标本夹上贴了一张纸条,写着"送给未来的植物学家孟离己",底下一行是签名:庄无因。颖书看了称赞。他送了峨一个手电筒,已经装进行李了。

快开车了,研究站负责的吴先生走过来对弗之说:"孟先生放心,我们会照顾孟离己的。"

峨一直挨在弗之身边,这时拉着嵋的手,说:"嵋,我在家没管什么事,从今后,家里就更要靠你了。"

嵋觉得从来没有和姐姐这样亲近,用姐姐的手拭去自己脸颊上的泪水。

峨又把手搭在合子肩上,没有说话,两人互望着。合子抱着她的手臂,哭了。

峨没有哭,低着头,对弗之说:"爹爹,我走了。"

车开了,车尾突突地冒着黑烟,歪歪扭扭地开远了。大家目送车队远去,又站了一会儿,各自分头去上课。

无因走到嵋身边似乎要说什么,却没有说。

年底,吴家馨和周弼结婚。他们请了萧先生做证婚人。萧先生讲话,祝贺他们,夸赞他们是很好的一对,最后忽然说:"有人告诉我,在庙里求到一个签。签上说,凡事要顺应自然,不可强求。这就是说不要勉强做不可能的事。可是有时候什么事也没做,也给别人带来了痛苦,想想真是难过。"

家馨听了这话愣了一下,眼圈红了,随即强笑着转过头去和别人说话。众人听了都有些莫名其妙。

这次婚礼,仉欣雷和孟离己没有能参加。

四

仉欣雷死,峨的订婚和离开昆明,除孟家人外,在玹子心里引起的波澜最大。她模糊觉得,峨喜欢什么人,但绝不是仉欣雷。她见庄无因来送行,曾想峨喜欢的是不是无因,又笑自己瞎猜。由于峨的性情,生活里就会遇见一些磕绊的事,她自己则该永远是一帆风顺的。峨是秋天,她是春天,峨总是带着薄暮的色彩,她则常保持朝霞的绚丽。"命运是性格使然",谁说的记不得了。用在峨身上,再正确不过了,可是用在自己身上是怎样呢,她有些怀疑。

玹子工作以后,事情不多,常有闲空。省府办事人员一般都起得晚。玹子虽然娇惯,却有吕老太爷家训,不能晚起。她散步到办公室,无论什么时候也不会迟到。要翻译的文件不多,下午常常没有事,乃应王鼎一之邀,兼了一门会话课。又有好几位云南太太请她教英语,她便适当地挑了几个学生。能说一口流利的英语,陪着丈夫出入交际场合,是当时官太太们的心愿。这样的人她见得多了,可以周旋。太太们知道玹子是大家小姐,对她优礼有加。

　　玹子的生活节奏正常,内容也不单调,但她并不像以前一样总是很高兴。她觉得自己不是读书人,也不是做官人,不是古怪人,也不是平常人,她是个外人。这时她又心中一动,想这是不是峨的感觉?

　　她也知道烦恼有一个主要原因,那就是和保罗的关系。小厢房中那一句"你愿意嫁我吗"犹在耳边。两年过去了,她还没有回答,是不是也要等画上黑框呢?保罗很可爱,对她是真心的,可是于细微处总有些不能投契。是不是自己还不够洋,或是保罗还不够中国?可是庄先生和玳拉也很美满。不过,他们可能也有遗憾,真是冷暖自知了。

　　当时渝昆间已有班机来往。保罗求婚后,玹子到重庆和父母商量。工人都觉得真要确定下来,还是需要时间。

　　澹台勉有一个论点,不同文化背景的人结合,必须有一个前提:一方无条件崇拜另一方,玳拉对庄卣辰便是如此。玹子自问,她还到不了那样的地步,所以一直没有回答。有时他们在一起很快乐,彼此看着对方是个玻璃人儿。有时又很不了解。一次保罗说,他的两个朋友喜欢在街头看漂亮女孩子,并且打赌以五分钟内见到或见不到论输赢。保罗觉得很有趣,玹子觉得太无聊。为这样不相干的小事,两人会争论半天,想想真也莫名其妙。

　　领事馆有各种聚会、茶会、音乐会等,联系各界人士。玹子自然是常出席的,帮着安排招呼,有她苗条的身影,流利的话语,整个气氛便很活泼融洽。保罗说她是味精。她有时却不高兴,觉得自己像个雇员。

　　一次聚会上,有两位大学的先生说起一个人的病,这病是斑疹伤寒,据说是由虱子传染。其中一位随口说,从前没有见过虱子,现在什么也见着了。

保罗听懂了,一方面同情他们居然也受这些小虫骚扰,一方面怀疑有人带了虱子来。散会后,命人把那间客厅彻底清扫。

玹子很反感,说你们美国人就不生虱子?!

保罗一摊手,说:"在战壕里是另一回事,不过这里不是战壕。"

玹子使气道:"这也是战争使然啊,你就不懂。"

保罗不知她为什么不高兴,睁大了眼睛,那蓝色似乎在融化。玹子便想起那洋娃娃。

这一天,玹子上班去,见翠湖堤岸绿柳飘拂,三两只水鸟在水面嬉戏。她却打不起兴致,懒洋洋走到省府高台阶,觉得自己真奇怪,怎么能在这样一个衙门里工作。

办公室没有人,玹子在办公桌前翻看昨天的报纸。过了一会儿,几个同事陆续到了,开始照例的闲谈。

一个说物价涨得太快,柴米油盐都涨了。说着看了玹子一眼,又说澹台小姐是不问柴米油盐的。玹子想一想,咖啡似乎也涨了价。

又一个说,房租涨得最多,你们自己有房不觉得。玹子笑说:"我可没有房。"再想一想,房租从上月就涨了三分之一。这里大都是云南本地人,又多是富裕人家,近来也开始议论物价了。

这天还有一个专门话题,云南富翁朱延清,明天晚上要举行一次盛大舞会。有喜欢管闲事的便打听都有谁收到请帖,只有玹子、主任和一位什么人的亲戚得到邀请。

玹子对富翁的印象很模糊,随口问这位朱先生是什么人。那什么人的亲戚笑着说:"澹台小姐在官府也不只一年了,怎么心里没有个名单?查一查,昆明的大百货店都是这位朱先生的,还有个旧锡矿,他有多少股份就说不清了。"玹子并不注意听,只顾翻着报纸。

一时,主任拿过两个文件请她翻译。一个是中翻英,是一篇

277

关于麻将牌的介绍。叙述了麻将的发展史,讲解了各项规则,文字通顺,简明扼要。另一篇是英翻中,是一篇外国记者的文章,报道某地一次小规模的政府军"安抚"暴民的行动。那记者评论说,在中国的土地上,在抗日的大旗下,不安的局面已相当明显。国共冲突已不是一天两天,使人忧心。这两份材料搁在一起有些滑稽。

玹子不动声色,很快译完记者的文章。不想主任走过来,叮嘱那麻将牌的材料等着要。照习惯等着要也可以做上三五天,玹子把译好的和没有译好的都塞在抽屉里,准备下班。有人送来京戏票,请她晚上看京戏,说是重庆来的好角。又有人请她吃晚饭,说是新雅酒楼来了一个好厨师。还有人请她看新上演的电影,是一个文艺片。玹子想看,但不愿被人请,一律回绝。这时送来了今天的报纸,等着大家明天看。

富商请客,大概是要加强和各界的联系,邀请的范围很广泛。有许多美国人士,保罗也在其中。地点在他的大观楼别墅,称为朱庄的。

次日傍晚,保罗开车来接,吹着口哨快步上楼,见了玹子,大声称赞她美得像个精灵。

玹子穿一件翠绿色绸夹袍,袖子到肘弯处,披了一块纯黑色镂空纱巾。那翠绿色是一般人不敢穿的,经玹子一调配,用黑色镇住,越显得她肌肤雪白,顾盼流动。

保罗笑说:"小姐今天这样高兴,穿得这样好,有一个中国词怎么说的?"

玹子告诉他是盛装。两人说笑着下楼来,驱车前往大观楼。

这别墅坐落水中,有竹桥相通。院中两处茶花还在开放。大厅里客人已经不少,有军、政、商各界要人,重庆来的官员,还有不少美国人,也有大学里的女学生。两人都有熟人,周旋了一阵。有人低语,美军司令官哈维来了,还有几位省府高级官员。主人亲自引他们入座。

那主人约有四十左右,倒是温文儒雅的样子。他招呼过主宾,到人群中走了一圈,特地在保罗和他的同事们间说话。保罗介绍了玹子。朱延清眼睛一亮,说早闻澹台小姐大名,今天总算见着了。

这时,有听差来低声问话,朱延清点头。乐队奏乐,主人请哈维开舞。哈维环顾四周,走过来邀玹子。玹子很高兴,两人跳了两圈。众人加进来跳,满场飘动的衣衫中那点翠绿最为显眼。有人悄声说:"那是澹台玹。"

司令官舞技高超,玹子跟得轻盈。一曲之后,自有女士来请哈维。玹子和保罗跳第二个舞,保罗很为她骄傲。旋转中,似乎有人在舞池外桌旁看着他们。掠过那边时,玹子注意到,坐在桌旁的是严亮祖。

一曲结束后,玹子到严亮祖桌上问候,见他眉间两道深痕,如刀刻一般,心想大姨父老得更多。

严亮祖微笑道:"你看我也来了,都说我该出来散散心。"又问他们姊弟怎么许久不到家里去,说素初念佛好静,仍在安宁。"今天本来也请了慧书的,她不肯来。"他要玹子坐下吃点心,说点心很不错。说了几句闲话,又说:"我也没有几天闲散了,给了一个勘察水利的差事。做什么就得像什么,我不会拿它当闲差对付。"

同座的人说:"严军长的脾气哪个不晓得。"

这时,朱延清走来招呼,说,战争期间能注意到水利是很明智的。

又一曲响起,朱延清邀玹子跳舞。这一场是快步华尔兹,朱延清改跳慢步,慢慢地说话:"听说澹台小姐在省府工作,很忙吧?"玹子想起那麻将材料,不觉一笑。

朱延清又问:"来昆明有四五年了吧?"玹子说很喜欢昆明,亲戚朋友们也喜欢昆明。

朱延清说:"我们这个土地方能有这么多有学问人的聚在这里,像得了杨柳枝洒的甘露!"玹子又是一笑。

玹子又被别人邀跳了几场,几圈转下来,不见了保罗。她想休息一下,寻一个角落坐了喝茶。转头忽见保罗站在通往平台的门边,和一女子在说话。那女子穿一件杏黄色团花缎子旗袍,挽着髻,插着簪,正是吕香阁。

玹子端着茶杯看了几分钟。香阁先看见她,指了一指,两人一起走过来。

保罗说:"今天的舞会是吕小姐帮着操持的。"

香阁说:"多亏省里这些太太们说好话,不然哪里就轮到我了。"

这时,又有人来请玹子跳舞。玹子刚踏上音乐的节拍,见保罗和香阁也翩然起舞,心里十分不悦,自觉也无甚道理。舞会的后半,每一支曲子似乎都很难听。

严亮祖不跳舞,坐着慢慢喝茶,虽是闲坐,神气也很沉稳威武。旋转间玹子见吕香阁依在他身边说了一会儿话。玹子颇感奇怪,又一想,这门亲戚吕香阁当然是要攀的。舞伴觉得她有些心不在焉,连说自己跳得不好。

不久严亮祖离开了,朱延清送他到门边,又来请玹子跳舞,却让哈维抢了先。许多人的目光都聚在那点翠绿上。

舞会散后,保罗要带吕香阁一起进城。玹子本想和保罗到大观楼台阶上坐坐,重温一下船娘说的话——"两个人在一起就是家",在温柔的夜色中,也许就可以把事情定下来了。可是却跟着一个吕香阁。玹子一路少话,自思这大概是天意。

此后几个星期,玹子见了保罗总是淡淡的。保罗几次提到香阁,说一个女子闯出几间店,很了不起。玹子都不搭话。

一次,两人议论起中国政府和美国政府的不同。保罗说,关于中国政府的传闻很多,有些腐败的情况让人很难想象。

玹子明知保罗说的是实情,却故意说:"美国就没有腐败吗?我看也有。"

保罗认真地说:"当然也有,可是和这里比起来,真算不得什么了。"说了忙又解释:"政府归政府,中国人个个都是高尚的,尤其有一个中国人最完美,你猜是谁?"

玹子瞪他一眼,说:"中国社会毛病很多,我们还没有从封建社会走出来,我知道的。"这话是她听卫葑说的,不记得什么时候了。

保罗说:"没有民主,社会就像一池死水,不能把脏东西冲洗掉。"

玹子说:"我看人性中最坏的一点是自私,唯利是图是大毒根。"

保罗忽然说:"图利也是对的。"

玹子大声说:"我说的是唯利是图,听得懂吗?"

保罗不再说话,停了一会儿,说:"记得中国抗战开始那天,你还要去跳舞,记得吗? 你现在变得多了。"这一点玹子倒是同意。

若说唯利是图,吕香阁可以算得上一个。她除了开咖啡馆,还利用各种关系,帮助转卖滇缅路上走私来的物品,那在人们眼中已经是很自然的事了。也曾几次帮着转手鸦片烟,但她遮蔽得很巧妙。保罗以平等之心待人,总觉得社会给香阁的起跑线太低,她能这样奋斗很不容易。若说理论,玹子驳不倒保罗,要说事实,她也不知道多少。

舞会以后,朱延清几次邀请玹子出去玩,玹子只参加了两次小宴会。朱延清用意已很明显。

又过了一阵,有一天,玹子下班出了省府大门,忽然有人拍拍她的肩,说:"玹小姐,你下班了?"

回头一看,见这人簪珥鲜明,穿一件对襟及膝的褂子,下面是彝族长裙,颜色鲜艳,脸面却很模糊,正是严家的荷珠。

荷珠说:"玹小姐好久不到我们家去了,自从军长遭了事,走动不便。"

玹子说前些时见到大姨父了,看来气色还好。

荷珠道:"军长和我回城住了,多少事要料理呀!哪能像太太那样心静。我们到新雅坐一坐,难得遇见了。"玹子说下午有课,荷珠道:"总要吃午饭的!"

不由分说,拉着玹子到酒楼上坐定。玹子只要一碗面,荷珠还是要了两三个菜,把这家菜馆夸了一通,言归正传:"玹小姐,我是受人之托和你商量件大事。本来这话应该由太太来说,或者请三姨妈出面。太太不管事,三姨妈家里烦心的事很多,何不省事些?我是粗人,话说得不对,你不要怪。"

玹子素来自以为别人说了上半句,她就能知下半句。这时实在不知荷珠要说什么,睁大眼睛还是觉得她的脸很模糊,礼貌地问:"荷姨要做什么,我能帮忙吗?"

荷珠微笑道:"昆明城里有一位朱延清先生,你是认得的,我就是受他之托。他的太太前年去世,昆明城里的小姐们多少人想嫁他!"

玹子不等她说完,大声说:"我明白了,不用再说了。朱先生好人品,自有佳偶,和我没有缘分。"说着起身就走。

荷珠追着,还说:"朱先生不会久居昆明,将来是要移居美国的。"

玹子强忍怒气,冷冰冰地与荷珠分了手。回到住处,气得把那些可爱的玩偶们扔得满地。同时也有些伤心,想自己真是老了,竟有人提出续弦的话。正好澹台玮来了,玹子说了这事。

玮玮也生气,说:"这荷珠也太没有礼貌了。不理她就是了。不过你和保罗的事到底怎样?"

玹子道:"就是呢! 成还是断不好再拖了。"

玮玮沉思地说:"这很难吗?"

"当然很难。"

过了一会儿,房东用托盘送上饭来。经玮玮劝说,玹子才拿起筷子,一面说:"我们好久没有和爸爸妈妈一起吃饭了,我很想寒假回家一趟。"

玮玮道:"我也想,可是不行。我寒假要加课,萧先生自己开一个短课,讲生物学科的发展。听说重庆、贵阳都要有人来听的。"

两人商量着要去看一次三姨妈,这倒是可以说到做到的。

过了几天,他们收到家信,是加急的。说澹台勉奉派往美国,约需两年。本来绛初不想去,后来还是决定同去,他们想先到昆明来一趟。信中嘱咐,保罗的事不知怎样了,不宜拖得太久。玮玮千万不可交女朋友。关心惦念洋溢满纸。两人盼着和父母见面,不料紧接着又来一封信,说行期紧,不能来昆明了。玹、玮同到龙尾村看望,碧初也收到信,只能两年后再相见了。

且说荷珠见玹子不悦而去,心想这小姐脾气也太大了,也许是害羞,不见得事情就不成吧! 若是办不成,叫那朱先生看不起我荷珠。

其实朱延清不认识荷珠,办这事是经人转托。荷珠虽然掌管严家大权,却总觉得自己地位不够重要,能给富翁办点事,可以显一显能力。

她下坡来,一直走进绿袖咖啡馆后院,叫了一声"香阁"。香阁正在卧房整理账目,忙迎出来请她屋里坐。听过这事说:"那玹姑是最难缠的,你这事做冒失了。你还提美国,她们这样的人才不想着去美国呢，眼下就有美国男朋友。"

"哦，我整天在家里，哪里知道这些。可订下了？"

"像是没有。我觉得，要打散也容易。"

荷珠大感兴趣，两人低声嘁嚓一阵。香阁听见荷珠身上似窸窣有声，忽见从她衣袋里伸出一个小小的黑头，接着那东西很快爬上荷珠肩头，掉到桌上，原来是一只壁虎。

"你随身也带着？"香阁奇怪地问。

"还有呢。"荷珠伸手掏出一条小蛇放在桌上。那蛇盘卷起来，竖着头，一动不动很乖的样子。壁虎却又爬上荷珠的肩，滴溜溜转动着小米大的眼睛。荷珠淡淡地说："我是养毒虫出身的。这些都是善物，不咬人。你还好，要是那些小姐见了不知怎样叫唤。"

香阁好奇地问："那慧书怎么样，她怕吗？"

荷珠道："她见惯了，不怎么怕。她讨厌这个家，其实是讨厌我。我知道她的心思，总有一天要远走高飞的。"

香阁忽道："人说你会放蛊，能不能把人迷住，听你指挥？"

荷珠板起脸，摇手道："说不得，说不得。说了有大祸。"

其实荷珠自己明白，所谓蛊，就是让众多毒虫相斗，那最后仅存者，当然是剧毒之物，用来伤人性命不成问题。至于手指一指就能让人中毒，实在是瞎话。现在这一行业还有，产物大多用来入药，别的为非作歹也无人管。荷珠养这些东西，只是为了与众不同，让严亮祖不要忘了梦春酒。

至于吕香阁，她的本事不在饲养毒物，而在心计。她的前途是嫁一个好人家，若和中国的正经人家论婚嫁，她的过去是一个大障碍。她现在有好几个美国男朋友。美国人观念不同，他们不追究过去，只着眼现在。保罗近来和她渐熟，也被列做外围，香阁觉得他条件、品貌都好，人又天真，是那种可以落网的。

"若是真抢了玹子的人才叫热闹呢！"香阁从眼前的毒物想到

猎物,又想到自己的职业,问荷珠要不要喝一杯咖啡。

"我不喜欢这些洋的东西,你还不知道?"荷珠说着,伸手把肩上的壁虎拂进衣袋,又拎起小蛇,"把这个留给你做伴吧!"

香阁退后一步,连声说不敢当。

"我倒是有一件东西送你。"转身拿出一盒化妆品,是一套旁氏粉霜膏露。当时一瓶旁氏已是奢侈品,这样成盒成套怎不叫荷珠心花怒放。她几乎要问香阁要不要毒物,她可以供给。

送走荷珠后,香阁来到厨房,张罗下午的生意。她和两个帮忙的姑娘一起动手,一会儿,店里便弥漫着咖啡的香气,点心从冠生园买来,是现成的。店拐角处新摆了一架屏风,画着牡丹、芍药等花木,十分鲜艳,小店更添了些曲折。再加上轻柔的音乐,颇吸引人。

不多时客人陆续到来。有两个辍学跑滇缅路的年轻人,进来靠窗坐了。香阁见是熟人,过来招呼。两人低声说,又有一批化妆品,旁氏面霜、蜜斯佛陀口红、香水、指甲油等等都有。问香阁要不要,若是没有现钱,搁着寄售也可以。香阁哼了一声,说这点钱还拿得出。

他们的货就在门外吉普车上,有四个煤油箱,遂搬到后院,很快料理清楚。

那两人说:"过境时很麻烦,美国军车就方便多了。"

香阁道:"化妆品很好出手,别的东西也可以商量。"

那两人道:"跑一趟吃苦受累不说,还要担惊受怕,你当是容易的。"

香阁笑道:"马达一响,黄金万两,吃点苦也值得。"送走两人,又到前面来。

这时已经上灯,客人更多了,多有美国下级军官带着女伴,他们不只要喝咖啡,还要喝酒。酒也是近来新添的项目,种类不多。

自从添了酒,店里更拥挤了,香阁有意将店扩大。

她前前后后张罗着,手里端着杯盘,口里应付着客人,脑子里断续地在琢磨发展大计。忽然有一个想法,可以把发展自己和破坏别人结合起来。

夜深人静,吕香阁坐在床边,她的两结合计划已经完成。首先是向保罗借钱,她要描述自己的梦想,那就是开一家舞厅。如果保罗肯借钱,澹台玹必然不高兴,这是第一步。还有第二步,第三步,还要仔细规划。她很快进入梦乡,而且睡得很好。

玹子有几天没有看见保罗了。保罗来过,她不在家,留了条子,说领事馆有唱片音乐会,问她可去,她也没有回复。可是她时常想着麦保罗,想见他,又懒得。他们之间热烈的感情已经过去,现在有的是过于理智的考虑。

这一天,玹子上班经过绿袖咖啡馆,信步走进去,想喝杯咖啡,提提精神。

咖啡馆里照旧很暗,还没有客人,只觉得新添置的屏风后面有一些响动。玹子走过去,看见男女二人靠得很近在低声说话,正是保罗和吕香阁。

香阁见玹子来,更把头靠在保罗肩上。这样停了几秒钟,玹子觉得比一个世纪还长。

保罗忽然警觉,抽身站起,向玹子走来,还是满面可爱的笑容,说:"我们一起喝咖啡吧。我本来是到大学那边去的,走过这里就进来坐坐。"

"我也是,不知怎么神差鬼使。"玹子平静地说。

保罗为她斟奶加糖:"晚上有事吗?"

"晚上要加班加到十二点。"玹子笑容可掬。

保罗睁大蔚蓝的眼睛,说:"你是生气了吗?我没有错。"

这时吕香阁也走过来搭讪,一口一个玹子小姐。说今天用的是保山咖啡,别看是土产,很不错的。

他们坐了一会儿,保罗送玹子往省府去。

路上两人都闷闷的,保罗又解释:"我没有错。吕香阁一个女子没有亲人,做到现在这样,我想这很难。她想借一笔钱,扩大咖啡馆,我愿意帮忙。"

玹子觉得他们之间正在升起一座冰墙,那墙就像自己脚下的台阶一样,一步步升高。

玹子还是平和地说话。到了省府门前分手时,保罗问这个周末的活动,玹子微笑着摇头。

保罗定定地看着她,轻声说:"好像事情不太妙。"玹子心中酸苦,做出了那艰难的决定。他们观念的不同是从根上来的,恐怕今生很难一致。

玹子终于和麦保罗分了手,连订婚那一步也没有达到。

第 七 章

一

大西门内一条大街上，和宝珠巷相对并排有三条小巷。钱明经在如意巷有他的如意住所。卫葑在蹉跎巷有一个落脚点，但他们还住在落盐坡。本来明经为他们找了房子，因尤甲仁无处住，便让给尤家了，那就是刻薄巷一号。这些名字是后人附会，还是当时就这样叫，无人考证。

尤甲仁到明仑上课，很受欢迎。他虽是中文系教授，却开了十八世纪英国小说选读和翻译等，再加上本系的古典文学课，真显得学贯中西。他上起课来旁征博引，古今中外，名著或非名著，只要有人提起，无不倒背如流，众人俱都佩服。姚秋尔也经钱明经介绍在一家中学找到教英文的事，以她的才学应付几个中学生自是绰绰有余。他们于教课之暇，游览昆明名胜，极尽山水之乐。一晃几个月过去了。

刻薄巷一号，院子小巧，颇为宜人。居室南向，楼上楼下各两间。楼下住着数学系教员邵为。邵太太刘婉芳也是天津人，很活泼，没有什么心眼儿，是个好邻居。尤家住在楼上，依姚秋尔的习惯，室内布置简单朴素，只有一本厚重的牛津字典，略显特色。他们生活安排妥当，对钱明经却很少感谢，倒是常常表示同情，说钱明经太忙了，说钱太太找不到事，还是不肯俯就的缘故。话的意思深远，表面上是说钱太太有身份，暗指他们夫妇不和。聪明如钱明经,最初也不在意,时间一长,大家都觉得在尤甲仁丰富的学识下,隐藏着一种让人捉摸不透的东西。

这一天下午,尤甲仁兴致勃勃地回到家里,姚秋尔正伏案改作业,抬头妩媚地一笑,问:"有什么新闻?"这是他们彼此间常问的一句话。

尤甲仁拿出一张报纸,指着孟、仉的订婚启事。"未婚夫死了三天,才登的这启事,以前有抱着木主结婚的,现在还有画着黑框订婚的。孟弗之怎么这样!"

姚秋尔眨眨眼睛:"说不定人家早海枯石烂过了。"两人会心一笑。

尤甲仁坐下喝茶,一面指着带回的书,说:"若说到海枯石烂,倒是有一段趣闻。刚刚我到夏正思那儿借书,用英文谈话。他说好久没有听到这样流利的英语了,触动了乡思,和我说了从前的事,还有一段恋爱经过!"

秋尔掩过作业,坐到甲仁身边:"快说!"

"夏正思说,他的家住在大西洋边。他年轻时有一个情人,曾三次要结婚,那女士都变卦,弄得他要跳大西洋。"

姚秋尔格格地笑:"怎么没跳呢?"

"他正要跳时,忽然觉得有一种力量抓住他的头发,转眼间他已经坐在家门台阶上,他想是自己不该死。虽然没有死,活得也不好。他常常碰见原来的情人,而这情人又常常换情人。他再不愿意看见她,就远离家乡来到中国了。"

姚秋尔起身做晚饭,一面嗔着:"太单薄了,不好听,不好听。"

过了几天,同仁间流传着夏正思失恋的故事,果然丰满了很多。尤其在投海这一段,加了找情人告别这样十分感伤的场面,在海边徘徊时又加了种种渲染。

这故事几次出入刻薄巷,离原来的人和事一次比一次更远。

雪妍先听说,乃告诉碧初、惠枌。这样把别人的伤心事当作笑谈,她们都很不以为然,好在夏先生不知道。

萧子蔚一直独身,自然也成为尤甲仁关注的对象。他对人说,这几个老"百曲乐"(bachelor,单身汉)研究研究可以写部言情小说。对独身人的议论是免不了的,但都属于同情的范围,自尤甲仁夫妇来后,发表的言论便带有刻薄巷的特色。

大家见他们轻薄,都不与之谈论。他们似有所察觉,稍有收敛,但仍免不了以刻薄人取乐。他们这样做时,只觉得自己异常聪明,凌驾于凡人之上,不免飘飘然,而毫不考虑对别人的伤害。若对方没有得到信息,还要设法传递过去。射猎必须打中活物才算痛快,只是闭门说说会令趣味大减。正好邻居刘婉芳传播新闻颇具功力,邵为的数学领域对于她犹如铜墙铁壁,她由衷羡慕尤、姚的和谐融洽,并且佩服他们的学问。她听秋尔讲一些似秘密非秘密的事,再讲给别人听,觉得自己也添了本事。

孟离己的新闻,夏正思的故事,传过以后清静了一阵。

一次,中文系安排尤甲仁演讲,他不讲诗,不讲小说,不讲理论,不讲翻译,讲的是"莎士比亚和汤显祖"。戏剧不属他的本行,但他信手拈来,就可以胜任。他讲了莎士比亚几个重要剧作的梗概,大段背诵,抑扬顿挫,声调铿锵,很有戏剧效果。又把《牡丹亭》中几段著名唱词,一字不落背了下来,可惜他不会唱昆曲,不然更加好看。虽然整个演讲内容丰富生动,却没有说出比较的是什么,思想上有什么同异,艺术上有什么差别。同学们听了,有人赞叹,有人茫然。

江昉听说,随口说了一句,外国有些汉学家就是这样的,只知抠字眼背书,没有自己的见解思想。这话传到刻薄巷,尤、姚两人顿觉无名火熊熊上燃。

重庆有两名记者,因所写报道触犯禁律而被关押。江先生在一个刊物上发表文章,批评这种不民主的做法,并提出保护人权问题,意见尖锐,文词犀利,同学们都很赞成。也有人说,江先生越发左倾了。

尤甲仁素来不发表带有政治色彩的言论,有人说他清高,有人说他自私。同仁间议论时,他对关押记者不置可否,而对江昉的文章大加攻击,说:"现在民主人权很时髦了,无怪乎以前有人说江昉善于投机,这可不是我说的。"

过了些时,两名记者仍未获释,几个社团联合举行了一次规模很小的座谈会表示声援。江先生慷慨陈词:"人长着嘴就是要说话的,不让人说话,岂不是不把人当人看。"

这话先在墙报上发表了,又被几家开明的报刊引用。尤甲仁看到了,对李涟说:"我看江昉一味唱高调,伪装进步,只想讨好。"

李涟是老实人,反问了一句:"怎么就是伪装,又向谁讨好?"

尤甲仁愣了一下,没有回答。

孟弗之本来是极赏识尤甲仁的,听见这些话,心中的评价也打了折扣。话难免又传到江昉耳中,江昉自然心感不悦。但他心胸宽大,素来不与人在无谓的事情上摩擦,只做没听见。

尤、姚两人无事,常到绿袖咖啡馆闲坐,看窗外的水波垂柳。两人还以垂柳绿袖相唱和,有几首诗登在报纸副刊上,颇得好评,人谓多才。吕香阁也常坐在他们桌上闲谈。他们知道香阁是孟太太亲戚,又和凌雪妍同出北平,很感兴趣。

"只你们两个人走吗? 你们胆子真大。"姚秋尔问。

"有人来接的,是卫葑的同学,叫李宇明的。一路骑毛驴,住小店,走了好多天,还没出河北省。"

"听说他们到延安去过?"尤甲仁问。

"李宇明把我们转手交给别人,我等不得,先走了。他们后来准是去了。"

姚秋尔说:"听你的话,李宇明像是个人贩子。"

香阁左右看了看,低声笑道:"人贩子倒不是,可我看出来了,他喜欢卫太太。"

尤、姚一听,精神大振,问了许多细节。吕香阁本来善于无中生有,但她想象力不够,只能说个大概。经过了尤、姚之手,越来越丰满,真成了一部言情小说。

谣言的传播就像瘟疫,在有知识的人群中也不例外。凌雪妍万里寻夫,像是个小唱本,其中一段"伴郎代新郎"更是浪漫,编造了雪妍和李宇明的感情纠葛。其实以尤、姚之才,完全可以另起炉灶来创作,但他们是要伤害活人,才感到快乐。制造谣言还要传递谣言,这才完整。

雪妍和卫尃一周有两三天住在蹉跎巷小屋,姚秋尔和刘婉芳都不时来串门。雪妍生性不喜论人长短,有什么话就听着。见她们讲得眉飞色舞,觉得自己是在做好事。

姚秋尔把关于雪妍的"唱本"说给别的女教员和太太们听。她们中有人当场反驳,有人劝秋尔不要再说,也有人听着却不再传,似是一座长城,信息传不过去,秋尔十分失望。好在还有刘婉芳。她对雪妍本来就很注意,曾说扔了万贯家私,跟了一个穷光蛋,真是不可思议。听了秋尔的"唱本",连连叹气,说怎么又找一个穷光蛋。

虽然刘婉芳自己也是嘲讽对象,因为那些措词高妙,她无力深究,也就不理会,倒是热衷传话。一次,她到惠妢家闲谈,推心置腹地说了这"唱本"。

惠妢十分恼怒,说:"哪有这事!太伤人了,千万不要告诉卫太太。"

婉芳好心地说:"你说没有这事,那就是有人造谣,她若是蒙在鼓里也不合适。"

惠枌想这话也对,谣言这种东西越辩越传播,不辩也传播,真是难办。这几天她正帮一位画家朋友准备画展,想稍闲一些就去找孟太太商量一下,现在这种时候正经的烦心事还理不过来,偏有人有这种闲心嚼舌头。

心里想着,不觉用上海话骂了一句:"舌头嚼,烂脱伊!"

同仁间不时有小聚会。一天下午,尤家组织了一次朗诵会,大家朗诵自己喜欢的一段小说或诗歌,据说这是欧美传统。夏正思念了《卡拉马佐夫兄弟》中的一段,尤甲仁念了《双城记》中的一段。别人也各有选择,气氛随着不同的朗诵转变,又专注又活泼。

雪妍用法文朗诵《恶之花》中的几行,她不只发音自然,而且声音柔糯好听。一缕温和的阳光照在宽大的半旧白绸衫上,衬着她的脸格外鲜艳秀美。

她念完了,夏正思笑道:"《恶之花》都让你念成'善之花'了,你该念《五月之夜》或《八月之夜》。"

雪妍微笑道:"我也喜欢缪塞的诗,这一首,"她举举手中的书,"说真的,我一直不大懂,现在也不大懂。"

又有几段朗诵后,有人说,怎么不见尤太太。这时姚秋尔和刘婉芳在廊下煮饵丝加调料,招待大家。雪妍好意地走过去,想参加劳作,不想正听见姚秋尔低声说:"两个人喜欢一个人,感情都很热烈,像《双城记》里那样,这种情况是有的。咱们以前说过——"说着一笑,"咱们卫太太和卫先生的老朋友李宇明的那一段。"随即放低声音,说个没完。刘婉芳虽已知道这谣言,仍听得津津有味。

雪妍听见"卫太太和李宇明"这几个字,遂悄然听了一段,顿觉五脏翻腾,血往上涌,立刻走到院中,问姚秋尔:"尤太太,你说什么!"

姚秋尔用抹布擦擦手,转过身赔笑道:"我没有说什么,我们聊天呢!"

雪妍道:"我听见你们议论我。"

刘婉芳走过来挽住雪妍道:"卫太太别多心,我们真没说什么。"

雪妍知道她们不会承认,总不好自己再做张扬,她也不会和人吵架,只觉头晕恶心,连忙走出尤家大门。

房间里有人建议,请雪妍再念一段《五月之夜》。却见姚秋尔进来说:"她先走了。该我了吧!我念《简·爱》。"

尤甲仁道:"何必念,背就是了。"

秋尔道:"我的脑子可装不了那么多。谁都像你!"拿着《简·爱》念了一段。她的发音有地方色彩,这是无人请她教会话的原因。

一时刘婉芳用托盘端了饵丝过来,倒是有些心神不宁的样子。

雪妍从刻薄巷出来,绕进蹉跎巷,又气又伤心,脑子里像是塞满了杂草,又胀又疼。这些人太卑鄙了,居然把李宇明说成惯薄子弟,好像和她有什么私情似的。看来学识丰富的人不一定心地高贵。人还是太笨,竟没有一条法律能有效地惩治造谣诽谤者,一任谣言的毒汁伤害别人。

雪妍一阵头晕,手扶墙壁站了一会儿,胎儿在她身体里拳打脚踢,好像是说:"我在这儿呢!"她有些安慰,喃喃地说:"有你,还有你。"

惠枌正从巷口过,见雪妍靠在墙上,连忙过来扶住,问:"怎么了,你怎么了?"

雪妍强忍眼泪,告诉了刚才的事。

惠枌恨道:"这是亲自动手了。"

雪妍望住惠枌,说:"你知道这谣言?"

惠枌道:"没有人相信的,你放心好了。先到我家去坐坐。"

她们到惠枌家坐了。惠枌招呼雪妍洗脸整妆,迟疑了一下,说:"我说一句也许是不该说的话,这事不必对卫葑说。"

雪妍还没有想该不该说,可明白实在是没法说。当时只默然不语。

惠枌又安慰道:"你和卫葑太美满了,所以有人要来加点胡椒面。"

雪妍一面洗脸一面流泪,说:"这不是胡椒面,是毒药!"

惠枌故意说:"你太不关心我了,想想我是什么处境。你的日子是天堂,什么诽谤谣言也动不了你半分。"

雪妍忙问:"你们的画展怎么样了?"

惠枌迟疑道:"给老同学帮点忙,我也就是找点事做罢了。这一来事情又太多了,今晚上还有人请吃饭,商量什么事都得吃饭。"

一时雪妍好些了,两人出门,惠枌直送雪妍到家,才转身自去。

雪妍进家时,卫葑正在与何曼谈话。

何曼笑说:"凌老师回来了,我们的话也谈完了。"何曼选了雪妍的法文课,很赞赏雪妍的教学,学生们为她总结了六个字:又灵活又认真。当下说了几句法文课的事,何曼辞去。

卫葑翻弄桌上纸张,半晌不说话。雪妍搁下自己的委屈,系上围裙,要去做饭。走过卫葑身边,轻轻拍拍卫葑的手臂。

卫葑拉过雪妍的手放在脸上,说:"雪雪,我要告诉你一件事,我们都不要伤心。近来有人从延安来,说李宇明跳崖自杀了。"

雪妍睁大两眼,泪光莹然,连说:"怎么会呢!"

卫葑说:"宇明是很坚强的,绝不是那种自杀的人。不知详细情况是怎么样的。"

他们心里同时在想,吕老太爷不是最坚强的人吗? 他不是也自杀了吗? 那是在最不得已的情况下对敌人的反击。可是李宇明是在延安,革命圣地延安,那青年寄托理想的地方啊!

"葑,我真不明白。"

"我也不明白。"

他们所说的不明白的内容并不尽同。卫萚不明白革命队伍内部何以这样残酷。雪妍不明白世上怎么总是有人在伤害别人,也总是有人受到伤害。她几乎想说出那谣言,但那是对他们三个人的伤害,何必让萚分心。

李宇明已死还遭受这样的诽谤,雪妍想着又流下泪来。卫萚也无法把心中所想全部清楚地说出,伸手拉雪妍坐在身边,雪妍索性低声哭了一阵。他们互相依偎着,就是安慰了。

过了一会儿,雪妍到厨房去,饭总是要吃的。卫萚取过桌上的材料,那是何曼拿来的整风运动的学习文件,是她刻写钢板油印出来的。她和卫萚商量要在组织里学习。

卫萚拿着文件,眼前却闪着李宇明的身影,无人知道李宇明在跳下山崖的最后一刹那是怎样想的。可惜没有鬼魂,梦也不能托一个。

两天以后,卫萚才知道老沈来到了昆明,何曼安排他们在植物所后山见面。山上一片松林,阵阵松涛吹过头顶。卫萚和老沈握手的时候,两人心里都很难过。

老沈讲了延安整风情况,说大大清理了阶级队伍,抢救了失足者。尤其是文艺座谈会上的讲话,给整个的新文化指明了方向,一定要好好学习。抗日战争还很艰苦,延安比这里苦多了,可是大家还是很快乐,因为我们有信心。

卫萚讲了教员的一些情况,因为政府腐败日益严重,人心不满,原来拥护政府、积极抗日的人现在对政府也有离心倾向。有理想的年轻人向往延安的越来越多。老沈说这是很自然的事,他走过国统区,见有些地方因兵源不够,强拉壮丁,就像囚犯一样,捆绑着送上前线。卫萚说这边倒没有见。老沈说各种腐败情况也会蔓延的。

最后才说到李宇明去世的消息：在整风运动中他受了审查，没有能从大局着想，也有人说他是失脚落下崖去的，这也很可能。组织上考虑，暑假期间，卫葑可以到延安学习一段。卫葑听了有些兴奋，随即又有些疑惑，不过反正不是现在就走，还可以考虑。但以后就没有再见到老沈。

组织内成员学习文艺座谈会讲话，大家觉得那真是字字新鲜、道理深刻。立场问题当然是要最先解决的。那些腐败官僚和被苛捐杂税压得透不过气来的老百姓，看问题会一样吗？在文艺为工农兵服务这个问题上，有些人提出，如果只为工农兵服务，那别的人群呢？是不是会有一种为大家喜爱的文艺呢？虽然有些问题搞不清楚，但它们都是经过思考而出现的。大家都觉得自己在亲近着一种崭新的能造福人类的理论，要通过思考去理解它。

惠枌帮助举办展览的画家赵君徽颇有名气，曾在巴黎留学又居住了几年。近两年回国后，在国立艺专任教，一直住在重庆郊外，这次入滇来赏云南山水。惠枌婚前便与他相识，当时都认为他必成大家。这次见他的画确实颇多上品，以国画为主，大量运用西洋画法，也有部分油画。经过各方协助，借了一个中学的礼堂，有画友们帮忙布置，画展终于开幕。

这天，惠枌是总招待，兼管签名。赵君徽穿着藏青薄呢西装，系小方格领带，神态潇洒，站在门前，迎接来宾。来宾有昆明各界名流，秦校长夫妇也来了，还有省府几位官员。赵君徽陪着一起观看，他们在一幅长卷前站了片刻。

这幅长卷上画了八位高僧，个个神采非凡。报纸已有介绍，说是画家的理想寄托。赵君徽自己笑说，酝酿这幅画便有十年之久。当下有些记者围着照相。

这时签名桌前来了几个人，穿着讲究，举止斯文。惠枌旁边的人大声说"朱先生来了"，殷勤招呼。惠枌不解。

这时钱明经也来了,签了名,对惠纷一笑,低声说:"要义卖,就找这一位。"眼睛向朱延清一转。惠纷不理,又去招呼别人。

明经走过去和朱延清搭话,像是很熟的样子。这时赵君徽得到消息,自己走过来请朱延清到秦校长身边,一起参观。

签名桌前来人不断,惠纷不时走开去,招呼来宾,又回来看见签名簿上有刘婉芳的名字,接着看见刘婉芳正和钱明经在说话,她说:"钱先生能耐大了,我早听人说了。今天你要买几张画啊?"

明经道:"我买不起。"

"那谁信呢!"婉芳道。一面说着话,随着钱明经看画,明经不怎么搭理。一时孟先生和萧先生也来了,赵君徽和惠纷都过来招呼。

朱延清和明经走在一起,说:"老实说,我没有一点艺术细胞,不过倒是喜欢看看。"

旁边就有人说钱先生的太太是画家啊,钱先生自然懂。

明经笑道:"若是老实说,今天不是看你的鉴赏力,而是看你的钱包。"大家都笑。

刘婉芳在旁听见,便凑过来对朱延清笑着,眨眨眼睛,也是明眸皓齿。

钱明经便说:"邵太太不是问义卖的事吗,今天就要看朱先生了。"大家继续看画。

有一幅没骨花卉,画的是几朵牡丹,其中有一朵含苞待放,花苞顶上一抹轻红,越往下越淡,惹人遐想。惠纷布置时,便注意了,把它摆在明显位置。

朱延清走过时,原不注意,明经指点道:"看这一幅。"仔细看时见旁边题着一行小字:"十五泣春风,背面秋千下。"延清心想,画上没有秋千啊!却不便问。

刘婉芳又凑过来,天真地笑问:"怎么没有秋千?"朱延清不觉也对她一笑。

婉芳大喜,便又指着一幅墨荷说:"荷花哪有黑的呢? 可是倒真好看。"

朱延清随口问:"邵太太也喜欢画?"婉芳摇头。

当下朱延清表示要买这两幅画,墨荷标价八千元,牡丹却无价。

惠姈走过来说:"那幅牡丹是非卖品,没来得及贴条子。"

明经在旁说:"再画一幅才好。"

朱延清很客气地说:"若是赵先生能再画一幅,当然不按现在的标价了。"

过了一阵,赵君徽送走秦、孟、萧几位先生,才走过来说:"再画一幅可不是这个样子,也许不如,也许更好。"

刘婉芳抢着说:"只有更好的。"

朱延清道:"我知道。画画要有灵感,写诗呀,作曲呀,都是一样,叫作烟士皮里纯,对不对?"

钱明经道:"我想经商也需要灵感,有时想求神问卜算个卦,就是要索取灵感。"

一面说着,又走过那八位高僧,下面写着"非卖品"。朱延清另买了两幅人物画,要到展览结束才能取。

朱延清走时,要用车送明经夫妇。惠姈还走不开,钱明经便婉谢了。

朱延清见婉芳在旁,便问:"邵太太住在哪里,送你回去?"刘婉芳笑出声来,跟着到胡同口上车。

这里惠姈等收拾展品,一面谈论展览的情况。卖出的画不少。

君徽苦笑道:"每次卖画,我都像断腿折臂一样难过。"

惠姈想了一会儿,问:"还画一幅牡丹吗?"

君徽看着她,说:"那神态是画不出来了,不过可以应付一下。"

他要请大家吃晚饭。惠粉做好自己的事，和钱明经一起先走了。

二

学校每月初有月会，多由秦校长和几方面负责人讲一讲情况，也不时有来宾讲话。三月初的月会，秦校长陪着一位穿长袍马褂的矮胖子来到会场。他介绍了这位王某人，在同学间引起轻微的骚动，那是一个国民党宣传部门的重要人物。

王某人安详地注视着这骚动，稍有得色，大概是觉得自己名声很大吧。咳了两声之后，他用纯粹的四川话讲演，表情生动，语言有力。其中最精彩的一段如下：

"我来自陪都，来自蒋委员长座下，到这里看到大家努力学习很高兴。每个人头上有一个脑壳（他指指自己的头），大家用脑壳学习，用脑壳考虑问题。可是莫要忘了每个人的脑壳分量不一样，有的轻些，有的重些。万幸的是我们有一个最丰富、最重要的脑壳，那就是委员长的脑壳。抗战大业、建国宏图都要靠这个脑壳。领袖的脑壳与众不同，他也是大家的脑壳——"

"可是要把别的脑壳统统砍掉？"一个学生用四川话大声问。还有同学笑出声来，又有同学高声说："我们关心的不是脑壳，关心的是肚子。"

王某人瞪了秦校长一眼。秦校长举起两手往下按了按，说："请安静，请安静。"

"说起生活问题，抗战期间苦嘛是苦一些喽！大家都一样嘛！只有认识到要拥护领袖的脑壳，事情才好办。我在重庆多次讲到领袖脑壳与众不同的论点，受到支持，受到拥护。哪个敢说人头都是一样的，你称称看！"

讲演好不容易结束了，"领袖脑壳论"成为年轻人嘲讽的对象。

第二天,大门口出现了好几种墙报。有一幅漫画,画着一个矮胖子,长着一个大头,里面写满了"领袖脑壳论"字样。旁边一个小头,头上许多洞,洞里显出各种蛇蝎猛兽,下面写着:这就是领袖脑壳!

王某人对同学们的表现深感不满,他等着解释,可是秦校长并不提起。

午餐时,他悻悻地说:"贵校学生在公共场合好像不大守秩序。"

秦巽衡道:"确实是这样,我们不反对年轻人发表意见,这表示他们有兴趣,要是没有反响就不好了。"

王某人道:"随时随地要记住,领袖脑壳是最优秀的,有这样的领袖脑壳是中华民族的大幸。"秦巽衡默然不语。

王某人回到委座身边。他并不能直接见到委座,写了书面意见上呈,表扬了自己拥护领袖思想之功,批评了明仑等大学放纵学生之过。这样,又引出几桩事来。

许多学生靠贷金过活,贷金已经增加过,但是赶不上飞涨的物价。现在学生的贷金已不够起码的饭费,昆明的大学联合起来又一次向政府申请增加贷金数目。先是由秘书部门起草了一个文件,在办公会议上讨论时,大家觉得说服力不够,公推弗之加几句话。弗之当下加了几句反映学生生活的话。

呈文到了重庆,教育部说经费困难,拨不出款。在商量的过程中,有人称道呈文颇有文采,像是孟弗之的手笔。乃又有人说,无怪乎明仑的学生那样张狂,是有些教授支持的。讨论了几个回合,贷金数目没有增加。

过了些时,那飞机运狗的人物,捐了一笔巨款,给明仑等大学的学生改善生活。

同学们听了哗然:一个政府官员,这么多钱从何处来?有这么多钱，还有用这钱收买人心的活动，只能说明政府的腐败。

"我们不要这样的钱。"这是大多数同学的看法。也有少数人认为，这是政府人士的好意，拒绝只能表示不合作，没有任何好处。这主要是一些三青团员的主张，但他们在同学们中间影响日小，不起作用。

教师大都认为不能接受这笔钱。在教授会议上，庄卣辰、梁明时等都发表意见说，学生生活急需改善，是明摆着的。因为营养不良，约有一半以上同学严重贫血。我们自己的生活就不必说了。现在政府增加贷金还未解决，为什么他一个人就这么慷慨。有人建议将此款送给难民，也有人建议用来慰劳滇西抗日将士。校方最后决定委婉陈词，说学校不接受个人馈赠。对明仑大学的这种做法，一时传为奇谈。

孟弗之本来是受注意的人物，现在王某人对他更为关注，特地把他的几篇宋史文章找来看了，认为这简直是攻击中央政府。便组织了几篇文章反驳，大都是居心叵测、意欲何为这类的词句。

大家对孟先生都很关心。这天，孟弗之和李涟一起走回龙尾村，路上说起这事。

弗之道："本来让你也署上名字，是不愿埋没你的劳动，现在惹出事来，好在没有提到你。这观点是我提出的，很不应该连累你。"

李涟道："怎么说得上连累，孟先生的看法，我都赞成的。我们写文章不过是一种言论，何必这样怕。"

弗之道："怕的正是言论。不准说坏话，且不准说古人坏话。一说到缺点，就好像别人故意栽赃，真不可解。我又在想下一篇文章，关于'乌台诗案'的。"

两人一路说着，离龙尾村已经不远。走过一个小村，听见村里有哭喊之声。两人站住了，看到几个穿黄衣服的兵，正在村口小店闹事。因哭喊得急，两人走过去看，只见这些人有的头缠白布，有的少一条手臂,有的缺一条腿,架着双拐。这家似无男人,只有几个妇女哭嚷。弗之心里叹道,又是伤兵。因滇西战事紧张,在楚雄设有伤兵医院,离昆明不远,时有人来闹事。

这时这几个人野性发作,大声吼道:"我吃一碗饵块还要钱,不是老子拼命,你能在这儿卖饵块! 莫说是一碗饵块,老子要你的人也中。"

李涟说:"弟兄们辛苦,老百姓都知道的。"

一句话未完,那独臂伤兵,拿了一块板子照李涟打来,李涟一闪。弗之为护住李涟,用手里的蓝花包袱一挡,这一板正打在弗之左臂上。板上有个钉子,划开皮肉,顷刻间鲜血流淌。几个伤兵这才回过神来。见这位先生受了伤,却并不慌张,依然神气凛然。

那独臂人扔了板子,把在抽屉里抢的钱放在桌上,忽然嚎啕大哭,与一伙人歪三倒四地走了。这里李涟帮弗之脱去长衫,老板娘拿了些布片紧紧扎了,一面骂着强盗祖宗三代,一面收拾桌上的钱。

弗之叹道:"听那人口音是河南人,离乡背井出生入死成了残废,他们心里也苦啊!"

老板娘把小锅摆在火上,要煮米线招待。孟、李连忙告辞,慢慢地走回家去。

弗之伤臂,伤口并不很深。当时碧初用酒精擦洗了,敷上白药,紧紧扎住。不想过了两天,伤口发炎,手臂肿痛,发起烧来,还附有消化道的症状。

明伦校医从城里赶来诊治,除做外科处理外,说是得了斑疹伤寒,这是他经常的诊断。经常的治疗是不准吃饭,每一小时进一碗流质。

弗之笑道:"净饿是贾府秘方,到了二十世纪,可以一小时喝一碗汤了。"

碧初道："这就是进步。"和青环煮汤煎药，精心护理。

炎症控制住了，所谓的斑疹伤寒却迁延不去。弗之总有低烧，有两周未去上课，大家都很着急。又到泽滇医院看了，给了一种很贵的药和针剂。这时孟家的情况已比不得嵋住院的时候了。碧初勉强拼凑，还是不够药费，最后向学校借了钱，才取药回家。弗之服用后果然症状见轻，在家调养。

这些年，碧初已练就勤俭持家的本领，现在也无法安排。首饰已卖得差不多了，值钱的只剩那一副翡翠耳坠和别针，是碧初最心爱之物。现在也说不得了，只是不知怎样能卖得好价钱。

这一天，卫葑和雪妍来看望。雪妍身子已很不方便，还帮着里里外外收拾。

碧初让他们早些回去，雪妍道："还有要紧事呢。"拿出一个锦匣，递给碧初，说："托人卖了，添补些家用也好。"

碧初打开，见是一只白金镶钻石的手镯，两颗大钻都有红豆大小，围着许多碎钻，晶光闪闪，且做工极为精巧。

碧初惊道："这是做什么?"雪妍和卫葑站在一起，恳切地说："五叔的病需要调养，这是我们一点孝心。"

碧初道："英雄所见略同，我也正想着卖东西，就卖那一副翡翠。"

卫葑道："那副翡翠听说是太公公传下来的，怎么好卖。还是卖这只镯子，这是雪妍的意思，也是我们的孝心。"

碧初不收，雪妍急得眼泪直转。碧初想想，不忍过拂好意，便说："先放在我这里吧。"两人高兴地鞠了一躬，又给拾得洗澡，惹得它怪叫。然后别去。

星期天，嵋、合都在家。嵋说，慧书说大姨妈很关心爹爹的病，让她来看望。慧书已进一所本地大学的教育系。

碧初叹道："大姨妈整天念经，像要退出红尘了。慧书倒是懂事的,念书也知道用功。"因和嵋商量卖首饰的事是不是可以问一问荷珠。

嵋想了一下,说:"荷珠最爱张罗事,可是万万托不得。"

碧初说:"可怎么办?"又让嵋看那只钻石手镯,"记得这是雪妍二十一岁生日时,她父母给的礼物,我见她戴过的。"

嵋道:"这是凌姐姐一片心,先放着吧。"

碧初道:"我也这么想。"

说话间,钱明经来了。他特为从城里来看孟先生,在病榻前坐了一会儿,便在外间和碧初坐下说话。

嵋倒了茶来,明经称赞道:"一转眼,嵋已经是个好帮手了。"

碧初道:"可不是,现在有事都和她商量。"

明经拿出一个鼓鼓的信封,说:"我对孟先生和师母的敬重不用说了,这点钱是我和惠芬的心意。"见碧初沉吟,又说:"以后还我们就是了。"

这时,嵋忽然说:"娘不是要卖那翡翠吗? 钱先生能帮忙吗?"碧初见嵋出言冒失,瞪她一眼。

谁知明经一听,马上说:"师母那副翡翠我见过几次了,真是好东西,卖了可惜。"

碧初微笑道:"身外之物罢了,只要它有个好去处。"

明经道:"可不是,东西也要有知音。要不然我拿去问问价钱?"

碧初叹道:"这些年,你和惠芬对我家的帮助很多了,也不知道什么时候能不再添麻烦。"

明经沉吟了一下,道:"这事最好不告诉惠芬。她不喜欢这些事。"

碧初点头,叮嘱嵋道:"不用多说。"遂拿出一个小螺钿盒子,在桌上铺了绵纸,把翡翠别针和耳坠摆出来。正好有一缕阳光照在别针上,宛如一汪碧水,耳坠不在阳光中,也闪着亮光,碧莹莹的,鲜润欲滴。

明经大喜,连说没想到:"这首饰这样好看!请师母放心,准有好消息。"

碧初道:"你的钱,我先收下了,以后扣除就是了。"

明经说:"钱,师母只管用,生活不能再简朴了,身体要紧。这东西纯净无比,不多见,黄金有价玉无价,我是不懂,随便说。"

嵋说:"有人懂的。"碧初又瞪她一眼。

明经道:"童言无忌。"因问是不是现在就可以拿走。

碧初道:"自然要拿去让别人看。"一面望着那副首饰,眼中含泪。拿起别针抚摸了一下,捧进里屋,和弗之轻声商量。

弗之说:"一切由你做主。"

明经在外间大声说:"先看看再说,也许还拿回来呢!"

碧初出来,道:"一定卖了才好。"便把首饰放进螺钿盒,递给明经。

明经接过,说:"天还不晚,可以赶进城去。"

嵋早下了一碗面来,明经笑道:"我正饿了。"匆匆吃过辞去。

那别针是孟家祖传之物,耳环是后来在北平配的,别针也重新镶嵌过。碧初少带簪环,却极喜这一副饰物,弗之知道不到万不得已,她是不会让给别人的。只因时局日险,将来不知会怎么样,若是身体不好是不行的,必须有钱调养。

他慢慢起身,走到外间坐了,故意说:"据考证,簪环镯链都是奴隶的镣铐,这下子你自由了。"

碧初先愣着,回过神来说:"这东西随我们几十年了,如今走开,是舍不得。"她想着嵋的那句话"有人懂的",钱明经大概要找女土司去,自己没想到这一点,心下很是不安。

弗之见她若有所思,安慰道:"毁家纾难也是应该的,咱们还没有做到,现在总算不用跑警报了。等我好了,咱们就搬回城去。"

提到回城,碧初稍有些宽慰。腊梅林中倒塌的房舍已在重建,房主人曾在一次酒宴上请孟先生一家仍回去住。只是造造停停,房屋不多,进程却慢。

傍晚时分,孟家正要开饭,嵋在厨房炒芥菜,合子熟练地帮助擦桌子,摆碗箸。

忽听院中脚步响,声音很沉重。青环正在院中收衣服,问:"找哪个?"来人说:"孟樾先生可在家?"

碧初出来,见两个军警模样的人,因问:"什么事?"

那两人说:"有事情,请孟先生走一趟。"

碧初道:"他正生病,你们是哪一部分的?到底什么事?"

那人迟疑了一下,含糊地说了一个部门的名字,就要进门。

碧初还要再问,弗之听见,走出来问:"你们究竟是什么部门?"

来人道:"孟先生已经出来了,请跟我们走。"

弗之道:"有请柬吗?有传票吗?是要戴手铐吗?"

"那倒不敢。"两人说着,挟持弗之向大门外走去。

碧初顿觉天旋地转,几乎跌倒,勉强靠着墙,合忙上前扶住。

嵋追出大门,见一辆吉普车停在门口,爹爹被挟持着坐上了车。她扑上去一手拉住车门,大声叫:"你们留下地址!"那两人不理。

车开了,嵋跟着车跑。弗之怕她受伤,大声喝命:"快回去!"

嵋眼见那车歪歪扭扭,顺着石板路下山了。当时顾不得哭,跑回家和碧初商议对策。那时学校同仁大都已迁进城,只有李涟还在,便命青环去通知。

一时李涟跑着来了,上气不接下气地说:"我看得立刻报告学校。我去,我走得快。"

嵋说:"我和李先生一起去。"

青环忽然说："我会骑马,我去吧。我去找赵二借马。"碧初怕她一个人不安全。青环说："这条路,我闭着眼睛也能走,不用担心。"

当时没有别的办法,只有让青环去。碧初马上写了一封短信,交给青环。青环把信藏好,飞奔下山,不料赵二和他的马都不在家。赵二媳妇帮着向别家借,有一家的马病了,有一家的马就要生小马。青环急得直流泪,说："我连这点事都办不成。"只好回到山上。

几个人商量,还是由李涟步行前去。嵋也要去,碧初叹道："你要是个男孩就好了。"

合子大声说："我是男孩,我去!"

碧初说："你还太小。"最后还是由李涟和嵋一起去。

这时入夜已久,没有月光。两人快步走下山来,走几步跑几步,恨不得马上赶到学校。快到堤岸转弯处,依稀见一个人影,越移越近,两人都有点紧张。

忽然嵋大叫一声："爹爹回来了!"果然是弗之慢慢走来。

"怎么回事?"李涟忙问。

弗之心跳气促摆手道："到家再说。"

嵋说："爹爹慢慢走,我回去告诉娘。"便转身向山上跑了。

这里李涟捡了一根树枝,让弗之扶着,走十来步就歇一会儿,好容易走到山下,碧初已经领着嵋、合迎过来。回到家中,大家分析,可能是抓错人了,也可能是先给一个警告。

碧初说："不管怎样,赶快休息最要紧。且先睡觉。"

这一晚弗之想了很多,他被带走时,心里是一片空白。当时各种思想很活跃,骂政府的也很多,他是再温和不过的,怎么会摊上了被捕?莫非是绑票?可是也还没有当"票"的资格,看这两个人似乎也不是土匪。

那时,天还没有黑透,芒河水的光亮依稀可见,车沿河走了一段,似乎是向城里开,转了几个弯,弄不清方向了。天渐渐黑得沉重,压得人透不过气来,不时需要大口喘气。他努力调整呼吸,想无论如何要应付这局面,不能晕倒。又走了一阵,忽然前面一阵亮光,来了一辆车。两辆车都停了,两车的人都下去,在路旁交头接耳一番,各自上车,吩咐调头。又开了一阵,车停了,才知道是回到了村外芒河边。那两人叫他下车,说:"回家吧,不送你了。"

当时真不知道自己身在何处,简直像一场梦,没想到这么快就能回来,时间虽不长,可足够长记不忘。若只是对他一个人,还简单些,不过既然有这样的行动,以后怎么样很难说。学界安危实堪忧虑。因为他教修身课,有些学生认为他帮助政府压制思想自由;因为他以史为鉴,当局又认为他帮助另一方面。要想独立地走自己的路,是多么艰难。

他觉得自己好像走在独木桥上,下临波涛,水深难测。他头晕,伸手去拉了一下碧初。"勿使蛟龙得",他想起这诗句,深深叹息。

碧初轻轻拍拍他,柔声道:"睡吧,睡吧。"

"只要自己问心无愧,哪管得了许多。"弗之这样一想,渐渐迷糊睡去。

次日,李涟到学校报告此事,大家无不惊诧。秦校长和各有关单位联系了,都说从未派人抓过教授,对孟先生都是知道的,不会有这样的事。

又过了一天,还查不出眉目。秦巽衡和萧子蔚同到孟家探望,弗之又细述了那晚情况,三人谈了很久。

秦巽衡说:"这事当然是有人策划。昆明各种机构很多,中央和地方有矛盾,关系复杂。这次的事情也可能是一种试探,因为弗之的色彩不那么鲜明,以为好应付。这是我替他们想。"

弗之微笑道:"有些事可能很难查清,一部历史也就是写的历史,究竟哪些是真,哪些是假,谁能明白。中国官场积垢太多,清理改进是必要的。我写那几篇文章,只不过希望有一个好政府,可没有推翻谁的意思。若拿我试探,就认准我好了,希望不要再骚扰别人。"

子蔚道:"现在的社会还没有独立的文化力量,我们其实都很可怜。不过我总相信民主是必然的前途,只是需要时间。"

三人都以为这事虽无人承认,还是应该向省府和有关方面提出抗议,要求保障人身安全。秦、萧二人还带来一个消息,说严亮祖已经复职,并且议论,现在起用能打仗的人是明智的。

子蔚带来了峨的信,是寄到祠堂街的。碧初等三人先看了。信很短,只说很惦记家里,惦记娘的身体,她一切都好,大理虽离前线较昆明近,并不觉战事的影响。四周安静极了,除了研究植物没有别的事,有时觉得自己也是一棵植物。这是峨走后的第三封信,内容都差不多。

碧初说了一句:"点苍山上想必较冷,饭食如何也不说一说。"

秦、萧辞去后,孟家人又拿着峨的信看了半天。

嵋忽然说:"我们都到点苍山的庙里去,那里还有各样的花。"

"再逃吗?"合子迷惑地问。弗之心里一颤,伸手抚他的头。

"到点苍山的庙里去",这话引起弗之许多想法。每个人都有自己的路。峨的将来可以大致放心,她会在植物学上做出一些成绩。可是国家的事、社会的事还是要人管的。他写的几篇文章自问是为国为民,政府方面也太不能容物了。很快就要期末考试了,自己的病还不好,让人发愁。

正乱想着,碧初端了药来,说:"别的都是外面来的,身体最要紧。"拿小勺舀起药汁,轻轻吹着,望着弗之一笑。

"我会好的。"弗之也一笑。

过了几天,殷长官差人来慰问,言词很客气。说在本省土地上发生这样的事,对孟教授无礼,很是遗憾。弗之对来人有一个简短的谈话,说的是保障人权问题。后来江昉建议将这个谈话在报刊上发表,弗之没有同意。

这事知道的人不多,却也不断有人从城里专来看望。

一天上午,一辆汽车开上山来,车外两边踏板上各站着一个马弁。青环正在大门口扫地,以为又有祸事来了,忙跑进去报知。

这时车子停在门外,马弁跳下车来,开了车门,走出一位威武军人和一位轻盈的女学生,原来是严亮祖和慧书。

那马弁站在院中大声报告:"严军长来拜!"弗之碧初忙迎出来。

慧书上去拉着碧初的手,唤了一声"三姨妈",垂头不语。

大家进屋坐了,严亮祖说:"素初很惦记,但她是不出门的了,你的情况我都知道了。我想我们连襟都会时来运转,我不久就要到滇南打仗去了。"

弗之说:"前两天,听说你复职了,军务忙,还来——"

亮祖打断道:"当然先来看你们,这些年不敢走动,简直没有个照应。"谈了一阵,忽然大声说:"你是不是做梦啊!"

弗之一愣,说:"也可能吧。"两人对望着哈哈大笑。

这时,马弁搬进大大小小十来箱东西,有美军用的奶粉、可可、咖啡、肉罐头等。还有本地土产,乳扇乳饼等。另有两大盒哈什马,是那时流行的补品。

弗之道:"搬了个小仓库来?"

亮祖诚恳地说:"我们只希望三妹一家人身体都好,抗战还没有完。"

弗之道:"抗战胜利了,路也还远着呢。"

慧书和碧初到里间,拿出一副檀木念珠,交给碧初,说:"这是娘念佛用的。娘说,这念珠上,佛号已经积得没数了,给三姨妈家挂上避邪。"

碧初心下感动,见那念珠雕镂十分精细,珠珠相连不断。满屋里看了一下,便挂在那一副弗之自写的条幅上,因问:"大姐现在用什么?"

慧书道:"还有一副好的,娘说这副佛号多。说也奇怪,我有时也拿着念珠念几句,心里倒像安静许多。"

"有你,大姐不会受人欺负。"

慧书迟疑地说:"荷姨不知从哪里听说,三姨妈要卖那副翡翠。她说殷长官夫人想要看看。"

碧初道:"真不巧,我已经托钱明经办这件事了,他必然是先给那女土司看。"

慧书道:"三姨妈的这副首饰很少见,荷姨的意思是由她经手会有好价钱,她要我这么说。"慧书顿了一顿,"她办这些事必定于她脸上有光,这是我估计。我想她会好好办的。"

"她既然知道这事,必定知道东西不在我手上了。"碧初想了想,说:"你回去说,荷姨的好意三姨妈心领,她若是已经和经手人有联系,就请她帮着争一争价钱。我们是要靠这笔钱过日子的。"

"明白了。"慧书低头说。

碧初要去张罗饭,慧书阻挡说:"爸爸都想好了,若是三姨父精神还好,大家一起到黑龙潭公园去走走。好不好?"

外面弗之兴致也好,收拾了一下,四人坐上了车,留青环和拾得看家。

车子开过芒河,不久便到龙江边。龙江水势很急,江心涌起波浪,一浪接着一浪赶着向前。车子经过植物所,说起峨在大理的情况。

亮祖说:"你们放心,我看峨小姐一定会成为一个植物学家。"

碧初道："但愿像大姨父说的。"

车到黑龙潭，两个马弁不知从哪里抬了一张椅子来，让弗之坐。弗之连说不敢，坚不肯坐。

众人慢慢走着，观看景致，都觉精神一爽。

亮祖引路，说："我带你们到一个好地方。"

众人走到高处殿阁的后面，见围墙边有一个小门，出了小门，是一大片松林，树下长满青草，又夹杂着杜鹃花。这里的杜鹃花并不成片，一堆堆，一丛丛，好像摆了什么阵势。此时花的盛期已过，滞留的花朵仍很艳丽，执着地留恋这覆盖着青草的地面。本来不觉得有风，越往前走，越觉得头顶松涛阵阵。

亮祖道："怎么样？我是个武人，这地方还不俗吧！"

弗之有些累了，在一个树墩上坐了，说："在这里隐居倒不错。"

"我可不是隐居的人，一听说能够复职打仗，我才又活过来了。"

碧初叹道："弗之能是吗？我看也未必。"

弗之道："是知我者。"

马弁过来在草地上铺了一块油布，放上一壶茶，亮祖挥手让他们走开。大家细听松涛，细观花阵，俱都忘了烦恼。慧书自己跑开去看一条小溪。

亮祖忽然说："我一直有个想法，军人总要做阵亡的准备。此次出师必然非常艰苦，我要把慧书托付给三姨妈三姨父，以后让她随你们到北平去上学。"

碧初不觉眼睛湿润，说："亮祖兄不要这样说，我们会照顾慧书，你也会长远照顾她。"

弗之说："到北平上学很好，亮祖兄尽可放心。"

亮祖微笑道："我知道是用不着托的，姨妈是最亲的了，何况又是你们这样的人。"

说话间慧书已经站在碧初身后，走上前向弗之鞠了一躬。

碧初说："我从来就说，慧书是个懂事的孩子，会有好运气。"

又休息了一阵，亮祖命马弁摆好椅子，坚持让弗之坐上。弗之确也走不动了，坐上，由马弁抬着，一直下到黑龙潭边。

公园外有些米线、饵块小铺，自不是说话之地。当时有些单位借用公园房舍，亮祖吩咐向一家研究所借得房间，代办酒肴，俱已备妥。大家入室坐下，有人端菜上酒，招呼伺候。

亮祖命说："除了上菜都走得远远的。"又看着几个冷盘，说："老一套。"

弗之用药不能饮酒，大家且喝茶。

亮祖举着茶杯说："前面的路确实很远。打日本人我不怕，抗战必胜的信念我是从未动摇，我怕的是下一步。"

弗之道："无法抗拒就只能逃了。逃有各种方法，也不只是换地方才是逃。比如白居易写的《新丰折臂翁》，因为'兵部籍中有名字'，所以'夜深不敢使人知，偷将大石捶折臂'。这也是一种逃，他是为了保全一身。如果不只为保全自己就更难办了。"

"也许需要牺牲自己来保全大局。"亮祖沉思地说。

弗之看定他说："那不是上策。"

一时，马弁端上热菜，大家用饭。

亮祖介绍："今天只有两样菜能说一说，一个汽锅鸡，一早就炖上了，一个是炸荷花瓣，附近有一片荷田，他们有这样吃法。"

汽锅鸡端上来，浓香扑鼻。又有鸡汤煮的粥，亮祖特别说："这是慧书交代的。"

饭间说起颖书，颖书毕业后高不成低不就，闲了一阵。现在总算找到事了，在某师部任参谋，管理后勤工作，回来过两次，看来长了见识。

弗之道："颖书读书是认真的，我们谈话不多，觉得他这两年思想变活泼了。"

亮祖笑道:"他最爱听你讲话,影响是显然的。"

这时端上最后一道甜食,果然是炸荷花瓣,酥脆且有一种清香。

一时饭毕,先送弗之夫妇回家。慧书又拉着碧初的手问:"什么时候搬进城?"

"总是在暑假里,那时就近些了。"碧初答。

互道珍重,严家父女别去。

又过了几天,钱明经送来一大笔钱,那副饰物果然卖了。他没有说详细的过程,只说荷珠来联系了,想压低价钱,讨好殷长官夫人。他说,孟先生又不是《红楼梦》里的石呆子,这事办不通的。倒是女土司想了些门路,卖得这笔钱。据说买主是一位尼泊尔王子。

"这也不算明珠暗投吧!"他有几分得意地说。又特别声明,前次赠款已经扣除了。

碧初十分感谢,说这笔钱正好帮助弗之复原。几次欲言又止,最后说:"托你办这事我觉得很对不起惠扮。"

明经立刻明白了,说:"我们的事师母是清楚的。在我心里并没有人能超过惠扮。"

碧初道:"我想她更是如此。"

两人又说起凌雪妍即将生产,碧初心里安排,这笔钱要分她一些度过产期。

明经说:"现在物价飞涨,钱不能存,最好有个处理。"

碧初说:"多亏你想到,就托你办。行吗?"明经想了想,答应了。

经过调养,弗之身体显然好转,时常起来走动,又坐在书桌边,写下了两门期末考试题,请李涟带去。

碧初开玩笑道:"真是好多了,我可没有许愿呀。"

青环在旁道："我许愿了，我猜不只我一个人许愿。"

拾得忽然跳上膝来，拱着弗之的手臂，许愿的大概还有它。

三

期末考试结束，凌雪妍在小屋中改了最后一份卷子，深深叹了一口气。她终于做完自己应做的事，没有拖沓，没有耽误，现在可以专心迎接自己的孩子了。卫葑本要她就在城里待产，雪妍说产期还有一个月呢，还是到落盐坡住几天再进城来。雪妍离开前，把小屋擦拭了一遍。他们已在着手换一处房子，也在蹉跎巷，房间大些，可容三口之家。他们每次去看，都商量着这儿摆桌，那儿摆椅。卫葑更是悄悄地做些小设计，如修个炉台什么的。他想，雪妍下次进城来，要让她大吃一惊。

从城里到植物所已有马车，挨着车帮加两块木板便是长凳，座位谈不上舒适，但总可以节省些体力。他们从小东门上车，车行比步行还慢，遇有颠簸处，卫葑便扶雪妍下车慢慢走。一路望着蓝天绿树，渐近碧野清波，两人不时发出会心的微笑。

卫葑低声说："雪雪，你猜我在想什么？"

雪妍轻声回答："我只能告诉你，我在想什么。不久的将来，我们会是三个人一起生活。一起出门，一起进门，一起来来去去。"

这正是卫葑所想，他不由得拉住雪妍的手抚摸着，惹得一车的人都用快活的眼光看着这对年轻人。

一位老嬷嬷指着雪妍的肚子，说是男孩。

卫葑道："女孩也是一样的。"

老妇人先下车了，别的人说："老人说的吉利话，莫要改她的话。"

两人忙答应："知道了。"

从植物所到落盐坡路并不远,他们一路讨论婴儿的名字,设想了几个男孩名和女孩名,讨论热烈,但没有结果。毕竟雪妍身子沉了,这样转移目标还歇了好几次,一周前步行进城,只歇过一次。

他们刚到家门,便出来一位主人,热烈地欢迎,那是柳。柳绕着他们欢蹦乱跳,又堵住门口,伸出两只前爪,一人一只,握一握,然后几乎是把他们裹挟进门。米先生、米太太的热情也不逊色,因时近正午,送来米饭、油酱豆和芥菜汤,并劝解柳不要打搅。柳一直随着雪妍走来走去,这时便趴在西厢房外守望着。

这里的空间大多了,蓝天毫不吝啬地伸展着,没有轰炸,没有难民,小村十分安静,只有龙江水日夜流淌。过了两天,因有活动,卫葑进城去了。

碧初带了钱和青环,还有那副钻石手镯,来看望雪妍。雪妍说她能吃苦,她不需要钱。碧初拍拍她,说这是孩子话,坚持把钱和青环都留下。

临走时,拿出那手镯,说:"这是我给婴儿的。"

雪妍急道:"怎么五婶还是不收。"

碧初道:"我已经收过了,这是给小宝宝的。钱的问题已经解决了。你若不听我的话,五婶是要生气的。"

雪妍无奈,把东西收好,两人到米家稍坐。

"五婶来看我们了。"雪妍说。随后又用法文和宝斐说话。

谈话间,米先生严肃地提出一个问题:"我一直想研究一下你们的称呼。我知道葑的母亲和孟先生是堂姐弟关系,照中国的习惯,葑应该称孟先生五舅,怎么叫五叔呢?我这个问题冒昧吗?"

碧初微笑道:"米先生对中国的亲戚关系的用语这样了解。卫葑是应该称呼我们五舅、五舅母,只因他的母亲——我们的堂姐是一位新派人物,她说对父母的亲戚应该同等对待,一定要这样叫。卫葑的父亲也很新派,说是随便怎么称呼都可以。好在卫家没有一位五叔。"

米先生点头道:"平常听荺说起,他的父母是很有趣的人,因为身体不好没有出来做事。"

雪妍慢慢地说:"他们很想离开沦陷区,这对于两个病人来说太困难了,他们把一切理想抱负都托付给了儿子。"

宝斐高兴地说:"他们的儿子要有儿子了。"

米先生和米太太去送碧初。雪妍站在院门前看他们走下坡去,觉得即将出世的孩子一定是一个幸福的人。

有了青环帮忙,日子更觉轻松,雪妍每天和米太太慢慢地打点婴儿衣物,做些针线,设计着、商量着,小院充满了安详的喜悦。

雪妍于期待的喜悦中有些恐惧,不知这一关能否过得去。

她也思念父母,思念她那两眼望天、心神不在这一世界的父亲,还有那事事操心、随时都在责怪别人的母亲。如果在他们身边,拉着母亲的手就不会不安,就不会害怕。

她已离家四年多,起先不愿意写信,家中消息也是辗转得到。后来怕父母熬不过思念,写信给母亲通些消息。信不敢多写,都要几个月后才到对方手中。不知他们现在怎样了,日本人又逼迫他们做了些什么?这念头像块大石头让人觉得压抑、沉重。

又想起李宇明的死和那恶毒的流言。哀悼使她的心像有一个洞,落进了同情的眼泪;流言使她的心上像有一个硬痂,时常会尖锐地发疼。

青环见她闷闷的,说:"想要给你讲点故事开心,可是我的故事都是不开心的。"

雪妍道:"我听说你这个姑娘又能干又勇敢。"

青环摇头道:"我这个人是背时精,没人敢娶的。"说着眼圈红了。雪妍不愿深问。青环又道:"你真不知道我的事?我问句话莫要说给别人:孟太太当真连你也没告诉?"

雪妍微笑道:"我们是不喜欢议论人家私事。"

青环叹道:"你是有福的,虽然父母不在身边,孟太太待你有多好!"

渐渐地在断续的谈话中,青环讲述了自己简单又奇怪的故事。

她十来岁时,被人拐卖,换了几户人家当丫头,最后落到平江寨,伺候女土司。那女土司人很漂亮,很贪,喜欢钱财,尤其喜欢玉石,有一屋子玉器。那地方潮湿,蜈蚣很多,都是很毒的,有养蛊和放蛊的说法,但她并没有亲眼见过。女土司用几味草药和蜈蚣一起捣烂,据说专治不治之症。

有一天,青环收拾屋子,从一个大瓦罐里爬出两条蜈蚣,咬在她手背上,手马上肿起来,连手臂都肿了。毒蜈蚣咬人和毒蛇差不多,有时可以致命,可是青环没有死,红肿消得也快。女土司奇怪,放几条蜈蚣在桌上,命她去擦桌子,她跳上桌子把蜈蚣踩死了。女土司很生气,说:"我看你就是个放蛊的。"

青环说:"我不合分辩了几句。我怎么会放蛊!我连毒虫都没得养。那女人更有气,说我的意思是她养毒虫了。以后就处处和我作对,一定要坐实我放蛊。也有人说她是要害我,来祭那些玉器。"

雪妍惊道:"这像是几百年前的事。"

青环苦笑道:"孟太太也是这么说,可是我们这些人就是活在几百年以前。我从平江寨逃出来,找回了家,母亲不久死了,又到姑母家,姑母不久也死了。去赶马帮,有人病死,都赖在我身上。我做了什么? 我什么都没做。我真是不吉利吗?"

雪妍心上刺痛,低声道:"谣言真伤人啊,伤了人叫人无法还手。那女土司分明是个造谣的,你要好好生活。活着才能证明,你和蛊没关系。"

青环摇头,低头做活。过了一会儿,抬头说:"这次赶马帮,走到离平江寨不远,死了两个人。马锅头说是我放蛊,我又落到女土司手里。她说你逃呀,怎么又回来了,就把我关起来了。我黑夜逃出来,走了两天,在龙江边让来追的人赶上了。幸亏遇见嵋他们,我才有机会跳龙江逃命,居然没有淹死。后来也没有人找我。"

雪妍想起嵋说过,看见有人跳龙江,原来真就是青环,当下安慰道:"你不要想着自己不吉利,正相反,你是大命人,经过这么多灾难还好好的。你该好好地活着,这是你的权利。"青环慢慢点头。

卫苈走后的第三天傍晚,雪妍忽然觉得不舒服,随后肚子越来越疼。米太太说大概是要生产。三人不知所措,商量着派青环去请碧初。青环一路飞跑先到赵二家借马,牵上山来。

碧初正招呼弗之服药,听见擂院门的声音,心下一惊,药汁泼洒了些,忙用手巾擦着。听青环说了情况,便交代嵋、合照顾爹爹,要往落盐坡去。

嵋很不放心,说:"娘我去行吗?"

碧初道:"傻孩子,你不懂的,好好照顾家。"她本不会骑马,青环说:"我会照顾的,我是赶马帮的。"果然虽夜色渐沉,却一路安稳。

赶到落盐坡,见雪妍勉强坐着,额上汗珠一滴滴往下落。碧初忙命烧开水,极力回想着自己生产时的情况,垫好被褥纸张,让雪妍靠着自己,帮她用力。

雪妍几次觉得死亡就在身边,就差一步,用力拉着碧初的手不放。碧初教她调整呼吸,有节奏地用力。

一直折腾到晨光熹微,雪妍忽然觉得身上一松,好像五脏都给掏空了。紧接着一声婴儿啼哭,把晨光惊得一跳,一个小人儿来到世上。

雪妍软软地松开手,大家也都松了一口气,包括守在门外的柳。米太太用意第绪语高声念了一句祝词。碧初剪了脐带,把婴儿抱给雪妍看。

雪妍昏昏沉沉,再无一点力气,望着婴儿喃喃地说:"你就是我的儿子?"

碧初忙加了一句,是男孩。

当下招呼雪妍躺好,洗过婴儿,包了一个蜡烛包,放在床上。碧初见母子安稳,才觉自己头昏眼花。跌坐椅上,休息了一阵,才渐渐好了。

天还没有大亮,卫葑回来了。他又惊又喜,向碧初鞠了三个躬,对米太太和青环也鞠躬致谢,又伏在雪妍耳边说些什么。雪妍眼中含泪,唇上带笑,抓住卫葑的手沉沉睡去。

从此,这个小家庭有了三个人。尽管他那么小,他是希望,是将来,是最强大的。照碧初的意思,仍让青环在这里伺候。卫葑说五婶太辛苦,过了半个月,让青环回去了。他另找了一个小姑娘帮忙,但她不愿洗脏东西,乃由卫葑承担了伺候月子的主要劳动。他做得精细体贴,有条不紊。雪妍抱着婴儿,坐在自制的沙发上,发号施令。这是她从不肯的,现在她需要这样。因为她已经用全部力气给予了生命,因为她是母亲。

满月时,嵋、合代表父母来看望。他们很惊异人一开始时这样小。婴儿还没有名字,雪妍说这名字是要请五叔五婶起的。

嵋自告奋勇说:"我代他们起。我送他一个名字,就叫阿难。"

卫葑道:"阿难是佛祖的侍者,也是大弟子,他还有一个同伴叫迦叶。"

雪妍说:"这名字不错,总不能叫释迦牟尼吧。不过他姓卫,卫难不太好。"

合正仔细研究小娃娃,说:"可以加个不字。"

大家念了念,嵋说:"可以把不换成无。卫无难,怎么样?"

卫葑望着抱着婴儿的雪妍,说:"难总是有的。"忽然提高了声音,"叫凌难怎样,凌驾于困难之上,正好是妈妈的姓。"

大家拍手,卫凌难也趁机大哭起来,声震屋瓦。

"卫凌难,你要保护我们没有灾难啊!"雪妍轻拍婴儿。

"会的,会的。"卫葑虔诚地应和着。

下午时分,郑惠枌和李太太带着之薇、之荃来了。之薇整齐地梳着两条小辫,模样轮廓颇像姐姐之芹。他们还带了一篮面点,有花卷、甜糕等。

李太太进门先夸婴儿,随后又夸面点。拿了一块甜糕,在婴儿眼前晃着说:"小贩是好久不做了,这次是专为你做的。"

卫葑招呼客人,端茶倒水,不时伏在雪妍耳边说几句话。两人又不约而同地望一望那蜡烛包,好像怕他会突然不见。

惠枌心下好生羡慕,想着有贴心的丈夫和自己的孩子,大概是女人最大的福分了。

李太太似乎明白她的心思,发议论道:"女人就是命苦,生孩子受多少罪,可还要自找这个苦,以苦为甜这才叫真命苦。"

卫葑笑道:"这就是伟大的母性。若没有这种以苦为甜,人怎么能延续?"

士珍道:"伟大的母性,这是男人的论调,哄哄我们。"

惠枌道:"李太太说风凉话了,你什么都有了,可以这么说。"

大家笑一阵,说到搬进城的事。各家都已找了房子,估计到秋天,这里就没有学校的人了。可是城里也不安稳,从滇西、广西、贵州,日本人都可能打进来。

惠枌伏在蜡烛包上,看那张沉睡中的可爱的小脸,轻声说:"打来也不怕,我们有卫凌难呢!"

金士珍兴高采烈,说她看见满室彩霞,这样幸福的小家庭如今世上还有多少呢? 新生儿,前途无量! 父母必定会享他的福。卫葑听着,谢谢她的吉言。

又过了些时,雪妍身体渐好,都觉得她比产前更有精神。他们已定好下个星期搬家,再稍后几天,米家也要搬走。

卫葑难虽是早产儿,却很健康,一天一个样。他在蜡烛包里很不安分,会一点点往上蹿,上半身蹿出了襁褓,两手在空中挥舞,使雪妍佩服不已。"真能干,宝宝真能干。"这是她自编的儿歌。他的哭声嘹亮,米太太说像是英雄齐格弗里德的号角。

每次喂奶,雪妍都觉得很神圣。乳汁的热流把她和婴儿缠绕在一起,连卫葑都在这以外。卫葑开玩笑道:"我真有点嫉妒他。"雪妍正照习惯对着墙喂奶,回头一笑。乌黑的短发衬着雪白的脸庞,半开的嘴唇红得鲜艳,幸福的光彩洋溢开来,似乎有一个大光环笼罩着他们母子。卫葑觉得自己的心在膨胀,忍不住上前抱住妻儿,吻她的头发。

落盐坡小瀑布的水,有着冲刷的力量,卫葑在打着漩涡的水里漂洗东西,总是很高兴,还联想到流体力学的问题。

回来说给雪妍,雪妍叹道:"真不该让你去洗东西。"

卫葑说:"我高兴。"一面熟练地把各种破衣烂衫挂得满院,又搬了椅子让雪妍坐在房门前。"现在周游世界。"他指着一块布说,"这是美洲。"又指着一块布说,"这是欧洲。"一块布上有一大块黄印,"这是澳大利亚的独石。"一会儿又说:"我带你去太阳系逛一逛。"就随便指着,这是火星、这是木星地乱说,引得雪妍笑个不停。卫葑屋里屋外忙着,还不时摸一摸雪妍的手,抚一下她的头发,看她坐得是否舒适。

"哇——"齐格弗里德的号角响了,米家夫妇应声而出。宝宝睡觉时他们都不敢大声说话,这时,米太太跑去抱起婴儿,在当地转了几圈,才递给雪妍。婴儿一到母亲怀中马上不哭了,雪妍笑着抱他进房。

米太太跟进来,在雪妍耳边说:"亲爱的雪妍,我来宣布我又怀孕了。"

雪妍高兴地抓住她的手,骄傲地说:"我们是永远存在的。"

现任的母亲和未来的母亲目光相遇,都十分感动。

院门口一阵笑语。"庄先生。"卫葑从破衣烂衫下钻过去迎接,果见庄卣辰夫妇走了进来。

"雪妍,我们带来好东西了。"玳拉边走边说,雪妍忙到布幔后整理衣服。婴儿已经吃饱,便由宝斐抱出相见。卣辰、玳拉放好大包小包的食品,有奶粉、可可等。卫葑介绍了婴儿的名字。

雪妍出来了,和玳拉拥抱。玳拉说人们看到这样年轻美丽的母亲,和这样漂亮的婴儿,心中自然会生出爱的力量,和平的力量,可以战胜一切困难。

她从手提袋里拿出一封信放在雪妍手中说:"这是我们带来的真正的好东西。"

雪妍已经感到这信的分量。这信封上写着卫葑、凌雪妍收,又写着孟樾、庄卣辰烦转,生怕收不到。

庄先生说:"让雪妍看信,我们院子里坐。我们专门送信,借了车来的,车停在坡下。那小瀑布很美。"

卫葑笑道:"洗东西很方便。"

米先生煮了茶来,大家谈话。雪妍颤颤地打开信,一眼便看出这信是爸爸写的。

"亲爱的雪雪和葑,我已辞去了那职位了。他们已经把我的名字用烂了,把我榨干了。有些新秀想要这个头衔,(你能想象吗?)有人接替,终于放了我。"

雪妍很久没能看到父亲的笔迹,这字迹的飘逸和他那心不在焉的神气有些像。这是好消息,可是过去已不能更改了。母亲说北平城内生活很苦,缺粮少菜,但他们还好。雪妍为父母得到的待遇感到一阵羞愧。

她把信读了好几遍,渐渐平静下来,走出房门递信给卫葑。卫葑读了一遍,向大家说了,都说是好消息。雪妍抱着婴儿,把信放在褪褓上。

玳拉笑道:"三代人团聚。"几个人心中都有问号,这真正的团聚究竟在哪一天。

庄家也在筹划搬进城,因小黑马无法安置,一直迁延。已看中一处房子,离蹉跎巷不远,还未谈妥。

因车在坡下等着,他们不能久坐。卫葑送他们下坡,到瀑布边,汽车夫正舀水冲车,说这水真好,就是石头太滑。雪妍抱着婴儿,站在院门外送他们离去。

快开学了,卫葑系里有些事,进城去住两天。

雪妍觉得身体已够强壮,不想什么事都等着卫葑。这天下午,她用棉被把熟睡的婴儿围好,心里说这是堡垒,妈妈为你做的堡垒。

提着装脏布片的竹篮刚出房门,卧在院中的柳立刻迎过来。它把篮子衔在嘴中,四只脚不断地捯动,似乎在高兴地说:"你好了,你又要去洗衣服了。"随着走出了家。

雪妍站在院门前,听见小瀑布的水声,如低吟、如细语。她循着蜿蜒的石阶下坡,身体有些摇晃,连忙扶着路边的树站了一会儿。柳抬头关心地望着她。

"没事!"雪妍说,拍拍柳,两个慢慢走到那潭水前。瀑布声越来越强壮,"齐格弗里德的号角",雪妍轻快地想。潭边有人在洗衣服,都热心地问小娃娃可好,说雪妍养得不错。

一个妇人站起来时,扶了扶脚下的石头。雪妍又一次想到这里真应该装一个栏杆,给大家方便。

一时间,洗衣人都散去了,只剩下雪妍和柳。她把布片在水中刷洗,又想起远方的父母。他们可知道雪雪在做什么?他们什么时候才能见到阿难？很快洗好了，她要赶回去看阿难是不是要冲出堡垒。

水涡旋转着，她有些头晕，站起身时也去扶脚下的石头，可是身子一歪，很轻地，没有一点声音地滑进水里。雪妍似乎听见卫葑那一句"雪雪你来!"又听见爸爸的那一句"雪雪你恨我吗?"她不要离开，她不要恨，她要紧紧地抱住亲人，可是她周围只有抓不住的水。漩涡推着她旋转，瀑布的水声淹没了她的呼救，她向下沉，向下沉，似乎回到了北平家中自己的小天地，那两扇玻璃门沉重地关上了。

柳在潭边来回急走，大声狂吠起来。近处没有人，它毅然跳进水中，赶上衔住雪妍的衣服，撕下一块衣襟，却拉不起雪妍，它自己也向下沉去。

雪妍不见了，柳也不见了。瀑布的水花，不断落下，如盐如雪。

有人听见吠声，赶过来看，只有装满干净布片的竹篮静静地在青石上。

卫葑办完了公事，到新居去查看。玳拉的朋友回国，留下一张沙发床，卫葑要了，摆在室中。他想起北平，那精心布置的新房没有用上，现在有一张旧床就好了，床很软，雪妍一定会高兴。

时近中午，不知为什么，他越来越不安，在巷口匆匆吃了一碗米线，就出城去。他走得很快，几乎是目不斜视。就要到家了，他默念着。可是离家越近越觉不安，走过瀑布，水还是那水，石还是那石，好像什么也没发生过。

上坡时遇见几个村人，同情地招呼"卫先生回来了"，都是欲言又止。

"什么事？出了什么事?"

卫葑大步进了院门，冲进屋里，屋里站着不少人，有米家夫妇和村里的几个熟人。

婴儿还在熟睡,在堡垒里。

"雪妍呢?! 雪妍呢?!"卫葑发出一声嚎叫。雪妍在哪儿? 是不是在和我捉迷藏? 快出来! 快出来!

米先生把他摁坐在椅子上。村中一位长者,对卫葑说,有人看见雪妍带着柳去洗衣服。又听见狗叫,叫声很急,赶去时人和狗都不见了。已经打捞过了,这潭通着龙江,是捞不上来的。屋角果然竖着两根长杆,卫葑冲过去抓起就走。众人忙拦住。

米先生说,让他去看看,他怎能不看。

于是有人拿着长杆,有人拉着卫葑,又到潭边。

"雪雪——雪雪——"卫葑大喊,声音在石壁上撞碎了,消失了,哪里有雪妍的身影。

消息传到孟家,大家都惊呆了。碧初痛哭失声,弗之泪流满面。合子刻了一个图章,刻的是"凌雪妍不死"。他边刻边哭,不让人看见。

嵋哭得抬不起头来,她想起香粟斜街小院里最先熄灭的那支白色蜡烛。她做了一篇祭文,把雪妍比做凌波微步的洛神,又说:"洛神之美在其形,凌姊之美在其韵。奈何水花拥之,波涛载之,河伯掳之。"

写到这里,实在写不下去,纸也湿了一大片。她便把眼泪和这未完成的祭文献给凌姐姐。

三天以后,有人在龙江大石头处,发现了雪妍,宽大的白袍,像一朵花,她安卧其中。人们把她抬起,放在临时编就的竹床上。卫葑在竹床边相守,如此三日夜。大家帮着在铜头村那边买得一口棺材,什么木料现在也考究不得了。又在龙江坡上圈了一小块地,村中的老石匠刻了一个石碑。

下葬那天,晴空万里,太阳光没遮拦地照下来,烤着大地,烤着河水。似乎要把河水烤干,惩罚它的暴虐。河水上一片白光,闪亮着,奔腾着,发出呜咽的声音。

学校来了很多人。弗之扶杖携全家走来,王鼎一、夏正思和系里的人,庄卣辰全家和卫葑的熟人,澹台玹、玮还有李涟、钱明经、尤甲仁等都到了,还有不少学生。

雪妍睡在棺中,一床素花棉被裹得严实。人们看不见她,却都感觉她的音容笑貌,仍是活生生的。

嵋抱着阿难站在棺前,阿难大声哭,嵋小声哭。忽然有人指着大石头说,那是什么? 嵋把阿难交给青环,向坡下跑去。人们把柳拉上来,放在当地。柳死了,嘴里还紧紧咬着那块衣襟。

卫葑在葬礼上忍住不哭,他知道这是雪雪希望的。在把嵋的祭文和合的图章放进棺里时,他的眼泪夺眶而出。他想扑在雪雪身上,放声大哭,可还是强忍住了。他和一个村人一起钉好了棺材,每一颗钉都像钉在自己心上,又和几个人抬起棺材放进穴里,夏正思、钱明经、李涟等都帮忙。大家想起尤甲仁夫妇对雪妍的诽谤,不自觉地对他们侧目而视。

卫葑向穴中投了第一铲土,玹子过来在阿难手中放了一点土,小手还抓不住东西,自然地落进穴中。

一座新坟很快筑起,坟前的青石碑上刻着"爱妻凌雪妍之墓",一行小字是"卫葑率子凌难立于民国三十二年八月"。

从此,雪妍远离尘嚣,只对着滔滔江水,失去了人间的岁月。

她不是一个人,她有柳陪伴。人们把柳连它紧咬着的衣襟,葬在雪妍坟侧。众人向雪妍行礼后,又向柳恭敬地鞠了一躬。

整个葬礼中阿难都在哭着。回到他的床上,他还在哭。这不只是运动的哭,这哭声中充满了悲痛、困惑和恐惧。

卫凌难之歌

卫凌难的歌是接续生命存在的歌,是不死的歌。

我大声哭。因为我没有了母亲。我习惯依靠的柔软的胸,吮吸的温热的乳汁,都不见了。我伸手便可以摸到的实在的脸庞、头发和那一声"宝宝",都不见了。人们把我抱来抱去,在许多颜色和许多声音里穿行,想冲也冲不出去。我只有哭。

几天来送到嘴边的东西都很陌生,我先是用力挣扎,想逃,想躲,我要那属于我自己的。后来,我太累了,太饿了,我吸下了别人的乳汁。有人大声叫:"行了,这个孩子能活了!"人们把我从这一个母亲胸前抱到那一个母亲胸前。她们温柔地拍我,摇我,给我吃奶。我怎么会死?我不会死!

他们议论,老石匠爷爷家母羊下了小羊,可以让卫先生牵去。一天,人们牵来一个东西,是柳吗?不是。它的头和柳很不像,父亲说这是羊。它有奶,它会养活你,你要感谢它。羊叫的声音很奇怪。青环站在羊旁边,我认识她。她摸摸羊,又摸摸我,说:"我照顾你们两个。"

我们要走了。米先生和米太太,还有许多村人,送我们上车。米太太拉着我的手,摸摸她的肚子,说着什么。米先生大声说出来:"我们的孩子和阿难是兄弟。"

我们离开这块地方。我在这里出生,我的母亲在这里死去,我吃遍了这里年轻母亲的奶,带走一只羊。

人都不见了,父亲抱我走进新家,把我放在床上。他看着我,我看着他,他忽然呜咽道:"卫凌难,这是我为妈妈和你准备的家。可是她不存在了,只有我们两人了,只有我们两人了。"随即伏在我身上痛哭,我也哭。于是我从里到外都湿了。父亲闻到了气味,一面抽咽着,一面为我整理替换。

我是卫凌难,我没有母亲。

父亲常常和我说话,他说战争是个恶魔,它吃掉许多人,吃法很多——战场上的枪炮、对后方的轰炸、疾病、瘟疫,还有完全意料不到的灾难。只那恶魔翅膀的阴影,也可以折磨人到死。家里常有客人来,他们轮流抱我,讨论许多事。我知道日本鬼子在哪里进攻,又在哪里轰炸,鬼子制造恶魔。他们不准人活,因为他们是鬼子。

我是卫凌难,我生在战争年代,在生和死的夹缝里,我活着。

过了些时,我从来往的人中分辨出两个女子,一个人们叫她何曼,一个父亲让我叫她玹姑。她们都常来,对我很关心。

一天晚上,何曼和父亲谈话时间很长,似乎是何曼要父亲去什么地方。父亲说:"我怎么能扔下阿难不管?"何曼说:"你可以托付别人。比如说交给我,我们是同志。"父亲没有说话,走过来看我,惊异地说:"他睁着眼睛,像是在听。"何曼道:"你真会想象,他懂什么!"

而玹姑以为我什么都懂,她对我说:"你看玹姑很漂亮是吧?从前还要漂亮呢!"她们的意见常不一致。青环对爸爸诉苦:"何小姐说奶要凉一些,澹台小姐说奶要热一些,你家说咋个整?"爸爸回答,不凉也不热。

我吸着不凉不热的羊奶,终于会发出一个声音"妈妈"。"妈妈!"我大声喊。"喊吧,喊吧!"回答的是爸爸。

爸爸要到什么地方开会去。他问我喜欢何曼还是玹姑,我就大声哭,哭是我的歌。我要我的妈妈,我自己的妈妈。爸爸慌忙抱我、拍我,说:"我也是一样啊!她永远不会离开我们。我们是三个人——"爸爸指指心口,跟着我哭。

后来他说:"还是青环率领你和羊吧,还有五婶一家呢。"爸爸不久回来了,见我好好的,说:"我是试试看,能不能离开你。可惜生活不能做实验,不能重来一次。"

生活是一阵风,哪怕吹得山摇地动,过去了,就回不来了。生活是流水,哪怕有一层层漩涡,逝去了,也是回不来的。如果生活能够重来一遍,每个人都是圣人了。这是爸爸的字句。

爸爸不在家,我吸完不凉不热的奶,只能躺着看屋顶。天似乎黑了,我想要一点什么,可是我不知道要什么。这时,忽然有一种很响的声音,很刺耳,很怪。青环冲进屋里一把抱起我,连说:"警报!警报!"院子里有人说:"这么久没有警报了,怎么又来?"青环抱着我不知怎样好。走到院门又回来,不断地说:"阿难呀,咋个整?"天确实黑了,人来来去去看不清楚,有人招呼青环:"我们出城去,你可走?这要你自己拿主意。"也有人说:"这么晚了,飞机不会来的。"青环只管说:"阿难呀,咋个整?"过了一会儿,玹姑来了,她拿了一床小被,把我包起,放进儿童车。青环不说咋个整了,只管推车,跟着玹姑快走,有时一人推,有时两人抬。青环称赞道:"玹小姐,你家好能干。"人在黑暗里散开。我看见一个非常大的屋顶,上面嵌着什么亮点儿,在眨眼。我们坐在一条小河边,我睡着了。

不知过了多久,我听见玹姑说:"我们回家去。"于是,又推又抬,走了一段。忽然有人说:"你们在这里,我到处找。"是何曼的声音。她们说着话,走得很慢,我可以慢慢看那非常非常大的屋顶。

爸爸说,阿难跑了第一次警报,但愿也是最后一次。

何曼身上常有一种气味,爸爸说那是油墨味。玹姑身上也有一种气味,爸爸说那是薰香味。我不喜欢油墨味。可是爸爸说:"那代表一种理想,我向往那理想。可是我也更喜欢衣香。"

爸爸还说:"战争把时间缩短,逼人忘记,逼人选择。阿难,你知道十字路口吗?我现在就站在十字路口。"

我是卫凌难。父亲告诉我,生活里会有许多十字路口。我该怎么办?

我只有哭。哭是我的歌。

第 八 章

一

岁月流逝,自从迁滇的外省人对昆明的蓝天第一次感到惊诧。已经好几年过去了,这些年里许多人死,许多人生,只有那蓝天依旧,蓝得宁静,蓝得光亮,凝视着它就会觉得自己也融进了那无边的蓝中。它没有留下一点敌机破坏的痕迹,它这样宽阔,这样深邃,连妖魔鬼怪也都能融成美丽的蓝。

在这样的天空下,在祖国的大地上,人们和各样的不幸、苦难和灾祸搏斗着,继续生活,继续成长,一代接着一代。

在疏散到东郊的人家中,孟家人是最后一家返城的。腊梅林房舍造造停停,可也终于造好了。弗之身体已经复原,碧初也还可勉强支撑。全家人打起精神,收拾这些年慢慢增多的书籍、文稿,那些千变万化的煤油箱,还有衣服被褥锅碗瓢勺等。

他们对这小村十分依恋。这里的山,这里的河,那些花草树木,还有那关于龙的传说,都印入了他们逝去的岁月。这里还埋葬了他们的亲人凌雪妍。大家都走了,只有奔流不息的龙江,和永远忠诚的柳与她为伴。嵋、合商量着要向凌姐姐告别,碧初没有让去。

李涟先一步返城,又带人来村里帮忙,用一辆大车和几个挑夫,就大致搬运完毕。最后孟家人雇了赵二的马车,装了剩下的东西,四人坐了,一个篮子装了拾得,一路"喵呜"着,沿着芒河走去。

绿色的小山和绿色中透露出的房屋都渐渐远了,看不见了。

"我们还会回来吗?"合子问。

"我们回来参观。"峨说。意思是,不是回来躲藏。

弗之叹息,心想也许我们还要藏还要躲,将来的事还很难说。

腊梅林在等着他们,那房屋很是简陋,但终于是从炸弹坑里站起来了。他们回到了这里,离北平总算近了一步。无论有多少依恋,都超不过对北平的依恋。他们收拾房间布置桌椅,怀着依恋,怀着希望。

一个房间用板壁隔成两半,峨、合各有了自己的地盘。他们可以隔着板壁说话,很快就发明了一些暗号,暗号也没有特别的意义,不过是一种招呼。

峨躺在床上,记起那天轰炸的情景。自己是从泥土里爬出来的人,说是坟墓也可,留下的不只恐怖还有屈辱,她抖落身上的泥土,像狗一样。他们没有哭。他们站在炸弹坑边,从泥土里刨出自己的家,也没有哭。这时想起来倒想大哭一场,不知为什么。

"嘚、嘚",合子在敲板壁,意思是:小姐姐你睡着了吗? 峨回敲,告诉他我没有睡着。"嘚、嘚",合再敲;"嘚、嘚",峨回敲。他们敲出了快活的节奏,不久进入了梦乡,做着返回北平的梦。

大戏台的先生们都来看望。玹、玮更是高兴,不仅常来,有时还分别在峨、合两室中住宿,他们称之为"挤老米",他们喜欢挤老米。绛初夫妇建议玹子到美国留学,玹子迟疑着,手续办了一半又停下了。她常去照看无母小儿卫凌难,来时总向碧初请教育儿方法。

凌雪妍再也不会回来了。峨在竹书架上摆了一张雪妍在北平家中的照片,雪妍倚栏而立,背后是一片花海,哪一朵花也比不上那绮颜玉貌。大家只有多拍拍阿难,抱抱阿难,掩住心中的叹息。

还有一个人能来而没有来的,是庄无因。玮玮说他念书念疯了,好像生活在另一个世界。庄家因为城里无处养马,一直踌躇,还没有搬回城。

开学后不久,一个星期天,是明仑大学校庆。学校借了一处会馆举行庆祝会,众先生携眷参加。自躲避轰炸,大家分散在东西南北郊,这是一次大聚会。

秦校长致词说:"抗战以来大家备尝艰苦,可是从不气馁。我们已经过了这么多年跑警报的日子,现在总算脱身出来了。时局仍不容乐观,我相信我们无论在什么样的情况下,都会同心协力竭尽绵薄,把合格的人才交出去。滇西是一个重要的门户,我们必须打胜。打胜仗有一个重要条件,就是和盟军很好地合作,那就需要翻译人才。我们学校无论哪一系的学生都通晓英语,需要时都可以做出贡献。已经有同学参加了远征军,为抗战直接出了力,这是值得欣慰的。今天让我特别高兴的是,我不只看见一年一年学生们毕业之后为国效力,也看见孩子们都长大了,他们会是一份力量。我记得孟合己要造飞机,是不是?"他用眼光找到了坐在父母身边的合子。

合子站起身,朗声回答:"是的,我造飞机不只为了救国打日本,也要让人类能飞起来。"

先生们以赞许的眼光看着他。弗之和碧初惊异地互望,原来合子已经紧随着嵋,长成一个少年了。

又有几位先生讲话,都说到近来的战局。庄卣辰特别做分析说,现在欧洲形势好,日军的战线拉得很长,有些招架不住了,可是他们还会在中国战场上做困兽之斗。我们如果不收复滇西失地,就会受到几面夹攻,说不定会成为难民。他讲话后,众人议论:要做难民,可往哪里逃呢?

接着是即兴表演。大家随便走动,嵋和几个同学在一起,忽然看见庄无因站在面前。无因穿一套米色西装,系着绛色领带,沉思地望着嵋。

"嵋,"他难得地微笑,"我们好久不见了。"

嵋第一次看见无因穿得这样整齐,觉得有些陌生,遂不觉评论道:"你很神气。"说了又有些不好意思。

无因道:"你才神气,你已经完全是大人了。"

嵋穿一件普通的竹布旗袍,是峨的旧衣服。显眼的是衣襟上有三朵小红花,是嵋自己绣的。套一件空花淡蓝短袖毛衣,是玹子给的。素朴的衣装衬出嵋苗条的身材,行动间已显婀娜。

这时,司仪宣布下一个节目是华验中学的小合唱。嵋垂下眼睛,又抬起,略微弯曲的睫毛罩着柔软的眼睛,向无因笑笑,忙和同学们跑上台。这神气无因见得多了,他总觉得嵋在抬起眼睛的一刹那,一切愿望都会实现。

他们唱的是那首《多年以前》。音乐老师说,要让父母们回想起多年以前的故事。

有几位先生唱昆曲,唱的是《长生殿》的九转。他们唱到"我只为家亡国破兵戈沸,因此上孤身流落在江南地",众人都觉黯然。

弗之、碧初听着这曲子,都想到凌家父女,雪妍已升仙界,凌京尧现在不知怎样了。

庄卣辰为玳拉讲解这曲子,玳拉对碧初说:"我听过凌京尧先生唱昆曲,虽然不懂却觉得好听。"

正好夏正思和几个外语系的教师在旁,夏正思叹道:"他们怎能忍受雪妍去世的消息。雪妍最会教书,我很奇怪这能耐是哪里来的。"

碧初轻声说:"因为她心里总想着别人。"

聚餐时,年轻人俱都离开了父母,聚在一起。庄家兄妹和孟家姊弟还有别的几个小朋友,把菜肴拿到回廊外一个石桌上,大家或坐或站,高兴地谈话。

　　嵋告诉无因峨的近况,无因沉思道:"你姐姐是一个奇特的人,不过你是一个更奇特的人。"

　　嵋说:"那么你是一个更更奇特的人。"

　　他们端着盘子坐在回廊拐角上,随意谈话,似乎是接着昨天的话题,没有间断。

　　无因明年大学毕业,父母师长都要他参加留学考试,他则宁愿上本校的研究院。

　　"你说呢?"他问嵋的意见。

　　明年,好像太遥远了,眼前滇西的战事好像倒近些。"晏老师经常给我们讲时事,他讲时事和讲诗词一样,热情奔放。"嵋说。

　　之薇在一旁道:"拍桌子,打板凳,经常吓我们一跳。"

　　"很有感染力?"无因仍望着嵋。

　　"有一点。"嵋咬着一块点心说。

　　无因看见露出的黑色的馅,"枣泥馅的?"嵋点头。"我再去拿几块给你。"

　　这时,梁明时走过来,说了些关于数学课的事。

　　嵋问:"为什么代数比几何难?"

　　"也有人觉得几何比代数难。"梁明时说。

　　"我就是。"之薇轻声说。

　　梁明时道:"若要回答,可以说因为几何是几何,代数是代数。也因为孟灵己是孟灵己,李之薇是李之薇。"大家想想都笑了。

　　又说起嵋等现在看的书,其中有纪德的小说《窄门》,写一个盲人的故事。梁先生说他喜欢这本书,原来梁先生也看小说。无因拿了点心来,梁先生问是不是枣泥馅的,原来他也喜欢枣泥馅。又有别的先生走过来和他们说话。航空系的女教授徐还来找合子,说了一阵飞机的事。

　　尤甲仁夫妇略事周旋,先走了。刘婉芳本来和他们在一起,这时走过来找邵为。邵为在一座花丛前正和梁先生讨论着什么，叫她心里很烦。

"你们整天讨论这些抽象的东西，做不出一件好衣服，开不出一桌好饭，有什么意思。"她想着，低头看身上的半旧藕荷色绸袍，这破东西不知道还得穿几年。在回廊上看见嵋、之薇等女孩穿着朴素，却掩不住青春和智慧的活力，又羡慕又不以为然。

她已经有了不去打扰邵为的习惯，倚栏望了一会儿，见他面容清瘦，一副营养不良的样子，心下怜惜，眼前却又浮出朱延清的潇洒形象。开画展那天，朱延清送她回家，虽没有说几句话，那派头那气度，不是一般人比得了的，好像随时可以送人一辆汽车。

她叹了一口气，忍不住叫了一声："邵为，走不走？"梁先生听见，忙命邵为过来。

邵为赔笑道："你在这里，我拿几块点心来好吗？"

"谁要你的点心。"

邵为不知她何故生气，只好说："回家吧。"婉芳一路用手帕拭眼睛。

嵋看见这些，心想，凌姐姐不会这样对葑哥。分手时，大家都觉得很不圆满，因为没有卫葑和凌雪妍。

大家陆续散去。几个年轻人还恋恋不舍不愿走开，他们要无因讲一讲什么是相对论。

无因捡了一块黄泥，在石桌上画了个简单的图，他的讲解深入浅出，若是爱因斯坦本人听见，可能也会赞许。

讲了一阵，无采说："好了，好了，真都那么爱听吗？ 不爱听就走开。"

无因语气很温和，仍拿着黄泥在桌上画，大家仍围着听，可是他越讲越深，大概要进入另一个世界了。

无采要走，嵋拉住她，说："再等一会儿。"

梁先生又走过来,说:"你们还不解散,家长都等着呢。"低头看那黄泥图,说:"从图论的角度看,你这条线不对。"拿起一块泥改了。无因立刻明白,连声称谢。

嵋说正演《人猿泰山》,四人商量去看。于是禀明了大人,一起往南声电影院来。影院前人山人海,挤得水泄不通,好像全昆明的人都集中在这儿了。

无因说:"这也是难民,精神的难民。"

他们没有票,嵋说:"我们想当难民还当不上呢。"

"谁说的? 你们站着不要动。"

无因一面说着跑开去,不一会儿,就拿着四张票回来,是从票贩子手里买的,当时称为买飞票。无因当时已经在教家馆,除自己零用外,还可以贴补家用。

这时上一场散了,街上人更多了。

"买花来! 买花来!"几个中学生,推着一辆板车,堆满鲜花,车上插着横标,大字写道:义卖。下有两行小字:逃难同胞是我们的兄弟姊妹,请解囊相助。虽已是下午,花色仍很鲜艳。

无因立刻上前买了四朵红玫瑰,给了嵋和无采每人两朵。

"白先生!"忽听合子有礼貌地招呼。果见白礼文站在车前,仍是衣冠不整,趿拉着鞋,看见他们,似乎不认识,随手抓了十来朵花,说是要买。

卖花的女学生说了价钱,他先一愣,然后拿出钱来,一面说:"我就是来上当的,不上当,怎么安心。"随手把花递给合子,说:"告诉老孟,我真的回四川了。"随即挤入人群。合子捧着花发愣。

"我帮你们扎一扎。"卖花人说,很快扎成一个花球。大家向人群中去找白先生的身影,哪里还寻得见。

他们找到座位,灯光渐渐暗了。银幕上照出一位女子,一面咬着一个又红又大的苹果,一面在看书,很是悠闲。忽然间人声鼎沸,一群野象狂奔而来,把小小的村落踏平了。在断瓦颓垣中,站起一个小男孩,他哭着喊妈妈,喊来了几只大猩猩,一只面容温柔的母猩猩把他抱起,他成为猩猩家族的一员。这就是《人猿泰山》故事的开头。那书当时很流行,电影根据书改编,更加流行。

走出电影院时,无因评论道:"人和动物可以建立深厚的感情,甚至胜过人际关系,虽然它们不说话。"

"比如你的小黑马。"嵋举着玫瑰说。

合子说:"我想到柳,它的忠诚无与伦比。"

无因道:"狗的忠诚是奴仆的忠诚,马的忠诚是朋友的忠诚。"

嵋、合不以为然,说:"大家从来没有把柳当成奴仆,它是我们的朋友。"

无采忽然说:"马和狗是不一样的,我想哥哥说得对。"嵋、合没有养过马,无话反驳,都沉默了。

嵋垂下头,慢慢地说:"我觉得,我觉得很对不起柳。"

无因看着嵋想了一下,郑重地说:"我道歉,我知道柳是朋友,也是我的朋友。其实我也很对不起黑马,我们把它卖了。没有办法,城里没有它住的地方。"

住在城里不再需要马,这是主要原因。无因知道,可是他不愿意这么说。他们已在翠湖边的先生坡看好房子,已可暂住,不久即会搬来。同院有一位英国汉学家沈斯,正在把《中国史探》译成英文。

四人一路说说笑笑,一起到腊梅林来,把树上的鸟儿都惊飞了。

因、采见过碧初,便到嵋、合子这边,东摸摸西看看,说墙上怎么没有贴大字。

嵋笑道:"我早不写大字了,我再写字就是书法了。"又见过道里放着几块木板,嵋说:"玮玮哥要给我们做书架的。"

无因道:"我和澹台玮的想法常常很像,可是做起来我差多了。"

说了一阵话,门外有人喊"三姨妈",原来是慧书来了。

她看见无因十分意外,急忙转身到碧初房里去了。一会儿又过来,对无因说:"你就要毕业了吧?"

无因道:"就是,我明年大学毕业。嵋高中毕业,她要上数学系。"

"谁说的?"嵋问,一转念又说,"也可能。"

合子道:"你这是自找麻烦,你常常不会做数学题。"

嵋把头一歪,道:"我爱走迷宫呀!"

大家又说些学校里的事。因、采辞去,三人送到门口。他们从陡坡下去,真像是沉入了地底。

慧书要在梅林里坐一坐,嵋让合子先回屋。腊梅未开,梅树自有一种清气。两人默坐了一会儿,慧书拉着辫梢,抚平辫梢上的蝴蝶结,欲言又止。

嵋说:"你一进门我就觉得你有心事。"

慧书说:"什么事瞒得过你。我是有事找三姨妈,只跟你说点临时的。"

嵋说:"你说临时的我也当永恒的听。"

慧书因道:"我的功课一点不难,同学里很少用功读书的,本来就是为得一张文凭。"

嵋笑道:"好做嫁妆。"

慧书轻拍了她一下,叹道:"真的,我们都长大了。我自找麻烦,选了一门微积分,真太难了,你帮我补习好吗?"

嵋说:"慧姐姐找错人了,我怎么能帮人补数学!"

慧书道:"你不是要上数学系吗?"

嵋笑道:"是有这个想法,只不过是因为梁先生也爱吃枣泥馅的点心。"她垂下眼睛,随即抬起,"要人帮你学习,我想庄无因最合适。我来问问他有没有时间。"

慧书大喜,说:"你怎么会想到他呢?"

嵋故意说:"你其实也想到了。"慧书望着远处微笑不语。

两人回到房中,慧书和碧初谈了许久,晚饭时不肯留下,说家中有事料理,自别去。

又过了一阵,大学中的剧团和中学联合举行了一次颇具规模的义演,以支援前线,赈济难民。演出的是话剧,王尔德的《少奶奶的扇子》,莫里哀的《伪君子》,曹禺的《家》等。

华验中学有一个青鸟文学社,是几个高三学生组织的,晏不来老师指导,嵋也参加。他们传看各种书籍,偶然也煞有介事地讨论。一次谈到梅特林克的《青鸟》,他们读到的是散文形式的童话。晏老师说,这原来是一个剧本。他忽然眼睛一亮,说:"我们何不演呢?"

当时找不到原著,晏老师根据译文改编成剧本,在大、中学里的爱好者中传看,大家都很赞赏。于是晏老师自任导演。当时设备简陋,演童话剧简直是不可能,不过有晏不来这样热心的导演,没有什么是不可能的。

晏老师从开始就认定,嵋演剧中主角最为适合。嵋觉得很有趣,她也要上台了,和周瑜一样。晏老师想让合子演弟弟,合子摇头,说他情愿看戏,不愿演戏。后来由无采女扮男装,扮演弟弟。之薇的角色是大黑猫。剧本的词句经过晏老师润饰,已带有古典诗词的意味。有的同学说不容易背,嵋这一班的人早有训练,都很喜欢。

演出的时间在十二月,有人穿了薄棉袍,有人还穿着短裤,这是一个乱穿衣的地方。

排演时,嵋穿了无采的洋装,无采穿了合子的衣服。他们在台上走来走去,之薇不出场时,在幕后当提词。无采常常忘词,有一次忘了词,又听错了提词,自己觉得可笑,就笑出声来。嵋也跟着笑,一时台上的演员和台下的几个观众都大笑不止。晏不来叹道:"做了大学生就不会这样了。"

真的演出了,玹子和慧书动员了云南军政界的夫人们,买了很贵的票。这种童话剧为她们所未见,看了以后评论,说这戏教人学好。庄无因、澹台玮都邀了熟人来看,反应不一。报上有文章,称赞这是一个美丽的童话,也是一次美丽的演出。

但是没有想到除了这些美丽的评论,还有极严厉的批评,说这童话本身就大有问题,只讲调和不讲斗争,只讲安分不讲进取,让中学生演这样的戏显然是不恰当的。

晏不来受到众社朋友们的批评,很懊丧。他们说不应该教中学生念太多诗词,也不应该演《青鸟》。这当然是有来头的。

晏不来不能心悦诚服,颇为灰心,和嵋谈起。嵋不能懂,说:"在这样的乱世里求一点内心的平静,也不行吗?人岂不太可怜。"

戏演过了,嵋见到了、也懂得了一些从前没见过也不懂得的事,而真正出人意料的事还在后头。

一个星期天,嵋拎了一个篮子,篮中有两斤面粉四个鸡蛋,到城墙边的轧面铺去。那里有一个轧面机,可以把原料轧成均匀光滑的面条,这是孟家人爱吃的鸡蛋面。她走过一个茶馆,仿佛听见有人招呼。顺着靠在台阶上的粗细烟袋往上看,见晏不来老师坐在一张桌前对她招手,便走了进去,又见同桌几个大学生都是满面怒色。

晏不来说:"我们辛苦劳动了几个月,义演收入本来是给难民添置衣被药品的,这笔钱你知道上哪儿去了?"

一个学生说:"你做梦也想不到,这笔钱到了赈济机关,全落入私人手里。"

另一个学生说："这是贪污！你怎么不说得简单点。"

晏不来说："我有同学在赈济机关，知道这些事。卖画、卖花、义演、展览得的捐款都到不了应该去的地方。"

"他们怎么做得到！"峣说。

一个学生说："花样多着呢，报假账伪造收条，真要查起来，给点贿赂也就过去了。"

峣想，连白先生的上当钱都在里面了，可那些贪污的人要这些钱做什么用呢？她就这样问了。几个大学生都说她简直是从童话里来的。

晏不来说："这种行为对童话也是一种亵渎。"大家商议要组织调查团。

峣并不像他们那样气愤，安慰说："总会有惩罚的吧！"众人听了这句不着边际的话，倒得了些安慰。

峣在轧面机前看着微黄的面条瀑布似的从机器里流出，不像每次那样欢喜。鼹鼠饮河不过满腹，鹪鸟巢林不过一枝。这是最近峣从《庄子》上看来的。再有钱不是只有一个肚子吗？为了没用的东西让别人挨饿受冻，让自己身败名裂，真是何苦。

峣想着，付了轧面钱，提着沉甸甸的篮子回家去。

过了几天，报上登出一条消息，对各种义卖、义演的收入去向提出质疑。孟家人在饭桌上议论。

弗之说："官官相护，真正的犯罪是查不出来的。"

峣说："反正有这事，有人揭发。"

弗之说："只怕揭发的人需要想办法保护自己。"

合子瞪着一双黑白分明的眼睛，说："岂有此理！"

弗之叹道："世上的事你们知道的还太少。"

果然，不久报上又有消息，说学生们在工作中利用捐款大吃大喝，又说确有人贪污已畏罪潜逃。

晏不来说："报纸要反着看。说是畏罪潜逃，其实是揭发了别人的罪，受到恫吓，才不得不躲起来。倒打一耙，移花接木，都是那些人的惯技。躲藏是不得已的办法，先求得个安全吧。"

有同学问，这不是诬陷吗？晏不来苦笑道："当然是，可又有什么办法！"这事让同学们很愤怒。

揭发人是孙里生，他给晏不来代过课。他的每堂课都是一次讲演，很有条理，从不拍桌子打板凳，只是头发永远在怒发冲冠的状态。嵋等都希望孙老师平安。"他会的。"晏不来很有信心，"他会到一个安全的地方。"

下一个星期，嵋又去轧鸡蛋面，走过茶馆时便想，若能为孙老师的平安出点力才好，可惜鸡蛋面起不了多少作用。

二

慧书那天说家中有事，确是实话，家中的事使她很烦恼。那烦恼像一团烂泥粘在她身上，又像一团迷雾，看不清里面的路数。她和碧初谈了，碧初一惊，说："这些年没有这些事了，怎么又来了！此事万不可办，亮祖兄会听你的话的，你要认真劝他。以后需要你劝的事还不只这一件呢！"

慧书得了三姨妈的支持，心下稍觉轻松，缓缓走过翠湖，路也似乎清楚多了。五华山华灯初上，已不是跑警报时的暗淡。一山一水之间，沿街有人家，有店铺，宛如画图。忽见"绿袖咖啡馆"几个字明亮地射过来，慧书心中一动，便走进去看看。

咖啡馆生意更好了。灯光很暗，音乐很轻，外国人多，和以前不大一样了。音乐正是那支《绿袖》曲子，婉转地回荡着。那架屏风隔出了小天地，引人遐想。慧书一走进来，立刻发现这不是一个单身女子来的地方。她转身正要出门，吕香阁已经殷勤地迎了上来:"慧小姐来了,这可是小店的荣幸。"

慧书说:"对不起,我大概走错路了。"出门便走。

香阁大声问严府一家都好,送出约五十米,低声问:"慧小姐找我有事吗?"

慧书微笑道:"没有事,不过闻名来看看。"

香阁也微笑道:"你说'闻名'话里有话。这里来的人多,有些事我也管不了。我一个女人自己开店挣碗饭吃,那难处不是你们小姐能懂的。"

慧书温和地说:"好了,我知道了,不要送了。"

香阁看看来往行人,说:"府上大概很热闹?"随即决断地说:"严军长这事,我不愿意。不知是哪个王八羔子出的馊主意,拿我当一碟小菜。"

慧书没有料到她这样直接,愣了一下,说:"既不愿意,回掉就是了,大家都少麻烦。"

香阁本来一直满面堆笑,忽然绷起脸。那张俊俏的脸儿一绷起,好像下面藏着积年的冰雪,寒气逼人。她拍拍慧书的肩,回咖啡馆去了。

慧书站了一会儿,才走回家去。一路温习前天晚上发生的事。严亮祖出征在即,家中不再有前些时的清静,常有客人来往。一些内眷也来看望,都是荷珠接待。素初另辟了两间屋,作为静室,终日诵佛,连饭也是送进去的。慧书已移到楼上居住。

前天晚上,听见父亲屋里一阵摔瓷器的声音,夹杂着荷珠的大声喊叫,仔细听好像是父亲要娶什么人。荷珠吵了一阵,严亮祖忍耐不得,大喝一声:"你再吵,把你拿出去正法!"果然没有声音了。

过了一会儿,荷珠敲门,要进来说话。慧书无奈,让她进来坐。

荷珠头发散乱,披着一件花袍子,一进门就说:"你爹要娶一个妾。"

慧书很吃惊,说:"怎么会呢!"

荷珠道:"是真的。不是别人,就是太太的亲戚,吕香阁。"

慧书更觉诧异,说:"他们认识?"

荷珠道:"吕香阁几次对我说军长好威武,好像是在什么跳舞会上见过,要请我们到咖啡馆坐坐,给她增光。也怪我多事,只想着让他散散心,带他去了。那吕香阁不是人,不知是什么妖精,当时就眉来眼去。后来她又自己去拜访军长,不知灌的什么迷魂汤,把军长迷上了。"

慧书第二天要考微积分,听她说了一阵,便道:"我明天要考试,荷姨早些休息吧。"

荷珠又说了许多吕香阁如何奸诈,才悻悻然自回她的小院去了。慧书用手电把荷珠坐过的椅子仔细照过,生怕落下毒物。

吕香阁自那次朱庄舞会上见过亮祖以后,便设法亲近,咖啡馆见面后单独去看望他已非一次。她大概是要试试自己的手段,给咖啡馆扬名,果然甚得亮祖欢心。

一晚,亮祖对荷珠说,那女子长得好,人也精明。

荷珠忽然道:"娶回来吧,我们做姐妹。"

亮祖倒是没有想过,听荷珠如此说,就想了一下,说:"未尝不可。"

荷珠似乎很高兴,真的去和香阁说了,回来报告说,香阁也很高兴。

亮祖并未多用心思,那晚随口说了一句:"谢谢你了。"

不想荷珠变了脸,跳起来指着严亮祖说:"跟了你这么多年,还没看出你的心肠。我是试探你。"

严亮祖公事很多,觉得这简直是捣乱,瞪起一双环眼,说:"你是疯了心了,我是你试探的吗?"

荷珠哭着说:"偏要试探你!"

亮祖说:"我就偏要娶那女娃!你这人真奇怪,你几时怕过我跟前有别人?这么多年了,连太太都在你下头,你还要怎样!你就去办吧,出发以前就办。"

当时荷珠摔了两个茶杯,吵了一阵,到慧书房里。

前晚的事温习过,已到家门。慧书先往静室省视母亲。端坐椅上,手持念珠,是素初永恒的姿势。

慧书耐心地坐在椅边一个矮凳上,等素初告一段落,慢慢地说了这事,并说:"我去看过三姨妈了。我原有个念头,想再有个人,而且这人还是吕家的亲戚,分荷姨的势,还能照顾娘,也许娘会好过些。三姨妈说,我这是孩子话。"

素初摇手道:"我心里很平安,若要分荷姨的势是做不到的,也不必。"

慧书道:"三姨妈要我一定挡住这件事。看荷姨的意思也是要我去劝爹。我刚和吕香阁说了几句话,觉得这人真的比荷姨更难对付,而且她也不愿意。"

素初道:"真的吗?"

慧书道:"爹大概很少考虑人家愿不愿意。我看她倒是真的,这样倒好了。"

素初抚摸着慧书柔软黑亮的头发,叹息道:"你小小年纪为这些事操心,娘对不起你。"

慧书低头不语,半晌说:"我去劝爹。本来就要出发,哪有这些闲心,传出去影响爹的声望。"

这时,女仆董嫂进来收拾桌子,原来午饭的碗箸尚未撤去。慧书责备了两句,又强要母亲站起,在院中走了两圈。

素初说:"今天的功课尚未做完,你也去吧!"

慧书往自己房中放下书包,略事休息,就往荷珠房里来。院门很窄,迎门趴着一条蜥蜴,约有一尺长,两边各盘着一条花蛇,见有人来,把头昂起。慧书虽已见惯,每次来还是不免心惊。

荷珠从窗里看见,说:"只管走,到了我这儿,什么毒虫也不用怕!""咝、咝"两声,两蛇复又卷盘起来。

慧书进屋站着说话,荷珠道:"我知道你不敢坐。"屋中收拾整洁并无异处,可是什么时候会出现什么毒物就很难说了。

慧书不好意思,勉强挑一张木椅坐了,说:"我看见吕香阁了,她先和我说起,说她不愿意。"

荷珠道:"她和我说愿意得很,巴不得和我做姐妹呢! 她愿不愿意是小事,需得军长拿定主意。"

慧书说:"我要劝爹的,可是爹不一定听。"

荷珠从一个黑陶罐中倒出一杯酒,酒呈绛红色,异香扑鼻,中人欲醉。

荷珠把酒杯端在手中,说:"这是梦春酒,你爹知道的。这酒倒出来,就不能倒回去。你爹若是不转弯,"她举了举酒杯,"这酒也就不用倒回去了。"

慧书勉强安慰道:"荷姨主过多少大事,爹的脾气你还不晓得。我想他不过是说说,哪里有空。"

荷珠冷笑道:"我为他死他也是不知道的。"当下把那杯酒连杯放进一个小罐,盖上盖子,"你从小不多说话,可我知道你是明白人。你爹的脾气执拗,也只有你能劝他。"

慧书道:"荷姨也不要太当真,我看这事办不成。"

说着站起身,走到门前。椅子底下蹿出几条活物,她不愿看,匆匆走了,回到自己房中才松一口气。她房里悬有各种锦缎幛幔,都是用花椒水泡过的,既可装饰又有实际用处。

这晚亮祖没有回家,慧书也翻来覆去不能入寐。偌大一个房屋都压在肩上,太沉了,让人喘不过气来,她恨不得把这个房屋掀掉,把这个家掀掉。她要远走高飞,只要与一个人为伴,这人最近能为她补课，是绝好的机缘。这样一想心里便平静了，甚至有些快乐。

次日傍晚，慧书才见到父亲。亮祖只要在家，总要和慧书谈话。他需要谈话的对手，就是颖书在身旁，慧书的谈话也高出一筹。

当时亮祖进门说："你这里的花椒味太重了，这味道可会伤身体。"

"不会的，已经这么久了，连我自己都有了花椒味。"

亮祖在常坐的椅子上坐了，问起学校的情况。

慧书说："我的事爹不用分心了，倒是爹让我操心了。荷姨说了，爹要另外娶人？"

"可不是，我差点忘了。这个人你认识，说是叫什么吕香阁。"慧书道："我们这几年过得还清静，再娶个人不嫌麻烦？"

亮祖道："我看那女娃乖巧机灵，好玩得很，来了不合适再打发出去就是了。"

慧书叹道："现在可不比从前了，娶个人又嫁出去不当回事。就算留着，也于爹的名声有损。"亮祖沉吟不语。慧书又说："娘是不管事的，荷姨坚决反对。"

亮祖说："其实这事是她提起的，她说是试试我，我也要试试她，有多大度量。"

慧书说："大家好好的，何必要试探来试探去。爹，我昨天到荷姨房里去了，她倒出一杯酒，说那酒倒出来以后是不能倒回去的。"

亮祖心头一沉，大声说："梦春酒！这次她这么认真！我下星期就要出发了，回来再说吧！"

一时，护兵来请用饭。饭桌上整整齐齐都是大理家乡菜。荷珠仔细梳妆过，脂粉均匀，亲昵地斟酒夹菜，耳上珠环，腕上翠镯不停地晃动，好像没那回事。慧书心想这也是一种本事。

饭后,亮祖原来的副官秦远来访。亮祖解职后,秦远离开军界,因在湖北战役中伤了左腿,说是回家养伤,去了两年。这次亮祖复职,起用的人员名单里仍有秦远,但是未得批准。秦远得知亮祖即将出征,特地来看望。两人彼此不问这两年情形,开口便说当前战局。

秦远说,滇南的形势不如滇西紧张,日军原想从河内攻昆明,也有人说那是虚晃一枪。滇西的战场和印度、缅甸相连,远征军出师不利,这边显然更为重要了。其实,滇南不如滇西需要精兵猛将。又笑说自己这些说法都是从报纸缝里看来。

亮祖笑道:"我知道你有看报纸缝的本事,也差不多嘛。"

秦远道:"军长在滇南完成任务后,很可能调到滇西,那是最好。也还有另外一个可能。"

亮祖看着他,说:"打共产党?"

秦远点头,说:"国共两党,武力相见,是中华民族的大不幸。我说这话,是两方面都不讨好的。我和军长说,意思也简单。"

亮祖略一思忖:"你建议我不要去打共产党?作为军人,我要打胜仗。我打了一辈子仗,土匪出身嘛!"笑了一声,接着说:"可我本心并不想打仗。最好有那么一天,世界上完全消灭了战争。当然,那是不可能的。"

秦远说:"事物总是在矛盾斗争中前进的,其实也不必表现为武装斗争的形势。军长出征在即,我这么说该坐禁闭。"说着拿出一个木雕烟斗,说:"这是我自己做的,军长留着用。"

亮祖接过,把玩了一下,微笑道:"我记得你手很巧。"

秦远道:"本想送本字帖,可以带着看看,没有找到好的。"

当时,高级将领大多愿意有儒将之名。写几笔毛笔字,买几张画,都很时髦。两人谈论了一番书法,护兵上来换茶。秦远站起身,见中间案上横放着那柄军刀,就是亮祖随身佩带经常练习的,秦远曾亲为擦拭。

这时，他不觉走过去捧起，说："久违了。"

亮祖见他左脚微跛，关心地问："伤还没好？"

秦远道："不妨碍走路，这是最好的结果了。"

亮祖命人拿出一盒膏药，说是疏经活血止痛的。

秦远接过，告辞。虽是便装，却立正行了军礼，亮祖直送到大门，握手而别。

亮祖出发在即，多有亲友看望。澹台姊弟也来过，说他们会常来看望大姨妈。

出发前一天，弗之和碧初特来看望，赠送了一匣毛笔，一本字帖，是褚遂良的《乐志论》。亮祖很高兴，说在军旅之中，写几个字有助布阵发兵。

弗之打开字帖，说："这是小摊上遇到的，是戏鸿堂法书中的一本，不成套了，这本倒没有残破。"

《乐志论》开始的几句是："使居有良田广宅背山临流沟池环市竹木周布——"

亮祖看了赞道："好地方。"

弗之道："退隐的好地方。"

两人从书法谈到战局，亮祖忽笑道："颖书是你的学生，虽不是做学问的料，人却老实，以后也希望能得三姨父一家照顾。"

弗之道："自然还是跟着亮祖兄成长。"

碧初见大姐独处静室，又瘦了许多，抚一抚她瘦削的肩膀，心里很难过。最难过的是，她对亮祖出征似乎不怎么关心。真是心如止水了，这是习静诵佛的结果。

碧初明知各种宗教都是一种寄托，借以排除现实的痛苦，而佛教的做法似有些和自己过不去。回来和嵋讨论，嵋笑她是凡夫俗子，毫无慧根。说着，又相顾叹息。

亮祖出发这天,素初出了静室,与亮祖同用早饭,慧书也在。

三人默坐了一会儿,亮祖想说什么,欲言又止,只拍拍素初布满青筋的手,长叹一声,起身要走。

正好荷珠进来,说:"怎么我一来,军长就要走了。"马上又改口道:"正是该出发了。"早把帽子拿在手上,递过来。

亮祖对她说:"你要好好照顾这个家。"三人直送到门外,慧书喊了一声:"爹!"

亮祖回头看着妻女,摆摆手。走了几步,又回头,见三人站在门前,虽有旭日的光辉照着,还有几个护兵在旁,却显得冷清孤单。扭过头,上车直驶北门外大操场。

朝阳在这里十分明亮,大队士兵已列队等候出发。亮祖在队前一站,全体队伍刷的一声立正,十分精神。还有部分官兵在远郊县驻扎,从那里上车。

这时,殷长官和当地驻军司令等人到了,各有讲话。

最后,严亮祖说:"这两年我严亮祖日夜盼望上前线,今天总算又要去见见那日本鬼子了。他们还能蹂躏多久,还能盘踞多久,要看我们弟兄的本事了。弟兄们! 我们有没有本事?"

底下齐声回答:"有!"如排山倒海一般。

亮祖向殷长官行礼请行,殷长官握住亮祖的手,说:"你是专打胜仗的。家里有事我们会照顾。"

亮祖出征多次,这是殷长官第一次说照顾的话。

一辆辆军车开过来,载着年轻的士兵开走了,他们离开了昆明,可能再也不会回来。

亮祖的车在部队最后,后面还有辎重车,一辆接着一辆,车声特别沉重。这时,有许多人还在梦乡,有许多人开始了一天的工作。有些人站在路旁,自动挥手送别,他们见得多了,不像头几年那样热烈。人们受尽了战争的折磨,盼望有个尽头。结束战争的唯一办法就是打胜仗,人们盼望打胜仗。

"打胜仗!打胜仗!中国男儿当自强!"歌声在远处飘荡,越来越远。

慧书扶着母亲,先到自己房里。素初顺从地上楼坐下,她拉拉悬挂的幛幔,似很安慰。

慧书问:"娘肯不肯搬回来住?和我一起。"

素初摇摇头,说:"说实在的,娘已是半个出家人了,怎么好搬回来。好在你明白懂事,能照管自己,娘也就放心了。"又摸摸慧书的被褥,转身说:"该回去做功课了。"

慧书只好送她到静室,叮嘱董嫂好生伺候,仍回房中。

这一天对于她有两件大事,一件是爹走了,另一件是庄无因补课。无因不愿到严家来,也不愿让慧书到先生坡去,便只好把腊梅林权做课堂,说好这天下午开始上课。慧书把老师没有留的习题也演算了,找出问题好听讲解。

这时院中有许多人说话,忽听见一声:"妹妹!"是颖书的声音。

慧书惊喜,忙到廊上看,果是颖书回来了,便大声说:"哥哥,爹走了!"

颖书道:"我知道爹今天出发,没赶上。"

这时荷珠也出来了,颖书顾不得和母亲说话,说:"我先到操场去,也许还没有出发。"

说着坐原来的车走了。荷珠捧着水烟袋,坐在客厅里等。

过了一阵,颖书回来了,对荷珠说:"看见爹了,看见他坐在车里,他也看见我了。我知道爹要出发,一直计划着回来一趟,不想师部出了点事,今天才赶到。"

荷珠见他风尘仆仆,显得黑瘦,命他先去休息。颖书说不累,要去见亲娘。

荷珠拦阻道:"她是怕人打搅的,你还不知道! 先睡一觉再说。"

说着慧书下楼来了,兄妹多时不见,比平时觉得亲热,只是荷珠颇感不悦。慧书很快觉察,便也说让颖书休息,晚上再说话。自己仍回房,做微积分练习。

下午,慧书自往腊梅林来。先到碧初房中说话,后在嵋房中等候。又做了七八道题,才见嵋和无因一起回来了。

无因说,嵋的房间太小,还是到当中一间的方桌上。那是嵋、合小时候做功课的地方。无因看了慧书的教科书、习题,了解了进度,就问慧书哪里不懂。

"几乎是全不懂。"慧书不好意思地说。

无因道:"那我们从头来。"便从第一章讲起,然后当场做习题。

一时合子也回来,大家蹑手蹑脚,怕影响授课。

嵋也在自己房中做数学题。今天的数学题有些捣乱,不像平时顺利,有两道代数题做不出,便放下了,到厨房去。晚饭是她的事,洗米、择菜,步骤极合运筹学。一时粥香四溢。

她一面做饭,案板边摆了一本英文小说,是王尔德的《孽魂镜》,不时看几眼。不知什么时候,无因站在她背后也在看这本书。慧书走过来,嵋才发现身旁还有一个读者。

慧书说,颖书回来了,要赶快回去。又向无因道谢,问下周补课的时间。

无因不答,只看着嵋。嵋说还照今天这样好不好,就这样定了。

慧书走后,嵋、无因两人又看了几页《孽魂镜》。

无因说:"这书看得人毛骨悚然,不看也罢。我倒要看看你的数学题。"

嵋看了厨房一眼,觉得可以离开,乃道:"正好,我有两题不会。"就进房拿出书来。

无因说:"不光看书,还要看练习呢!"

嵋说:"我的练习不用看。"

无因说:"准是做得不好,我会帮你。"

嵋把本子藏进抽屉里,自己站在桌前笑个不住。

无因只好看那两道题,马上明白,说:"要上数学系的一定不会做这种题。"

无因只写出一半,嵋已看懂了,很快做出下面的一半。

无因道:"看来还是可以报名的。比较起来令表姐迟钝多了。"

嵋笑道:"人家又不上数学系。"

无因道:"教着没意思。"

嵋把头一歪,说:"世界上哪有那么多有意思的事。"

这时合子也做完功课,无因又帮他装无线电,三人一起盘桓。晚饭后,无因始去。

颖书所在师部设在楚雄,他的工作是后勤管理,管着两个伤兵医院,一个被服厂,和他所学的历史全无关系。

一个医院克扣伤兵饭费,能活动的病员已闹过几回事,饭食没有改进。这几天病员计划好,把医院院长打了。师部派颖书去调查处理这事,当时关了几个人。

颖书也知根本办法是清查医院的各种弊端,怎奈这实非易事。他几次要清查医院账目,都有人出来阻挡。有一次,他和师部各方面都说好了,得了师长命令,到医院清查。拿出的账目倒是清楚,很快知道这是专做出来给检查人员看的。有人对颖书说,现在还有一套账的地方吗,全都是两套账。

这两年亮祖虽然卸去军职,却分得一项考查水利的工作,也常不在家。颖书总未能把自己的见闻和父亲一起探讨,这次本想深谈,又没有赶上。他躺在房中,看着父亲戎装的大照片,想着这时父亲的队伍不知开到哪里了。

晚上与慧书谈，慧书不爱听，说，这不是我的世界。

她从敞开的门中望着外面蓝黑的天空，心想，这不是我的世界，我会走得远远的，永远不回来。

不想颖书替她说："我知道你要走得远远的。我也想走得远远的，可不知道往哪里走。"慧书无语。

颖书觉得家中无趣，很想去找孟先生谈谈，又怕打搅，乃在晚饭后去找澹台玮。

他走过翠湖，堤上静悄悄的，绕着湖心亭走了一圈，见亭旁一块大石上坐了一个人，正支颐沉思。认出是卫葑，便走过去招呼。

卫葑站起，说："听说严军长今天出发了，你回来送他吧？"

"只远远见了一面。我若是昨天到就好了，就为伤兵闹事没处理完。"

借着一弯斜月的微光，觉得卫葑颇为憔悴，忽然想到凌雪妍去世已经大半年了，不知说什么好。

"我要去找玮玮，心里烦得很。"半晌，他说。

卫葑指一指那块石头，温和地说："坐下谈谈吧。"两人虽相识，并未单独谈过话，这时坐下来，各有一腔心事。

颖书忍不住说："我工作这两年，才知道什么叫贪污。医院克扣伙食，到伤兵嘴里的不过是淡汤寡水，哪能养得好身体，这就是这次闹事的起因。其实被服厂一样克扣，把一斤棉被报成三斤。医院甚至有人贪污药品，有一阵几个伤兵伤口发炎，打盘尼西林无效，都牺牲了。一个小军医偷偷告诉我，那一阵子打的盘尼西林其实都是清水，真的药给拿出去卖了。后来出了一件医疗事故，就赖在这个小军医头上，把他开除了。"颖书停了一下，说："我不是一个细致人，可也不是石头人，我想离开，又不知往哪里去。再一想，还得打日本呢。总得凑合着坚持下去。"

卫葑说:"我们都有一个理想,有的完整,有的不完整,总希望世间能有公平。现成的公平是没有的,只能自己去创造了。"

颖书沉默半晌,说:"周围的坏事我都斗不过来,有几个朋友也不济事,可怎么创造!"

卫葑诚恳地说:"老实说,我也很苦恼,有时也不知往哪里走。听了你的话,觉得总该走出鲁迅说的'铁屋子',走出一条路来。"

颖书道:"不然就被压扁了。打牌斗酒是常见的,也不能过分。师部有几个人整天醉醺醺,靠着吹牛拍马很吃得开,打仗时多送几条命就是了。看着他们,我有时也有点羡慕。我怕以后自己也会变成造假账的了。"

卫葑道:"你不会的,早就看出来你不会。我要找几本书给你看,我们学着创造公平。"

"那很难。"

"是的,很难,很难。"两人都觉得心上轻松了一些。

月亮上升,水中亭影清晰可见,湖草摇荡,游鱼唼喋。卫葑长叹,世上若是只有翠湖就好了。

三

卫凌难在摇篮中哭着喊着,用力地吮吸着羊奶,已经有大半年了。宝珠巷和蹉跎巷很近,澹台玹常过来看望,眼看着阿难一天天长大。她从来没有想到一个活着的婴儿比玩偶更可爱。渐渐地,他那漆黑的眼睛,会从左到右、从右到左跟着她转来转去。他的小手会有力地抓住她的手指不放。

有一天,那光润的小脸上居然绽开了一个笑容。玹子大惊:你还会笑,真了不起。一面很自豪,因为她是第一个看见阿难笑的人。

她觉得那笑容很像雪妍,还有那双眼睛。忍不住对卫葑说了,卫葑感谢地望了她一眼,转过脸去。

一天傍晚,玹子下课来看阿难,在巷口遇见姚秋尔。姚秋尔照例很有礼貌地打招呼,问往哪里去。

"随便走走。"玹子说,并不停步,往巷子里去了。

姚秋尔站着,伸长脖子,心里马上有了一个话题可以加工,这对于她是很好玩的事。她手里正拿着一本英文二流爱情小说,马上要把眼前的事和书中的人物交换。

玹子一进院门就听见阿难的哭声。赶进房去,见他挥舞着双手,哭声很有节奏。玹子很少抱孩子,这时很勇敢地抱起婴儿。

"不要哭,阿难不要哭。"婴儿果然不哭了,把头向她怀里乱拱。玹子明白了,感到很不好意思。他是要吃奶,他还没有忘记。因院内住户都反对添一个羊邻居,卫葑只好在巷子深处一个棚子里给羊安了家。青环是去挤奶了。

正不知怎样对付时,青环端着羊奶进来了,见状忙说:"玹小姐,多谢你家了。"马上到廊下煮奶。阿难等不得,又哭起来。

玹子说:"三姨妈不是让配合吃奶粉吗?"

青环答道:"这两天吃完了。"

玹子叹息,卫葑哪里顾得上这些。"我去买。"她说,把阿难放回摇篮,怜惜地拍拍他。自己如释重负,又有些歉然。

走出门来,迎面正遇见何曼,遂说要去买奶粉。

何曼举举手里的包说:"已经买来了,卫葑托我买的。"

"那好极了。"玹子说。

两人说了几句闲话,玹子离开,心中颇觉怅怅,自己也不知为什么。

回到宝珠巷,房东说有人找。玹子上楼来,见门上留了字条,是办公室里那什么人的亲戚写的,约她星期天到大观楼坐船。玹子只道是同事们一起出去走走，并不在意。

星期天上午，果然有车来接。一出小西门，便见夹道树木绿得耀眼，远山近水，都洋溢着春意。不久便到大观楼，众人一直到正楼前面石阶上船。船是订好的，比一般的干净。

玹子一面和众人搭讪着，自己走到船尾坐下，望着远山近水，心中清爽。转脸看见那五百字长联，不觉数年往事注到心头，又想起那个月夜。自她回绝了保罗以后，仍做普通朋友来往，近知保罗即将卸任回国，心想还不知哪年才能再相见。保罗独自回国，有一个人肯定最失望。玹子不愿让那名字干扰眼前清丽的景色，站起身不再想下去。

"你家坐稳了。"摇船的少年说，他衣服尚整洁，面容却是憔悴。

这时那亲戚走出来，向玹子称赞这里的景致。指着西山说："这是睡美人，像不像？"玹子只笑笑。

那人说："都说澹台小姐性情变得沉静多了，好像是这么回事。"

玹子心想，这与你们什么相干，却说道："是变老了。"

那人忙摇手道："哪有这事！"舱里的人叫她进去打牌，她便邀玹子也进去。

玹子是会打牌的，绛初就打得很好，不像孟家连牌也没有。可是她不愿和这伙人一起玩，转身对摇船少年说："你十几岁了？"

少年答道："十七岁了，活到十七岁不容易哟！我是从死人堆里逃出来的。"玹子乃详细问他的生活。少年说："我原住在保山坝子。保山那次大轰炸，我一家都死光了，一村的人也没有剩几个。我跟着熟人沿路做小工到了昆明，总算找到摇船的事。你们哪里知道我们的苦。"少年一面摇船，一面断断续续地说，"我现在算是有饭吃了，没饭吃的人多着呢，一摸一大篓。"

有人站出来发话道："莫要摇太远了，到朱庄去，有人请我们吃饭。"那少年便拨转船头,向朱庄摇去。

绿水环绕,绿树葱茏,一座隐藏在绿色中的房屋越来越近。大家上岸,眼前一个六角门,横匾写着"别有洞天"。进得门来,沿着曲廊走到一个平台上。玹子忽然发现这便是那天开舞会的朱庄,当然是朱延清的产业了,此时也不好告辞。

这时厅中有人大声笑着说:"今天是贵客降临,欢迎欢迎。"果然是朱延清。

朱延清身穿浅驼色长衫,行动间露出笔挺的西服裤管。他先向率队而来的那什么人的亲戚表示感谢,又和众人招呼,然后特到玹子面前,说:"又是好几个月不见,我是不敢来打扰。"玹子笑笑,在同事间闲谈,似并不觉朱延清在侧。

大家进厅落座喝茶,厅中先有几个商人模样的人,在看一支自来水笔,说那支笔值五六千元。又有人捧着一支翡翠如意,说是要送给朱延清镇宅。玹子暗想,这些都是发国难财的奸商。

有人欣赏着那满堂硬木家具,说朱先生这里什么都好,也不缺镇宅宝物,就是缺个女主人镇一镇。

又有人帮腔:"那谈何容易,朱先生的条件我知道,难得很啊!"

玹子专心看一幅画,是一幅唐伯虎的仕女,一看便是赝品。又有一幅郑板桥的月下竹,只觉满纸的俗气,想必也真不了。

朱延清走过来说:"我这是附庸风雅。这里挂的哪幅好哪幅坏,澹台小姐给鉴定一下。"

玹子说:"我哪里懂。"这时眼光落在一幅青绿山水上,画中弹琴人是个清丽女子,着红衣,倒觉有意思。正看着,有人招呼,竟是刻薄巷的刘婉芳。

婉芳看着她笑,话却是对朱延清说的:"那天画展上买的画没有挂出来?"

玹子从未到刻薄巷一号去过,只点点头想要走开。

朱延清道："真的,那天赵君徽画展,澹台小姐怎么没有去？"

刘婉芳抢着说："小姐忙着呢,各种应酬多得很。"

玹子看了她一眼,说："邵太太怎么知道？"

婉芳眨眨眼,说："你们这几位小姐是昆明的名人啊！"

玹子冷笑道："好好的人不当,当什么名人！"

这时仆人来请用饭。有人说："听说朱庄的建筑不同一般,参观一下可好？"

朱延清便引着众人从厅侧一扇门进去。临水是两个小厅,一个全用乳白描金家具,是欧式布置,一个全用玫瑰色装饰,有东方情调,都是大玻璃窗,俯身似可触到游鱼。

刘婉芳道："听说朱先生在西山脚下还有一座别墅,那房子更有趣。"神色甚是艳羡。

玹子也觉得有趣,站在窗前数着游鱼。

这时众人大都走出去了,朱延清忽从一个雕花案上拿了一卷纸在玹子面前打开,原来是西山别墅的图样。

朱延清低声说："这里的你已经看见了,纸上的你还没有看见,请笑纳。"说着把图样递过来。玹子不由得大怒,又不好发作。

外面有人大声说："卧房更漂亮了。朱先生快来介绍。"朱延清见玹子不看,只好放下图纸,出去周旋。

玹子心想,谁还看你的卧房！自己悄悄穿过大厅,到平台上。见那少年的船还在那里,便急忙上了船,命摇回城去。

这时有仆人赶上来说："就要开饭了,小姐往哪里去？"

玹子摆摆手说："快划！"

少年一面用力划船,一面说："不瞒你家说,我们常来讨剩饭菜。这里的剩饭菜吃上一顿,就能顶上一天两天。"

玹子想,世上的不平事,自己不知道的还多得很。这少年眉目清秀,若有机会,未必不是人才。但现在看来,他这辈子只能为吃饱饭而挣扎了。

少年说:"远征军从缅甸撤回来,兵们都累得小鬼儿一般。你们在昆明就没看见?"又说:"日本鬼子凶狠,硬是拼着命过了怒江。"

玹子道:"他们强渡怒江,我们都扫荡干净了。"

少年流泪道:"还有两个摸到我家呢! 那时我还有家啊! 他们要吃的,我们把他们捆了。"

"后来呢,得报告吧?"玹子说。

"报告什么,打死了就埋了。"

两人都不再说话。到岸后,玹子给少年二十元钱。少年千恩万谢,说自己名叫苦留,以后愿意常为小姐做事。

玹子心乱如麻,自回宝珠巷去。走进院子,抬头见卫葑坐在廊上拿着一张报纸,乃快步上楼开了房门,问:"来了多久了? 我一会儿就要去看阿难。"

卫葑道:"不过刚坐下。"又指指报纸,说:"广西那边的战事也吃紧了,我们连续丢了好些地方。报上的报道不明确,可是字里行间总看得出来。"

玹子说了遇见保山少年的情况。卫葑道:"隔着怒江对峙的局面总不会太久,好在世界的战局有些明朗。"

玹子倒了茶,进房去换了一双绣花鞋出来,叹息道:"我看苦日子还在后头。"卫葑似乎想说什么而有些踌躇。玹子望着他清瘦的面庞,心中一动,不觉说:"这些年,我们都老了。"

卫葑笑道:"你怎么会!"玹子道:"真的,我自觉性情变了许多。以前爱热闹,什么场合都能应付。现在——"现在怎样,想不出适当的词。

"现在只能说是更懂事了。"卫葑微笑,"所以我要和你商量一件事。"他平常很少来,来了当然是有事。

"是关于阿难吗?"玹子睁大眼睛。

"正是要把阿难托付给你。我问过五婶,现在问你。"

玹子觉得眼泪直涌上来,说:"可你要到哪里去?"

"我要离开一段时间。阿难会给你很大累赘,也许还会逃难。"

"逃难时我抱着他。"

"也许会没有吃的。"

"总会有的,阿难不会挨饿。"

"他还会生病。"

"我会找人治病。对阿难来说不是我一个人照顾他,有三姨妈一家,还有我的父母。"

"澹台老伯和伯母可能会认为这影响你的前途。"

"我嫁不出去了吗?"玹子拭去眼泪,笑着说。

她觉得阿难不是一个普通的婴儿,而是在抗战中死去的生命的延续。她要抱着他,爱护他,给他吃,给他治病,看他长大,并没有想到自己所处的局面。

玳拉曾对卫葑说,玹子是一位小姐,带孩子会使她很尴尬,你不如求婚。卫葑想了很久。雪妍在他心中占据了一个至高无上的宝座,这宝座虽在一天天升高,他还需要时间来确认她已离开,但他需要地上的帮助。他从来对玹子就有好感,不止一次想起玹子做伴娘时的姿态。大半年来,玹子对阿难的关心出乎许多人的意料,也让他极感动。可是他总觉得玹子应该有更好的自己的家,他对玳拉说:"我不能。她有许多更好的选择。只是我知道她会帮我,我希望这时间不会长。"

"你可以放心。"玹子微笑,把雪白的双手合在胸前,像是在做一个承诺,"我愿意照顾阿难。"

这时是卫葑觉得眼泪在眼眶中转,喀嚅着说了声:"多谢。"站起身要走。

"你还没有吃午饭吧?"玹子问。

"我回蹉跎巷去,青环会做的。"卫葑说着走到门边。

这时房东太太在楼下叫:"澹台小姐,有人送东西来了。"很快送上来一个花纸包着的长盒,还用一个托盘托了两碗饵块。

玹子示意卫葑坐下,把饵块推到他面前,自己拿起那纸盒,随口说:"什么人送的什么破东西。"打开一看,里面是一个锦缎盒子,贴着纸签,上写"西山别墅图纸",便把锦盒一扔。

卫葑问:"什么东西,不是定时炸弹吧?"

"你看好了。"

卫葑拿起一看,忽然明白,这是一个求婚人的礼物。朱延清在昆明,人说起来大都知道,格调算是高的。

"玹子,"卫葑小声地问,"你不觉得可以考虑吗?"

这时玹子心中的怒气不同于对朱延清,也不同于对荷珠,怒气中夹杂着自己也说不清的酸苦,转脸冷笑了一声:"你可是认错人了!"她一双雪白的手,拿着木筷想要撅断。

卫葑很觉抱歉,心想自己要推一个累赘给她,又不能保护她,一时说不出话来。

过了一会儿,玹子放下筷子,说:"我还是那句话,你可以放心。"指一指图纸,"我会让人送回去。"

卫葑走出宝珠巷,不想和人说话,只顾信步走去。不觉来到翠湖,走近湖心亭,仍在常坐的一块大石上坐了,望着水面沉思。

走还是留,卫葑已经考虑很久了。他早就献身的理想,并不时刻都是那么光亮。而现实的黑暗,使他窒息。那天和颖书在这里相遇,颖书说的情况,可见这边的黑暗难以更改。弗之短暂的被捕,更无疑是一个警告,他终究是必须往老沈那边去的,他应该去促进那个理想的光亮。也许那不过是一处乌托邦,不过他还是应该试一试。按照他的决定,他应该把阿难托给何曼,可是他做不到。他要在心里为自己对生活的爱留一个地盘,那只有玹子配占据。在后来的各种会上,有人为卫葑做了总结:他信他所不爱的,而爱他所不信的。并谆谆教导,既然做不到信自己所爱的,就要努力去爱自己所信的。这就是改造主观世界。这是一条漫长的路,也许终生无法走完。

"卫先生。"一个学生走过来招呼,他们常见卫葑坐在这里。

卫葑抬头说:"我在想一道物理题。"

澹台玹常到蹉跎巷,颇引人议论,而真正的新闻发生在刻薄巷。一天,邵为回到家中,见刘婉芳不在,这也是常有的事。可是天色已晚,还不见婉芳出现,遂去向姚秋尔打听。

姚秋尔同情地一笑,说:"还不知道吗?回去找一找,一定有信留下。"

邵为在房里一阵乱翻,果然在抽屉里找到刘婉芳的信。看了一半,就忍不住大哭起来。

信不过几句话:"邵为,我只能说对不起你,还有什么别的可说?因为做饭,我的眼睛给烟熏坏了,因为洗衣服,我手上的冻疮都烂了。你关心,你怜惜,可有什么用!我要离开你。我不图别的,只图不用自己做饭洗衣。"邵为哭了一阵,又拿起信来看,下面写的是:"好在我们没有孩子,你我都是自由的。我只拿了最简单的随身衣物,这里也没有什么东西好拿,你是知道的。都在一个城里,我们会见面,就算是没有认识过吧!"

"连认识过也不承认。"邵为既痛且恨,号啕失声,用手敲打自己的头。

哭了一阵,渐渐平静,似乎刘婉芳就在身边。转念想,她也确实太苦了,都是日本鬼子闹的。

这时姚秋尔走进来,说:"还不开灯!"随手扭开电灯,昏黄的灯光照着房中凌乱的一切,更显凄凉。姚秋尔说:"我看见她提了个包袱出门,有车来接的。你就不去找吗?"

邵为两手扶头,半响说:"没有用的,就算人留着,心已经走了。"

秋尔撇嘴说:"太没有骨气了!我从来就看着她不像个全始全终的,穿的那几件衣服就够人笑上半天。"

邵为抬头看她,说:"穿的衣服有什么可笑,谁像你们两位——"话没说完,眼泪纷纷滚落。秋尔整一整身上的旧薄呢夹袍,一副高人一等的样子,说:"布衣素食很可贵的。"见无回答,又说:"我知道她上哪儿去了。现在谁还有车,还不是那位朱——"

邵为站起身打断她的话,说:"尤太太谢谢你了。"

秋尔没有制造出动乱,怏怏地退出。

姚秋尔回到房里,又和尤甲仁讨论此事。

秋尔道:"我说她穿的衣服可笑,邵为不以为然。"

"他当然是觉得可爱,狗会觉得有什么比粪更好吗?"

两人笑了一阵,把刘婉芳平日言谈举止大大嘲笑一番。尤甲仁想起莎士比亚关于女人的议论,随口背诵"Frailty, thy name is woman(弱者,你的名字是女人)!"

他们忽然来了兴致,两人往南声电影院去看电影。电影名《午夜情涛》,写一对中年男女在火车上相遇,彼此钟情,虽然短暂,却很炙热。电影散后,又随意到一家小馆吃饭。秋尔遂生联想:刘婉芳会不会回来。

"那就更可笑了。"尤甲仁啃着一块鸡骨头说。两人自矜高洁,如在云端。

尤甲仁在几个大学兼课,又常有翻译的零活,在同仁中,他们的日子比较好过,可是姚秋尔的手也是一天天地粗糙起来。

这一个周末,在夏正思家举行朗诵会。有人说起战局,都说学校再次迁移是免不了的。有人说接到天津、上海家中人来信，已经沦陷的地方倒是安静。姚秋尔心中一动。

夏正思用法文朗诵了《八月之夜》，就是凌雪妍预备念而没有念的一段。大家听了都很感叹，尤甲仁却轻轻用法文说："Quelle sensiblerie（自作多情）！"声音虽轻，满屋都听见。

夏正思一直走到尤甲仁面前，郑重地问："尤，你说什么？"

尤甲仁道："我没说什么。"

因为尤甲仁过于刻薄伤人，平素缺少人缘，这次又当众出言无礼，轮到他朗诵时，有好几个人退席。

那天晚上，姚秋尔在枕边说："我有一个想法。"

尤甲仁道："言论自由是人权的基本内容。"这是卢梭的名言。

秋尔伸手打了他一下，说："我们回天津去好不好？这边逃难的日子还不知什么时候是个头。"

尤甲仁沉吟道："未尝不可考虑，我讨厌系里这些人。他们对我有看法，也许下学期会解聘我。"

秋尔在黑暗中睁大眼睛："会吗？那些人会解聘你？谁的才学及得上你！"

甲仁抚摸着秋尔的手，说："孟先生会保我的，不过，也许我们自己先走为好。生活也太苦了。"

秋尔道："天津的家业足够过活。日本人也是要秩序的，我们可以闭户读书。"

尤甲仁默然。

又有一次，因为对《九歌》的英译有几处不同看法，尤甲仁和江昉、王鼎一有所争执。意见不同，本来是可以讨论的，尤甲仁却说了许多嘲弄的刻薄话，引起议论。

有人背地里说："尤甲仁自视太高，全不把人放在眼里。"

"文人相轻也是常情，但是过于伤人，未免叫人寒心。"

又有人说:"岂不知骂倒一切方算才子,越是轻薄越时兴呢。"

这话传到弗之耳中,弗之笑笑说,他平日教课还算尽责,近日又写了几篇考据方面的文章,虽没有什么新见解,也还是努力的。因有孟先生说话,议论逐渐平息,但尤、姚的去志并未减少。

过了些时,尤甲仁和姚秋尔在翠湖边散步,心里都闷闷的。忽见迎面走来一个女子,穿着鹅黄色绸袍,披一件灰呢短披风,装束很是打眼,再一看竟是刘婉芳。

刘婉芳快步走过来,人显得白多了,也丰腴多了。"尤先生,尤太太!"她娇声招呼。

秋尔很高兴,一半好奇一半关心,拉着婉芳的手,连声问:"你怎么样? 搬到哪儿去了?"

婉芳颇有得色:"不过比在刻薄巷过得好些。"照尤甲仁的建议,三人走到湖心亭坐了。婉芳说:"走时心情很乱,没有和你们告别,想着总会见面的。你看这不是见面了。"

谈了一会儿话,才知原来刘婉芳同居的人并不是朱延清,而是朱延清的一个朋友,财势小多了。但虽不能呼奴使婢,却是丰衣足食,应有尽有。秋尔见她一人出来,估计她的地位是外室一类。

婉芳似猜到她的心思,说:"我的先生并没有正妻,这点你们不用担心。反正我再不愿过原来的日子了,那时,洗衣服连肥皂都舍不得用,手都成猪爪子了。现在总算有点人样。"说着伸出手来,光滑红润,一只手上带着玉镯,手背上犹有冻疮的疤痕。"战事是紧了,学校会搬家吗?"她问。

"还不知道。"秋尔答,看了甲仁一眼。

"再逃难,更没法子过日子了。我要是你们,早回天津去了,总比这里舒服得多。"

正说着话,一辆人力车停在路边,婉芳笑道:"这是我们的包车,他倒会找。"站起身,欲言又止。

秋尔等她问邵为的情况，可是她并没有问，也没有留联系地址，告别登车去了。

这里尤甲仁夫妇望着车子转了弯，姚秋尔说了一句："好久没有坐人力车了。"

四

年轻人也有他们的新闻。一天晚饭时，合子说："听说殷大士回来了，是殷小龙说的。"

这天，嵋从学校回来，走上陡坡，从上面下来两个人，一个便是殷大士，旁边的人竟是澹台玮。玮玮因功课忙，有一阵没到腊梅林来了。

"孟灵己！"殷大士不等走近就大声喊，"我们刚到腊梅林去了！"她也长大了，野气收敛多了，皮肤、眼睛光彩照人。

"你回来多久了？"嵋问。

"不过十来天。"大士答，"我在重庆上学呢！这学期我回来上学，迟了几天，不过没关系，已经注册了。"

玮玮说："腊梅林没有人，都不在家。"

"现在回去吧！"嵋举举钥匙。

他们从陡坡升上来，一路谈话。大士说，她上的是青云大学，又得意地说："我现在是自由人。"后来嵋知道她家里的政策改变了，王铟的主要任务不是照管她了。

到坡顶时，正遇合子和两个同学从另一条路回来，拿着一卷纸，说是要出壁报。回到家里，合子和同学在饭桌上描描画画。

嵋等在房前藤椅上坐了，大士问嵋学校的情况，又不耐心听，打了几次岔。说到她转学，需要留一级。

"留级不好听。"她郑重地说，"不过，澹台玮说没关系。"

玮玮说:"也许对别人有关系,不过对你没关系。许多事对你都没关系。"

"我怕被未来的科学家看不起。"

两人说话,嵋渐渐插不上嘴,走进屋去看合子的壁报。合子正在画报头,那两个同学画版式,写小标题,都很专心。嵋看了一会儿,又走出来。

殷大士说:"你莫要跑开。你们都在昆明,我刚回来,怎么倒像是我和澹台玮熟得多。"

嵋笑道:"我也正奇怪呢。"

大士说:"我们出去玩一次可好?"这星期放两天春假,都有时间。

嵋想一想,说:"我怕被蛇咬。"和大士对望着笑了起来。

大士说:"娃娃家的事莫提了。澹台玮,你说去哪里? 远一点才好。"

玮玮问嵋,嵋说不知道。玮玮沉吟说:"我不放春假,正好这个星期六的实验移到星期四晚上,时间足够了,我们去石林。"

嵋拍手道:"真的? 这么多年了,我还没有去过石林。"

问合子,他说要参加一次航模表演,不能去。玮玮去庄家通知,无采要和玳拉出门,只有无因高兴地参加。

那时去石林交通很不方便,坐火车先到路南。开车时间在傍晚,无因、玮玮、嵋和大士四人各自背着背包,十分高兴地登上火车。车里有几排两人座位,可以四人对坐,还有一些类似长凳的座位。乘客不很多,四人拣了靠窗的座位,两个女孩靠窗坐了。

铃声响了半天不见开车,有位乘客说,这是等什么人吧。又过了一会儿,车开了。那人又自言自语道:"等的人来了。"

正是春暖花开,一路不知名的各样花朵扑面而来。大片桃花如雪,树顶凝聚着淡淡的红,如同戴着一顶顶小帽。

峫伏在车窗上看着眼前变幻的景色,心里赞叹,发议论道:"常听说大好河山,以前也没仔细想过。现在想想,用'大好'两个字形容真是妙极了。杜甫诗云'国破山河在,城春草木深',山河是永远在的,永远好的。可是因为国破,显出的景色就不同了。"

玮玮道:"所以要'感时花溅泪,恨别鸟惊心'。"

无因道:"峫说这些话像个女学究,也不知道什么时候起,就会说这种话了。"

大士说:"孟灵己,还有人给你做记录呢! 我巴不得有人给我做记录。"说着向玮玮靠近一点。峫抬头向无因一笑。

车行多时,天色暗了下来。车上人大都占好位子,有的躺着,有的靠着,逐渐安静下来,只有车声隆隆。峫觉得那声音好像是从远处来的,不知什么时候,大士已经靠在玮玮肩上睡着了。

"峫,你也睡吧!"无因低声说,"我到那边去。"

他放好背包,给峫做枕头,到车厢另一头去了。峫不便大声叫,只好由他。一歪身,马上睡着了。

睡了不知多久,忽然醒来,见玮玮和大士还是原来的姿势。担心无因没有睡处,便走到车厢那头去看。车厢里人横七竖八,好不容易走到车门,见无因站在门外,夜色沉沉,身影朦胧,想来他一定很累了。

开门一阵寒风,便说:"庄无因,你要受凉的。"

无因没有转身,说:"这是新发明的称呼吗?"

峫走出去,两人靠在栏杆上,都不说话。

火车渐渐进入丘陵地带,忽高忽低,车身摇摆,两面的山如怪兽一般扑来,转眼又退到身后去了。

无因问:"你在想什么?"

峫望着扑来又闪去的山,说:"我什么也没想。"一面山闪过去了,又是一面山。

"你呢,你想什么?"嵋抬头,也抬起眼帘,一双灵动的眸子在夜色中流转。

无因不答,过了半晌,说:"我想——"忽然车身剧烈地摇摆,发出很大的声音,车停住了。

"什么事? 什么事?"车厢里的人跑出来,谁也不知道什么事。有人跳下车去,前后跑了几步,也看不出什么事。过了好一阵,才有车警过来,让大家不要乱走。

无因引嵋回到座位上,见玮玮和大士坐着说话。说刚要出去找他们,人太多,就只好坐着等。

"还是坐着等好。"无因说,于是俱都坐下。玮玮说有些饿了,便把预备次日用的早点拿出来,四份三明治,是大士准备的,大家吃得津津有味。他们并不为停车发愁,反而觉得有趣。

又过了约一个小时,还不见动静。有些乘客说,这车不会走了,还是自己走吧,下车去了。又过了些时,才知道前面的桥有问题,几个小时是修不好的。

"我们到阳宗海去!"大士兴致勃勃。

"走去吗?"玮玮问。

"到前面村子看看,也许有的人家有马。"

"我喜欢骑马! 不过,我不会。"嵋有几分遗憾。

玮玮说:"不要紧的,我们都是骑手,大概最好的是无因。"

大士说:"谁说的! 我看最好的是你。"

她认为澹台玮样样都是第一,那认真的神气,引得大家都笑了。

这时,远天已露晨光,车上人已走了大半。四人下了车,不知东南西北,打听得最近的村子也有十几里路,需要越过一座小山。有几个村民模样的乘客向山上走,一路咒骂,意思是收交通款不修桥,钱都装腰包了。有人劝他们少说话,"隔墙有耳"。他们看看无因等人，看出他们不是常来这一带的。几个人放低声音，快步走远了。

路很难走，几乎是没有路。天越来越亮，他们突然发现自己处在一片红光中。太阳从另一座山背后露出半个脸，他们身上都染上了红色。这不只是太阳光，而是脚下土地的扩展。那红色的土地，也正从黑夜里显露出来。

"多好看！"嵋喊了一声。从红土地钻出了大大小小的石头，石头的缝隙里又钻出了许多野花，全都有一层淡淡的光。

大士拉着玮玮的手跳起来，说："我常出来游玩，可还没有见过这样的天和地。"

嵋这时发现自己一直是让无因拉着走的，无怪乎很轻松。

下了山，丘陵把天空切出了花边，挡住了视线。嵋觉得自己的心是这样宽阔，眼前的景色都不能装满。她含笑看着无因，无因也含笑看着她。他们共有一个念头，飞起来，飞得高高的，看一看更远更远的地方。

那村子很小，盛开的木香花簇拥在门前屋后。炊烟刚起，有几户人家开了门。几个拖鼻涕的孩子跑出来看。

一个妇女一手拿着木梳，一手挽着头发从木香花后走出来。嵋想起了龙尾村，想起赵二一家，觉得眼前的人很亲切。他们说要骑马。那妇人家就有马，又到别家张罗，仍是一路梳头。这里的马没有鞍鞯，只铺一条旧毯子。他们选了三匹，选不出第四匹。

无因说："反正嵋不会骑，坐在我的马上好了。"

大士说，她也不要骑，要玮玮带她骑。于是只用两匹马，有马夫跟着。蹄声嘚嘚，离开了村子。

大士嫌马走得慢，要玮玮打马。玮玮说："它驮两个人已经太重了，还要打它！"走了一会儿，大士还嫌慢。

马夫在旁说："坐好了！"抽了一鞭子，那马撒开四蹄把另一匹马甩下了。

这一匹马上的人并不嫌慢,他们随着蹄声背诵着英国诗人华兹华斯的诗:"一眼望去千万朵,摇着头儿舞婆娑。"又东一句西一句地背诵柯勒维治、济慈的诗,无因会背的比嵋多得多。

嵋说:"庄伯母说,你能背全本《马克白斯》,可从来没听你背过。"

无因道:"会背点书有什么稀奇。"见不远处有一丛紫花,便跳下马去采摘。

马仍继续往前走,不听嵋的号令。嵋急得大声叫:"庄哥哥快来!"

无因跑回来,两手捧满了花,拉住马,笑说:"怎么又是庄哥哥了?"

把花递给嵋,一纵身上马,缓缓走去,只觉得路太短了。

马行到一处高地,忽然出现一大片湖水,蓝而且亮,就好像把昆明的天裁下一块铺在地上。水边有许多树木,枝叶繁茂的树冠相连,看去似可在上面行走。

这时,玮玮的马跑回来,"阳宗海! 阳宗海!"大士一路欢呼,冲上小坡,和他们并辔而立。

马夫喘吁吁地跟了上来,指点着树丛间的房屋,说是美军的招待所,那些开飞机的常来住。

两骑并辔缓缓下坡,走到湖边。马夫问可要用船,他可以去借。大士马上说要坐船,以前来时还没有船。

"先休息一下吧!"无因说,跳下马来,又扶嵋下马,拍拍马头,表示感谢。

脚下野草形成一片绿毯,挂在水旁。"哎呀!"大士大声说,"我发现这片草地的用处了!"

"我也发现了!"嵋抢着说,"可以打滚!"果然和大士跑到靠坡的一端,从上面滚下来,清脆的笑声惊起了鸟儿。两个女孩脸儿红红的,站起来还是笑个不停。两个男孩也去试,都说是绝妙的体验。

一时,马夫带来一个独眼人,是看管招待所的,说住的人今天去石林了,房屋都空着,可以借船。指一指系在不远处房屋前的小船,又问可要吃饭,他可以烧。

无因道:"有水、有船还有饭,简直是魔术变出来的。"玮玮和大士认为既然有饭,不如先吃饭,四人打发马夫回去,随独眼人向招待所走去。

招待所房屋简单,但舒适实用。宅边草中生有许多不知名的野花,四人走来走去,你掐几朵,我掐几朵,凑在一起都不重样。

嵋抱着无因给她的紫花,说:"还是这花最好看。"

玮玮说:"大自然真是奇妙,生物界中的每一种每一类每一科都蕴藏着许多奥秘。"

嵋说:"姐姐在大理真是有事做了。"

大士道:"植物有一样不好,它们不会说话。"

"可是它们会听话。"嵋说,"据说有人养了两盆兰花,主人常对一盆花说话,这盆花长大开花就快得多,总是很高兴的样子。"

"你编的!"大士说。忽然又说:"哎呀,这点还有一个研究生物的呢! 你是权威。"她望着玮玮。

玮玮笑道:"萧先生是权威,我是权威的学生。嵋说得有道理,不过兰花并不是真懂人的话,只不过声波在起作用。"

嵋一歪头,道:"我相信它们懂!"

独眼人过来招呼。四人进入厅中,见已摆好四份杯碟,有热牛奶,烤面包,煎鸡蛋,还有一小锅米饭和炒豆豉。他们让独眼人一起坐了。独眼人说,来这里住的大都是美国空军,他不懂外国话,平常简直不说话。

渐渐地,他的话多起来,他参加过台儿庄战役,是二级残废。

玮玮说:"你一定是个勇敢的兵。"

独眼人摇头,连说不见得。"老实说,真到了战场上全凭一口气,彼此影响。那次战役,我受了七处伤。别的都好了,就是这只眼睛作废了,剩下的这只也越来越看不清楚。不过,现在还能做事。"他眯起眼睛,"我这个工作不错,是个好差事,我为国家出了力了。"

"这只眼如果也看不见了怎么办?"嵋问。

"到时候再说。"独眼人答。

一时饭毕,四人上船。独眼人站在岸边说:"小心了,这湖水最深的地方有十几丈,莫要划得太远。"

整个湖面岸边没有别人,两个女孩并排坐在船尾,无因和玮各持一桨,很快就配合默契。船在水面轻快地滑行,湖水原已映出蓝天、白云和绿树,蓦地又加入了载满青春力量的小船,湖中若有神祇,一定会大声说"欢迎"。湖水清澈,浅处可见一堆堆石块。

嵋俯身船边,指着说:"这像不像城门? 那儿躺着一个戴盔披甲的武士,他是守城还是攻城?"

玮玮也俯身看,说:"守就要守住,攻就要攻进。"大士说她看不出来。

无因却指着另外一处说:"那儿有一个 Sphinx(狮身人面像),他不知要给我们猜什么谜。"

于是大家向水面乱喊:"你出谜语呀! 你出谜语呀!"结果是一阵大笑。

船走过这一段乱石,湖水渐深。大士要划船,无因让给她。她不及玮玮有力,船向一边打转,大家又笑。于是嵋和大士一起划,她们下桨很浅,几乎翻不起浪花。船行很慢,但很稳。又过一会儿,船停住了,孤零零依在湖心。四处望去,湖水最远处与天相接,大朵大朵的白云缀在天边。一会儿又变成丝丝缕缕,似乎要流进湖中,下望湖水果然深不可测。

无因说:"你们划不动吧? 我来吧。这里太深了。"调整好桨便往回划。

嵋坐在船头,忽然说:"我想跳下去。"

大士说:"晓得了,晓得孟灵已是个淘气鬼。说真的,我也想跳下去。"

玮玮用云南话说:"你两个倒很投机嘛!"嵋在无因背后,却感到他在注视自己,大概在准备随时打捞。一时大家唱起歌来,一首又一首。不知谁起头,吟出了那首《本事》:

> 记得当时年纪小,
>
> 你爱谈天我爱笑。
>
> 有一回并肩坐在桃树下,
>
> 风在林梢鸟在叫。
>
> 不知怎么我们睡着了,
>
> 梦里花儿落多少。

"记得当时年纪小",歌声渐高又渐低,大家都沉浸在那柔和的又有些迷惘的歌里。让湖光山色摇着,久久没有说话。

太阳很明亮,碧蓝的天上没有一点云,它们不知藏到哪里去了。忽然远处传来隐隐雷声。

"哪儿在放炮?"玮玮说。

他们侧耳细听,雷声越来越近,阳光仍是明媚,没有风,没有云。

"干打雷!"他们笑。无因用力划桨驶向岸边。一声炸雷,似乎就打在船上,大家都吓了一跳。

"你们莫太高兴了!"又是一声炸雷。

随着炸雷,骤然间下起了瓢泼大雨。雨先下了,才见乌云四合。雨点把湖面打出一个个小窝,水面上顿时一片迷茫,乌云也从天上垂下来。大家都听到雷声中的断喝,惊讶地往四处看。他们期待着水面跳出一条巨龙或什么怪兽,可是什么也没有。

"你们莫太高兴了——"那声音从聚拢来的乌云中传出,又随着雷声滚滚远去了。雨仍下着,四人衣衫湿透。

船到岸边,雨也停了,又是万里无云。碧蓝的湖水和天空一样明净。

第 九 章

战争在人们头顶呼啸。

这是世界战场上大起大落的日子,盟军在太平洋上的进攻顺利,占领了许多岛屿。日本船只损失严重,几乎守不住太平洋上的阵地,乃企图为贯通中国南北、联络南洋交通线和摧毁美国空军基地,用主力部队开始了一场大规模的战争,先后发动了多次战役。

中国军队在各个战场上都进行了抵抗,但均告失败,兵力损失惨重。百姓流离失所,争向川滇一带逃难。日寇甚至不放过满载难民的火车,以逃难的人群为目标,肆行轰炸。人们只能疏散开来,一步一步地走向较为安全的地方。在自己祖国的土地上,这样的地方越来越少了。桂林、柳州失陷之后,贵州省的独山也一度失陷。盘踞在滇西的日寇,从来就是心腹大患。这时人们更感到腹背受敌的威胁。

昆明的课堂从来没有平静过,"还政于民,废除一党专政"的民主呼声越来越高,各学校的社团活动更加频繁有力。为了适当的隐蔽,卫葑得到通知,紧速离开昆明。

春去夏来,昆明花事依旧繁忙,人事多有变化。卫葑走了。他没有来得及到龙江边向雪妍告别,也没有看望玹子,只到腊梅林说明他已向系里请了一年假,已请玹子做阿难的保护人。他知道五婶免不了操心,可也没有办法。弗之说:"既然已经确定了目标,就去吧!"

玹子没有能像在北平颐和园那样送卫葑离开,甚至不知道他确切是在哪一天离开的。他不见了,就像雪妍一样。何曼无疑会知道他的消息,但她不会说的。自从保护人明确了以后,何曼很少到蹉跎巷来了。

玹子在碧初、玳拉的帮助下,率领青环和羊,和逐渐长大的阿难形成了非常亲爱的关系。教他叫玹姑,可他只会叫妈妈。

玹子总觉得有些尴尬,对着那可爱的小脸说:"你会改过来的,是不是?"回答是一声"妈妈——"

对她这份承担也颇有议论,大都认为是高尚行为,也免不了有人发挥想象力,做些编造。玹子并不在意,她是要怎样便怎样的。

嵋和李之薇都高中毕业了,参加了明仑大学的入学考试。

嵋选择了数学系。弗之和碧初认为她更适合上文科,但也没有干涉。"做好一个数学教员也就可以了。"弗之说。

之薇选择的是社会学系。"若是之芹在,一定念生物。"这是李涟的话。

发榜的这一天,之薇来约嵋一起去看榜。

之薇说:"我想你一定能考上,我可不一定。"

嵋笑道:"我猜咱们俩都能考上。"

两人出了豁口,走到学校门边,见榜已贴出。工整的毛笔字写着一个个名字,看榜的人还不太多。

嵋一眼便看见李之薇三个字,是社会学系的头一名。"你考上了!"嵋指着。

之薇盯着自己的名字看了一会儿,马上又去找嵋的名字,如果朋友没有考上,快乐也不圆满。

"我也考上了!"又是嵋先发现,孟灵己在几个名字中间。

她们笑着,拉着手伸直了手臂转了两个圈,就像小时候做游戏,唱着"伦敦大桥塌倒了",把小朋友套在四条手臂中间。她们永远不会再做那样的游戏了。

看榜的人陆续多起来,有的考上,有的没考上。榜上有名的人很高兴,落榜的人也不很沮丧。路是多种多样的。

她们走回家去。人家院墙上不知名的花朵在晨风中摇动,好像在点头微笑。

"准是考上了。"有人招呼,原来是晏不来老师。晏不来双眉深锁,头发照旧乱蓬蓬的,好像刚起床,而又没有睡好。"看你们喜洋洋的,我猜得对不对? 可是不知道还能上几天学。"两人有些吃惊,询问地望着晏老师。"战事越来越紧了——不跟你们说这些,快回家报告你们的好消息吧!"

战局虽说日紧,战争离她们的生活比轰炸远多了。还能上几天学,她们不去多想。

之薇踢过一个小石子,嵋接着踢了一脚。你一脚,我一脚,过街下坡,直到陡坡下。嵋一脚把石子踢得远远的,之薇想看它落在何处,却寻不见,两人笑个不停。

嵋忽然说:"也许会需要我们去打仗。"

"那就去吧。"之薇不假思索。两人在陡坡上分手,各自回家。

李家离腊梅林不远,是临街的铺面房,前面开着书店,他们住在后面的一个小院中。

之薇一路想,父亲大概又会想起姐姐。母亲呢,母亲的心让神佛占据了。虽然近来教友们的活动少多了,母亲对这个家还是不能全心全意照顾。之薇心里漾过一阵叹息。

她走过书店,推开自家院门,见院中空无一人。她知道父亲在一个暑期学校讲授文史知识,为了那点兼课费。母亲该是上街买菜去了,之荃照例不知去向。之薇想大喊一声"我考上了",可是没有对象。

一时,金士珍提着一篮菜回来了,兴冲冲地对之薇说:"你别说话,我知道你考上了。"

之薇见母亲记得自己考学校的事,心里一阵暖热,接过菜篮说:"妈,您说对了。"

母女俩把篮里鲜嫩的青菜堆在地上,还有一小块猪肉。

士珍一面拿碗来装,一面说:"瞧瞧,你妈还不是那样失魂落魄吧。我可把最后的一点钱都花了。物价涨得太快,这些钱,从前够买半只猪了。"

之薇应道:"好像爸爸说,他兼课的学校今天要发薪,这菜够吃两天了。"

金士珍道:"你爸爸兼课很辛苦。这年头谁要听什么文史知识,有几个钟点就不错。"说着命之薇打米煮饭:"早点煮上,多燧燧好吃。"

之薇依言,拿着竹浅子去打米,预备拣虫,谁知米桶里已经没有米了。她把桶翻过来,也没有一粒米出现。

"妈,没米了!"之薇喊了一声。

金士珍两手一拍:"可不是没米了,这几天尽吃的米线。天还早呢,现在去买。"她用手一摸口袋,又把两手一拍:"我一个钱也没有了,等你爸爸回来再说。"

两人本来兴致勃勃地收拾菜,这时兴致减了一半。

过了一会儿,李涟回来了,进门就声明今天学校没有发薪。知道家里没米了,说有这些菜呢,够好的了。

金士珍说:"没有主食,小荃吃不饱的。"

"那就饿一顿。"李涟说。

之薇灵机一动:"我到孟家去借。"说着,拿着一个口袋往外走。

李涟喝住:"考上没有?"

"考上了。"

"孟灵己呢?"

"也考上了。"

李涟点头不语。

嵋看榜回来，澹台姊弟已经在家中，大家几乎把她抬起来。

她走过去抱住母亲的肩，碧初满面笑容，拍拍她。

弗之也从卧室走出，面带微笑，说了一声："好。"仍回室中继续他的著作。

合子报告："庄哥哥来过了，他什么也没说，要等你自己宣布。"

嵋到自己房间，见桌上有一个信封，打开看时，是庄无因自制的贺卡，一面写着：为你高兴！另一面贴着几朵野花，有红黄蓝白好几种颜色，很是鲜艳。

嵋看了一会儿，把它收在抽屉里。不知为什么，她不愿别人看见。

无因已经保送入研究院。本来有一个机会去美国留学，他不肯去。庄先生也不勉强。有人说他不重视机会，是因为什么都得来太容易了。嵋却隐约感觉到他留下的原因，也许只是原因之一。

"嵋，你出来看看。"玹子叫道。她带来一件银红色半旧夹袍，要请碧初裁两件小衣服。大家围在门前木案旁，又说又笑。一个说这么剪，一个说那么裁，各自发挥想象力。

之薇走进腊梅林，先听见一阵笑语声，听声音知道澹台姊弟也在这里，便想退回去。

嵋跑过来，拉她过去，大家都向她祝贺。之薇红着脸不说话，过了一会儿，跟着嵋到房里，才悄悄说明来意。

嵋望一眼窗外，知之薇不愿声张，便不禀报母亲，自往厨房柜中取米，把之薇的口袋装满。

之薇急忙说："有一点就行了，我看你们剩得也不多了。"

嵋笑道："我们不要紧，这么多人呢，什么都能变出来。"

之薇轻声说："我回到家，一个人也没有。"忙又加了一句，"难为母亲买了菜来，有了菜又没米了。"

峒送走之薇,一时衣服也裁完了。碧初和玹子继续讨论缝纫问题。

合拿出自制的航模放在外间方桌上,请玮玮指点。

"小娃将来是要学航空的了。"玮玮赞许地说。

他想起北平住宅中的飞机模型,等到回去时,恐怕连小娃也过了玩模型的年龄了。他对模型发表了一些意见。

峒说,晏老师说时局很紧。

玮玮道:"工学院有两个同学参加远征军,听说最近牺牲了。一个患疟疾,没有金鸡纳霜,那一带所谓瘴气就是疟疾,非战斗减员很多。另一个中弹后掉在怒江里,说是手里还拿着枪。"玮玮的眼睛一亮,声音有些颤抖:"真是壮烈。这是男儿死所。"

峒抬头,望着他,觉得玮玮身上有一种热情,和她是血脉相通的。过了一会儿,才说:"这就是白居易形容的'闻道云南有泸水,椒花落时瘴烟起。大军徒涉水如汤,未过十人二三死。'"

玮玮说:"听说学校又要搬家?"

峒向里屋望了一眼,说:"昨天有几位先生来和爹爹谈得很晚,好像就是议论搬家的事。"

玮玮说:"同学们都不愿意再搬,总是藏,总是躲,再搬搬到哪儿去呀?"

他们都想不出该搬到哪儿去,互相望着。

"听,"玮玮说。远处传来一种沉重的声音,是脚步声,接着响起了军歌:"大刀向鬼子们的头上砍去——"

脚步声和歌声越来越近。碧初和玹子走进屋来说,过队伍了。

大家肃然听着。脚步声,隆隆的军车声,加上粗哑的、参差不齐的歌声,显得很悲凉。

碧初推开里屋门,见弗之已放下笔,端坐在藤椅上。她用目光询问:"怎么样,是不是又要逃难?"

弗之低声回答："我们已经无处可逃。"

这天夜里，又是沉重的脚步声。许多人从梦中惊醒。弗之和碧初披衣坐起，倾听着脚步声自远而近，又由近而远。十轮大卡车载着辎重，压得青石板路面在喘息。

他们不约而同想起北平沦陷时撤军的脚步声。这是不同的脚步声，这是开赴前线。

"一、二、三——四！"声音不整齐，而且嘶哑，仿佛黑夜也是坎坷不平的。但是开赴前线的脚步不能停。

夏去秋来。开学的那天，梁明时在一个长桌前主持学生注册报到，见嵋来了很高兴，说："数学系可没有枣泥馅的点心。"

嵋轻声说："梁先生会给的。"梁明时不觉大笑。

几个高年级同学在帮忙，指指点点，说："这是孟先生的小女儿，演过《青鸟》的。"嵋只作没听见。注册后嵋和李之薇一起到女生宿舍安排了床位，她们是大学生了。她们对学校很熟悉，不需要参观，做的第一件事是一人写了一张启事，自荐教家馆。嵋教数学、英文，之薇教语文。

嵋写着说："我想写上教太极拳，你说好不好。"

之薇把落在胸前的辫子拿到背后，答道："若是教跳舞，可能更有号召力。"

嵋垂下眼睛，故意做出考虑的样子，然后抬起眼睛，浓密的睫毛略向上弯，满眼装着调皮和笑意。她忽然站起，轻盈地跳了两步华尔兹，又向之薇伸手做了一个邀请的姿势。

之薇诧异道："还挺像，真学过？"

嵋笑道："我是无师自通。"之薇也笑。

她们是这样快乐，青春能融化艰难困苦，从中提炼出力量。中午的阳光照在宿舍大门口石灰剥落的墙上，墙上贴着各种纸条，高高低低乱无章法。她们把自己的启事贴上去,贴好了,还站着看,觉得自己很了不起。

几个同学匆匆走过,说是去看俘虏。

嵋追着问:"什么俘虏?"

那同学看她一眼,说:"新同学?当然是日本俘虏。就在中学过去不远。"嵋、薇便跟着走。

大家高兴地谈论,一个说:"我们能打小胜仗,就能打大胜仗。"

一个说:"这些俘虏里有一个是反战的,要是多有几个就好了。他们不赞成战争,是被迫打仗。"

走到离中学不远的一个旧仓库前,门前停了一辆车,两个兵押着几个人正在上车。

这些日本俘虏看上去和中国人差不多,一个个垂着头听安排,很畏缩的样子。太阳把一排树木的影子照在车上,显出斑斑点点的阴影。

有同学低声说:"这些人也是替日本法西斯卖命。"

另一个说:"不知道他们明白不明白。"

之薇喃喃道:"鬼子也有这样一天。"

嵋却感到一阵悲哀,他们也是父亲、兄弟、丈夫、儿子,如果不打仗,不都是一样的人吗?可是现在烧、杀、抢、掠无所不为,成为鬼子,成为恶魔,害了我们多少人!

一个男同学提出让那位反战者讲几句话,押送的兵摇摇手。车开走了,一个人在关仓库门,把树影拉长了,拉断了。同学们散去了,嵋和之薇走回宿舍,一路没有说话。

傍晚,嵋回到家中,在晚饭桌上闲说着一天的见闻。

合子特地给嵋夹了一箸菜,说:"小姐姐是大学生了。"

嵋说:"我还看见了日本俘虏。"接着讲了当时情况。

弗之沉思道:"他们也是人,但是在法西斯政策驱使下已经成为工具,被'异化'了。我们进行这场保卫国家民族的战争,不仅要消灭反人类的法西斯,也要将'人'还原为人。"

"将'人'还原为人"。嵋一生都记得这句话。

秋季始业不久,为了躲避战争,为了有一个更适合教与学的环境,学校奉命,将久已酝酿的迁校计划再一次提出。教育部提出西康作为考虑的地点。

秦巽衡和孟弗之、萧子蔚三人这一天有同样的活动。上午,到青云大学参加昆明市各校领导的联合会议,商谈当前局势,下午要在本校教务会上讨论迁校计划。上午会后大家都觉得很沉重。正走在街上,忽然下起雨来,乃在一个饭馆房檐下站了片刻。雨势愈猛,巽衡说,进去吃点东西吧。饭馆很热闹,杯盘相碰,饭菜飘香,加上跑堂的大声吆喝,和门外冷风疾雨恰成对比。

弗之微笑道:"这真是'前方吃紧,后方紧吃'!"三人要了简单的饭菜,快要吃完,见邻桌人在吃烤鸭,都想起北平的烤鸭和美味的鸭架汤炖白菜。

子蔚道:"我们问一下有没有这个汤,想来不会太贵。"因他们所食简单,跑堂的心怀轻视。这时,把眼一瞪,把手中抹布往肩上一搭,说:"你又不吃烤鸭,哪里来的鸭骨头!用别人吃剩的,你又不答应。"三人无语,相顾一笑。

这时从里面走出一个人,穿着蓝布长衫,甚是整洁。走过时突然站住,叫了一声:"这不是老爷吗!"原来是孟家过去的厨师柴发利。

他抢步上前就要跪倒行礼,弗之忙站起扶住,说:"你怎么来了?什么时候来的?"

柴发利又见过秦、萧两先生,说:"我离开澹台老爷好几年了,先在南昌开了个小饭馆。后来转了好几个县,常年地逃难,逃到了昆明,就在这家饭馆做点事。想安顿得好一些再去看老爷太太,免得为我操心。"

那伙计说这几位客人要吃鸭架汤。柴发利说,这有什么。到厨房转了一圈,一会儿便端上一盆飘散着热气与香味的鸭汤。

弗之要柴发利坐了说话,柴发利不敢坐,站着说了些路上情况。他来时还算好的,现在更艰难了。可谁也不愿意当亡国奴,有点力气的都要往后方奔,不料昆明的局势又紧。

他站了一会儿,说,这些年的事,几天也说不完。现在要去谈一件生意,过两天就去请安。问清地址,先别去了。

子蔚道:"柴发利从来就是个能干人。"

弗之微叹道:"他说怕我们为他操心,看来是他为我们操心了。"

一时饭毕,雨已停了。三人走出饭馆,迎面只觉寒风扑面,是秋已深。

一路见一群群人面目黑瘦,拖儿带女,背着大包小包,正是新到的难民。翠湖旁,桥边柳下也有难民或坐或卧。两个小儿大概有病,不停地啼哭。一个母亲低声抚慰,一个母亲照屁股给了几下。被打的小儿大哭,又有别的小儿跟上。几只鸟儿扑拉拉惊飞了。

正走着,雨又下起来。三人到大学办事处时,长衫都湿了大半。有好几位先生到了,正在收伞整衣。这里没有了圆甏的落地长窗和讲究的家具,桌椅都很朴素,若和露宿街头相比已是天上了。

会上讨论了两件大事,秦巽衡简单介绍了当前的形势,说教育部已经派人去西康勘察,那里交通十分不便,谅敌人是打不到的。另因军情紧张,滇西、滇南的战场都需要翻译,教育部决定征调四年级学生到军队服役,重庆有些学校已经这样做了。对这一问题大家意见比较一致,国难当头人人都有责任。一位先生提出学生中思想很复杂,也可能有人拒绝服役。大家都认为到了生死关头,怎能不赴国难。

秦校长说:"如有这种情况,不予毕业。"语气很坚决,大家俱无异议。

有人低声说:"早有人参军了,还有人牺牲了,现在征调还不去吗!"

征调决定了,大家心头都很沉重。战争一天天逼近,他们要送自己的学生奔赴战场,没有退路。

在搬迁的问题上意见不统一。有人说,学生从军是把精华投进去了,还躲什么。也有人说,还是搬一搬好。

弗之说:"我们现在是用两个拳头的对策。一个拳头伸出去,那就是我们的青年人要直接参加这场战争。一个拳头缩回来,就是搬迁躲藏,目的当然是为了培养继续打出去的力量。只是搬迁的得失要仔细衡量。新址安排,旅途劳顿,时间、精力和费用都要付出很多,我担心学校又要大伤元气。而且学校的搬迁对云南人心会不会有影响,这也是需要考虑的。"

庄卣辰说:"现在世界战局已经明朗,盟军反攻加速,再坚持一阵,也许能度过危机。"

钱明经谨慎地说:"孟先生、庄先生的话很有道理,只是万一有变就不好了。搬到平安的地方教学可以较为安心,也可以保存元气。"

也有好几位先生主张搬迁,只是认为西康文化落后,不很合适。

又有人说,现在哪里还能找到合适的地方。若有合适的地方,敌人一时打不到,也不会放过轰炸。

冷风夹着雨滴吹打着玻璃窗,众人都觉一阵寒意。咣当一声,风把门吹开了,把桌上的纸张吹得满地。

梁明时忽然站起来,用健康的右手扶住桌子,大声说:"我们最好找一个地图上都没有的地方,让敌人找不着。"他噙着眼泪。

这话又似实意,又似讽刺,像一柄剑刺在每个人身上。满室无言,静了好一阵,热泪在人们眼中转。

江昉站起来说:"我是不走的了,我与昆明共存亡!"

逃到地图上都找不到的地方,"我们简直没有生存的地方了!"有人几乎是喊出来。

子蔚温和地说:"搬还是留,搬到哪里,需要有全盘考虑,需要和教育部再商量。"

秦巽衡站起身说:"大家的意思我清楚了。我们也许搬走,也许留下,也许会和敌人周旋。前途还不能确定,更加艰苦是必然的。可是我知道,"他环视大家,声音呜咽,一字一字地说:"不论发生什么事,我们——我们决不投降!"

"我们决不投降!"这句话在刚劲的秋风中滚过树梢,滚过屋顶,滚过天空,有力地撞在每个人心上。

间曲

【东尾】数载飘泊,停行脚,多谢闲村落。似青萍依在岩石侧,似杨花旋转千山错。见木香花绵延无根底,腊梅花香透衣衫薄。酒花儿少斟酌,泪花儿常抛堕。为教贼子难捉摸,无那,向何处藏,向何处躲!　　头顶上暂息泼天祸,脚底下留多少他乡客。秃笔头缠绳索,病身躯遭顿挫,鼙鼓声从来惊魂魄。怎般折磨,打不断荒丘绛帐传弦歌,改不了箪食瓢饮颜回乐。将一代代英才育就,好打点平戎兴国策!

　　　　　　一九九三年秋—二〇〇〇年夏

"新中国70年70部长篇小说典藏"书目

书　名	作　者
风云初记	孙犁
铁道游击队	知侠
保卫延安	杜鹏程
三里湾	赵树理
红日	吴强
红旗谱	梁斌
我们播种爱情	徐怀中
山乡巨变	周立波
林海雪原	曲波
青春之歌	杨沫
苦菜花	冯德英
野火春风斗古城	李英儒
上海的早晨	周而复
三家巷	欧阳山
创业史	柳青
红岩	罗广斌　杨益言
艳阳天	浩然
大刀记	郭澄清
万山红遍	黎汝清
东方	魏巍

书　名	作　者
青春万岁	王蒙
许茂和他的女儿们	周克芹
冬天里的春天	李国文
沉重的翅膀	张洁
黄河东流去	李準
蹉跎岁月	叶辛
新星	柯云路
钟鼓楼	刘心武
平凡的世界	路遥
第二个太阳	刘白羽
红高粱家族	莫言
雪城	梁晓声
浴血罗霄	萧克
穆斯林的葬礼	霍达
九月寓言	张炜
白鹿原	陈忠实
长恨歌	王安忆
马桥词典	韩少功
抉择	张平
草房子	曹文轩
中国制造	周梅森
尘埃落定	阿来
突出重围	柳建伟
李自成	姚雪垠
历史的天空	徐贵祥
亮剑	都梁

书　名	作　者
茶人三部曲	王旭烽
东藏记	宗璞
雍正皇帝	二月河
日出东方	黄亚洲
省委书记	陆天明
水乳大地	范稳
狼图腾	姜戎
秦腔	贾平凹
额尔古纳河右岸	迟子建
藏獒	杨志军
暗算	麦家
笨花	铁凝
我的丁一之旅	史铁生
我是我的神	邓一光
三体	刘慈欣
推拿	毕飞宇
湖光山色	周大新
大江东去	阿耐
天行者	刘醒龙
焦裕禄	何香久
生命册	李佩甫
繁花	金宇澄
黄雀记	苏童
装台	陈彦